KB206996

누가 개를 들여놓았나

* 이 도서의 국립중앙도서관 출판시도서목록(CIP)은 e-CIP홈페이지(http://www.nl.go.kr/ecip)와
국가자료공동목록시스템(http://www.nl.go.kr/kolisnet)에서 이용하실 수 있습니다.
(CIP제어번호: CIP2013020629)

LIONEL ASBO: State of England

This Korean translation publishied by arrangement with Martin Amis c/o The Wylie Agency (UK) LTD through Milkwood Agency

누가 개를 들여놓았나

르네상스 소년의 반사회적 삼촌 관찰기

마틴 에이미스 장편소설

허 진 옮김

은행나무

크리스토퍼 히친스에게

누가 개를 들여놨지? 그게 문제가 될 거야. 누가 개를 들여놨지?

누가 개를 들여놨지, 누가? 누가?

* 일러두기: 별도 표기가 없어도 본문의 주는 모두 옮긴이의 주입니다.

1부 2006년 르네상스 소년, 데스먼드 페퍼다인

누가 개를 들여놨을까?

…… 아마 이게 문제일 것이다.

누가 개를 들여놨을까?

누가 개를 들여놨을까?

누가?

누가?

1

친애하는 주느비에브에게

저는 나이 많은 여자와 관계를 갖고 있습니다. 그 여자는 아주 세련된 숙녀고, 내가 아는 십대 아이들(말하자면 알렉트라나 샤넬)과는 달라요. 섹스가 끝내줘요. 난 사랑에 빠진 것 같아요. 하지만 한 가지 심각한 문제가 있는데, 그 여자가 바로 우리 할머니예요!

이 글을 쓴 데스먼드 페퍼다인(데스먼드, 데스, 데시)은 열다섯 살 반이었다. 그리고 그의 글씨체는 요즘치고는 남의 시선을 의식하는 듯 우아했다. 보통 글씨는 뒤쪽으로 약간 기울어지는 경향이 있는데 데스먼드는 앞쪽으로 기울여 쓰려고 끈질기게 노력했다. 그리고 모든 글자가 매끄럽게 결합되면 그는 작은 장식들을 덧붙이기 시작했다(데스가 '이e' 자를 쓴 다음 멋지게 장식하면 꼭 '더블유w' 자를 옆으로 눕혀 놓은 것처럼 보였다). 데스는 삼촌과 같이 쓰는 컴퓨터로 여러 가지 강의를 들었는데, 필법에 대한 강의도 있었다.

장점은, 나이 차이가 놀라울 정도로.

그는 줄을 쫙쫙 그어 이 부분을 지우고 다시 시작했다.

그 일은 2주 전에 할머니가 전화를 걸어서 배관이 또 말썽이란다, 얘야라고 말하면서 시작됐어요. 그래서 전 할머니? 금방 갈게요라고 말했어요. 할머니는 1.5킬로미터 정도 떨어진 아파트에 사시는데 항상 배관이 말썽이거든요. 전 배관공은 아니지만 배관 일을 하는 조지 삼촌한테 조금 배웠어요. 내가 문제를 해결하고 나자 할머니가 몇 잔 하고 가는 게 어떠냐?고 했어요.

필법 강의(와 사회학과 인류학과 심리학 강의)는 들었지만 구두점 강의는 아직 못 들었다. 데스는 글씨는 어느 정도 잘 썼지만 자기가 구두점에 얼마나 약한지 알았기 때문에 막 강의를 듣기 시작한 참이었다. 그리고 데스가 (상당히 정확하게) 직감했듯이, 구두점은 어느 정도는 요령이었다.

그래서 우리는 내가 별로 안 마셔 본 뒤보네 포도주를 몇 잔 마셨고, 할머니는 저를 보면서 우스운 표정을 지었어요. 할머니는 항상 비틀스 노래를 틀어 놓는데, 그때는 〈황금빛 선잠〉(Golden Slumber), 〈어제〉(Yesterday), 〈그녀는 집을 떠나네〉(She's Leaving Home)처럼 느린 노래들이 나왔어요. 그러더니 너무 더워서 잠옷으로 갈아입어야겠다고 하는 거예요. 그런 다음에 아주 얇고 짧은 나이트가운을 입고 나왔어요!

데스먼드는 교육을 받으려고 노력하고 있었지만, 스퀴어스 프리(Squeers Free)에서는 아니었다. 《디스턴 가제트》(*Diston Gazette*)에서 읽은 바에 따르면 스퀴어스 프리는 최근에 영국 최악의 학교로 뽑혔다. 하지만 그가 이해하는 세상과 우주에는 상상도 할 수 없는 빈자리가 너무나 많았다. 데스는 자기가 얼마나 아는 게 없는지 깨닫고는 깜짝 놀라곤 했다.

그래서 우리는 술을 몇 잔 더 마셨고, 난 할머니가 정말 나이 든 티가 안 난다는 사실을 깨닫기 시작했어요. 할머니는 자기 관리를 아주 잘했기 때문에 살아온 세월에 비하면 몸매가 정말 좋았어요. 몇 잔 더 마신 다음 할머니가 저에게 그 블레이저 입고 있으면 쪄 죽을 것 같지 않니라고 말했어요. 자 이리 오렴, 잘생긴 총각, 한번 안아 보자! 제가 뭘 할 수 있었겠어요. 할머니가 내 허벅지에 손을 얹었고 곧 손이 반바지 안으로 스윽 들어왔어요. 저도 인간이잖아요, 안 그래요? 스테레오에서는 〈더 잘 알았어야 하는데〉가 흘러나왔지만 일은 착착 진행됐고, 난 정신이 나갈 지경이었어요!

예를 들어서 데스가 읽어 본 전국지는 《모닝 라크》(*Morning Lark*)밖에 없었다. 그리고 그가 편지를 쓰고 있는 주느비에브는 《모닝 라크》의 고민상담 칼럼니스트였다. 아니, 황홀경 상담 칼럼니스트라고 하는 게 나을지도 모른다. 주느비에브의 담당 페이지는 아마도 완전히 꾸며냈을 관계에 대한 자세한 설명으로 구성되었고, 칼럼니스트의 답장은 음란한 언어유희와 느낌표로 구성되었다. 하지만 데스먼드의 이야기는 상상이 아니었다.

그건 정말 '나답지 않은 일'이었다는 걸 믿어 주셔야 해요. 그럴 생각이 아니었어요! 그래요, 우리는 디스턴에, 사람들이 그런 일에 그다지 얼굴을 찌푸리지 않는 동네에 살아요. 그리고 맞아요, 우리 할머니는 말썽 많은 청춘을 보냈어요. 하지만 할머니는 존경할 만한 여자예요. 어떻게 된 거냐면, 할머니 생일이 다가오고 있었기 때문에 정신이 좀 나갔었나 봐요. 저로 말할 것 같으면, 적어도 아버지 쪽은 엄격한 기독교 신자(펜타코스트파)예요. 있잖아요, 주느비에브, 전 3년 전에 엄마가 세상을 떠난 뒤부터 무척 불행했어요. 적당한 말을 찾을 수가 없네요. 전 다정함이 필요했어요. 그런데 그때 그레이스 할머니가 날 그렇게 만진 거예요. 음.

데스는 주느비에브에게 이 편지를 진짜 보낼 생각은 없었다(상담 페이지는 주느비에브가 약간 벗은 모습으로 장식되어 있었는데, 황홀경 상담 칼럼니스트라기보다 사람을 괴롭히는 천사였다). 이 편지를 쓰는 것은 그저 마음을 가라앉히기 위해서였다. 데스는 주느비에브의 믿음직하고 함부로 판단하지 않는 답장을 상상했다. 예를 들면, "그래도 그레이스와 그럴싸한 시간을 즐기고 있잖아요!" 데스는 계속해서 편지를 썼다.

법적인 문제도 너무 걱정되지만 그것 말고도 큰 문제가 하나 더 있어요. 바로 할머니의 아들인 라이오넬 삼촌이에요. 삼촌은 감옥에 있을 때만 빼면 나한테 아빠 같은 사람이에요. 라이오넬 삼촌은 정말로 폭력적인 범죄자라서 내가 자기 엄마랑 잔다는 사실을 알면 절 죽여 버릴 거예요. 문자 그대로 말이에요!

이것은 불법침입과 보복에 대한 라이오넬의 생각을 상당히 과소평가한 것이라고 할 수도 있었다. …… 데스의 당장의 목표는 아포스트로피 사용법을 완전히 익히는 것이었다. 그 다음에는 콜론과 세미콜론, 하이픈, 대시, 슬래시의 비밀을 파헤칠 것이다.

장점이 있다면, 나이 차이가 그렇게 크지 않다는 거예요. 그레이스 할머니는 좀 조숙해서 열두 살에 임신을 했거든요, 우리 엄마처러

데스는 자물쇠들이 철컹거리는 커다란 소리를 듣고 공포에 질려 손목시계를 본 다음 감각이 없는 다리로 벌떡 일어서려고 애썼다. 어느새 라이오넬이 거기 있었다.

2

라이오넬이 거기 있었다. 거대한 형체가 열린 문에 기대어 서서 손목을 들어 눈썹을 누른 채 쉰 목소리로 헐떡이며 자주색 속셔츠에서 희미한 회색 김을 내뿜었다(아파트는 33층이었는데 엘리베이터가 제대로 작동하지 않았다. 하지만 라이오넬은 고요한 오후에 침대에 누워서 꾸벅꾸벅 졸면서도 김을 내뿜을 수 있었다). 한쪽 팔 밑에는 배달 온 라거 맥주를 끼고 있었다. 폴리에틸렌으로 포장된 라거 스물네 캔. 브랜드는 코브라.

"일찍 오셨네요, 리 삼촌."

라이오넬이 거칠고 못이 박인 손바닥을 들었다. 두 사람은 기다렸다. 겉모습을 보면 라이오넬은 무지막지할 만큼 전형적이었다. 넓은 후판(厚板) 같은 몸, 커다란 얼굴, 짧게 깎아서 황갈색 그루터기만 남은 정수리. 저 거대한 국제도시에는 라이오넬 애즈보와 거의 똑같은 젊은이가 수만 명은 있었다. 어떤 사람들은 라이오넬이 어떤 면과 어떤 환경에서는 잉글랜드 대표팀과 맨체스터 유나이티드의 신동 스트라이커 웨인 루니를 닮았다고 말했다. 유난히 크지도 않고 뚱뚱하지도 않지만 유난히 넓고 유난히 **구부정했다**(데스는 삼촌을 매일 봤지만 라이오넬은 늘 생각보다 한 사이즈 컸다). 심지어 미소를 지으면 사이가 벌어진 앞니가 드러나는 것도 루니와 똑같았다. 뭐, 위쪽 앞니 사이가 넓게 벌어진 것은 사실이었지만 라이오넬은 거의 미소를 짓지 않았다. 벌어진 틈은 그가 쓴웃음을 지을 때에만 보였다.

"…… 너 거기서 **펜** 들고 뭐 하는 거냐? 뭐 쓰고 있어? 줘 봐."

데스가 얼른 머리를 굴렸다. "어, 시에 대해서 쓰고 있었어요, 삼촌."

"시라고?" 라이오넬이 이렇게 말하고 물러섰다.

"네. 스펜서의 〈페어리 퀸〉이라는 시예요."

"페어리 뭐? …… 가끔 널 보면 아주 절망적이야, 데스. 나가서 창문이라도 좀 부수지 그러냐? 건강에 나쁘다고. 아 그래, 내 말 좀 들어 봐. 내가 지난 금요일에 술집에서 팼던 놈 알지? '로스 놀스' 씨, 어? 걔가 날 고발한대. 보복을 하겠다는 거야. 용기는 높이 쳐줘야지."

데스먼드는 라이오넬이 그런 행동을 어떻게 생각하는지 알았다. 작년 어느 날 밤에 집으로 돌아온 라이오넬은 검정색 인조가죽 소파에 구부정하게 앉아서 미해결 사건을 조명하면서 시청자들의 제보를 받는 프로그램 〈크라임와치〉를 순진하게 보고 있는 데스를 발견했다. 그 결과 데스먼드는 삼촌에게 가장 길고 요란한 손찌검을 당했다. 라이오넬은 양손을 허리에 얹고 커다란 화면 앞에 서서 이렇게 말했다. "저런 프로그램은 사회 구성원들에게 자기 이웃을 배신하라고 조장하는 거야. 〈크라임와치〉라니, 그건 말하자면…… **소아성애자**를 위한 프로그램 같은 거야, 암. 너무 역겹다고." 데스가 말했다.

"법대로 하겠대요? 아우, 그건…… 그건…… 비열한 짓 중에서도 제일 비열하잖아요, 그건. 어떻게 하실 거예요, 리 삼촌?"

"글쎄, 좀 알아봤는데 그 사람 혼자더라고. 단칸방에 산대. 그러니 겁 줄 사람도 없어. 본인 말고는."

"하지만 아직 입원 중이잖아요."

"그래서 어쨌다고? 포도라도 좀 갖다 주지 뭐. 개들 먹이는 줬어?"

"네. 그런데 타바스코가 다 떨어졌어요."

개들이란 라이오넬이 키우는 미친 핏불 테리어 조와 제프를 말했다. 개들의 영역은 부엌 옆 좁은 베란다로, 두 마리는 거기서 하루 종일 으르렁거리고 종종거리고 빙글빙글 돌았다. 그리고 바로 옆 고층건물 지붕에 사는 로트와일러 무리와 누가 더 크게 짖나 전쟁을 벌였다.

"거짓말하지 마, 데스먼드." 라이오넬이 조용하게 말했다. "나한테 절대 거짓말하면 안 된다."

"거짓말 아니에요!"

"먹이 줬다며. 그런데 타바스코를 안 줬잖아!"

"삼촌, 돈이 없었어요! 큰 병밖에 안 파는데 한 병에 5파운드 95펜스라고요!"

"그건 변명이 안 돼. 그럼 훔쳐 왔어야지. 넌 그 빌어먹을 사전 사는 데 30파운드를, 자그마치 30파운드나 써 놓고 개들을 위해서는 몇 푼도 못 써?"

"30파운드나 쓴 적 없어요! …… 사전은 할머니가 준 거예요. 십자말풀이로 땄대요. 상품 걸린 십자말풀이 있잖아요."

"조랑 제프는 애완견 따위가 아니야, 데스먼드 페퍼다인. 내 사업 수단이지."

데스는 라이오넬의 사업이 뭔지 아직도 몰랐다. 채권 회수 중에서도 가장 아슬아슬한 분야와 부분적으로 관련이 있다는 사실은 알았고, '전매(轉買)'(라이오넬은 **장물취득**을 이렇게 불렀다)와도 부분적으로 관련 있다는 사실 역시 알았다. 데스가 이 사실을 아는 것은 단순한 논리를 통해서였는데, 라이오넬이 감옥에 가는 이유 중에 공갈협박 및 장물취득이 가장 많았기 때문이었다……. 라이오넬은 거기 서서 그가 제일 잘하는 일을 하고 있었다, 즉 긴장을 퍼뜨리고 있었다. 데스는 라이오넬을 깊이, 그리고 어느 정도는 아무 의문 없이 사랑했다 (그는 '리 삼촌이 아니었으면 난 오늘 이 자리에 없을 거야'라고 종종 생각했다). 하지만 데스는 리 삼촌과 함께 있으면 항상 어딘가가 약간 아픈 것 같았다. 불편한 게 아니었다. 아팠다.

"…… 일찍 오셨네요, 삼촌." 데스는 최대한 대수롭지 않은 척 다시 말했다. "어디 갔다 오셨어요?"

"신시아한테. 내가 왜 기운을 빼는지 모르겠어. 아아, 신시아 그 꼴하고는."

신시아, 혹은 라이오넬의 발음으로는 **심피아**라고 불리는 유령 같은 금발머리 여자는 라이오넬에게 어린 시절 연인에 가장 가까운 존재였는데, 신시아가 열 살 때부터 (그리고 라이오넬이 아홉 살 때부터) 같이 잤기 때문이다. 신시아는 또한 라이오넬의 정식 여자친구에 가장 가까운 존재였는데, 정기적으로, 즉 네다섯 달에 한 번씩 만났기 때문이다. 일반적인 여자에 대해서 라이오넬은 "내 개인적인 의견으로는, 가치보다 문제가 더 크지"라고 말했다. "여자? 난 관심 없어. 여자에 대해서는 관심 없어." 데스는 그럴 만할지도 모르겠다고 생각했다. 전반적으로 여자들은 라이오넬이 자기들에게 관심 없는 것을 무척 기뻐할 테니까. 라이오넬이 관심을 가진 여자가 딱 하나 있었지만, 그녀는 모든 사람들의 관심을 끄는 여자였다. 바로 사생활이 난

잡한 미녀, 지나 드래고였다…….

"데스. 신시아 말이다." 라이오넬이 과도하게 흘금거리며 말했다. "제기랄. 심지어는 어, 그거, 알잖아 너도, 그거 할 때도 난 이렇게 생각한다니까. 라이오넬, 넌 젊음을 낭비하고 있어. 라이오넬, 집으로 가. 집에 가라고. 집에 가서 괜찮은 포르노나 봐."

데스가 맥 노트북을 들고 얼른 일어섰다. "여기요. 어쨌든 전 나가야 돼요."

"응? 어디? 알렉트라 만나러?"

"아뇨. 친구들 만나려고요."

"좀 쓸모 있는 일을 해라. 차라도 훔치든지. 어, 너 그거 알아? 링고 형 복권 맞았대."

"설마. 얼마짜리요?"

"12파운드 50펜스. 내 개인적인 의견으로는, 복권은 헛짓이야. 오이. 너한테 물어볼 거 있었는데. 너 밤에 기어나갈 때……."

데스는 쟁반을 든 웨이터처럼 양손으로 노트북을 들고 서 있었다. 라이오넬은 짐을 든 짐마차꾼처럼 양손에 코브라를 들고 거기 서 있었다.

"너 밤에 기어나갈 때 칼은 갖고 다니냐?"

"리 삼촌! 저 아시잖아요."

"갖고 다녀야지. 네 안전을 위해서. 마음의 평화를 위해서. 그러다 어디 가서 맞는다. 더 심한 꼴을 당할지도 모르고. 요즘 디스턴에서 주먹다짐 같은 건 없어. 칼싸움뿐이지. 한쪽이 죽을 때까지. 아니면 총을 쓰든지. 아무튼." 라이오넬이 조금 누그러져서 말했다. "뭐 어두우니까 눈에 잘 안 띄겠지."

데스는 깨끗하고 하얀 이를 드러내며 미소를 지을 뿐이었다.

"나가는 길에 서랍에서 칼 꺼내 가. 까만 것들 중에 하나 가져가."

데스는 친구들을 만나는 게 아니었다. (그는 친구가 없었고, 친구를 원하지도 않았다.) 데스는 할머니 집으로 기어 들어갔다.

우리가 알고 있듯이 데스먼드 페퍼다인은 열다섯 살이었다. 지금까지 아주 힘든 삶을 살면서 애를 무척 많이 낳은 그레이스 페퍼다인은 상당히 봐줄 만한 서른아홉 살이었다. 라이오넬 애즈보는 닳고 닳은 스물한 살이었다.

…… 칙칙한 디스턴(디스턴 타운, 더 간단하게는 타운이라고도 한다)에는 사람이든 사물이든 60년 넘은 것이 하나도 없었다. 국제예상수명표를 보면 디스턴은 아프리카 서부의 베넹과 아프리카 북동부의 지부티 사이 어딘가에 위치할 것이다(남성 54세, 여성 57세). 그뿐만이 아니었다. 국제 출생률을 보면 디스턴은 말라위와 예멘 사이에 위치할 것이다(부부, 혹은 편모 1인당 6명). 그러므로 디스턴의 연령 구성은 이상한 모양이었다. 그래도 타운의 인구는 줄어들지 않을 것이다.

데스는 열다섯 살이었다. 라이오넬은 스물한 살이었다. 그레이스는 서른아홉 살이었다…….

데스는 몸을 숙여 대문 걸쇠를 열고 돌계단 일곱 단을 훌쩍 뛰어올라서 노커를 두드렸다. 그런 다음 귀를 기울였다. 북슬북슬한 슬리퍼 끌리는 소리가 들렸고 그 뒤쪽에서 (언제나 그렇듯이) 비틀스의 맑고 듣기 좋은 노래가 흘러나왔다. 그녀가 제일 좋아하는 〈내가 예순네 살이 되면〉(When I'm Sixty-Four)이었다.

3

믿을 수 없을 만큼 커다란 건물—거대하고 육감적인 아발론 타워—위로 새벽이 서서히 끓어올랐다.

조는 커튼을 친 베란다(좁은 주차 공간만 했다)에 누워서 다른 개들, 원수들, 보석 같은 눈을 가진 지옥의 개들이 나오는 꿈을 꾸고 있었다. 조는 자면서 짖었다. 제프는 행복에 겨운 한숨을 쉬며 뒤척였다.

1번 침실(스쿼시 코트만 하고 천장이 낮은 방으로, 물건들 사이사이, 문과 침대 사이, 침대와 옷장 사이, 옷장과 스윙 거울 사이에 상당한 거리가 있다)에서는 라이오넬이 누워서 감옥과 다섯 형이 나오는 꿈을 꾸고 있었다. 그들은 마르스 초콜릿 바를 사려고 매점 앞에 줄을 서 있었다.

2번 침실(넉넉한 기둥 침대만 한 방)에서는 데스가 누워서 천국으로 올라가는 사다리가 나오는 꿈을 꾸고 있었다.

날이 밝았다. 라이오넬은 조, 제프와 함께 일찍 나갔다(사업). 데스는 계속 꿈을 꿨다.

데스는 이제 예닐곱 달째 그것을, 자기 안에 존재하는 지성의 고통과 자극을 느끼고 있었다. 데스는 열두 살 때 어머니 실라가 죽은 이후 3년 동안 일종의 최면상태, 깊은 수면과도 같은 상태에 빠졌다. 모든 것이 무감각하고 엄마가 없었다……. 그런 다음 데스는 깨어났다.

데스는 공책에 일기를 쓰기 시작했다. 머릿속에서 목소리가 들려왔기에 그는 귀를 기울이고 말을 걸었다. 아니, 데스는 속삭이는 자기의 지성과 이야기를 나누었다. 모든 사람에게 이런 내면의 목소리가 있었을까? 자신보다 더 똑똑한 내면의 목소리가? 데스는 아마 그렇지 않을 것이라고 생각했다. 그렇다면 그 목소리는 어디에서 왔을까?

데스는 자신의 가계도를, 자기만의 선악과나무를 들여다보았다.

음, 그레이스 페퍼다인, 즉 그레이스 할머니는 너무나 명백한 이유 때문에 학교를 별로 열심히 다니지 않았다. 열아홉 살에 이미 애가 일곱이었기 때문이다. 실라가 첫째였고 나머지는 아들이었다. 존(현직 미장이), 폴(십장), 조지(배관공), 링고(무직), 스튜어트(부패한 공문서 담당 공무원). 비틀스 멤버들("잊혀진" 멤버 스튜어트 서클리프를 포함해서)의 이름이 바닥나자 그레이스는 화가 나서 일곱째의 이름을 (비틀스에 한참 못 미치는 안무가 라이오넬 블레어의 이름을 따서) 라이오넬이라고 지었다. 후에 라이오넬 애즈보라고 불리게 될 일곱째는 아직 투표권도 없는 홀어머니가 꾸리는 거대한 대가족의 막내였다.

그레이스는《데일리 텔레그래프》의 십자말풀이(간단한 십자말풀이가 아닌 수수께끼 십자말풀이 — 그레이스는 신기하게도 타고난 재능이 있었다)를 풀었지만 별로 예리한 사색가라고 할 수는 없었다. 반대로 실라는, 라이오넬의 말에 따르면, "한 통 가득한 원숭이들만큼이나 똑똑"했다 [원래의 관용표현은 "통 한가득 든 원숭이만큼 재미있다"(funny as a barrel of monkeys)임 — 옮긴이]. "'재능을 타고 났다'고들 했어. 전혀 노력을 안 해도 반에서 1등이었지. 그런데 널 가진 거야. 중학교 진학 시험을 칠 때 실라는 임신 6개월이었어. 그런데도 통과했지. 하지만 데스 네가 태어난 다음엔 끝장난 거야." 실라 페퍼다인은 더 이상 아이를 낳지 않았지만 집에 애가 있는 사람치고는 최대한 방종한 청춘을 보냈다. 아기는 아장아장 걷는 어린이가 되었고, 또 소년이 되었다.

데스는 아빠에 대해서 얼마나 알았을까? 거의 아무것도 몰랐다. 실라도 별로 다르지 않았다. 하지만 누구나 데스의 아빠에 대해서 한 가지 사실만은 알았다. 그는 흑인이었다. 데스먼드의 송진 같은 피부색, 뭔가 좀 더 어두운 것의 그림자가 깃든 크림커피 같은 색깔. 어쩌면 결이 곱고 독특한 향기를 풍기는 자단과 같은 색이라고 할 수 있을지도 몰랐다. 데스는 박하사탕 같은 치아와 구슬픈 눈을 섬세하게 합쳐 놓은, 달콤한 향기가 나는 소년이었다. 데스는 거울을 보면서 미소를 지을 때면 아빠의 유령을 향해서, 잃어버린 아버지의 유령을 향해서 슬픈 미소를 지었다. 하지만 실제 세상에서 데스가 아버지를 본 적은 딱 한 번밖에 없었다.

데스(7세)와 실라(19세)가 해피 밸리 유원지에서 즐거운 시간을 보낸 다음 손에 손을 잡고 스티프 슬로프를 걸어 올라가고 있을 때 실라가 갑자기 말했다.

"그 사람이다!"

"누구요?"

"네 아빠! …… 봐. 너랑 똑같지! …… 입. 코. 제기랄!"

아주 허름한 옷차림에 충격적인 신발을 신은 데스의 아버지는 철제 벤치 위 흙 묻은 노란색 배낭과 빈 스트롱보 맥주병 다섯 개 사이에 앉아 있었다. 실라는 몇 분 동안 남자를 거칠게 흔들고 손톱을 세워 꼬집으면서 깨우려고 애를 썼고, 나중에는 손바닥을 펴서 놀랄 만큼 커다란 소리가 나도록 때렸다.

"죽은 걸까?" 실라가 몸을 숙이고 남자의 가슴에 귀를 대 보았다. 실라는 "가끔 이게 통할 때도 있는데"라고 말하더니 결연하게, 망설이면서, 그의 눈에 입을 맞추었다……. "가망이 없네." 실라가 몸을 다시 일으키고 데스의 아버지를 마지막으로, 귀청이 터지도록, 한 대 더 때렸다. "아, 그럼. 가자, 아가."

실라는 데스의 손을 잡고 종종걸음을 쳤고 그녀의 옆에서 데스는 고개를 계속 열심히 젖히면서 휘청거렸다.

"저 사람이 확실해요, 엄마?"

"당연히 확실하지. 건방지게 굴지 마!"

"엄마, 잠깐만요! 저 사람 일어나려고 해요. 가서 눈에 다시 키스해 봐요. 몸을 뒤척이잖아요."

"아니야. 바람이 부는 거란다, 아가. 저 사람한테 뭘 물어보고 싶었는데. 이름을 물어보고 싶었어."

"에드윈이라면서요!"

"짐작이었지. 내가 어떤지 너도 알잖니. 얼굴은 기억해도 이름은 잘 기억 못하잖아. 아, 이 울보야. 울지 마……." 실라가 데스 옆에 쪼그리고 앉았다. "내 말 좀 들어 봐. 미안해, 우리 아기. 내가 무슨 할 말이 있겠니? 어느 날 오후에 저 사람이 나타났다가 사라져 버렸어!"

"일주일 내내 만났다면서요!"

"아, 그러지 마. 울지 마, 우리 아가. 엄마 가슴이 찢어지잖니…….

내 말 잘 들어. 좋은 사람이었어. 다정했지. 너 종교도 아버지한테 물려받은 거잖아."

"난 종교 같은 거 없어요." 데스가 이렇게 말한 다음 실라가 그의 코에 대고 있던 휴지에 코를 풀었다. "교회는 싫어요. 이야기가 좋은 거예요. 기적 이야기요."

"아무튼 네가 다정한 건 아빠를 닮아서 그런 거야, 우리 아기. 날 닮은 게 아니라."

이렇게 데스는 아버지를 딱 한 번 보았다(그리고 실라는 아마도 그를 딱 두 번 보았을 것이다). 이 만남이 데스먼드의 기억에서 얼마나 큰 고통이 될지 두 사람 다 몰랐다. 데스 역시 5년 후에 누군가를 깨우려고 무척 열심히 애를 쓰기 때문이다. 누군가를 깨우려고, 누군가를 되살리려고 말이다…….

그저 미끄러진 것이었다. 살짝 미끄러진 것뿐이었다. 슈퍼마켓 바닥에서 살짝 미끄러진 것뿐이었다.

그래서 (거대한 성채 안 침대에서 몸을 일으키던) 데스는 대단한 예민함을, 대단한 지혜를, 아버지한테서 물려받았다고 여기는 것은 무분별하다고 생각했다. 그렇다면 태양의 표면 폭발처럼 그의 머릿속에서 바삐 일어나고 있는 이 기분 좋은 발전은, 이 바스락거림은 어디에서 왔을까? 도미닉 올드맨, 바로 그 사람이다.

돔 할아버지는 초등학교도 졸업하기 전에 그레이스 할머니에게 실라를 임신시켰다. 하지만 할머니에게 돌아왔을 때(그리고 라이오넬을 임신시킬 정도로 오래 머물렀을 때)는 맨체스터 대학에서 경제학을 공부하고 있었다. **대학**. 데스가 이 단어를 얼마나 큰 경의를 느끼면서 얼마나 자주 중얼거렸는지는 과장하기 힘들 것이다. 그는 대학을 **단 하나의 시**[대학(university)에서 하나의(uni-) 시(verse)를 연상하고 있다—옮긴이]라고 해석했다. 데스에게 그것은 우주의 조화와 비슷한 뜻이었다……. 그리고 데스는 그것을 원했다. 그는 **대학**을, 단 하나의 시를 원했다.

재미있는 사실 하나. 실라와 라이오넬만 아버지가 같았기 때문에 가족들은 두 사람을 "쌍둥이"라고 불렀다. 그리고 데스는 라이오넬이 (이력서는 형편없었지만) 올드맨의 총명함을 남몰래 물려받았다고 생각했다. 두 사람의 차이는 태도에 있는 듯했다. 데스는 그것을, 자신의 지성을 사랑했지만 라이오넬은 증오했다. 증오했다고? 음, 라이오넬이 항상 지성과 싸우고 있다는 것, 그리고 일부러 멍청하게 굴면서 자랑스러워 한다는 사실은 불 보듯 훤했다.

데스가 할머니 집에 가는 것은 일부러 멍청하게 구는 것이었을까? 그리고 데스를 들여보내 주는 할머니 역시 그랬던 걸까? 운명의 밤이 지나고 운명의 아침이 왔다…….

"우유 좀 가져왔어요." 데스가 문간에 서서 말했다.

할머니가 돌아섰다. 데스가 따라 들어갔다. 그레이스는 창가에 놓인 팔걸이의자에 앉아서 할머니 안경(동그란 철제 테)을 쓰고 파우더를 바르지 않은 얼굴을 《데일리 텔레그래프》 십자말풀이 위로 회개하는 사람처럼 숙였다. 잠시 후 그녀가 말했다.

"자주 체포되는 나는 최후의 순간에 동쪽으로 향한다. 두 자, 세 자, 네 자, 두 자, 네 자라……. 답은 **아슬아슬하게**(in the nick of time)군."

"**아슬아슬하게**. 어떻게 해서 그렇게 돼요?"

"자주 체포된다는 건 감옥에 자주 간다(in the nick oft)는 뜻이고, '나는'은 알파벳 아이랑 엠(i, m)이고, 동쪽으로 간다(heading east)는 동쪽(east)의 첫 번째 글자라는 뜻도 되니까 알파벳 'e'잖아. '최후의 순간'은 답의 뜻을 나타내는 거야. 그러니까 이걸 다 합치면 **아슬아슬하게**(in the nick of time)가 되지. 데스. 너랑 난, 우린 지옥에 떨어질 거야."

10분 후, 높이가 낮은 긴 의자에서 그레이스가 말했다. "아무한테도 안 들키면 되지. 절대로 안 들키면 돼. 안 될 게 뭐니?"

"네. 그리고 이 동네에서는 그게 그렇게 나쁜 일도 아닌데요 뭐."

"그럼, 아니고말고. 삼촌이랑 조카도 그러고 아버지랑 딸들도 다 그러는데 뭐."

"아발론 타워에는 그런 죄를 저지르면서 사는 쌍둥이도 있어요……. 하지만 할머니와 난. 할머니, 혹시 이거 불법일까요?"

"할머니라고 부르지 마! …… 경범죄일지도 몰라. 넌 아직 열여섯 살이 안 됐잖니."

"그럼, 벌금 내는 거예요? 음, 그럴지 몰라요. 그레이스. 하지만."

"하지만. 거리를 두려고 해보렴, 데스. 내가 부탁해도 말이야……. 거리를 두려고 애써 봐."

데스는 정말로 애를 썼다. 하지만 그레이스가 부탁하면 데스는 자석에 끌리듯이 그녀를 찾아갔다. 데스는 늘 돌아갔다—끝없이 추락하는 운명의 팬터마임으로 돌아갔다.

옥스퍼드 소형 사전에는 이렇게 나와 있었다. "세미콜론의 주된 역할은 쉼표보다는 강하지만 문장의 완전한 종결보다는 약한 문법적 구분을 나타내는 것이다."

데스는 무릎에 묵직한 책을 올려놓고 있었다. 부상으로 받은 책이었다. 표지 색깔은 **로열**("깊은, 생생한"이라는 뜻이다) 블루였다.

"또한 이미 쉼표가 있는 문장에서 더 강한 구분을 나타내기 위해서 세미콜론을 사용할 수도 있다. 예문:

> 나를 불구로 만든 사람은 누구였을까? 아이다운 나의 애정 표현에 눈살을 찌푸리면서, 그것을 형식적인 예의와 차가운 예절로 바꾸어 놓은 할머니였을까; 아니면 병적으로 조심스러웠던, 독실한 어머니였을까; 아니면 줏대 없는 삼촌, 무례하고 잘못된 일을 수없이 많이 저지르지만 알고 보니 심지어는……[1]

개 소리가 들렸다. 하지만 정확히 말해서 개들은 짖고 있는 것이 아니었다. 개들은 욕을 하고 있었다(그리고 옥상의 로트와일러들은, 이렇게 멀리서 듣기에는 희미하고 거의 애처로운 소리로, 같이 욕을 하고 있었다).

"꺼져!" 조(인지 제프인지)가 외쳤다. 거의 한 음절에 가까웠다. "꺼져! …… 꺼! …… 꺼! …… 꺼져!"

"꺼져!" 제프(인지 조인지)가 외쳤다. "꺼져! …… 꺼! …… 꺼! …… 꺼져!"

---

1) 원래 사전에 인용된 앤절라 램버트(Angela Lambert)의 글을 중간부터 데스 자신의 상황을 대입시켜서 바꾸고 있다. 원래 인용문은 다음과 같다. "나를 불구로 만든 사람은 누구였을까? 아이다운 나의 애정 표현에 눈살을 찌푸리면서, 그것을 형식적인 예의와 차가운 예절로 바꾸어 놓은 할머니였을까; 아니면 소심하고 두려움에 찬, 결국에는 나를 포함한 모두를 두려워하게 된 엄마였을까; 아니면 내 아내의 부정(不貞), 혹은 나 자신의 부정이었을까?"

4

"걔들은 말이다." 라이오넬이 말했다. "걔들은 늑대의 후예야. 그게 개의 전통이지. 또, 늑대들은 말이야." 그가 말을 이었다. "늑대는 인간의 천적이 아니야. 절대 아니지. 늑대는 인간을 공격하지 않아. 그건 잘못된 통념이란다, 데스. 완전 신화지."

데스는 귀를 기울였다. 라이오넬은 "신화"를 **시나**라고 발음했다. 라이오넬의 영어에는 소유격 대명사들 — 너의, 그들의, 나의 — 이 가끔씩이나마 찬조 출연을 했고, 그가 항상 동사와 수를 제대로 일치시키는 것은 아니었다(복수 주어에 단수 동사를 쓰기도 했다). 하지만 라이오넬의 말과 억양은 확실히 가파른 하락세였다. 라이오넬은 몇 년 전까지만 해도 "라이오넬"을 제대로 발음했지만 요즘은 **로요넬**, 심지어는 **로요누**라고 발음했다.

"넌 내가 제프와 조에게 너무 엄격하다고 생각하겠지. 하지만 다 이유가 있어서 그런 거야. 사람을 공격하게 만들어야 되거든. 내 명령에 따라서 말이야……. 개들을 다시 취하게 할 시간이 됐네."

2주에 한 번씩 라이오넬은 개들에게 스페셜 브루 맥주를 먹여서 취하게 만들었다. 데스는 참 재미있다고 생각했다. 영국에서 '술에 취한다'는 뜻으로 쓰이는 말(pissed)이 미국에서는 '화가 난다'는 뜻으로 쓰였다. 강한 몰트 라거를 각각 여섯 캔씩 먹고 나면 제프와 조는 취하기도 하고 화가 나기도 했다. "물론 개들이 정말로 취했을 때는 쓸모가 없지." 라이오넬이 말했다. "거칠어지긴 하지만 걷지도 못하니까. 다음 날 아침이 딱 좋아, 우우. 그때가 돼야 재밌어지거든……." 라이오넬의 감탄사 '우우'(ooh)는 꼭 프랑스어 의문사 '우'(où)처럼 들렸다. 라이오넬이 우연히 프랑스어를 쓰는 것은 이때만이 아니었다. 그가 좌절, 노력, 심지어는 가벼운 신체적 고통을 표현하는 감탄사는 프랑스어의 부정관사와 같은 '엉'(un)이었다. 데스가 말했다.

"지지난 주 토요일에 술 먹였잖아요."

"내가? 왜?"

"레드브리지에서 온 고리대금업자 만났잖아요. 일요일 아침에."

라이오넬이 말했다. "맞다, 데스. 그랬지."

두 사람은 언제나처럼 아침으로 우유를 넣은 달콤한 차와 팝타르트[얇은 빵 속에 초콜릿 칩이나 딸기잼 등 달콤한 내용물이 들어 있고 데워서 식사대용으로 먹는다—옮긴이]를 먹고 있었다(근처에 코브라도 몇 캔 있었다). 부엌은 라이오넬의 방처럼 널찍했지만 가구 두 점이 대부분의 공간을 차지했기 때문에 비좁게 느껴졌다. 우선 벽 넓이만 한 TV가 있었는데, 물건 자체는 인상적이었지만 TV를 보는 것은 불가능했다. TV가 보일 만큼 뒤로 물러날 공간이 없었기 때문에 화면을 보면 온갖 색들이 소용돌이쳤고 사람들은 모두 유령처럼 하얀 후광을 띠고 있었다. 실제로 TV에 무엇이 비치고 있든 데스는 항상 KKK단에 대한 다큐멘터리를 보는 기분이었다. '탱크'라고 불리는 두 번째 가구는 입방형의 포금 쓰레기통으로, 크기가 일반적인 식기세척기와 맞먹었다. "겉보기만 강력해 보이는 게 아니야." 라이오넬이 데스의 도움을 받아 엘리베이터에서 이 물건을 내리면서 말했었다. "전동공구를 이용한 장인의 솜씨가 만들어 낸 정교한 작품이지. 독일제야. 제기랄. 무게도 적당하네." 하지만 이 물건에도 단점이 있었다.

라이오넬이 담배에 불을 붙이고 말했다. "너 거기 앉았지."

"절대 아니에요."

"그럼 왜 안 열려?"

"열린 적 별로 없잖아요, 삼촌." 데스가 말했다. "처음부터요." 둘이서 벌써 여러 번 나눴던 대화였다. "뚜껑이 열리면 또 안 닫히잖아요."

"가끔은 열리잖아. 저건 사람한테든 짐승한테든 아무런 쓸모가 없어, 안 그러냐. 닫아."

"저 이거 열려다가 손톱이 반쯤 부러졌어요."

라이오넬이 몸을 숙이고 뚜껑을 당겼다. "엉……. 너 여기 앉았었지."

두 사람은 아무 말 없이 먹고 마셨다.

"로스 놀스."

그 다음으로는 실제적 신체상해와 그보다 더 심한 극심한 신체상해의 차이에 대한 심각한 토론, 혹은 심각한 논설이 뒤따랐다. 수많은 직업 범죄자가 그렇듯이 라이오넬은 형법에 대해서 박사와 맞먹는 지식을 가지고 있었다. 결국 형법은 라이오넬의 직업이 가진 삼위일체 중 세 번째 요소였다. 나머지 두 요소는 악행과 감옥이었다. 라이오넬이 법률에 대해서 이야기할 때 (고급스러운 화법을 구사하려고 애쓸 때) 데스는 항상 열심히 집중했다. 데스는 형법에 늘 관심이 많았다.

"요점은 말이다 데스, 요점을 말하자면 말이야, 구급상자와 응급실의 차이와 같아."

"그런데 로스 놀스라는 사람 말이에요, 삼촌. 디스턴 종합병원에 입원한 지 얼마나 됐어요?" 데스가 물었다(영국 최악의 병원을 가리키는 것이었다).

"오이. 이의 있습니다. 편파적인 발언입니다."

제프와 조는 유리문 너머에서 침을 흘리고 헐떡거리며 이쪽을 보고 있었다. 벽돌 같은 얼굴과 흉악한 악당 같은 이마, 서로를 가리키려고 애쓰는 작은 귀.

"왜 편파적이에요?"

"추측이니까." **츠츠**. "공정한 싸움에서 내가 로스 놀스를 살짝 건드렸을 뿐이고, 로스는 호브고블린에서 제 발로 나와서 트럭 밑으로 걸어 들어간 거야." 트럭은 **트러크**다(마지막 파열음에서 성문 폐쇄음을 낸다). "봤지? 편파적이잖아."

데스가 고개를 끄덕였다. 사실은 로스 놀스가 호브고블린에서부터 들것에 실려 나왔다는 소문이 쫙 퍼져 있었다.

"대인범죄법률에 따르면 말이다." 라이오넬이 말을 이었다. "일반폭행, 실제적 신체상해, 극심한 신체상해가 있어. 데스, 그걸 결정하는 것은 행위자의 의도와 부상의 정도야. 어떤 종류든 흉기가, 그러니까 맥주잔 같은 게 관련되면 극심한 신체상해가 되지. 수혈이 필요해도 극심한 신체상해에 해당하고. 머리를 찼잖아? 그럼 극심한 신체상해야."

"로스 놀스한테 뭘 썼어요, 리 삼촌?"

"맥주잔."

"수혈이 필요했어요?"

"그랬다고 하더군."

"머리도 찼어요?"

"아니. 머리 위로 점프를 했지. 운동화를 신고 말이다, 알겠니……. 어, 육안으로 보이는 형태의 변화나 영구적인 불구가 생기면 결정적이야, 데스."

"이번 경우는 어땠는데요, 삼촌?"

"나도 모르지 뭐. 로스가 원래 어떤 상태였는지를 모르니까."

"…… 그 사람 왜 팼어요?"

"웃는 게 마음에 안 들어서." 라이오넬이 한바탕 웃었다. 뱃속으로 으르렁거리는 소리였다. "아니, 내가 그렇게까지 멍청하진 않아." **멍층.** "두 가지 이유가 있었어, 데스. 로스 놀스. 로스 놀스가 제이든 드래고한테서 똥차를 산다느니 어쩐다느니 하는 말을 들었거든. 게다가 수염이 말론이랑 똑같았어. 로스 말이야. 그래서 내가 패 줬지."

"잠깐만요." 데스는 상황을 이해하려고 애썼다(그는 결론을 열심히 찾았다). 유명한 중고차 판매상 제이든 드래고는 지나 드래고의 아버지였다. 그리고 말론, 말론 웰크웨이는 라이오넬의 친사촌(이자 제일 친한 친구)이었다. "그래도 모르겠어요."

"제기랄. 내 얘기 못 들었어? 말론이 지나를 채 갔어! 그래. 말론이 지나를 채 갔지……. 그래서 머릿속에서 온갖 생각이 떠올랐어. 그러니까 기분이 좀 그렇더라고." 라이오넬이 잠시 엄지손가락을 물어뜯었다. 그런 다음 고개를 들고 아무렇지도 않게 말했다. "난 아직도 일반폭행으로 처리되기를 바라고 있는데 소송 사건 적요서를 보니까 **살인 미수에 더 가까움**이라고 적혀 있더라고. 두고 봐야지. 오늘 학교 가냐?"

"네. 잠깐 들를까 하고요."

"아, 넌 정말 천사라니까. 이리 와."

두 사람은 물그릇을 다시 채웠다. 그런 다음 남자와 소년은 앞뒤로 서서 33층을 내려갔다. 라이오넬은 늘 그렇듯이 담배와 《모닝 라크》를 사러 길모퉁이 가게에 들렀고 데스는 길거리에 서서 기다렸다.

"…… 그거 과일이에요, 삼촌? 삼촌답지 않은데요. 과일 안 먹잖아요."

"아냐, 먹잖아. 팝타르트가 과일 아니면 뭐냐? 이거 봐라. 포도 괜찮지. 으음, 친구가 엉, 몸이 좀 안 좋거든. 내가 가서 위로 좀 해 주려고. 이거 가방에 넣어라."

라이오넬이 타바스코 병을 주었다. 그리고 사과 하나.

"좋은 사과지. 선생님 드려."

런던의 디스턴 지역을 상상하려면 혼돈의 시를 살펴보면 된다.

> 모든 것은 다른 모든 것에게
> 적대적이었다. 어디에서나 그랬다.
> 더운 것은 찬 것과, 습한 것은 메마른 것과, 부드러운 것은 딱딱한 것과,
> 무게가 없는 것은 무게가 있는 것과 싸웠다.

그래서 데스는 터널 속에서 살았다. 아파트에서 학교로 가는 터널, 학교에서 아파트로 가는 (다른) 터널. 데스를 그레이스의 집까지 데려

다 주었다가 다시 집으로 데려 오는 온갖 뒷골목들. 데스는 터널 속에서 살았다……. 하지만 디스턴 타운에서 예민한 영혼이 시선을 둘 곳은 정말이지 한 군데밖에 없었다. 시선은 어디를 향했을까? 위로, 오직 위로만 향했다.

학교. 하얀 하늘 아래의 스퀴어스 프리. 심약한 교장, 레이온 운동복을 입은 의기소침한 백인들, 철사 덫과 위장 폭탄이 설치되어 금방이라도 무너질 것 같은 작은 체육관, 생활상담교사("아이들은 모두 중요합니다"), ('글 모르는 학생'들을 지도하는) 특수교사. 게다가 스퀴어스 프리는 경찰 출동이 제일 많고, 중등교육 자격시험 합격률이 제일 낮고, 무단 결석률이 제일 높았다. 또 정학, 퇴학, PRU 강등에서도 단연 앞섰다. PRU 강등—학생 행동 교정 기관(PRU)으로 전학 가는 것—은 보통 소년원으로, 또 그 다음에는 청소년 감옥으로 이어지는 길이었다. 이 길을 따랐던 라이오넬은 청소년 감옥(그는 머리글자[Young Offender Institution]를 따서 '요이'[Yoi]라고 불렀다)에서 (들락날락하면서) 보냈던 5년 반에 대해 항상 애처로운 애정을 가지고 이야기했다. 마치 피할 수 없는 달곰씁쓸한 통과의례를 회상하는 사람 같았다. "난 한 달 동안 밖으로 나와서 지냈지." 라이오넬은 보통 이렇게 회상했다. "그런 다음에 다시 북쪽으로 들어갔어. 요이에 말이야."

하지만 스퀴어스 프리 교직원실에는 특출한 지도 선생님이 있었다. 빈센트 티그 씨였다.

"요즘 무슨 일이냐, 데스먼드? 예전에는 항상 아무것도 안 하던 녀석이었는데 요즘은 만족할 줄을 모르는구나. 그래, 다음으로는 또 뭐 할 거니?"

"전 현대 언어가 좋아요, 선생님. 역사도요. 사회학도요. 천문학도요. 또—"

"전부 다 배울 순 없어, 너도 알잖아."

"할 수 있어요. 전 르네상스형 인간이거든요, 암요."

"…… 네 미소를 너도 봐야 하는 건데. 좋아. 어떻게 할지 생각해 보자. 이제 그만 가 봐."

그리고 운동장에서는 어땠을까? 표면상으로 보면 데스는 박해당할 가능성이 제일 큰 후보였다. 데스는 학교를 거의 빠지지 않았고 수업 중에 절대 졸지 않았으며 선생님들을 공격하거나 화장실에서 마약을 하지도 않았다. 그리고 더 온화한 성(性), 즉 여자들과 어울리는 걸 더 좋아했다(스퀴어스 프리에서는 더 온화한 성도 충분히 거칠었다). 그러므로 겉도는 아이들(공부벌레, 겁쟁이, 안경잡이, 땀을 뻘뻘 흘리는 뚱보) 모두가 흉포한 괴롭힘을 당했듯 데스도 흉포한 괴롭힘을 당하는 것이 당연했다. 자살의 경계까지, 혹은 그 너머까지 말이다. 아이들은 데스를 줄넘기랑 사방치기나 하는 놈이라고 불렀지만 괴롭히지는 않았다. 이것을 어떻게 설명할 수 있을까? 링고 삼촌이 즐겨 사용하는 표현에 따르면, 그건 **머리 쓸 것도 없이 쉬운 문제**였다. 데스먼드 페퍼다인은 불가침의 존재였다. 라이오넬 애즈보가 데스의 삼촌이자 후견인이었기 때문이다.

거리에서는 또 이야기가 달랐다. 라이오넬은 한 학기에 한 번씩 데스먼드를 스퀴어스 프리까지 데려다 주고 학교가 끝난 뒤에 데리러 갔다(입가에 거품을 문 핏불 두 마리를 두꺼운 강철 사슬로 묶어서 과장되게 통제하기 힘든 척하면서). 하지만 관할 지역 전체의 모든 깡패와 자칭 민

병대(그리고 모든 야디[자메이카나 서인도제도 출신 범죄 집단의 일원—옮긴이]와 지하드)가 이 위대한 반사회적 인물의 소문을 들었을 것이라고 생각하는 건 어리석은 짓이다. 그리고 밤이 되면 문제가 또 달랐다. 어둠이 내리면 또 다른 사람들이 또 다른 모습으로 등장했기 때문이다……. 데스는 걸음이 빠르다는 점만 빼면 디스턴 타운에서 사는 것이 안 맞았다. 라이오넬의 두 번째 본능, 아니 첫 번째 본능이라고도 할 수 있는 (그는 18개월 때 이미 "통제 불가능"하다는 말을 들었다) 폭력이 데스에게는 낯설었다. 데스는 폭력이 — 물론 극단적이고 어디에나 있는 것 같았지만—항상 다른 차원에서 오는 것 같았다.

그래서 그날 데스는 터널을 지나서 학교에 출석했다. 하지만 집으로 오는 길에 데스는 둘러 가는 척하면서 다른 곳에 들렀다. 데스는 망설이면서, 그리고 귀가 멍멍할 정도로 남들의 시선을 의식하면서, 블라이머 로드의 공립 도서관으로 들어갔다. 물론 스퀴어스 프리에도 도서관이 있었지만, 초급 독본과 찢어진 문고본 몇 권이 바닥에 흩어져 있는 멀리 떨어진 이동식 건물이었다……. 그러나 여기는 달랐다. 가슴을 당당하게 편 책장들이 훈장을 잔뜩 단 장군들처럼 줄지어 늘어서 있었다. 도대체 무슨 자격으로 이 책들을 공유할 권리가 있다고 주장할 수 있는 걸까? 데스는 열람실로 들어갔다. 기다란 나무 버팀목 위에 신문들이 단단히 고정되어 있었는데, 찬찬히 훑어봐도 되는 것 같았다. 데스가 신문으로 다가갔지만 아무도 제지하지 않았다.

물론 데스는 전에도 일간지를 본 적이 있었다. 길모퉁이 가게 같은 데서도 봤고 할머니가 받는《데일리 텔레그래프》도 봤지만 그가 실제로 읽어 본 신문은 라이오넬이 아파트에 놔 둔, 종이접기로 만든 회전초처럼 다 구겨진 《모닝 라크》밖에 없었다(가끔 《디스턴 가제트》도 있었다). 데스는 《더 타임스》, 《인디펜던트》, 《가디언》 쪽은 예의바르게 외면하고 최소한 《모닝 라크》와 비슷하기라도 한 《선》 쪽으로 다가갔다. 로고는 진홍색이고 표지에는 어느 축구선수의 약혼녀가 목에서 피를 흘리면서 나이트클럽에서 비틀비틀 나오는 사진이 실려 있었다. 그리고 물론 3쪽(단신 코너)에는 속바지 차림에 솜브레로 모자를 쓴 커다란 빨강머리 여자가 실려 있었다.

하지만 비슷한 점은 그것뿐이었다. 스캔들과 가십과 여자들도 있었지만 국제뉴스, 의회리포트, 논평, 분석도 있었다……. 지금까지 데스는 《모닝 라크》가 현실을 정확한 반영한다고 생각해 왔다. 실제로 가끔 데스는 《모닝 라크》가 (《가제트》와 비슷하지만 편한 마음으로 읽을 수 있는) 지방지라고 생각했다. 그 정도로 《모닝 라크》는 데스가 사는 지역의 관습과 풍습에 충실했다. 하지만 지금 여기서 떨리는 손으로 《선》을 들고 있으니 《모닝 라크》가 참모습을 드러냈다. 《모닝 라크》는 형식적으로는 신문인 척하지만 사실은 일간 남성지였다.

덧붙여서 《선》을 추천할 만한 또 다른 장점은 무능한 주느비에브 대신 대프니라는 이름의 현명해 보이는 할머니가 고민상담 칼럼을 담당한다는 점이었다. 그날 대프니는 몇몇 심각한 문제와 딜레마를 동정적으로 다루면서 소책자와 전화상담 서비스를 추천해 주었고 얼핏 보기에는 진심으로…….

"친애하는 대프니에게." 데스먼드가 속삭였다.

5

시간을 1월로, 데스먼드의 생일 하루 전으로 되돌려 보자.

라이오넬 삼촌은 베란다에서 개들을 괴롭히고 있었다. 데스는 흰색 앞치마를 두르고 (당시만 해도 그는 아무 잘못도 저지르지 않았고 그 어떤 간사한 계략도 없었다) 설거지를 하고 있었다.

"이리 나와 봐라, 데스. 집안일은 놔두고……. 잘 들어. 너 내일 학교 가지 마."

"왜요, 삼촌?"

"아침에 말해 줄게……. 데스. 여자들 말이야. 여자랑 해 봤어? 아니다, 대답하지 마. 알고 싶지 않아. 어린이용 앞치마를 하고 있구나. 열네 살이나 됐는데."

데스는 담배 연기 때문에 잠에서 깼다. 그는 아직 타락을 모르는 순진한 눈을 가늘게 떴다. 라이오넬이 검정색 망사 티셔츠를 입고 서 있었다.

"일어나라." 라이오넬이 말했다. "좋아. 넌 이제 다 컸다. 열다섯 살이잖아. 게다가 고아지. 그러니까 리 삼촌 말을 들어야 돼."

"네. 물론이죠."

"좋다. 오늘부터는 내 맥(Mac)을 써도 된다. 내가 없을 때만."

데스는 미소를 지으면서 고맙다고 말했다. 진심이었다. 그는 또한 라이오넬이 일종의 거꾸로 가는 아빠, 반(反)아버지라는 익숙한 느낌이 들었다.

"하지만 잘 들어." 라이오넬이 통통한 검지를 들어 올렸다. "그냥 아무렇게나 가지고 놀라는 게 아니야. 난 네가 집중적으로 노력했으면 좋겠다."

"뭐에 집중해요?"

"포르노."

디스턴의 아이들이 걸어 다닐 만한 나이가 되면 다들 알듯이 데스 역시 인터넷에 포르노그래피가 존재한다는 사실을 알았다. 하지만 찾아본 적은 없었다. "포르노요, 삼촌?"

"그래, 포르노. 알겠지 데스, 바로 그거야. 진짜 여자는 필요 없어. 여자? 내 개인적인 의견으로는, 여자들은 가치보다 문제가 더 커. 맥만 있으면 매일 세 명이랑 할 수 있지. 상상력만을 이용해서 말이야! 게다가 돈도 한 푼 안 들거든. 좋아. 강의는 끝났다. 첫 번째 강의는 이것으로 마치겠습니다. 내가 한 말 잘 생각해 보겠다고 약속해라. 자 여기 5파운드 더 주마."

라이오넬이 일어섰다. 그가 싱긋 웃더니 (드문 일이었다) 이렇게 말했다. "자, 실컷 즐겨라……. 오늘밤에 내가 돌아왔을 때 넌 몽둥이를 쥐고 있을 거다. 털이 북실북실한 네 손에 말이야." 라이오넬의 미소가 더욱 크게 번졌다. "제프랑 조가 네 맹도견이랑 죽이 잘 맞으면 좋겠네. 아, 하나 가르쳐 줄게. **엉망진창 얼굴**들을 찾아 봐. 첫 단추를 잘 끼워야지. 자, 아들. 생일 축하한다. 너랑 이런 대화를 나누다니 정말 기쁘구나. 얘기하고 나니까 개운하네."

사실 데스는 **엉망진창 얼굴**들을 흘끔 본 적이 있었다. 그 사이트가 그렇게 불리는 데는 다 이유가 있었다. 그는 평생 그 반만큼 엉망진창인 것도 본 적 없었다. 데스는 입을 떡 벌렸다가 30초 뒤에 방문기록을 클릭했다. 의심의 여지가 없었다. 라이오넬이 즐기는 포르노그래피는 취향이 무척 의심스러웠다. 그래서 데스는 한 시간 동안 무작위로 음란물의 대양을 부유했다, 아니 침몰했다. 그는 공포를 느끼며 깨달았다. 이러한 부유 혹은 침몰은 자신이 뭘 좋아하는지 알아냄으로써 성적으로 자신이 어떤 사람인지를 깨닫는 방법이었다—자기가 좋아하는 것이 마음에 들든 들지 않든 말이다.

그렇다면 데스 페퍼다인은 무엇을 좋아했을까? 음, 그는 약간이라도 이상한 것, 혹은 거친 것을 보면 다행히도 즉시 움츠러들었다. 흔들리는 카메라로 지겹게 클로즈업을 하면 정상적인 성행위도 끔찍해 보였다(동물원이 수족관을 겁탈하면 이런 모습일 거라는 생각이 불현듯 떠올랐다). 그리고 오토바이족이나 죄수 같은 얼굴에 삼류 문신을 한 벌거벗은 남자들……. 레즈비언 물은 괜찮았지만, 데스의 마음에 드는 건 예쁜 여자가 혼자서 천천히 (느리면 느릴수록 좋았다) 옷을 벗은 다음 흐릿하고 어렴풋한 조명 밑에서 조심스럽게 자신을 애무하며 즐기는 것이었다. 사실 그 외에 다른 것들은 다 칼싸움 같았다. 데스는 난 로맨틱한 사람이야!라고 생각했다. 그럴 줄 알았어……. 그는 〈완전히 혼자서 즐기기〉를 보면서, 더욱 구체적으로는 케이던스 메도브룩이라는 꼬챙이 같은 금발머리 여자의 후원하에, 사색적인 짧은 여흥을 마친 다음 인터넷을 끄고 클라우드를 켜서 필법을 공부하기 시작했다.

클라우드와 인터넷. 그것은 선악과였다. 선과 악의 지식이었다. 그것은 현대의 원죄였다. 돌이킬 방법은 없었다.

"또 그런 이상한 표정을 짓네." 데스가 다음번에 알렉트라를 만났을 때 말했다.

"무슨 이상한 표정?"

"거울을 보는 듯한 표정 말이야. 아니면 카메라든지……. 아야. 아파."

샤넬도 똑같았다. 그리고 조슬린과 제이드도 마찬가지였다. 뭘 기대했을까? 그들은 세 살 때부터 (고화질로) 성교육을 받았다.

"…… 넌 왜 만날 침을 뱉으면서 네가 추잡하다고 말하는 거야?"

"남자들이 그걸 바라니까."

데스가 말했다. "난 아니야. 난 로맨틱한 사람이거든. 그렇게 타고났어."

그레이스와 할 때는 너무나도 달랐다.

처음에 그레이스가 이상한 표정을 지었을 때, 데스는 너무 비현실적이었기 때문에 얼어붙었다. 뒤보네, 그리고 나이트가운 때문이었다! "자 이리 오렴, 잘생긴 총각, 한번 안아 보자." 여기에는 불변의 전제가 있었다. 데스는 그레이스에게 상처를 줄 수 없었다, 거절할 수 없었다. 그의 안에는 그런 게 없었다, 데스는 그렇게 만들어지지를 않았다. 그래서 데스는 방을 가로질러 다가갔다. 그 길이 얼마나 길던지. 노인용 아파트에서, 품위에서 추락하여 그레이스한테까지[그레이스(Grace)는 품위라는 뜻이 있으므로 영어로는 "그레이스에서 그레이스까지"(from grace to Grace)가 된다—옮긴이] 4.5미터. 데스는 달리 어떻게 할 수 없었기 때문에 방을 가로질러서 귀머거리들의 추한 세상으로 들어갔다. 그런 다음 데스는 뒤로 누워서 실험에, 다정함의 실험에 자신을 내맡겼다. 그리고 데스에게 닿는 그녀의 살결이 주는 감촉, 그 기이한 탄력, 살아온 세월의 깊이가 그와 그의 육체에 나른한 영향을 주었다.

"아, 넌 정말 아름답구나, 우리 귀여운 데시. 너무 아름다워서 가슴이 아파."

그리고 차례가 되자 데스의 심장이 가슴에서 목구멍으로 내달리는 몸속의 절정으로 불타올랐다. 데스는 그녀의 목에 입을 맞추었다. 그레이스가 그의 눈썹을 만졌다. 탁자 위에는 숟가락이 꽂힌 딸기잼병이 있었다. 작지만 맹렬한 빨간색 눈을 반짝이는 스테레오에서는 〈내가 사랑에 빠진다면〉(If I fell)이 흘러나오고 있었다.

그게 3월의 일이었고 지금은 4월이었다. 이제 4월이었고, 비가 똑똑 똑…….

"데스, 너한테 한 번도 말 안 한 게 있어."

두 사람은 옷을 입고 있었다. 이 순간만큼은 모든 것이 두 사람의 너머에 존재했다. 여기는 방음 시설이 갖춰진 죄의 실험실이었다.

"뭔데요, 할머니? 아 미안해요. 뭔데요, 그레이스?"

"나한테—나한테 남자 친구들이 있을 때 기억나니? 토비 기억나?"

"토비. 기억나요. 케빈도요."

"그래 케빈도 있었지. 내가 왜 남자친구들을 안 만나게 됐는지 아니?"

"왜 그랬는데요?"

"라이오넬 때문이었어……. 할아버지가 돌아가셨던 여름 생각나니?"

도미닉 올드맨은 아들 마크(에일린이라는 약사와의 12년 결혼생활에서 유일하게 얻은 자식이었다)와 낚시를 하고 있었다. 그런데 갑자기 자연의 힘이 너무나 크고 너무나 요란해졌고, 마크는 강둑에서 미끄러져 에이번 강에 거꾸로 떨어졌고, 도미닉이 뒤따라 뛰어들었다. 돌아온 사람은 마크 혼자였다. 두터운 안개의 그물에서 돌아온 사람은 마크 혼자였다.

"장례식 때문에 요이에서 라이오넬을 내보내 줬지. 너도 거기 있었어, 데스. 화장(火葬)이 끝나고 라이오넬이 우리 집으로 날 찾아왔지. 이 집에 들어와서 선반에서 성서를 꺼냈어. 그러더니 내 손을 성서에 억지로 올리고 맹세를 하게 만들었어. 걔가 말했지. '이제 빌어먹을 영감탱이들은 더 이상 안 돼, 엄마. 이제 말도 안 되는 짓거리는 더 이상 안 돼. 엄마는 한물갔어. 다 끝난 거야.'"

데스는 자기 모습을 떠올렸다—흰 셔츠와 파란색 타이, 검정색 긴 바지 차림으로 그날 골더스 그린에 있던 자신의 모습을. 데스는 열 살이었다. 그러면 할머니는 서른네 살이었다는 뜻이다.

"날 협박했어. 진짜 무서웠지." 그레이스가 자기 손목을 잡고 돌렸다. "한참 뒤에 토비가 갑자기 차를 마시러 우리 집에 들렀어. 그러고서 딱 30분 지났을 때 초인종이 울리는 거야. 라이오넬이었지. 갠 불쌍한 토비의 머리채를 잡고 끌고 나가서 저 계단에서 패대기를 쳤어. 차 한 잔 마셨을 뿐인데! 우우. 구두쇠 머스터드 씨 같으니라고. 알겠니? 스파이가 있었던 거야……. 그렇게 놀랄 거 없다, 데스! 넌 괜찮

아. 넌 원래 자주 오잖아. 그리고 난 네 할머니고."

그레이스는 점점 높아지는 기이하고 새로운 웃음소리를 내더니 손을 뻗어서 십자말풀이를 집어 들고 창가 안락의자에 털썩 앉았다.

"여덟 글자라……. 철자 바꾸기네. 아, 알았다. 얼굴."

"네? 힌트가 뭔데요?"

"쓰고 나서 깨진 컵."[2)]

데스는 스팽글처럼 반짝이는 4월 소나기 속을 걸어가면서 (편지봉투와 속달 우표를 사러 우편 취급소에 가는 길이었다) 어머니가 라이오넬의 어린 시절에 대해서 해준 이야기를 떠올렸다.

비틀스의 노래에서 따온 '구두쇠 머스터드 씨'라는 별명은 라이오넬의 심술뿐 아니라 인색함까지 나타내는 말이었다("도로에 난 구멍에서 잠을 자고 …… 콧속에 10실링짜리 지폐를 넣어 두었지. 이런 구두쇠 늙은이"). 삼촌은 아직 아장아장 걷던 무렵에 이 별명을 얻었다. 리 삼촌은 못 말리는 수집광에다가 욕심쟁이였다. 형들 중 누구든지 (라이오넬이 없을 때라도) 그의 장난감을 가지고 논 사람은 살아 있지만 차라리 죽기를 바라게 되었다. 존, 폴, 조지, 링고, 스튜어트 모두 막내 동생을

2) 수수께끼 십자말풀이는 뜻을 보고 단어를 맞추는 간단한 십자말풀이와 달리 힌트를 보고 숨어 있는 뜻을 찾아내야 한다. 수수께끼 십자말풀이에는 이중 의미, 철자 바꾸기, 숨어 있는 단어 찾기 등 여러 가지 유형이 있는데, 철자 바꾸기 문제의 경우 힌트에 답의 정의, 철자 바꾸기 문제임을 나타내는 말, 철자를 바꿀 말이 섞여 있다. 이 문제에서 '쓰고 나서 깨진 컵'(mug smashed after use)이라는 힌트는 mug = 답의 정의 = 얼굴, smashed = 철자 바꾸기 문제임을 나타내는 말(보통 '이상한strange', '기이한bizarre', '나쁜bad' 등 변화를 나타내는 말이 들어간다), after use = 철자를 바꿀 말로 구성되므로 답은 '얼굴'(features)이 된다.

정말로 무서워했다. 일곱 살짜리 존은 여덟 살짜리 실라에게 두 살짜리 라이오넬이 너무 무섭다고 말했다.

꼬마 라이오넬이 밤에 마지막으로 하는 일은 머리카락을 뽑아서 적신 다음 장난감 상자 뚜껑에 붙여 놓는 것이었다. 그렇게 해두면 밤 사이에 누군가가 장난감을 건드렸는지 알 수 있었다……. 그런 일이 생기면 라이오넬은 탐문을 시작했다(범인은 거의 항상 링고였다). 다음번에 링고가 잠들면 라이오넬은 제일 무거운 트랜스포머 장난감을 휘두르며 그에게 살금살금 다가갔다.

라이오넬이 처음으로 접근금지명령을 받은 것은 세 살 때, 세 살하고 이틀 됐을 때였다. 이것은 (자기가 더 빨랐다고 반박하는 사람들도 있지만) 전국적인 기록이다. 접근금지명령을 받은 것은 라이오넬이 보도블록 조각으로 자동차 앞 유리를 박살냈기 때문이었다. 당국은 또한 엄마와 장을 보러 나갈 때 피라미드처럼 쌓아서 진열해 둔 병이나 깡통을 발로 차는 습관에도 주목했다. 어린아이 특유의 호기심으로 동물들에게 잔학행위를 하는 것은 누구나 쉽게 예상할 수 있지만 라이오넬은 한술 더 떠서 어느 날 밤 애완동물 가게에 방화를 시도했다. 라이오넬이 반 세대 뒤에 태어났다면 그의 첫 번째 접근금지명령은 배즈보(BASBO), 즉 아기 애즈보라고 불렸을 것이다……. 애즈보는 (영국령에서는 다들 알고 있듯이) 반사회적행동금지명령(Anti-Social Behaviour Order)이라는 뜻이었다.

라이오넬은 어디가 잘못된 것일까? 그는 왜 멍청한 짓을 하려고 애를 쓸까? 내 말은, (데스가 생각했다) 일생 동안 깨어 있는 시간의 3분의 1을 법정에서 보냈다면 열여덟 번째 생일날 단독 날인 증서를 제출하여 이름을 라이오넬 페퍼다인에서 라이오넬 애즈보로 개

명을 하는 것은 좀 바보 같은 짓이 아닐까? 다른 삼촌들의 반응은 원래 페퍼다인은 거지같은 이름이니까. 애즈보는 뭔가 울림이 좋잖아였다. 정말로 그랬다. 라이오넬은 중앙형사법원 증인대에 섰을 때도 이렇게 멋지게 꼬리에 꼬리를 무는 이름을 과시했다.(아, 네. 이름이…… "애즈보" 씨군요. 애즈보 씨, 당신이…… 애즈보를 받은 것이 이번이 처음이 아니지요…….) 멍청한 짓에 고도로 머리를 써야만 그렇게 할 수 있었다.

데스먼드는 도서관 열람실에서 편지를 썼다.

> 친애하는 대프니에게.
>
> 저는 리버풀에 사는 소년(15세)이고, 친할머니와 관계를 가지고 있습니다. 확실히 이상적인 상황은 아니지요. 우리 둘 다 켄싱턴에 살고 있는데, 이름은 멋지지만 사실은 이 도시에서 제일 가난한 지역이에요(우린 여길 "케니"라고 불러요). 저는 "레즈"[리버풀 축구팀의 별명—옮긴이]와 웨스트 햄의 경기를 보러 런던에 자선 여행을 와 있어요, 그래서 우편 소인이 런던이에요.
>
> 법률적 측면에 대해서 좀 알려 주시겠어요? 너무 걱정이 돼서 집중할 수가 없어요. 그 부분이 확실해지면 저희 삼촌에 대해서, 그리고 제가 가진 다른 문제에 대해서 다시 편지를 쓸게요(그래도 된다면 말이에요). 이해하시겠죠, 대프니 씨, 전 정말 혼란스러워요.

데스는 생각했다. 디스턴에 산다고 솔직하게 말해야 할지도 몰라. 그러면 아마 이해해 줄 거야. 그러니까, 인구통계가 다르잖아……. 데스는 어깨를 으쓱 했다. 됐어, 괜찮아. '케니'도 분명 비슷하게 나쁜 곳일 거야.

전화 상담을 받는 것도 좋은 방법일 것 같아요. 혹시 제가 꼭 읽어 봐야 할 소책자가 있을까요?

6

디스턴에는 고압 철탑이 수 천 개는 있었고, 전부 지직거렸다. 최악의 구간인 커틀 운하에서는 간헐 온천만큼이나 격렬했다. 철탑은 지글지글 철퍼덕거렸고 서둘러 지나가는 사람들에게 두꺼운 입술로 입맞춤을 날렸다. 주프스 레인 너머에는 스퉁 민체이(그곳에 사는 한국인 주민들이 붙인 이름이었다)가 펼쳐져 있었다. 그곳은 잡채만 한 전자제품 폐기물들, 낡은 컴퓨터, 텔레비전, 전화기, 냉장고들이 쌓여서 납, 수은, 베릴륨, 알루미늄이 넘치는 12에이커짜리 쓰레기장이었다. 디스턴은 윙윙거렸다. 배경 방사, 즉 55년의 반생(半生)을 위한 배경음악이었다.

데스는 라이오넬이 자물쇠를 습격하는 소리를 들었다. 톡톡 딸깍 딸깍 소리가 그를 위로하던 공상을 깨뜨렸다. 상상 속에서 부지런한 대프니는 높다랗게 쌓인 우편물을 읽고 있었다. 그녀가 데스먼드의 편지를 발굴했다. 찌푸린 얼굴이 너그러운 표정으로 바뀌었다. 대프니가 답장을 쓰기 시작했다. **불쌍한 고민남 씨, 정신이 나갈 정도로 걱정했나 보군요. 그럴 필요가 전혀 없는데 말이에요! 다행히도 1979년에 법률이 개정됨에 따라 이제 더 이상**……. 하지만 라이오넬이 꿈을 짓밟았다. 라이오넬은 상표가 없는 약 1리터짜리 술병 두 개(하나는 반쯤 비었다)와 포장한 양고기 빈달루—개들 먹이였다—를 들고 쿵쿵거리며 들어왔다.

"성공했어." 라이오넬이 말했다. "로스 놀스 말이야. 열 번째 시도 끝에. 그런데 여기 이거 좀 봐라. 데스, 마음의 준비 단단히 하고 이거 좀 봐."

라이오넬은 술이 완전 취했든지 아니면 자극을 받아서 동요한 것 같았다(그리고 항상 그렇듯이 생각보다 한 사이즈 컸다). 하지만 데스는 뭔가 잘못됐음을 알 수 있었다. 그는 위험을 감지했다……. 라이오넬은 취한 게 아니었다. 그는 절대 취하지 않는다. 라이오넬은 자살이나 다름없을 만큼 술을 많이 마셨지만 절대 취하지 않았다. 마리화나, 코카인, 강력 코카인, 헤로인, 엑스터시, 메탐페타민도 마찬가지였다. 그 어느 것도 라이오넬에게 아무런 영향을 주지 않았다(중독되지도 않았고 영향도 없었다). 라이오넬은 적어도 이쪽에서는 정상이었다. 하지만 오늘밤 그는 뭔가 취한 모습이었다. 뭔가 잘못됐다.

라이오넬이 술병을 거꾸로 들고 여섯, 일곱, 여덟 모금을 마셨다. 그는 손목으로 입을 닦은 다음 말했다. "이 나라가 결국 이 지경까지 갔구나, 데스. 전국지에 이런 걸 싣다니." 라이오넬이 엄지와 검지로 더럽다는 듯이 둘둘 말린 《모닝 라크》를 뒷주머니에서 꺼냈다. "광고란 두 번째 페이지를 봐. 길프[GILF: Grandmother I'd Like to Fuck(내가 섹스하고 싶은 할머니)의 약자—옮긴이]라고 부른댄다."

"세상에……. 일흔여덟 살이잖아요!"

"길프란다, 데스. 일흔여덟에 상반신을 드러내다니. 일흔여덟 살에 도대체 왜 살아 있는 거지? 벗은 건 둘째 치고 말이야! 게다가 그 말 자체가 어, 모순이야. 그래, 데스. 길프. 섹스하고 싶은 할머니라니……. 할머니랑 **하고 싶은** 사람이 어디 있어? 안 그러냐. 그러니까 그 말 자체가 모순이지." 라이오넬이 희미하게 덧붙인다. "닐프[NILF: Nanny I'd Like to Fuck의 약자. 같은 뜻이다—옮긴이]라고 부를 수도 있을 거야."

"닐프요?"

"닐프. 하고 싶은 할머니……. 이게 영국이야, 데스. 한때는 자랑스러웠던 나라 말이다. 이거 봐. **놀고 싶은 노파가 노련한 놀 상대를 찾습니다.** 이게 바로 영국이야."

추위가 아직 가시지 않은 5월 초의 청명한 밤이었다. 데스는 인중에 난 땀을 닦았다.

"…… 무슨 일이냐, 데스? 표정이 이상한데."

"아니 괜찮아요, 삼촌. 그러니까 어, 오늘 결과 나왔죠. 로스 놀스요."

"뭐? 아. 화제를 바꾼다 이거지." 라이오넬이 하품을 하고 심드렁하게 말을 이었다. "그래, 난 포도를 가지고 당직실 밖에 있었어. 그때 운이 좀 좋았지. 경찰이 거기 있긴 했는데, 들것에 누워 있더라고. 귀에서 피가 나고 있고. 그 뭐, 슈퍼박테리아인가 뭔가 그건가 봐. 모르겠지만."

데스가 어깨를 으쓱 하고 말했다. "디스턴 종합병원이니까요."

"그래. 디스턴 종합병원이지……. 그래서 내가 침대 옆으로 가서 지켜보고 있는데 그 놈이 눈을 뜨더라고. 난 절대로 목소리를 높이지 않았어, 속삭이는 정도였지. 내가 말했어. '나 기억나요, 놀스 씨? 아니면, 로스라고 부를까? 나 때문에 다쳤다면 진심으로 사과하지, 로스. 그날 밤에 제정신이 아니었거든. 사랑 때문에 괴로워하고 있었어. 사랑 말이야, 로스. 기분이 어떻겠어, 응? 이상형 여자가 나랑 제일 친한 친구랑 자는 걸 알면 기분이 어떻겠냐고?'"

"그 사람이 뭐라 말은 했어요?"

"아니. 턱을 철사로 고정해 놨거든. 그래서 내가 계속 말했지. '그건 아셔야 돼, 로스 씨, 난 정신적으로 문제가 많은 청년이야. 이번 일을 계속 진행시키면 난 아마 감옥에 들어가겠지. 하지만 얼마나 되겠어? 8개월? 1년? 하지만 내가 나오면, 로스, 널 다시 손봐 주지. 그땐 더 심할 거야. 그럼 난 곧장 감옥에 다시 갇히겠지. 난 멍청하니까 말이야. 난 멍청하거든…….' 그래서 로스 놀스가 잠깐 생각을 했고, 우리는 법정 밖에서 합의를 한 거야."

"뭘 줬어요?"

"포도 한 송이." 라이오넬이 일어나서 말했다. "난 이걸 멍청이 이론이라고 불러, 데스. 빗나가는 일이 없지. 됐다. 타바스코 어디 있어?"

개들이 유리문을 핥고 있었다. 라이오넬은 냉장고 옆 싱크대에 서서 칠리를 마구 흔든 다음 김이 나는 고기 위에 뿌렸다. 그는 양손에 그릇 두 개를 들고서 문을 열고 베란다로 나갔다. 데스는 로간 조시[양고기를 소스와 향신료 등을 넣고 요리한 아시아 요리—옮긴이]를 준비했다.

"아, 로간 조시." 라이오넬이 말했다. "로간 조시는 확실하지."

두 사람이 각자의 몫을 뒤적일 때 (라이오넬은 항상 식성이 변덕스러웠고 데스는 모이 주머니가 가득 찬 기분이었다) 무거운 침묵이 슬금슬금 기어오르기 시작했다. 스테로이드를 맞은 것처럼 울끈불끈 힘찬 침묵, 라이오넬 같은 침묵, 제프와 조가 목마른 듯이 낑낑거리는 소리를 덮어 버릴 만큼 새된 침묵…….

"개들이 먹기엔 너무 뜨거워요." 데스가 건조하게 말했다.

라이오넬은 숟가락과 포크를 옆으로 치워 버렸다. 그런 다음 고개를 돌리고 다리를 뻣뻣하게 펴고 신음 소리를 내면서 팔짱을 꼈다. 몇 분이 지났다. 라이오넬이 자리에서 일어나서 방을 몇 바퀴 돌더니 자기 신발을 비판적인 시선으로 바라보았다. 또 몇 분이 지났다.

"있잖아, 좀 걱정이야." 라이오넬이 말했다. "네 할머니 말이야."

"에?" 데스가 침을 꿀꺽 삼켰다. "왜요?"

"할머니의 행실 말이야."

"할머니 행실이요?"

"그래, 너 더들리 알지."

"더들리 아저씨요? 네." 더들리는 할머니의 옆집에 사는 쾌활한 인종주의자였다.

"더들리. 더드 노친네 말이야. 무슨 **소리**가 들리는 것 같더래."

"…… 무슨 소리요?"

"신음 소리." 라이오넬이 천장을 보았다. "꼭, 제기랄, 꼭 누가 네 할머니랑……."

데스는 겨우 소리를 낼 수 있었다. "어, 그건 편파적이에요, 진짜. 리 삼촌. 다른 이유로 신음하신 걸 수도 있잖아요. 아파서라든가."

"있잖니, 데스, 나도 딱 그렇게 생각했지. 바로 그렇게 생각했다니까. 사실은 그런 말을 꺼낸 더드를 패 주기까지 했어. 엄마가 나한테 그럴 리가 없어. 엄마는 안 그래! 우리 엄마는 안 그런다고!"

데스는 라이오넬이 울음을 터뜨릴 것이라고 잠시 생각했지만 곧 그의 표정이 밝아지더니 대화를 나누듯이 말했다.

"네 할머니가 이상한 놈을 만났던 건 나도 알아. 토비랑 뭐 그런 놈들. 하지만 도미닉이 죽고 나서 엄마도 마음이 변했지. 새사람이 됐어. 엄마가 그러더라고. '라이오넬? 네 아버지는 아들을 구하기 위해서 돌아가셨어. 널 위해서도 그러셨을 거야. 실라를 위해서도. 난 그걸 존중할 거야, 라이오넬. 도미닉과의 추억을 존중할 거야. 그러니까 더 이상 남자는 없어.' 그러고는 살짝 웃은 다음에 말했지. '날 보렴. 이미 한물갔잖아!' …… 그런데 이제 와서, 이제 와서 **신음 소리**가 들린다는 거야."

데스가 말했다. "내가 자주 들락거리는데 아무것도 못 봤는데요."

"음. 눈 똑바로 뜨고 봐라, 데스. 화장실을 봐. 면도기나 못 보던 칫솔. 뭔가 어, 적절하지 않은 거 말이야."

"그럴게요."

"음…… 신음하는 할머니라니. 아파서 그런 거겠지. 그래. 그럴 나이지. 크으, 데스, 나이 든 사람들이 어떤 고통을 겪는지 넌 못 믿을 거다. 갱년기 말이야. 다 몸속에서 일어나는 일이야. 너 오늘밤에도 기어 나갈 거냐?"

데스는 할머니와 데이트가 있었다. 그가 가슴을 긁으면서 말했다. "아뇨. 집에 있을 거예요. 축구 봐야죠. 개들을 잠깐 산책시킬 수도 있고요."

"…… 다 몸속에서 일어나는 일이야. 저 밑에 잘못되려고 안달인 것들이 잔뜩 있거든……. **우리** 엄마가 길프라고? 아니야. **우리** 엄마가 놀고 싶은 노파라고? 안 되지."

* * *

몇 분 후 데스는 제프와 조를 데리고 끝없는 계단을 비틀비틀 내려갔다. 그는 정말 화가 났다——할머니는 절대 신음 소리를 내지 않기 때문이었다. 아파서든 흥분해서든 말이다. 데스는 주먹을 꽉 쥐고 청각적 기억의 풍동과 반향실을 뒤져 보았다. 할머니가 웃는 소리(옛날 웃음소리)가 들렸고, 비틀스 노래를 흥얼거리는 소리가 들렸고, 또 할머니가 웃는 소리(최근의 방탕하면서도 어딘가 초조한 웃음소리)가 들렸다. 하지만 할머니는 절대 신음 소리를 내지 않았다. 소동을 피우는 것은 제이드와 알렉트라였지 (적어도 걔들 엄마가 집에 없을 때) 할머니는 아니었다. 할머니가 신음 소리를 낸다고? 절대로…….

앞마당으로 내려온 데스는 조금 망가진 공중전화 부스로 휙 들어갔다.

할머니가 신음 소리를 내는 건 소모성 질환에 걸려서 그런 건데 나한테는 말을 안 한 걸까? 신음 소리를 내는 이유가—!

생각이 딱 멈췄다.

데스는 전화를 걸어서 24시간 뒤로 약속을 미뤘다. 하지만 더들리와 신음 소리에 대해서는 아무 말도 하지 않았다.

7

날이 밝았다. 작은 새소리가 잠깐, 짧게, 들려왔다. 도시가 신음하며 서서히 깨어나고 있었다. 여덟 시가 되자 아발론 타워 전체가 DIY 작업장으로 변했다. 망치, 연삭기, 전기 샌더가 윙윙거리며 신경을 긁는 소리……. 데스는 샤워를 하고 차를 마셨다. 라이오넬은 자고 있었다. 라이오넬은 늦게 나가고 늦게 잤다(다섯 시 직후에 요란하게 들어왔다). 라이오넬의 방문이 열려 있어서 데스는 잠시 복도에 멈춰 섰다. 여기는 원래 데스의 어머니 방이었다. 저 커다란 거울. 어머니는 저 앞에서 윗배에 한 손을 얹고 정면을 봤다가 옆모습을 비췄다가 다시 정면을 보면서 자기 몸매를 살펴보곤 했고, 그런 다음 엄마는 사라져 버렸다. 라이오넬이 몸을 굴려 똑바로 누웠다. 오르락내리락 하는 가슴, 준설기처럼 요란한 코골이.

바깥은 밝고 건조했다. 그리고 술에 취한 것처럼 소란스러웠다. 문이 열렸다가 쾅 닫히고, 쓰레기통이 넘어지고, 셔터가 덜컹거렸다. 데스는 오늘만큼은 자기 시야에 잠시의 평화를, 잠시의 정적을 줘야겠다는 느낌이 들었다. 머릿속을 정리하기 위해서. 하지만 데스의 생각은 계속 방황했고, 빠르고 변덕스러운 하늘 밑에서 데스는 자기 생각을 따라서 방황했다. 여자들, 어머니들은 아이다운 둥근 얼굴에 어린 심각한 문제를 알아차렸다. 데스는 긴 다리에 반바지와 블레이저 코트를 입고 책가방을 들고 가다가 10미터마다 멈춰 서서 떨리는 손가락으로 숱 많은 머리를 매만졌다.

…… 이집트 카이로의 거리에서 끊임없이 들리는 소음은 과학적으로 평균 90데시벨, 즉 화물 기차가 4미터 거리에서 지나가는 소리와 맞먹었다(끊임없는 소음은 부분 청각장애, 신경증, 심장마비, 유산을 일으켰다). 디스턴 타운은 카이로만큼 시끄럽지는 않았지만 자동차 정비소, 제재소, 제혁 공장, 그리고 무법적인 교통질서로 유명했다. 또한 타운에서는 철거, 도로공사, 가지치기와 나뭇잎 청소를 더 자주 하는 것 같았고 자동차 경보, 도둑 경보, 화재 경보도 더 많은 것 같았으며(카페는 밴이 싫다! 자전거는 가게가 싫다! 술집은 버스가 싫다!), 물론 사이렌 소리도 더 많았다.

국제도시 런던의 디스턴 지역에서는 아직까지 소형화 기술이 요란하게 울리는 트랜지스터와 대형 휴대용 스테레오와 창가에 놓인 하이파이 스피커를 아직 완전히 대체하지 못했다. 사람들은 어쨌든 항상 서로에게 고함을 질렀지만, 이제는 훨씬 더 크게 고함을 질렀다. 이 동네에서 투렛 증후군을 앓는 개는 제프와 조만이 아니었다. 입버릇이 나쁜 핏불들, 날카롭게 소리 지르는 고양이들, 음울하게 선회하는 비둘기들. 도망자 여우들만이 침묵의 규칙을 지켰다.

마그마처럼 트림하는 운하, 거품을 피워 올리는 낮은 철탑들, 웅웅거리는 쓰레기들로 가득한 디스턴. 디스턴 — 이탤릭체와 느낌표들의 세상.

데스는 학교 가는 길에 블라이머 로드의 공공 도서관으로 샜다. 도서관은 자기 기침과 한숨, 숨소리를 실제로 들을 수 있는 곳, 자기 부비강의 연결 지점에서 나는 소리를 들을 수 있는 곳이었다. 데스는 먼지들이 반짝이며 빛나는 열람실로 곧장 갔다.

당연히 데스는 제일 먼저 《선》을 구깃구깃 펼쳐서 〈대프니에게〉 코너로 돌진했다. 발기를 하는 것에 대한 고민, 발기를 유지하는 것에 대한 고민, 유부남 애인이 아내를 떠나지 않아서 고민하는 수많은 여자들, 여자 옷이 주는 느낌을 사랑하는 수많은 남자들. 온갖 이야기들이 있었지만 열다섯 살 소년과 그의 할머니 이야기는 없었다. 데스가 편지를 부친 지 11일이 지났다. 대프니는 왜 신문에 싣지 않는 걸까? 너무 끔찍했나? 아니야(여전히 데스는 그렇지 않기를 마음 한구석으로 가냘프게 바랐다). 너무 사소한 고민이라서 그럴 거야.

데스가 눈을 감자 열세 살 때 할머니 아파트에 갔던 자기 모습이 보였다. 그는 여느 때처럼 소매로 눈을 가리고 울고 있었다. 할머니가 데스의 머리를 어루만지며 마음을 달래 주는 〈헤이 주드〉를 콧노래로 낮게 흥얼거렸다. "헤이 주드, 비관하지 마, 슬픈 노래를 가져다가 더 낫게 만들면 되잖아." 두 사람이 부둥켜안고 손을 잡았고, 광활하고 자취가 없는 침묵이 흘렀다. 할머니는 슬픔이 바다와 같다고 말했다. 우리는 파도를 타야만 하고("그러니 숨을 들이마시고 내쉬어, 주드, 시작해"), 그렇게 몇 달이 지나고 몇 년이 지나면…….

골목길 바닥을 뚫던 해머 드릴 두 대가 데스의 생각을 가루로 만들어 버렸다. 바로 그때 나이 많은 관리인(꽁지머리에 뺨이 움푹 들어간 사람)이 문 뒤에서 고개를 내밀었다.

"너 왜 학교 안 갔어?"

"프로젝트가 있어서요." 데스가 말했다. 그는 다시 《선》지로 시선을 돌렸다.

국제뉴스. 다푸르의 학살. 북한은 핵 실험을 할 것인가? 멕시코 마약 전쟁에서 수십 명이 살해당하다……. 데스는 어깨 너머를 슬쩍 본 다음 떨리는 손을 《인디펜던트》로 뻗었다(적어도 신문 크기만큼은 확실히 타블로이드였다). 데스는 이 거미 같이 복잡한 신문이 자기를 몰아낼 거라고 생각했다. 하지만 그렇지 않았다, 그것은 데스를 받아들였다……. 데스는 《인디펜던트》에 실린 국제뉴스를 전부 읽었고, 그런 다음 《더 타임스》로 넘어갔다. 시계를 보자 네 시 반이었다(그리고 데스는 무척 배가 고팠다).

데스는 세상이라는 곳에서 여덟 시간을 보냈다.

"저 요즘 신문을 읽었어요."

"무슨 신문?"

"제대로 된 신문이요. 《가디언》이나 뭐 그런 거."

"신문 같은 거 읽지 마라, 데스." 라이오넬이 《모닝 라크》를 한 장 넘겨서 모서리를 깔끔하게 맞추면서 말했다. **쓰레기통에서 시체 발견, 남편 붙잡히다.** 그가 아주 근엄하게, 용납할 수 없다는 표정으로 덧붙였다. "네가 신경 쓸 일이 아니야."

"그럼 삼촌도 잘 모르는 거네요, 그 온갖 일들이……. 리 삼촌, 우리가 이라크에 간 이유가 뭐죠?" 라이오넬이 신문을 넘겼다. **노린의 충격적인 레즈비언 관계.** "아니면 혹시 이라크에 대해서 모르는 거예요?"

"이라크, 당연히 알지." 라이오넬이 고개를 들지도 않고 말했다. "9·11이잖아. 봐, 데스, 9·11 때 머리에 행주 쓴 놈들이—"

"하지만 이라크는 9·11과 전혀 상관없었다고요!"

"그래? …… 데스, 넌 너무 순진해. 봐라, 미국이 대장이잖아. 미국이 아빠라고. 9·11 같은 빌어먹을 방자한 사건이 일어나서 전부 끝장나니까 아빠가 달려든 거지."

"네, 하지만 누구한테 달려든 건데요?"

"누구한테인지는 중요하지 않아. 아무나 상관없어. 나랑 로스 놀스처럼 말이야. 그게 바로 멍청이 이론이야. 모두를 착하게 만들지."

라이오넬이 신문을 한 장 넘겼다. **진상조사 결과 칼부림 사건에 연루된 깡패들이 감옥에 가지 않은 것으로 밝혀져.** 데스는 의자 깊숙이 앉아서 이상하다는 듯이 말했다.

"처음 시작했을 때요, 리 삼촌. 내 말은, 우린 다 같은 지역 동맹 아니었어요? 그러니까 그 나라들이 기분이 좋았을 리가 없어요. 불안하잖아요. 그 지역에 있는 우리 동맹국들이요."

"동맹?" 라이오넬이 지긋지긋하다는 듯이 말했다. "무슨 동맹?"

"어, 사우디아라비아. 터키…… 이집트. 확실히 기분이 좋진 않았을걸요."

"그래서? 세상에, 데스, 말 진짜 잘하는구나."

"그 나라들은 우리 동맹국이잖아요. 그때 우리가 그 나라들한테 뭐라고 말했어요?"

라이오넬이 고개를 숙였다. "우리가 뭐라고 했을 거 같냐? 이렇게 말했지. '들어 봐. 우리가 이라크 덮친다, 알겠지? 너희도 원하는 게 있으면 좀 주고.'" 라이오넬이 어깨를 폈다. "그러니까 그만해. 나 이거 읽고 있잖아."

데스는 지구의 축소판 같은 금요일 밤 열두 시의 호브글로빈이 떠올랐다. 이것이 세상이라 불리는 곳이었다.

"아아. 봐라, 데스. 또 길프야."

고양이가 또 거기에 있었다. 고양이가 또 거기에, 그레이스의 집으로 가는 터널 끝에 있었다. 털도 수염도 없이 하얀 물주머니처럼 민숭민숭하고, 옛날부터 전해져 내려오는 가냘프고 귀를 괴롭히는 울음을 울면서……. 데스가 초인종을 누르자 북실북실한 분홍색 슬리퍼가 매트를 스치는 소리가 들렸다(카세트에서는 〈디어 프루던스〉가 흘러나오고 있었다).

"할머니." 만나자마자 데스가 말했다. "신음 소리요."

"신음 소리? 무슨 얘기니?"

데스가 다 이야기했다. "하지만 할머니는 신음 소리 안 내잖아요, 그렇죠." 그가 말했다. "그렇죠?"

"…… 신음 소리를 내긴 하지." 그레이스가 신중하게 말했다. "가끔 말이야. 네가 눈치를 못 챈 거야. 아, 늙어 빠진 더드가 뭘 알겠니?"

"그렇게 웃지 마세요! 뒤보네를 몇 잔이나 마신 거예요?"

"그럼 젊은 신사분은 그냥 거기 계속 서 계세요."

"아니에요, 그레이스……. 그럼 베개 가져와요. 신음 소리를 낼지도 모르니까. 그리고 볼륨을 높여요!"

나중에 그레이스는 실크커트 담배를 음미하면서 수수께끼처럼 말했다(자세히 설명하려 하지는 않았다). "오, 데스, 넌 정말 멋져. 하지만 문제는…… 문제는 말이다, 네가 내 머리에 망상을 불어넣는다는 거야!"

8

일주일이 또 흘렀다. 이제 문제가 정점에 이르렀다. 데스먼드 페퍼다인에게는 삼중 공포가 덮친 날이었다.

일주일이 또 지났기 때문에 데스는 이제 대프니를, 대프니와 그녀의 조언을 어느 정도 포기했다. 하지만 바로 거기, 토요일자 《선》에 그것이 실렸다(토요일에는 대프니의 칼럼이 두 페이지를 차지했다). 다른 편지들은 전부 표제가 있었지만("창녀가 된 기분이에요, 낯선 사람과 자는 걸 멈출 수가 없어요", "남자의 몸에 갇혀서", "죽은 남편의 아버지와 결혼하고 싶어요", "문자로 바람을 피워서 상처받았어요", "엄마를 잃은 슬픔이 가시지 않아요") 데스의 편지는 제목이 없었고 왼쪽 아래에 짙은 회색의 음울한 배경으로 실려 있었다.

> 친애하는 대프니에게. 저는 리버풀 켄싱턴의 청년인데요, 친할머니와 성적 관계를 가지고 있어요. 법적 문제에 대해서 설명해 주시겠어요?

대프니의 대답: 즉시 끝내야 합니다! 두 사람 모두 법적으로 강간을 저지르고 있으며, 구속형을 받을 수 있습니다. 우편 번호와 주소를 얼른 보내 주세요, 그러면 제 책자《가족 간 성적 학대와 법률》을 보내 드리겠습니다.

데스는 그날 하루 종일 스티프 슬로프에서 이 벤치 저 벤치로 옮겨 다니면서 시간을 보냈다. 해피 밸리에서 귀에 거슬리는 축제음악 소리가 소용돌이치며 들려왔다. 절대로 비가 될 수 없는 습기의 포자가 공기 중에 드문드문 떠다녔다. 언덕 반대쪽에서 뭔가 어두운 것이 점점 더 커지고 있는 것 같았다.

일곱 시가 되자 라이오넬이 애견 용품을 양팔 가득 안고 부엌으로 밀고 들어왔다. 그가 걸음을 멈추고 고개를 돌렸다.

"…… 탱크가 열렸어."

"네, 저도 닫으려고 애썼어요." 데스가 조용히 말했다. "그런데 자꾸 뚜껑이 열려서 안 닫혀요."

"그럼 뭐." 라이오넬은 뒤죽박죽 섞인 짐을 카운터에 쿵 내려놓았다. 장대, 개의 입을 벌리게 만드는 브레이크 스틱, 피라미드형 철 스파이크가 달린 두꺼운 가죽 목줄 네 개. "너 그 위에 앉았지."

데스는 얼굴을 찡그려도 눈썹이 절대 흔들리지 않았지만 오늘밤에는 눈이 8자를 옆으로 눕힌 것처럼 가운데로 몰린 것 같았다(또 그렇게 보였다). 라이오넬의 운동복 주머니에 신문이 꽂혀 있었다. 《모닝 라크》도 아니고, 《디스턴 가제트》(역시 타블로이드판 신문)도 아니고, 다름 아닌《선》이었다!

라이오넬이 데스의 왼쪽 귀에서 7센티미터쯤 떨어진 곳에서 코브라 캔을 따고 말했다.

"할머니한테 안 좋은 소식이 있어."

데스가 갈라진 목소리로 속삭였다. "아, 그래요, 삼촌?"

"혐의가 짙어지고 있어……. 더드 노친네랑 또 얘기했거든. 신음 소리만이 아니야, 데스."

"어, 또 뭔데요?"

"낄낄거린대. 낄낄거린다고. 그러니까 **아파서** 신음 소리를 내는 건 아니지, 안 그러냐. **아파서**가 아니라고. 또 뭐가 있는 줄 알아?"

데스는 양손 손톱으로 가슴을 긁고 있었다.

"볼륨을 높이기 시작했어! …… 더드 말이 화요일 밤에 낄낄거리는 소리를 들었대. 그런 다음 음악 소리가 커졌대. 게다가 그것뿐만이 아니야." 라이오넬이 혀를 내밀고 붙어 있던 머리카락을 뗐다. "못 믿을 거야, 데스, 세상에……."

라이오넬이 갑자기 입을 다물었다. 그가 유리문으로 가서 커튼을 젖히더니 제프와 조를 보았다. 개들은 몸을 웅크린 채 나란히 누워 자고 있었다.

"나 오늘 여기 돈 걸었는데." 라이오넬이 놀란 듯한 목소리로 말했다. "네가 직접 확인해 봐." 그런 다음 과장된 몸짓으로 신문을 꺼내서 탁자 위에 펼쳤다.

"이제 우리 《선》 읽는 거예요?"

"응. 오늘 어, 오늘은 유식해져 보려고." 새로운 맥주 캔이 재채기를 했다. "아니야, 데스, 3면[대중지에서 여자 누드가 실리는 면—옮긴이] 결승 때문이지. 난 줄리에타한테 걸었어. 그 여자를 보면 생각나는 사람이 있거든……. 난 도박사가 아니야, 데스. 한 번도 도박사였던 적이 없지. 그런 건 빌어먹을 말론한테 맡겨야지."

집시 같은 줄리에타의 배당률이 표시되어 있고 간략한 설명이 있었다. 라이오넬이 신문을 넘겨 볼 만한 TV 프로그램으로 넘어갔다. 그런 다음 또 한 장을 넘겼다. 대프니의 상담코너다!

"**창녀가 된 기분이에요, 낯선 사람과 자는 걸 멈출 수가 없어요.**" 라이오넬이 (천천히 입모양을 만들면서) 읽었다. "그럼 창녀인 거지, 얘야. 그냥 받아들여라……. 여기 봐라, 데스. 대프니는—대프니는 남자가 여자처럼 차려입는 게, 어, '혼자만의 결혼을 하려는 시도'래……. 과부가 시아버지랑 결혼할 수 있나? …… 여기. 여기 좀 봐라, 데스. 리버풀에 사는 놈인데……."

데스는 리버풀과 켄싱턴에 대한 이야기를 꾸며내게 만든 반쯤 잊은 꿈, 혹은 불안에 감사했다. 데스가 켄싱턴과 '케니'에 대해서 어떻게 알았을까?

"크으, 이 더러운 리버풀 놈은 자기 **할머니**랑 잔단다! 자기 친할머니랑……. 진짜 웃긴 세상 아니냐, 데스?"

데스가 고개를 끄덕이면서 기침을 했다.

"…… 그래, 맞는 말이야 대프. 구속감이지. 암. 우, 감옥에 가면 동료들이 이 녀석을 아주 예뻐해 줄 거야. 수감자들이 얘를 어떻게 할지 알아, 데스? 감옥에 가면?"

"아뇨. 어떻게 하는데요?"

"글쎄. 우선 엉덩이가 빠지도록 덮치겠지. 그런 다음 샤워장에서 목을 딸 거야. 걔들도 할머니는 있거든! …… 켄싱턴. '케니'—어, 나 거기 요이에 있었는데!"

집안이 잠잠해지고 지나가던 구름이 짙은 청회색을 드리워 주었다.

"엄마 손님 말이다, 데스. 그 자식이 들락날락하고 있어. 자기 내키는 대로 말이야. 들락날락한다고."

데스가 약간 용기를 내서 말했다. "아마 그중 반은 나일 거예요, 삼촌. 나도 항상 들락날락하잖아요."

라이오넬이 코브라를 한 캔 더 땄다. "너? 아, 그렇지. 잘 들어. 그레이스를 만나러 갈 때 말이다, 데스, 그게 네 버릇이냐? 밤 열두 시 반에 휘파람을 부는 게? 그런 다음 열 시에 휘파람을 불면서 나가고? 아침에 짧게 한 번 더 하고 영국식 아침식사를 한 다음에?"

그녀는 고개를 약간 숙였지만 턱을 내밀고 더 빨리, 더 바쁘게, 크림플 웨이를 서둘러 걸어갔다. 그녀는 머리를 다듬고 염색해서 손질했고, 빨간 스웨터와 금속처럼 번쩍이는 딱 붙는 회색 바지를 입고 있었다. 입술이 가늘어지도록 꽉 다문 입과 가위처럼 움직이는 다리는 뭔가를, 성공하겠다는 결의를 강력하게 드러내고 있었다. 그는 그녀가 더 젊어 보인다고 생각했다(그는 그녀의 집 대문에 기대어 서 있었다). 하지만 길을 건넌 그녀는 6피트 다가올 때마다 6년씩 나이를 먹었다.

"데스." 그레이스가 그의 옆을 지나가면서 조용히 말했다. "들어오렴, 아가. 하지만 오래 있진 마."

그레이스가 작은 부엌 카운터에 사 온 물건들을 늘어놨다. 빵, 달걀, 토마토, 베이컨 한 팩, 삶은 콩 한 캔(그리고 그녀가 애용하는 실크커트와 새뒤보네 한 병). 그레이스는 싱크대 위 창문에 비친 데스를 보고 있었다.

"무슨 일이에요, 그레이스?"

"더 이상 아무 말도 하지 마, 아가. 잘못된 건 아무것도 없어."

"아니에요, 그레이스." 데스가 애원하듯 얼굴을 찡그리면서 말했다. "모든 게 다 변했어요. 라이오넬이, 삼촌이 더드 할아버지한테 벽에 귀를 대고 엿들으라고 시켰어요!"

"라이오넬이? 치사한 녀석 같으니라고. 잘 들어. 난 곧 마흔이 될 거고, 그래, 한물가겠지. 이제 더 이상 신경 안 쓸 거야! …… 아 데스. 할 말이 있단다. 너한테 할 말이 있어."

바깥에는 비가 오고 있었다. 라일락 빛 하늘 아래 사방이 어두워지고 보도블록 위로 물이 얇게 한 겹 덮였다. 가로등이 반사되어 만든 주황색 얼룩들이 크림플 웨이를 걷는 데스와 보조를 맞추었다. 안도의 경외감은 호화롭고 환각과도 같았다……. 데스 페퍼다인은 열다섯 살이었다. 그리고 그는 이 사실을 빨리 배워서 다행이라고 생각했다. 데스는 디스턴의 논리에 동의하면서 고개를 숙였다가 젖히고 거의 웃음을 터뜨릴 뻔했다.

"이게 나야, 데스. 이제 다시 할머니라고 불러도 돼. 너랑 나, 우리 그냥 예전으로 돌아가는 거야. 아무도 알아내지 못할 거야. 이게 나야."

"맞아요. 그래요. 하지만 할머니. 생각해 보세요. 삼촌이 할머니랑 새로운 친구에 대해서 알아요. 리 삼촌이 안다고요!"

"아 그래? 걘 자기 엄마한테는 눈곱만큼도 신경 안 써. 난 21세기에 접어든 후에는 라이오넬을 한 번도 못 봤어! 그래서, 걔가 뭘 어쩌겠어? 이 사실이 알려지면 누가 더 힘들겠니? 라이오넬이지! 어쩌겠어? 걔가 뭘 어쩌겠어?"

9

라이오넬은 스킨스리프트 클로즈에 가게인지 창고인지가 하나 있었다. 그곳에 가려면 깨진 유리의 눈밭을 아삭아삭 밟고 지나가서 까맣게 타거나 연기를 내고 있는 매트리스들과 습지와 별난 쓰레기와 잡동사니들의 시체를 피해서 지나가야 했는데, 여기에는 버려진 각종 탈것들도 포함되었다. 스쿠터, 캠핑용 자동차, 트랙터에 심지어는 나막신 모양의 범퍼카까지 있었는데, 범퍼카에 달린 전기 기둥은 꼭 바싹 마른 다리 같았다. 게다가 늙은 술집 여자의 눈을 가진 실물 크기 흔들 목마도 있었다……. 데스는 핸드폰으로 연락을 받고 이곳에 왔다. 핸드폰은 비상사태에 대비해서 미리 사 준 데스의 열여섯 번째 생일 선물이었다(그리고 군사장비처럼 그에게 지급되었다).

"이 안에 있다!"

라이오넬이 가게라고 부르는 이곳이 지금 최상의 상태는 아니었다. 부분적으로는 라이오넬이 막 가게를 다 부순 참이기 때문이었다. 가게는 (거무스름한 포드 트랜싯이 세워져 있는) 두 칸짜리 차고, 복잡한 사무실, 그리고 깊은 싱크대와 깨진 변기가 놓인 춥고 좁은 칸막이로 이루어져 있었다. 체인이 젖혀지는 소리가 나더니 잠시 후 속옷 차림의 라이오넬이 기다란 키친타월로 몸을 닦으면서 나타났다. 라이오넬이 조용히 말했다.

"이제 끝났다." 라이오넬이 왼쪽을 가리켰다. 부서진 의자, 깨진 선반과 받침대, 찌그러진 차(茶) 상자. "지금은 화낼 때가 아니니까 말이다, 데스. 똑바로 생각할 때지. 자, 들어와."

라이오넬의 사무실에는 시계, 카메라, 전동 공구, 게임 콘솔이 뒤죽박죽 가득 든 서랍들, 약병(합성 호르몬 등 보디빌더들을 위한 약)으로 가득한 낮은 책장, 손가락에 끼우는 무기 너클더스터와 마체테 칼이 가득한 과일상자. 전부 훔치고, 빼앗고, 슬쩍한 물건들이었다……. 리 삼촌은 얼마나 똑똑했을까? 다섯 살인가 여섯 살 때부터 데스를 괴롭혀 온 이 질문에 제일 관대하게 대답한다 해도 분명 부정적인 쪽으로 기울 것이었다. 라이오넬이 자기 일을 잘한다는 증거는 전혀 없었다. 그는 직업 범죄자였지만 인생의 반을 감옥에서 보냈다.

"네 할머니 말이다, 제기랄." 라이오넬이 말했다. "아무리 디스턴이라고 해도 말이 안 돼."

두 사람은 훔친 보석과 전매한 신용카드들이 널린 조야한 탁자를 사이에 두고 마주보았다. 라이오넬이 경고도 없이 갑갑한 재채기를 했다. 소음기를 단 총소리가 났다. 라이오넬이 코를 닦고 말했다.

"봤대. 학생이래, 데스. 보라색 블레이저를 입었다더군. 스퀴어스 블레이저 말이야. 학생이랑 하고 있었던 거야."

데스는 깜짝 놀란 척하려고 애썼다. 놀라지 않았기 때문이다. 디스턴 식 논리였다. 데스는 열다섯 살이었는데 할머니는 그를 버리고 더 어린 남자를 찾았다. 라이오넬이 말했다.

"더드 노친네가 그 녀석을 봤대. 보라색 블레이저. 그 녀석이 나오는 걸 봤대."

데스가 드물게도 여유를 느끼면서 물었다. "내가 아닌 게 확실하대요?"

"노친네 말로는 네가 아니었다는데. 뭐라 그랬냐면, '게다가 깜둥이 조카도 아니던데'라고 했어. 스퀴어스 프리라. 그래서 말이다 데스, 네가 날 도와서 개를 찾아 봐야겠다."

"어떻게 할 건데요, 삼촌?"

"이런 일은 말이다, 데스, 목적을 잘 생각해야 돼." 라이오넬이 의자에 기대어 앉았다. "목적이 뭐냐면 말이지. 하나, 성적 관계라는 말도 안 되는 일을 끝낸다. 당연한 말이지. 둘, 소문이 나지 않게 한다. 제기랄, 이 사실이 알려지면 난 이민이라도 가야 될 거야. 미국으로. 아니면 오스트레일리아나. 엄마가 소아성애자라고? 엄마가 아동 성범죄자라니. 멋지기도 하지……. 셋, 이런 일이 다시는 일어나지 않도록 확실히 처리한다. 두 번 다시는……. 꼭―꼭 수수께끼 같아. 미궁이지. 목표를 생각하는 거야. 그런 다음 선택의 여지를 살피는 거지."

데스는 경험에 의해서 상당히 나쁜 일이 일어날 것임을 반쯤 무의식적으로 느꼈다. 라이오넬의 말투는 일관적이었고, 합리적인 척했으며, 심지어는 어휘와 발음까지 조금 나아졌다(예를 들어 그는 "미궁", 즉 "라비린스"를 예상했던 "라비림프"가 아니라 "라비린프"라고 발음했다). 이런 식으로 라이오넬의 발음이 나아질 때마다 곧 상당히 나쁜 일이 생길 것이라고 확신할 수 있었다. 라이오넬이 찢어진 말보로 헌드레즈 갑으로 손을 뻗었다. 담뱃갑에는 대문자들이 음울하게 새겨져 있었다.

"검고 긴 머리에 입술 피어싱을 했대. 카우보이 부츠에 반바지. 누구냐?"

"음, 잠깐만요."

"아, 무슨 소리야. 반바지에 카우보이 부츠를 신는 애가 몇 명이나 되겠어? 다시 묻는다. 누구야?"

데스는 확신했다. 로리 나이팅게일이었다. 로리 나이팅게일일 수밖에 없었다……. 로리는 상습적으로 무단결석을 했지만(그리고 겨우 열네 살이었다), 스퀴어스 프리 학생이라면 누구나 로리 나이팅게일을 알았다. 잘생긴 얼굴에 삐딱하지만 혼자서 잘 다니고 다른 아이들보다 세상을 훨씬 잘 알았다. 데스는 로리를 보면 항상 유원지나 서커스 무대 뒤에서 본 아이들이 생각났다. 자기만의 공간에서, 자기만의 비밀을 가지고 있으며, 미소 짓는 듯 가늘게 뜬 눈에는 교활한, 훔쳐보며 배운 지식이 있었다.

"응, 나 걔 알아요."

"이름이 뭐야?"

"이름이요?" 공기와 자유로 통하는 창은 이미 닫히고 있었다. "어. 어, 삼촌이 강요하면 말할게요. 하지만 이건 고자질이잖아요. 알죠. 유다처럼 배신하는 거 말이에요."

라이오넬이 천장 쪽으로 천천히 시선을 올리면서 눈썹을 찌푸리고 두 손을 목 뒤로 깍지 꼈다(여우 같은 양쪽 겨드랑이가 드러났다). "좋은 말이야, 데스. 좋은 말이지. 하지만 너도 알다시피 인생은 그렇게 어, 정직하지가 않아. 가끔 말이야, 가끔은 고귀한 이상이……. 좋다. 걔 학교 얼마나 자주 나와? 카우보이 부츠에 반바지. 입술 피어싱. 내가 알아볼 수 있어."

"2주일에 한 번 정도요."

"…… 2주일 동안 정문을 지키고 서 있을 순 없지. 그러면 내가 얼마나 짜증이 날지 생각해 봐라……. 잘 들어, 데스. 안심해. 난 깔끔하게 처리할 거야. 깨끗하게. 걔한테 손가락 하나 안 댈 거야. 알겠지? 그러니까 다음에 걔가 학교에 나오면 그 멋진 새 핸드폰으로 나한테 전화해. 삼촌을 위해서 최소한 그 정도는 해줄 거지? 빌어먹을. 네 할머니 일이잖아."

날카로운 바람이 스킨스리프트 클로즈를 되짚어 돌아가는 데스를 더듬었다. 버려진 흔들 목마, 버려진 범퍼카. 그리고 30분 전부터 열에 녹아서 진득진득한 분홍색 덩어리가 되어 버려진 인형들이 배달되었다.

새로운 전개에는 새로운 난국이 뒤따랐다. 데스는 로리 나이팅게일과 거의 어울리지 않았지만 로리의 부모님인 어니스트, 조이와 우연히 친해졌다. 이상한 일은 아니었다. 나이팅게일 부부는 아발론 타워 그늘에 있는 길모퉁이 가게를 이용했고, 순전히 스퀴어스 블레이저의 힘으로 데스를 보자마자 반가워했다. 그렇게 계속되었다. 인사와 잡담, 응원의 말…….

로리는 현대의 최첨단을 달렸지만 그의 부모님은 1950년대에서 걸어 나온 것 같았다. 두 사람 모두 마흔다섯 살 정도에 키는 162센티미터 정도였고, 둘 다 건강하지는 않지만 나쁘지 않은 통자 체형이었다. 둘 중 한 사람만 마주치는 일은 없었다. 두 사람은 항상 손을 잡고 발을 맞추며 거리를 걸어 다녔다. 한번은 데스가 조이에게 받은 사과를 먹으면서, 횡단보도를 건너는 나이팅게일 부부를 본 적이 있었다. 횡단보도를 반 쯤 건넜을 때 손수건이 떨어졌고 때마침 트럭이 지나가는 바람에 두 사람이 헤어졌다. 어니스트는 연석에 서서 주의 깊게 기다렸고 다시 만난 두 사람은 손에 손을 잡고 발을 맞추어 걸어갔다. 그리고 (데스가 아는 한) 로리는 외아들이었다.

어떻게 될까? 데스가 큰길로 나가며 생각했다. 흰색 밴들이 줄지어서 데스의 앞을 빠르게 지나갔다. 디스턴에는 흰 밴이 많았고 흰 밴을 타는 남자들이 많았는데, 그들 역시 백인이었다. 디스턴 주민은 주로 백인이고 런던의 부촌 벨그라비아 지역만큼 백인이 많았기 때문이다(그 이유는 아무도 몰랐다). 라이오넬도 흰색 밴 포드 트랜싯을 가지고 있었다. 데스는 생각했다. 정말 놀라워. 저 흰색 밴들은 어떻게 해서 똑같은 두께의 검댕이 묻어 똑같은 회색빛이 되는 걸까. 누군가가 소망을 담은 손가락으로 트랜싯의 얼룩진 가슴에 "세차해 주세요"라고 써 놨다.

"문을 열어 놨었어요. 아주 조금, 겨우 1.5센티미터 정도요. 그랬더니 먼저 제프가 나오려고 하다가 나중에는 조가 나오려고 했어요. 문틈으로 주둥이를 들이밀더라고요. 그리고 10분 뒤에 보니까 집안에 들어와 있었어요!"

"그래. 네 입으로 네 죄를 실토하는구나. 내가 있었으면 개들이 그랬겠니? 봐, 지금 저 문이 활짝 열려 있는데, 들어오려고나 하냐? 넌 개들한테 너무 물러, 데스. 꼭 계집애 같이 굴잖아. 주제를 벗어나지 마."

주제. 매일 밤 데스는 로리 나이팅게일이라는 주제를 놓고 음울한 심문에 반복적으로 시달렸다. 형광등 밑에서 긴장감이 라이오넬의 담배에서 피어오르는 실낱 같은 연기와 같은 속도로 흘렀다. 라이오넬은 한 손에 말보로 헌드레즈, 한 손에 포크를 들고서 그가 유일하게 만들어도 (혹은 적어도 데워도) 좋다고 찬성한 어마어마한 양의 스위니 토드 미트 파이를 먹으면서 골똘히 생각에 잠겼다. 그리고 파이의 어마어마한 양도 의미가 있었다. 데스는 너무 가까이 있었기 때문에 패턴을 분명히 파악하지 못했지만, 라이오넬은 상당히 나쁜 일을 저지르려고 준비할 때면 식욕이 급격히 증가했다.

"그래, 걔가 똑똑하단 말이지." 라이오넬이 이렇게 말했다. 그러면 데스는 이렇게 말한다. "네. 티그 선생님은 로리가 노력만 하면 아주 똑똑할 거라고 생각하세요. 그런데 학교에 절대 안 나와요."

"그래, 항상 다른 사람들 돈을 노린단 말이지." 라이오넬이 이렇게 말한다. 그러면 데스는 이렇게 말했다. "네. 링고 삼촌이랑 조금 비슷해요. 적어도 그런 면에서는요."

"…… 말해 봐라, 데스. 걔 여자애들한테 인기는 있어? 아니면 할머니들한테만 인기가 있는 건가? …… 데스, 너 뭔가 숨기고 있지. 다 알아. 난 항상 딱 보면 다 알아."

"음, 알렉트라 말이 여자애들은 다 걔한테 미쳤대요. 하지만 로리는 나이 많은 여자를 좋아해요. 걔 말로는 섹스를 할 때 어린애들은 별로래요."

"계속해라, 데스. 다 털어놓자."

"로리는 — 걘 항상 자기가 양성애자라고 말하고 다녀요. 난 모험적이야, 난 섹시한 남자야, 그렇게 말해요."

잠시 휴식 뒤에 (씹고, 담배를 피우고, 고개를 끄덕이고) 라이오넬이 말했다. "아니야. 손가락 하나 안 댈 거라니까. 내 품위를 손상시키지 않을 거야. 품위를 손상시키지 않을 거라고, 데스먼드."

"…… 그럼 어떻게 할 건데요, 삼촌? 경고만 할 거예요?"

"경고한다고? 뭘 경고해? 이미 네 할머니랑 잤는데! 어젯밤에 또 왔다더라. 네 할머니는 내가 나이 먹어서 물러졌다고 생각하는 게 틀림없어." 라이오넬이 입술을 핥았다. "그래, 섹시한 남자란 말이지. 내가 섹시하게 만들어 주지."

이게 목요일이었다. 금요일에 스퀴어스 프리에 나타난 사람은 다름 아닌 로리 나이팅게일이었다.

10

그날은 이 섬나라 주민들에게 아주 드문 아침이었다. 단단하고 견고한 투명함, 도금한 못처럼 정확하게 내리꽂히는 태양. 그리고 하늘은 이처럼 고양된 압박에 당황한 듯 더욱 깊은 푸른빛으로 계속 물들었다……. 자기 그림자처럼 어둡고 수척해진 데스먼드(사랑스러운 하늘은 그에게 항상 상실과 슬픔에 대해서 속삭였다)는 체육관 뒤 모래투성이 인조잔디에 서 있었다. 로리 나이팅게일이 여기 있었다. 데스는 전화를 했다. 달리 뭘 할 수 있을지 몰랐다.

세 시 오십오 분. 라이오넬이 말끔하게 차려입고《디스턴 가제트》로 얼굴을 반쯤 가리고서 길 건너 버스 정류장에 앉아서 기다리고 있었다. 데스가 다가갔다.

"벌로 학교에 남아 있어요. 한 시간 동안이래요."

라이오넬이 먼지 낀 유리 일광욕실 같은 정류장 너머로 그를 보았다. "잘됐군." 그가 재빨리 판단하더니 핸드폰을 꺼내서 문자를 입력했다(숫자 하나였다). "쓰레기를 우리가 생각한 것보다 더 빨리 처리할 수 있겠어."

"그럼 난 집에 갈게요. 바로 알아볼 수 있을 거예요."

"아니야, 데스. 너도 여기 앉아 있어."

학교가 점점 비워지면서 블레이저를 입은 형체들이 열의 없이 흩어졌고, 인파는 점점 더 엷어졌다.

"저기 재예요."

"일어나. 불러—불러 봐."

라이오넬이 데스의 어깨에 팔을 두르자 목 뒤가 조여지는 것이 확실하게 느껴졌다.

"여기야, 로리! 로리!"

소년이 나른하게 경계하면서 길을 건넜다. 그의 입가가 잠깐 반짝했다.

"결국은 보내 줬구나?" 라이오넬이 말했다. "오늘 같은 날에 말이야. 선생들은 다 실패자야. 내가 누군지는 알겠지? 여기 있는 데스의 삼촌이다. 잘 들어 봐. 나한테 친구가 하나 있거든, 친구. 그 친구는, 어, 아마추어 사진가야. 패션 사진을 찍지. 생각보다 돈이 되더라고, 그렇지 데스? 레트라는 친군데, 걔가…… 잠깐. 여기 왔네."

매끈하고 울끈불끈한 세단이 멈추더니 말론 웰크웨이가 내렸다. 말론 웰크웨이—번쩍이는 곱슬머리, 의외의 사팔뜨기 눈, 여자들이 좋아하는 미소.

데스는 이제 그만 가라고 등을 떠미는 느낌이 들었기 때문에 서두르지 않으려고 노력하면서 발걸음을 뗐다. 그는 잠시 후 첫 번째 골목길로 접어들 때 고개를 돌렸다. 괜찮다, 괜찮았다. 소년이 반대쪽으로 걸어가고 두 남자가 몸을 굽혀서 번쩍이는 자동차 등껍질 안으로 들어가더니 세 사람이 경쾌하게 흔들렸고 말론의 분홍색 셔츠가 산들바람에 고동쳤다.

주말은 조용히 지나갔다.

"오늘 밤에는 안 들어올 거야." 라이오넬이 어쩔 수 없다는 듯이 말했다(토요일 저녁이었다). "신시아 때문에. 걔 생일이거든. 신시아 생일을 그냥 지나갈 순 없지. 음. 2년 연속으로 지나갈 순 없지."

일요일이 되자 라이오넬은 또 다시 엄격하고 조용하게 (무척 사업적으로) 새벽에 나갔고, 또 다시 다음날 아침까지 보이지 않았다. 그래서 주말은 조용히 지나갔다. 데스에게는 주말이 지나가는 소리가 거의 들리지도 않았다. 이유는 잘 모르겠지만 데스는 꽉 막힌 귀머거리들의 세상에 다시 들어간 것 같았다.

"아, 데스. 귀여운 데스. 오늘 아침은 어떠냐?"

두 사람은 21층 계단참에서 마주쳤다. 데스는 내려가는 중이었고 라이오넬은 올라가는 중이었다. 아발론 타워의 엘리베이터는 21층에서 죽어 가고 있었다.

"아, 그렇죠 뭐." 데스가 말했다. "별로 나쁘지 않아요."

"음. 자, 이 얘기를 들으면 발걸음이 가벼워질 거야. 그 남자애 말이다. 문제가 해결됐어."

"어떻게 했는데요?" 데스가 새쭉하게 말했다. "패 줬어요?"

"데스먼드! 아니지. 아니야. 그런 일은 없었어. 애를 팰 수는 없지……. 데스. 너 걔네 엄마 아빠랑 친하다고 했지. 음. 그 사람들이 꼭 알 필요는 없어. 걔가 어쩌다가 이런 일을 자초했는지 절대 알 필요 없지. 자……. 축하하자, 데스. 오늘밤에. 늘 하던 대로 축하 파티를 하자. 좋지?"

라이오넬 뒤편의 약상자 같은 창문을 통해서 눈이 얇게 쌓인 재투성이 밭처럼 창백한 런던 하늘이 보였다. 라이오넬이 돌아서서 부드럽게 콧바람을 불면서 말했다.

"똑똑하다더니……."

그 말이 공중에 대롱대롱 매달려 있었다. 라이오넬은 위로 올라가고 데스는 아래로 내려갔다.

"케이 에프 시. 케이 에프 시. 케이 에프 시. 케이 에프 시." 라이오넬의 목소리는 크지 않았지만 주문을 외는 듯한 축구 응원 문구처럼 도전적이었고 입술이 하얗게 질릴 정도로 외치는 것처럼 힘이 있었다. "케이 에프 시. 케이 에프 시. 케이 에프 시."

라이오넬과 데스는 얼룩말 무늬 합판 탁자에 쟁반을 내려놓은 다음 마주 보고 앉아서 작은 케첩과 머스터드, 채소를 식초에 절여서 다진 달콤한 렐리시를 뜯었다. 두 사람은 통통한 빨대로 스프라이트를 맛보고 감자칩과 켄터키 프라이드치킨을 먹기 시작했다.

"내가 널 돌보지 않는다고 말하진 마라."

"그런 말 안 해요, 리 삼촌."

"…… 넌 잘 지내고 있는 것 같아, 데스. 내가 널 키우기 시작한 이후로 말이다. 크아, 내가 널 구해 줬을 때 네가 어떤 상태였는지 생각하면, 참. 밤마다 울면서 잠들었지. 넌…… 넌 항상 안아 달라는 듯이 고양이처럼 내 품에 파고들었어. 그럼 내가 말했지. '꺼져, 이 호모 새끼야. 저리 가, 이 똥 덩어리야.' 난 말했어. '교태를 부리면서 안기고 싶으면 네 할머니한테나 가.' 하지만 지금 널 봐라." 그가 말했다. "잘

하고 있잖니."

"…… 네, 전 괜찮아요."

"오이. 안 먹고 있잖아. **먹어. 먹으라고.**"

데스먼드는 먹었다. 자신이 원하는 대로, 켄터키 스타일로, 샌더스 대령이 조리한 대로, 그리고 평소라면 그의 입맛에 딱 맞게 감미롭게 튀겨진 닭고기를 먹었다. 하지만 지금은……. 데스는 4, 5년 전에 처음이자 마지막으로 이를 때웠던 때를 떠올렸다. 그 다음 실라는 약속한 대로 카페에 데려가서 데스가 제일 좋아하는 버섯을 올린 토스트를 사 주었다. 하지만 국소마취제로 입이 마비되었기 때문에 얼어붙은 듯한 혀 말고는 아무것도 느낄 수가 없었다. 토스트를 먹다가 혀를 씹었지만 아무 느낌도 없었고, 턱에는 피가 흘렀지만 뺨에는 눈물이 흐르지 않았다…….

"있지, 데스." 라이오넬이 드물게도 생각에 잠겨서 (손질한 눈썹을 드물게도 찡그리고서) 말했다. "일요일 아침 말이다. 일요일 아침에 난 거기 누워 있었어. 지나 드래고의 꿈을 꾸고 있었지. 그녀는 새까맣고어, **빛나고 있었어**. 아름다웠지. 그러다가 눈을 떴더니 뭐가 보였는지 알아? 신시아였어. 유제품 같은 신시아. 빌어먹을 요거트 같은 신시아 말이다. 그녀가 말했지. '무슨 일이에요? 악몽이라도 꿨어요?' 그래서 내가 말했어. '아니야, 자기. 그냥 뱃속이 말썽이라서.' 왜냐면 다들 느낌이라는 게 있거든, 안 그러냐, 데스. 다들 느낌이 있어. 다행이지." 그가 손으로 입을 닦았다. "케이 예프 시, 케이 예프 시, 케이 예프 시."

두 사람은 KFC에서 나와서 레이디 고디바로 갔다.

"가슴을 내밀어, 가슴을 내밀어, 가슴을 내밀어 남자들을 위해서!" 라이오넬이 노래했다. "가슴을 내밀어 **남자들을 위해서**. 오호……. 공연 잘 봐야지, 데스먼드. 네 입장료로 입구에서 5파운드나 냈는데 왜 보질 않아. 공연 잘 보라고."

KFC를 방문한 다음에는 레이디 고디바를 방문하는 것이 두 사람의 전통이었다. 술에 취한 듯한 호박과 마호가니 색조, 거울에 비친 담배 연기. 낮은 무대와 무감각하게 물결치듯 움직이는 무희. 데스는 이곳이 정말 싫었다(여자들이 돈주머니를 들고 팁을 받으러 돌아다니고 고객들이 추가로 50펜스를 더 내고 여자들을 만질 때가 최악이었다). 하지만 오늘밤 데스는 레이디 고디바에 왔다는 사실도 거의 인식하지 못했다. 카운터 위에 음식 사진들이 늘어서 있고(데스에게는 모든 접시가 부패의 각기 다른 단계를 요란하게 나타낸 것처럼 보였다) 눈먼 선지자 같은 샌더스 대령의 아이콘이 있는 KFC에서도 그곳에 있다는 사실을 거의 인식하지 못했듯이.

"난 걔랑 10년이나 만났어. 신시아 말이야. 10년이라고. 더 됐을지도 몰라. 그런데도 나는……. 내가 여자를 싫어하게 만든 뭔가가 틀림없이 있을 거야. 뭔가 어린 시절의 일 말이야. 다른 사람들은 다 여자를 노리는데 말이야. 나는 왜 안 그렇지? 어?"

"…… 삼촌은 너무 바쁘잖아요. 그래서일지도 몰라요." 데스가 침을 꿀꺽 삼키며 말했다. "그리고 감옥에도 자주 들어가고요."

"그건 맞는 말이야. **어쨌든**. 축하 파티를 망치지 말자고. 정의의 저울이다, 데스. 정의의 저울. 그 여자가 몇 년 동안이나 이번 일을 자초해 왔어. 그레이스 말이야. 데스, 네가 그 뭐냐, 로리에 대해서 아주 약간 걱정하는 거 나도 안다. 하지만 로리가 어떻게 되는지는 중요하지 않아. 그건 하찮은 문제야. 완전 하찮지. 중요한 건 네 할머니를 제대로 겁주는 거야. 게다가 말이다." 라이오넬이 신음 소리를 낸 다음 미소를 짓고 말했다. "로리는 모험을 좋아하잖아. 걘 무슨 짓이든 해보려고 할 거야……. 잠깐만, 예쁜이. 여기 1파운드 줄게. 됐어? 안 만질게! 가슴을 내밀어, 가슴을 내밀어. 가슴을 내밀어 **남자들을 위해서. 오호.**"

이제 모든 일이 실제 세계에서 모양과 형상을 명백하게 갖추기 시작했다.

데스는 수요일 아침 일찍 길모퉁이 가게를 지나다가 땀 흘리는 유리 너머에서 무기력하게 자신을 바라보는 익숙한 얼굴을 발견했다. **"이 소년을 보셨습니까?"** 똑같은 전단지가 우편 취급소 문에도 붙어 있었다. 학교에 가니 두꺼운 외투를 입은 경찰관이 정문에 서 있었고 학교 안에서는 10학년 학생들에게 질문을 하고 다니는 사복형사 두 명에 대한 열띤 소문이 돌았다. 데스는 혼자만의 소나기구름을 머리에 이고 책상에 엎드려 있었다. 하지만 아무 일도 일어나지 않았고, 수요일은 지나갔다. 목요일에는 카커 광장 가로등에 하나 건너 하나씩 스티커가 붙었다. 또《선》지에 작은 기사가 났다("디스턴 소년 또 실종"). 그리고 금요일판《디스턴 가제트》에는 12쪽에 "어찌할 바를 모르겠어요"라는 제목의 기사가 실렸다. 인용에 따르면 조이 나이팅게일은 이렇게 말했다. "전 목요일 아침부터 이미 끔찍한 일이 일어났음을 알았어요. 목구멍에서 느껴졌죠. 우리 애는 절대 빼놓지 않고 항상 전화를 했거든요. 어디 있는지 항상 전화를 했어요." 그리고 사진 두 장. 해피 밸리 공원 벤치에서 솜사탕을 들고 부모님 사이에 앉아서 웃고 있는 로리, 그리고 집안의 낮은 소파에 앉아 손을 마주 잡고 있는 조이와 어니스트. "뭐든 아시는 분이 있다면, 제발, 제발, 제발……."

"걔가 거기 문가에 서 있었어. 5년 만에 만난 거였어. 5년이야. 걔가 불쌍한 토비를 흠씬 팬 이후로는 못 봤거든. 걔가 그러더구나. '안녕, 엄마. 자. 이거.' 그러곤 내 얼굴에 이 스티커를 붙였어, 이 끈적끈적한 걸 내 얼굴에 붙였어……. 난 무릎이 풀려서 주저앉았지. 주저앉았단다, 얘야."

그레이스는 하나도 꾸미지 않고, 아무런 변장도 하지 않고, 늘 앉는 창가 의자에 앉아 있었다. 하지만 노래도 나오지 않았고, 《데일리 텔레그래프》를 접어서 무릎 위에 올려놓지도 않았고, 작은 원형 탁자 위에 김이 나는 찻잔도 없었고, 찻잔 받침 겸 재떨이에 소용돌이처럼 꼬인 실크커트도 없었다.

"날 보렴, 데스."

그는 보았다. 한데로 모아진 북실북실한 분홍색 슬리퍼, 뻿뻿하게 팔짱을 낀 여윈 팔, 주름이 잡힌 입, 세피아 빛 고수머리, 흐릿한 회색 눈빛. 데스는 답도 힌트도 없는 텅 빈 십자말풀이를 떠올렸다.

"아, 난 이제 끝장이구나, 아가." 그레이스가 자신을 더 세게 껴안으며 말했다. "눈을 감을 수가 없어. 그 아이. 뭐가 보일지 두려워서 눈을 감을 수가 없어."

11

라이오넬은 조, 제프와 함께 베란다에 있었다. 조, 제프, 브레이크 스틱, 장대, 플라스틱 들통, 스페셜 브루 12팩, 윗부분이 꺼진 마분지 상자와 함께. 그의 뒤로는 평소와 같은 런던 하늘이 펼쳐져 있었다. 흰색 밴 같은 런던 하늘.

데스가 책가방을 내려놓고 베란다로 나갔다.

"멈춰. 기다려." 라이오넬이 말했다. "멈춰. 기다려."

"…… 오늘밤에 술 먹일 거예요?"

"어. 내일 아침에 보복할 일이 있거든. 말론 때문에. 라서하이스 지역에 일본 놈이 오고 있어. 가서 그 놈을 해결할 거야. 새 인형 보이냐?"

꺼진 마분지 상자 안에는 장난감 가게에서 파는 고무 인형 여섯 개가 들어 있었다. 까만 인형, 갈색 인형, 볕에 그을린 인형, 창백한 인형. 새 인형은 덩굴손 같은 코밑수염 때문에 푸맨추[영국 소설가 색스 로머(Sax Rohmer)의 시리즈 소설에 등장하는 천재적인 동양인 악당 — 옮긴이] 같았다.

"왜요?" 데스가 날이 선 목소리로 말했다. "뭐하려고요?"

"나야 모르지. 안 물어봤거든." 라이오넬이 어깨를 으쓱했다. "우린 사촌이니까 서로 돕고 살아야지. '뭐하려고?' 같은 질문은 안 하는 거야."

데스는 안으로 돌아가서 부엌 의자에 털썩 앉았다. 그는 조금 전에 크리클 스트리트에서 조이 나이팅게일을 봤다. 나이팅게일 부인 혼자였다. 데스는 귀에서 심장 박동을 느끼면서 나이팅게일이 무거운 발걸음으로 혼자서 걸어가는 것을 보았다. 부인 혼자서 다니는 것은 이상하고 뭔가 잘못된 일이었다. 조이와 발걸음을 맞춰 줄 어니스트가, 그녀의 손을 잡아 줄 어니스트가 없었다……. "물어. 꽉 물고 있어." 라이오넬이 침으로 흠뻑 젖은 중국 사람을 뾰족한 장대 끝에 꽂고 휘두르면서 말했다……. 데스는 눈을 감았다. 뭐가 보였을까? 로리. 하지만 로리는 죽지 않았다. 그는 불사의 존재였다. 죽지 않는 소년은 계속 사라졌다가 다시 나타났다. 갈기갈기 찢겼다가 다시 붙었고, 다시 갈기갈기 찢겼다……. "앉아, 물어, 끊어." 라이오넬이 브레이크 스틱을 휘두르며 말했다. 브레이크 스틱은 단단한 목재로 만든 일종의 끌이었다. 라이오넬은 브레이크 스틱을 개의 어금니 사이로 넣은 다음 사악하게 비틀었다.

라이오넬은 스페셜 브루 큰 캔 열두 개를 수류탄처럼 하나씩 하나씩 준비해서 플라스틱 들통에 들이부었다.

"자. 링고가 또 복권에 당첨됐대. 얼만지 맞춰 봐."

"…… 얼만데요?"

"10파운드. 내 개인적인 의견으로는, 복권은 허튼짓이야." 라이오넬은 조용히, 만족스럽게, 《디스턴 가제트》를 넘기고 있었다(《디스턴 가제트》는 웅덩이처럼 시간이 지나면 다시 채워졌다). 그의 뒤에서 꼬리를 빳빳하게 세운 조와 제프가 소리를 내면서 할짝할짝 핥았다. "웃기는군. 여자애가 실종되면 잠깐이나마 이목을 끌지. 하지만 남자애가 실종되면? 사람들은 그런 일이 있었는지도……. 이거 봐라, 데스. 제기랄. 정말 **어리석어. 어리석은** 짓이라고."

데스의 눈앞에 신문 1면이 있었다. "죄책감을 느끼는 표정"이라는 헤드라인 아래에 최면에 걸린 듯 음울한 표정의 청년 여섯 명이 있었는데, 전부 흑인이었다.

"여섯 명이야. 걔들이지." 라이오넬이 말했다. "그래, 런던 필즈 보이즈 여섯 명이 여기 왔었군. 이 동네 사람들을 괴롭히러 와서 열다섯 살짜리 애를 죽였어. 여섯 명이 다 같이! 정말 어리석은 짓이야. 갠 백인도 아니었다고!"

4면에는 어머니 비너스와 아들 대실의 사진이 있었다. "부모는 결코 아이가 자기 눈앞에서 죽을 것이라고 생각하지 않습니다." 비너스가 중앙형사법원에서 성명을 발표했다. "특히 아이가 너무나 갑작스럽게 사라질 것이라고, 다른 사람의 잔인한 폭력의 희생양이 될 거라고는 말입니다." 사진 속 어머니는 아직 젊었고 우아한 귀걸이를 하고 있었으며 두꺼운 벨벳 주름 옷깃이 달린 변호사 같은 양모 외투를 입고 있었다. 대실이라는 소년의 피부색은 자단 같았다…….

"15년형을 받는다는군. 여섯 명 다. 그게 뭐야? 쪼그만 애 하나 죽였는데 90년이라는 소리잖아!"

"아이가 그 큰 눈으로 보면 누구나 마음이 녹아내렸습니다. 모두 그 아이의 눈을 사랑했습니다." 소년은 초록색 배경 앞에서 머리를 여러 갈래로 단단히 땋은 모습으로 스피어민트 같은 이를 드러내고 있었고 눈은 장난스럽고 희망찼다.

"비합리적이잖아. 모든 논리에 어긋난다고."

"대실은 여름 방학이면 자메이카에 가서 할머니와 함께 태양과 바다, 어머니 대자연을 즐기는 '자유로운 영혼'이었습니다……."

"좋아. 대실이 약간 어, 귀찮게 굴었다고 쳐 봐. 한 수 가르쳐 줘야 했다고 말이야. 그럴 만하잖아. 하지만 한꺼번에 다 같이 그러는 건 아니지. 친구들을 돌아보면서 '할 사람?' 하고 말해야지. '누구 차례지?' 그러는 거지. 그런데 안 그랬어. **여섯 명**이서 다 같이 죽였다고! 그건 정말이지 **어리석은** 짓이야."

"죽였어요, 삼촌?"

"뭐라고?"

"걔 죽였어요?"

"누구? **로리**? 야, 데스먼드." 라이오넬이 멀쩡한 정신으로 말했다. "내가 왜 그러겠니? 내 말은, 걘 나한테 아무것도 아니잖아, 안 그러냐."

"맞아요. 아무것도 아니에요."

"걘 그냥 너랑 같은 학교에 다니는 음탕한 꼬마 녀석이야. 내가 뭔데, 갱이냐? 애들이나 괴롭히고 다니는? 야생 동물처럼? …… 아냐, 데스. 난 그냥 개를 어…… 새 친구들한테 붙여 준 거야. 안 죽였어. **팔았지**."

데스는 《디스턴 가제트》 혹은 《선》 혹은 《데일리 텔레그래프》에 실린 화질이 나쁜 다른 사진의 환각을 보았다. 얼굴이 여섯 개 있었는데, 이번에는 전부 백인이었지만 비슷한 점은 하나도 없었다(수염, 번쩍이는 머리, 무테안경). 아니, 창백한 안색, 읽을 수 없는 눈, 얇은 입술에 깃든 음울한 결의를 제외하면 공통점은 하나도 없었다.

라이오넬이 말했다.

"다시 말하지만 난 안 죽였어, 팔았다니까. 우우. 우—섹시하게 해줬지."

혼자 남은 데스는 술 취한 개들을 내다보았다. 개들은 빙글빙글 돌면서 상대방의 꼬리를 물었고 경사진 땅에 서 있는 것처럼 몸뚱이가 옆으로 기울어졌다. 조가 뒤로 돌자 두 마리가 거칠게 얽혀서 두 발로 일어섰다가 균형을 잡으려고 발톱을 구부렸고 엉덩이와 가랑이와 주둥이가 하나로 엉켰다. 제프가 일어서서 신음 소리를 내기 시작했다. 밤의 어둠에 바치는 노래 혹은 만가였다.

여름용 재킷을 입고 야구 모자를 쓴 라이오넬이 문간을 채우고 있었다. "나간다." 라이오넬이 말했다. "이성적으로 생각해라, 데스. 뭘 기대했는데? 걘 우리 엄마랑 했다고. 누가 **우리 엄마랑 하면**, 응분의 대가가 있는 거지. 당연한 거야. 자, 받아."

라이오넬이 나가면서 뭔가를 던졌다. 데스가 그것을 잡았다. 작고 끈적끈적하고 무거웠다. 데스가 손가락을 펴자 싸구려 장신구가 튀어나왔다. 데스는 조심스럽게 몸을 숙여 그것을 집었다. 말라붙은 피와 분홍색 살점이 붙어 있는 금속 고리. 로리의 입술 피어싱.

"그 아이를 해친 사람들은 언젠가 사랑의 의미를, 사랑하는 사람을 잃을 때 느끼는 고통의 의미를 이해할 것입니다.

우리 마음속에 맺힌 매듭은 풀릴 수 없습니다. 불이 꺼지고 우리는 삶의 힘을 잃었습니다.

우리는 대실에게 작별인사를 할 기회가 없었습니다. 하지만 우리는 이제 대실이 편안하게 쉬고 있음을, 안전하고 평화롭다는 사실을 압니다. 저는 언젠가 슬픔이란 우리가 사랑을 얻는 대신 치러야 하는 대가라는 말을 들은 적이 있습니다."

데스먼드의 머리가 뒤로 젖혀졌다……. 실라가 쓰러졌을 때—그녀는 살짝 미끄러졌을 뿐이었다, 슈퍼마켓 바닥에서 살짝 미끄러진 것뿐이었다. 넘어지면서 팔꿈치와 견갑골이 바닥에 닿았고, 그리고 머리가 뒤로 젖혀졌다. 하지만 실라는 웃으면서 일어났다. 그러나 다음날 아침에 실라는 깨어나지 않았다. 데스는 엄마를 쓰다듬고 꼬집고 흔들었다. 엄마의 눈에 입을 맞추었다. 실라는 숨을 쉬고 있었지만 깨어나지 않았다.

…… 몇 분 후 데스는 뺨과 턱과 목을 키친타월로 닦으면서 미닫이 유리문 밖을 보았다. 개들. 그 질척질척한 얼굴, 반쯤 먹다 만 것처럼 잎 한쪽 옆으로 비어져 나온 혀, 아무것도 보지 않는 눈과 빤히 응시하는 콧구멍, 멍청하게 뚝 떨어져서 땅에 심어진 듯 고정된 앞발. 개들이 갑갑한 소리로 짖었다. 개들은 바깥으로 소리를 내는 것이 아니라, 안으로 소리를 내며 짖었다.

꺼져, 조가 말했다.

꺼져, 제프가 말했다.

XII

2006년부터 2009년까지 별로 특이한 일은 없었다.

라이오넬 애즈보는 감옥에 다섯 번 들어갔다 나왔다. 장물취득으로 2개월, 협박 갈취로 2개월, 장물취득으로 2개월, 협박 갈취로 2개월, 장물취득으로 2개월. 라이오넬은 2009년 봄에 다시 체포되어서 공공장소에서의 난투(와 기물 파손)라는 드문 죄목으로 투옥되었다. 하지만 그건 또 다른 얘기다.

데스가 열일곱 살이 되자 (이제 그는 양심과 공존하는 법을 찾았다) 라이오넬은 포드 트랜싯을 타고 그에게 운전을 가르쳐 주었다. 데스는 라이오넬의 갖가지 조언(가능할 때마다 추월해라, 가능한 한 자주 경적을 울려라, 횡단보도 앞에서 절대 멈추지 마라, 노란색은 빨리 가라는 뜻이다)을 말없이 무시하면서 고속도로 표지판을 외우고 행동을 조심하며 시험을 준비했고, 나이가 지긋하고 도덕적인 척하는 시험관 앞에서 단번에

통과했다! …… 그들은 항상 이런 식이었다. 거꾸로 가는 아빠, 반(反)아버지. 라이오넬이 말하면 데스는 그 반대로 했다.

2006년부터 2009년까지 그레이스 페퍼다인의 삶은 불안, 체중감소, 심장 떨림, 불면증, 우울, 만성 피로, 골다공증이라는 단일 주제의 대하소설이었다. 게다가 그레이스는 물건을 자꾸 엉뚱한 곳에 두었다. 전화기는 화장실 캐비닛에 들어가 있었고 집 열쇠는 냉장고 속 얼린 콩 뒤에 숨었다. 누군가가 매일 그레이스를 찾아왔는데, 거의 늘 데스였지만 폴도 종종 왔고, 존, 조지, 스튜어트도 자주 왔다(하지만 링고는 거의 오지 않았고 라이오넬은 절대 오지 않았다).

조는 2008년 여름에 특수부대 저격수의 총을 맞고 죽었다. 신시아와 산책을 나갔다가 (라이오넬은 감옥에 들어가 있었다) 카커 광장에서 경찰이 타고 있던 경찰마를 공격했던 것이다. 조는 번쩍번쩍 묵직한 사슬을 늘어뜨린 채 딸까닥딸까닥 달리는 말발굽에 매달려 디스턴 하이 스트리트를 지나서 런던 순환도로까지 12킬로미터를 갔다. 제프는 조의 죽음으로 무척 상심해서 초췌해지고 병들었다. 라이오넬은 출소 후 다시 시작하기로 했다. 그는 상징적인 금액만 받고 말론의 형제들 중 한 명(토리)에게 제프를 팔고 혈통 있는 핏불 강아지를 두 마리 샀다. 조엘과 존이었다.

로리 나이팅게일 사건은 진전이 없었다(역시 아직 공식적으로 종료되지는 않았다)……. 데스는 로리의 부모님인 조이와 어니스트에게 전화를 하기 시작했다. 데스는 2주일에 한 번씩 그들을 만나 차를 마시고 심부름을 했다. 조이와 어니스트는 데스의 젊음에서, 그의 자주색 블레이저에서, 그가 채우는 공간에서 고통이 아니라 위안을 느낀다고 말했다. 데스는 두 사람을 찾아갈 때마다 많은 생각을 했는데, 가장 자주 하는 생각은 '기쁨'을 뜻하는 조이(Joy)라는 이름이 정말 끊임없는 비웃음과 비참함으로 변할 수도 있다는 사실이었다.

한편 데스는 스퀴어스 프리를 놀라게 하기 시작했다. 2006년에 그는 교육자격검정시험(GCSE)을 봐서 A를 11개나 받았다! 데스는 영재 프로그램을 통해서 블리필 홀로 전학을 갔고, 거기서 2007년에 대학진학 시험인 A레벨 시험에서 '우수'를 네 개나 받았다! 데스는 열여섯 살이었다. 다음으로 데스는 퀸 앤스 칼리지에서 예비입학(면접을 봐서 합격하면 입학할 수 있었다)을 제안받았다! 런던 대학의 퀸 앤스 칼리지……. 데스는 시간을 한참 끈 뒤에야 라이오넬에게 이 소식을 알렸다. 라이오넬은 더 이상의 고등교육을 받는 것을 극구 반대했다.

데스는 계속 알렉트라를 만나다 말다 했고, 그런 다음 제이드를 만나다 말다 했고, 또 샤넬(아일랜드인이었다)을 만나다 말다 했다. "좀 부드럽게 해봐, 샤넬." 어느 늦은 밤에 데스가 그녀에게 말했다. "부드럽고 로맨틱하게 말이야. 계속해. 넌 과감하구나. 좀 부드럽게 해봐. 어떤가 한번 해봐." 일주일 후 샤넬이 말했다. "난 너랑 하는 게 좋아, 데스. 굉장히 로맨틱해. 굉장히 부드럽고 꿈결 같아. 왠지는 모르지만 기분이 더 좋아."

2008년에 데스는 퀸 앤스 칼리지에 면접을 보러 갔다가 던 셰링엄을 만났고, 모든 것이 바뀌었다.

한동안은 라이오넬 삼촌에게도 비슷한 변화가 갑자기 찾아온 것 같았다. 사정은 이랬다. 2008년 더운 가을에 지나 드래고가 말론 웰크웨이와 헤어졌다. 문제는 언제나처럼 말론의 도박이었다(그리고 소문에 따르면 주프스 레인 도박장에서 지나와 앙투아네트라는 물주—말론의 옛날 여자친구 중 한 명—가 물어뜯고 할퀴면서 싸웠다고 한다). 어쨌든, 그런 다음 지나는 라이오넬 애즈보와 같이 살기 시작했다!

이번엔 또 뭘까? 대프니 상담코너를 비롯한 공개 토론의 충실한 독자였던 데스는 예상할 수 있는 처참한 사태에 대비했다. 대프니라면 뭐라고 할까?

삼촌은 확실히 늦게 철드는 사람이지만 곧 긴장이 완화될 거예요, 만약 그가 더…….

그건 사실이 아니었다.

아뇨, 대프니, 그렇지 않아요.

데스가 중얼거렸다(그는 잠에서 깬 다음 자리에서 일어나기 전에 종종 이런 식으로 대프니와 대화를 했다).

삼촌은 어느 때보다도 사람을 괴롭힌다고요! 삼촌은 괜찮은 척, 다 알아서 하는 척하지만 손을 떨면서 눈을 사방으로 굴리고 있어요. 지나도 이해가 안 가요. 집안에 있을 때는 삼촌을 없는 사람 취급하고, 두 사람은 서로 만지지도 않고 키스를 하지도 않고 웃지도 않아요. 하지만 거리에 나가면 지나가 삼촌한테 딱 달라붙어요. 한번은 호브고블린 앞 벤치에 앉아 있는 두 사람을 봤어요. 지나가 삼촌 무릎에 앉아 있었어요. 몸에 딱 붙는 캣슈트에 튀튀를 입고 삼촌 허벅지 위에 다리를 벌리고 앉아 있었다고요! 도대체 무슨 생각일까요? 개인적으로는요, 정말이지 꼭 말씀드려야 할 건 제가…….

개인적으로 데스가 지나에게 매료되었음은 꼭 말해야 했다. 항상 유쾌한 지나는 생생한 눈과 매끄러운 뺨을 가진 둥글고 까만 덩어리였다(턱선 쪽에 희미하게 남아 있는 여드름 자국 때문에 피부색이 더욱 아름다워 보였다). 지나는 아무 때나 벌떡 일어나서 (예를 들면) 시실리 오페레타의 한 장면을 코러스와 대사, 춤까지 혼자서 다 해냈다……. 라이오넬은 데스가 한 번도 못 본 표정으로 이런 공연을 봤다. 가짜 미소, 정말로 어설픈 가짜 미소였다. 앞니 위로 윗입술을 살짝 비틀 뿐, 그걸로 끝이었다(라이오넬의 앞니는 희고 네모졌지만 사이가 너무 벌어져서 할로윈 호박 장식 같았다). 지나는 라이오넬의 아파트에서 절대 밤을 보내지 않았다. 두 사람은 도이스 그로브에 있는 지나의 복층 주택으로 갔다. 지나는 단순한 미스 디스턴이 아니었기 때문이었다. 그녀는 레이디 타운, 즉 문제를 몰고 다니는 코인 세탁소의 왕이자 중고차의 황제 제이든 드래고가 가장 아끼는 딸이기도 했다.

지나는 몇 시간 동안이나 데스의 이탈리아어, 스페인어, 불어 공부를 도와주었다(그녀는 바스크어도 했고 마요르카어까지 알았다!).

그래서 대프니, 어떻게 생각하세요? 6개국어나 하는 여자가 왜 영어도 거의 못하는 남자랑 어울릴까요? 게다가 지나는 성적 매력이 넘치는 걸로 유명해요. 게다가 삼촌은 동정이나 마찬가지라고요! 이세벨이 요셉과 뭘 하는 걸까요? 공주가 개구리에게서 뭘 보는 걸까요? 지나의 속셈은 뭘까요?

2008년 추운 가을 학기 중간 어느 아침에 데스가 할머니에게 갔더니 그레이스는 볼펜을 들고 얼굴을 찌푸리며 《데일리 텔레그래프》를 보고 있었다. 데스가 격려하듯이 물었다. "십자말풀이 다시 하는 거예요?"

침묵이 흐르고, 그레이스가 고개도 들지 않은 채 말했다. "한 문제. 난 일주일 동안 그걸 보고 있어. 딱 한 문제를."

"…… 하지만 할머니, 유난히 어려운 문제도 있잖아요. 항상 말씀하셨잖아요. 문제를 내는 사람에 따라 다르다고, 다양하다고요."

그레이스가 신문을 건넸다. 수수께끼 십자말풀이가 아니라 간단한 십자말풀이였다! 그레이스가 유일하게 푼 문제, 혹은 적어도 유일하게 칸을 채운 문제는 세로 22번이었다. 문제는 〈＿＿＿＿동산(4자)〉이었다. 그레이스는 오른쪽 아래쪽 구석 칸에 '에네드'라고 써 놓았다 [정답인 에덴(Eden)의 철자를 섞은 말—옮긴이].

"게다가 맞지도 않았지, 안 그러니."

"네, 틀렸어요."

"…… 난 미쳐 가고 있는 거야, 그렇지?"

두 사람의 눈이 마주쳤다.

"데스. 내가 무슨 말을 하고 있는지도 모르게 되면 어떻게 하지?"

"일시적인 증상일 거예요, 할머니."

"…… 난 눈도 못 열 거야. 입을 감지도 못하겠지."

"아니에요, 할머니. 반대예요."

데스는 검은 바다로의 긴 항해를 준비하고 있는 기분이 들었다. 그 바다에서는 하나씩 하나씩 모든 별이 꺼질 것이다.

지나 드래고는 왜 라이오넬 애즈보를 만났을까? 말론 웰크웨이를 괴롭히고 약 올리기 위해서—그래서 돌아오게 만들기 위해서—였다. 데스는 항상 자리를 피하려고 애썼다. 하지만 상황이 어떻게 돌아가고 있는지 누구나 알 수 있었다. 입술 모양과 아네모네 스팽글 장식이 달린 지나의 분홍색 핸드폰은 끔찍한 힘을 가지고 있었다. 한 번 울릴 때마다 사이렌처럼 시끄러웠다. 지나는 전화를 받아 "그럴 줄 알았어야지" 또는 "꺼져 버려" 또는 그냥 "푸에라!"[스페인어로 '꺼져'라는 뜻—옮긴이]라고 말하곤 했다. 하지만 가끔 그녀는 자리에서 일어나서 웃으며, 목구멍 끝으로 귀여운 목소리를 내며 방에서 나갔다. 데스는 바닥만 보고 있었다……. 라이오넬이 말론과 대화를 했는지 아닌지는 알려지지 않았다. 하지만 아무것도 변하지 않고, 아무것도 변하지 않다가, 마침내 11월이 되자 운명이 장물취득이라는 형태로 느릿느릿 끼어들었다. 라이오넬은 장물을 취득했고, 그것 때문에 체포되었다.

라이오넬은 2개월 형을 받고 런던 서쪽 웜우드 스크럽스에서 복역했다. 데스는 공휴일인 12월 26일에 그를 만나러 갔다. 지겨운 버스, 빌어먹을 황야. 라이오넬은 짙은 푸른색의 쭈글쭈글한 멜빵바지를 입고 식당 스낵바 카운터에 서 있었다. 두 사람은 주문을 한 다음 핫초콜릿과 몰티져스 초코볼 봉지를 들고 네모난 탁자로 갔다. 데스는 몇 년 동안 삼촌을 만나러 다양한 감옥(과 감화원과 요이)을 찾아갔는데 라이오넬은 형기가 훨씬 더 길 때에도 그저 약간 불편해 보일 뿐이었다(그는 "감옥이 그렇게 나쁜 건 아니야. 감옥에 있을 땐 자기 위치를 알거든"이라고 말하곤 했다). 하지만 오늘 라이오넬은 금방이라도 튀어나갈 것처럼 양철 의자 모서리에 쭈그리고 앉아 있었다. **장물취득**. 그가 음울하게 말을 이으면서 고개를 저었다. **장물취득**! …… 데스는 그게 뭐가 그렇게 놀랍다는 건지 이해할 수가 없었다. 라이오넬은 장물취득으로 일 년에 두세 번은 체포되었기 때문이다. 하지만 땅거미가 지자(그리고 교도관들이 말없이 열쇠를 가지고 다가오자) 라이오넬이 말했다.

"어떻게 된 건지 알아, 데스? **그놈**이 날 여기에 넣었어. 말론 말이다. 그놈이 날 속였어! 지나 때문에!"

데스는 라이오넬을, 긴장감으로 굽은 등을, 계속 불붙는 말보로 헌드레즈를 그곳에 두고 나왔다……. 라이오넬이 자유를 되찾기 전에 《디스턴 가제트》는 제이든 드래고 씨의 첫째 딸 지나 마리아가 공식적으로 약혼했다고 발표했다. 상대는 말론 웰크웨이였다! 날짜도 벌써 정해졌다. 성령강림절에 결혼식을 치를 예정이었다…….

데스는 소년에서 남자로의 여행을 계속하면서 떠나지 않는 삼촌 생각이 더욱더 떨쳐내기 힘들어지고 있음을 깨달았다. 예를 들면 정신도 멀쩡하고 죄도 짓지 않았는데 감옥에 들어온 사람처럼 (하지만 전혀 다른 이유로) 감옥에 있기를 싫어하는 라이오넬. 혹은 지나 드래고의 배신에 대한 반응 중에서 예상하지 못했던 요소. 라이오넬의 반응에는 상처, 분노, 모욕, 절실한 복수의 필요성뿐 아니라 은밀한 안도가 숨어 있었다.

이제 상황은 적어도 훨씬 더 단순해졌다. 라이오넬은 출소한 날 말론에게 **차고 회동**(돈을 내고 들어온 구경꾼들 앞에서 상의를 벗고 심판이나 규칙, 제한 없이 맨주먹으로 싸우는 것)을 하자고 도전장을 던졌고 말론은 물론 도전을 받아들였다. 하지만 그것은 또 다른 이야기이다.

데스는 열일곱 번째 생일날(2008년 1월)에 혼자만의 작은 파티를 열었다. 손님은 강아지 조엘과 존밖에 없었다(각자 신선한 뼈다귀를 하나씩 받았다). 아니, 조엘과 조는 더 이상 강아지가 아니었다. 두 마리가 달릴 때 보면 근육으로 만든 미사일 같았다……. 데스는 스트롱보 사이다를 두 병 사고 담배에 마리화나를 조금 뿌려서 말았다. 데스는 자기 아버지에 대해서 몇 가지 사실밖에 알지 못했다. 에드윈(데스는 아버지의 이름이 에드윈이라고 계속 생각했다)은 트리니다드 사람이었고 펜테코스타파였다. 그는 해로운 술을 삼갔다—아무튼 예전에는 그랬다. 하지만 생각에 잠겨서 피우는 마리화나의 정화 작용은 부인하지 않았다. 그래서 데스는 사이다를 홀짝이면서 불꽃이 튀는 풀을 피웠다. 그러자 에드윈의 영혼이 밀려오는 것이 느껴졌다. 축축하고 짙은 풀 냄새, 마을 언덕 꼭대기에 서 있는 거대한 교회, 날카로운 지평선에 베이고 삼켜진 뚱뚱한 달. 데스가 아버지에 대해서 아는 사실이 하나 더 있었다. 그는 아기를 '젊은이'라고 불렀다. 데스는 또한 에드윈이 다정하다는 사실도 안다. 실라가 말해 주었다.

그저 살짝 미끄러졌을 뿐이었다. 다리가 앞으로 쑥 밀리고, 머리가 뒤로 홱 젖혀졌다가 다시 위로 올라왔다. 하지만 그녀는 웃으면서 일어났다. 두 사람이 팔짱을 끼고 집으로 걸어올 때 태양이 가는 빗줄기를 비춰서 빗방울 하나하나가 납땜 자국 같았고, 믿을 수 없을 만큼 멋진 파란색과 보라색 무지개가 디스턴 타운의 지붕 위를 안짱다리로 걸어갔다……. 그저 살짝 미끄러진 것뿐이었다. 부검 보고서에는 **두부의 둔한 충격**과 **경막 외 혈종**이라고 쓰여 있었다. 하지만 데스를 사로잡은 문구는 **강한 두뇌 손상**이었다. 그리고 데스는 엄마에 대해서 그런 말을 하는 것이 불공평하다고 느꼈다[영어로는 massive insult to the brain인데, "두뇌에 대한 엄청난 모욕"이라는 뜻으로 볼 수도 있다—옮긴이]. 이번에는 그냥 살짝 미끄러진 것일 뿐이었기 때문이다.

데스는 유리잔을 헹구고 재떨이를 씻고 (그리고 개를 밖에 내놓고) 퀸 앤스 칼리지를 막연하게 상상하다가 (하나의 시, 대학이라는 우주) 엄마와 마지막으로 함께한 날 빗줄기를 비추던 태양처럼 어떤 생각이 갑자기 떠올랐다. 내가 완전해지려면 새로운 사람이 필요할 거야. 완전 새로운 사람. 내부에서 올 수는 없어. 내가 할 일은 그저……. 내가 할 일은 그저 기다리는 거야. 난 기다릴 거야.

그녀는 어디에 있을까?

기다릴 거야.

그녀는 데스의 바로 옆, 등받이가 튼튼한 의자에 앉아 있었다. 방 안에 젊은 사람(35세 이하)이 스무 명 정도 있었지만 이치에 맞는 행동을 하는 사람은 그녀밖에 없었다. 그녀는 책을 읽고 있었다(데스가 슬쩍 훔쳐보니 《황금가지》였다)……. 데스를 포함한 나머지 사람들은 의사가 고개를 끄덕이기를 기다리는 환자들처럼 그저 무기력하고 멍청하게 기다리고 있었다. 15분 정도에 한 번씩 이름이 불렸다……. 무대는 패널을 댄 런던 퀸 앤스 칼리지 대기실이었다. 뚱뚱한 벌이 창틀을 둔중하게 두드렸다. 덩굴 정원이 문을 열고 자기를 들여보내 줄 것이라고 진심으로 기대하는 것 같았다. 벌이 여기서 뭘 하는 거지?

2월 초였다. 데스의 마음은 꽉 막혀서 아무 말도 없었다. 라디에이터의 세로 갈비뼈가 시큼한 드라이클리너 냄새를 발산하는 것 같았다. 데스는 입술 위에 맺힌 땀을 닦고 양손을 들어서 눈썹을 만졌다.

"초조하니?" 그녀가 고개를 몇 센티미터 기울이면서, 하지만 고개를 들지는 않고 말했다. "평소에 말고 지금 말이야."

"초조하냐고?" 데스가 말했다. "애라도 낳고 있는 것 같아!"

"아, 그럴 필요 없어……."

이제야 데스는 묵직한 금발머리 아래 숨겨진 그녀의 얼굴을 보았다. 햇빛 같은, 사자 같은 황금빛. 그리고 그녀의 터무니없는 눈, 동화에 나올 것처럼 새파랗고 이상적으로 동그란 눈.

"있잖아." 그녀가 말했다. "나 오늘 아침에 컨디션이 진짜 안 좋았어. 그런데 차를 끓이는 동안 어떤 생각이 떠오르더라고. 이렇게 생각했지. 이 사람들이 나한테서 뭘 찾으려는 걸까? 그러자 마음이 가라앉았어. 난 던이라고 해."

"난 데스먼드야." 두 사람은 악수를 했다. 던의 목소리는 높고 음악소리 같았지만 그녀의 말씨, 그녀가 선택하는 단어는 데스가 아직 뭐라 이름 붙일 수 없는 기분, 아주 약간 신분이 낮아진 기분이 들게 했다. "무슨 생각이었는데? 던."

"갑자기 떠올랐어. 뭐, 다들 점수는 높잖아. 그렇다면 이 사람들이 우리한테서 뭘 찾으려고 할까? 그랬더니 갑자기 생각이 떠올랐어. **배우려는 열정**. 간단하잖아. 난 배우려는 열정이 있어. 물론 너도 있겠지."

"응." 데스가 말했다. "나도 있어."

"그럼 됐지 뭐. 데스먼드."

던은 어깨를 으쓱했다, 혹은 몸을 떨었다. 그런 다음 한숨을 쉬고 자세를 고쳤다. 그리고 데스는 그녀가 길을 건너는 모습을, 미래의 수많은 길을 건너는 모습을, 특이한 옷을 입고, 무릎까지 오는 부츠에 청바지를 넣고 딱 붙는 윗도리를 입고 길을 건너는 모습을 보았다. 그녀는 도로 중간 안전지대에 힘차게 올라섰다가 다시 내려서서 계속 걸어갔다……. 바로 그때 (기분이 편안하게 바뀌자) 데스는 손을 뻗어서 그녀에게 닿고 싶다는 중력과도 같은 욕망을 느꼈다. 하지만 그 대신 던에게 가장 환한 미소를 지어 보였다.

"데스먼드 페퍼다인." 어떤 목소리가 불렀다.

데스가 먼저였다. 그가 20분 뒤 면접을 마치고 나왔을 때 두 사람은 서로를 향해 고개를 살짝 숙이고 몸을 움츠렸다…….

"던 셰링엄." 어떤 목소리가 불렀다(다른 목소리였다).

던이 짐을 챙길 때 데스가 말했다. "기다릴게. 괜찮으면. 기다릴 테니까 같이 차나 한잔 마시자."

"아아, 차 좋아." 그녀가 외쳤다. "면접 마치고 나오면 진짜 차가 필요할 거야!"

데스는 그녀가 걸어가는 모습을 지켜보았다. 그런 다음 잠시 주저하다가 말했다. "…… 기다릴게!"

어니스트의 우울증이 더 심해졌기 때문에 나이팅게일 부부는 헐에 있는 조이의 어머니 집으로 이사했다. 데스는 클라우드에서 헐을 찾아보았다. 이웃도시는 그림즈비라고 했다. 밤안개에서 생선 냄새가 났다.

이제 로이의 입술 피어싱을 없앨 때가 된 것 같았다. 하지만 피어싱은 그 자리에 남았다. 데스는 책상 서랍을 열었다. 입구가 봉해지고 동그란 자국이 난 흰 봉투, 그리고 바닥 쪽에서 느껴지는 불길한 무게.

2006년 9월에 닷새 밤낮으로 웨스트 디스턴—실러리 순환 도로에서 맬런시 터널까지—은 교통 체증으로 꽉 막혔고, 원인을 여러 번 연구했지만 결국 밝혀지지 않았다(공군 헬리콥터가 갈고리로 차들을 수백 번이나 들어낸 다음에야 해결되었다). 2007년 4월에는 몇 세대 동안이나 사라졌던 결핍성 질환(펠라그라, 각기병, 구루병)이 디스턴 지역 학생들 사이에서 (모두 병적인 비만이었다) 발병했다. 2008년 10월에는 스통 민체이에서 일주일 동안 9에이커에 걸친 불이 나서 거대한 용의 허물처럼 얇은 연기가 그 지역을 감쌌다(하늘에서 보면 정말 아름다웠다고 한다).

겨울들은 미소도 떠오르지 않을 만큼 추웠다.

2부 2009년 로또 촌놈, 라이오넬 애즈보

누가 개를 들여놨지? 그게 문제가 될 거야. 누가 개를 들여놨지?

누가 개를 들여놨지, 누가? 누가?

1

라이오넬은 청소를 하고 있을 때—즉 말하자면 똥 단지를 앞치마 두른 잡역부에게 건네주고 있을 때—자신이 1억 4천만 파운드[한화로 약 2천 3백억 원—옮긴이]에 약간 못 미치는 금액에 당첨됐다는 사실을 처음으로 얼핏 들었다.

"그래, 당신 운이 좋아. 확실히. 참 모르겠네." 핍스 경관(그렇게 나쁜 놈은 아니었다)이 말했다. "빛이 할 말 있대. 사람을 보낼 거야."

"누구?"

"빛. 알잖아, 당신 사랑의 빛. 교도소장. 사랑. 압운 속어[1]야."

---

1) 런던 일부 지역에서 쓰이는 일종의 말장난. 어떤 단어를 운이 맞는 단어가 포함된 두세 단어의 구절로 바꾼 다음 운이 맞지 않는 단어를 가져다 쓰는 방식으로 만들어진다. 예를 들어 '계단'(stairs)을 운이 맞는 단어가 포함된 구절 '사과와 배'(apples and pears)로 바꾼 다음 운이 맞는 단어 '배'(pears)를 생략하고 '사과'(apples)라고 말하는 식이다. 여기서도 '교도소장'(guv)='당신 사랑의 빛'(the light of your love)='빛'(light)의 과정을 거쳐서 '교도소장' 대신 '빛'이라고 말하고 있다.

"…… 제기랄. 머리 검사 좀 받아 봐, 진짜. 압운 속어 따위는 쓰레기라고."

펍스 경관은 자기 일을 계속했다. "소장 말에 따르면 당신한테 한 재산 생겼다는군. 그래서 완전 열 받았어."

"응? 그래서 뭐?"

"사람을 보낼 거야."

라이오넬이 감방동료 피트 뉴를 향해서 고개를 돌리고 말했다. "기소가 취하됐어. 그 사람들이 보니까 이유가 있어서 기소를 취하한 것 같아."

"그래, 라이오넬. 그럴 만도 하지."

스톨워트는 구치소 — 재판이나 판결을 기다리는 사람들을 위한 교도소 — 였고, 수감자들은 이혼수당을 내지 않거나, 연쇄 강간을 하거나, 마리화나를 소지하거나, 일가족 여섯 명을 칼로 찌르는 등 다양한 죄목으로 구치소에 들어왔다.

"뭐, 그러기를 바라자고." 피트 뉴가 말했다.

피트 뉴는 개가 뚱뚱해서 들어왔다.

"개가 뚱뚱해서 감옥에 들어왔다고?" 스톨워트에 들어온 첫날 라이오넬이 말했다.

"알아요." 뉴가 말했다. "멍청하게 들리죠. 그렇죠, 뭐. 징계 열두 번에 최종 경고를 다섯 번 받았거든요. 사회복지부에서."

뉴가 기르는 바셋하운드 팅커벨은 88킬로그램이었다. 팅커벨이 할 수 있는 일이라고는 먹고 자는 것밖에 없었다. 개는 매트리스에 사지를 쭉 뻗고 누워 있었다.

"자세를 바꿔 줘야 돼요, 팅커벨 말이에요. 최소한 노력은 해야죠.

그런데 그러면 화가 나서 막 짖거든요. 엄청난 소음을 내는 거죠. 그래서 이웃집에서 신고를 하는 바람에……."

라이오넬이 말했다. "개를 그 지경으로 만들 거면 뭐하러 키워요? 개한테는 어, 적절한 식단을 줘야 한다고요."

뉴는 겸손하게 어깨를 으쓱하고 자기 침상으로 돌아갔다. 그는 왼쪽 다리에 간단한 깁스를 하고 있었다. 피트 뉴는 TV를 보다가 인대가 끊어졌다. 같은 자세로 열한 시간 동안 앉아 있다가 일어서려고 했더니 다리에서 뚝 하는 소리가 들렸다고 한다.

"TV를 보다가 인대가 끊어졌다고요?"

"알아요. 그것도 뭐 영리하게 들리지는 않죠."

"머리를 어떻게 좀 하셔야겠어."

"뭐 다 그런 거죠, 애즈보 씨."

"라이오넬이라고 불러요."

6월이었다.

피트 뉴는 개가 뚱뚱해서 감옥에 갇혔다.

라이오넬이 페퍼다인 네 명, 웰크웨이 열한 명, (지나를 포함한) 드래고 스물일곱 명과 함께 감옥에 갇힌 이유는 뭐였을까?

이들은 왜 감옥에, 함석 식판과 양철 수레와 유순한 거미가 있는 쇠고기 스프색 벽돌 감옥에 다 같이 갇혔을까?

아, 하지만 이 질문에 대답을 하려면 우리는 시간을 거슬러서 5월로, 성령강림절로 돌아가야 한다.

2

"결혼식이기도 하지만 가족 모임이기도 해. 있잖아, 도니, 나 전공 바꿀까 봐. 독일어가 너무 싫어."

"…… 데스, 이번 결혼식에서 다들 취하실까?"

"아니야." 데스가 약간 화난 척하며 말했다. "음. 글쎄……. 아니. 꼭 그렇진 않을 거야. 폴 삼촌은 약 안 해. 스튜어트 삼촌도 그렇고. 하지만 뭐 그래. 아마 뭔가 적어도 남자들은 그러겠지. 이것저것 조금씩 하거든."

"말론 아저씨랑 문제는?"

"그건 해결됐어. 말했잖아. 리 삼촌이 신랑 들러리야. 신랑 들러리라고."

"자." 던이 말했다. "키스해 줄게."

데스는 열여덟 살 반이 거의 다 되었다. 키는 180센티미터가 넘었고 얼굴은 길고 가늘어졌다. 하지만 다른 사람을 미소 짓게 만드는, 눈을 반쯤 감고 밝게 빛내는 미소를 여전히 가지고 있었다. 그리고 데스의 품에 흰색 날염 원피스를 입은 날씬한 몸매와 민들레 같은 머리카락을 가진 던 셰링엄이 안겨 있었다.

"엄마가 너 너무 말랐대."

"뭐, 맞는 말이야. 밤늦게 일해서 그래. 고객들 상대하는 것도 힘들고."

"음. 굿카스(Goodcars)에서 일하니까. 다 내 잘못이야."

"별거 아니야, 도니. 우리 나이에는 다들 돈 걱정을 하는 거야."

라이오넬이 자주 그랬던 것처럼 데스는 확실히 돈에 쪼들리고 있었다. 라이오넬은 현재 자유의 몸이었지만 그가 감옥에 들어가 있을 때 데스는 (집안일을 전담하는 대가로 받는) 주당 10파운드를 받지 못했고 닭고기 치카[고기나 채소를 양념에 절여 두었다가 익힌 남아시아 요리—옮긴이]나 로간 조시도 없었고 KFC에도 못 갔다. 그리고 집세도 없었다(그는 보조금을 신청해야 했다). 게다가 조엘과 존도 먹여야 했다. 라이오넬이 수감 중일 때 조엘과 존에게 제공하는 것은 신시아가 가끔 가져오는 타바스코 0.6리터와 비닐 봉투 하나 가득 든 스페셜 브루밖에 없었다. 더욱 다급하고 기이하게도 던의 신용카드가 있었고 이제 여기에 대수적으로 늘어나는 빚까지 붙어 있었다. 그러므로 데스는 일주일에 여섯 번, 일곱 시부터 자정까지 (그리고 일요일에는 하루 종일) 굿카스에서 콜택시를 몰았다. 포스터에는 이렇게 적혀 있었다. **굿카스, 마음껏 취하세요, 운전은 우리가 합니다**…….

"난 항상 말론이 싫었어." 데스가 말을 이었다. "그 사람 별명이 레트 버틀러야. 잘생겼지. 하지만 뭔가……. 그 단편집에 그런 말 있잖아. 그 말이 딱 어울려. 어, **불확실하고 벨벳 같은 비열함**. 그게 바로 말론이야."

"두 사람은 참 대단한 친구 사이였잖아, 말론이랑 라이오넬 아저씨. 어렸을 때부터 말이야."

"어, 그렇지. 쌍둥이 형제 같았어."

"지나가 나타날 때까지는."

"음. 지나가 나타난 뒤 끝장이 났지."

"흔한 일이야."

데스와 던은 킹스 크로스 역에서 피커딜리 선에서 내려 메트로폴리탄 선으로 갈아탔다. 두 사람은 손을 잡고 무릎 위에 책을 편 채로 계속 서쪽을 향해 갔다. 던은 제시 헌터를 읽고 있었고 데스는 에밀 뒤르켕을 읽고 있었다.

데스가 말했다. "현대사나 사회학. 아니면 범죄학."

"데스, 네가 전공을 바꾸면 학교에서 싫어할 거야. 게다가 돈도 더 많이 들어. 1년 더 공부해야 하잖아."

"꼭 그렇지는 않아. 그리고 전공 바꾸는 애들이 얼마나 많은데……. 난 독일어를 견딜 수가 없어.

"독일어가 어때서?"

"글쎄. 좋아, 들어 봐. 프랑스어로 수요일은 '메르크레디'야. 스페인어로는 '미에르콜레스'고 이탈리아어에서는 '메르콜레디'지. 그런데 **독일어**에서는 '미트보쉬'라고! 일주일의 중간이라니. 도대체 무슨 언어가 그따위냐?"[프랑스어, 스페인어, 이탈리아어에서는 수요일의 어원이 모두 로마의 메르쿠리우스 신(수성)이지만 독일어에서는 '일주일의 중간'이라는 뜻—옮긴이]

손을 잡고. 무릎에 책을 펼쳐 놓고. 입맞춤. 데스 페퍼다인은 이런 게 문명이지, 라고 생각했다.

* * *

지나의 결혼식은 성령강림절 결혼식이 될 예정이었다. 사람들은 성령강림절에 결혼을 했다. 오월제 기둥[색을 칠하고 꽃으로 장식한 기둥으로, 오월제(5월 1일)에 메이폴 꼭대기에 달린 긴 리본을 잡고 춤을 춘다—옮긴이], 봄의 풍작기원 축제. 성령강림절은 하얀 일요일이라는 뜻이다. 그리고 오늘은 성령강림절 전날이다. 데스는 어깨를 쫙 폈다가 힘을 뺐다. 오늘은 토요일이었다. 던이 자고 간다는 뜻이었다. 그리고 일요일까지는 콜택시 일도 없었다.

"오월제 기둥 주변에서 춤추는 젊은 여자들." 데스가 말했다. "그게 폴 댄싱의 기원일까?"

"응. 하지만 요즘은 그걸 따로 배워. 역량 강화지."

열차가 검은 터널에서 갑자기 빠져나와 5월 정오의 빛을 향해 솟구쳤다. 그리고 날씨는—공기는—너무나 맑고 밝았고, 너무나 빠르고 바빴다. 던이 말했다.

"저거 봐, 데스." 던은 런던 도심부인 메트로랜드를 가리켰다. 질서 정연한 빌라들, 때 묻지 않은 뒤뜰, 그 모든 것이 방향을 바꾸며 부는 바람 속에서 펄럭였다. 던이 말했다. "언젠가 밤에 이쪽 길로 한 번 왔었는데, 저걸 보면 저기 비치는 빛 하나 하나가 뭔가를 상징하는 것 같아. 희망. 야망……."

객차의 사람이 점점 줄어들었고 두 사람은 더 자주, 더 오래 입을 맞추었다……. 데스가 속으로 생각했다.

친애하는 대프니, 어떻게 지내세요? 전 아직도 나이 많은 여자와 관계를 갖고 있어요. 저는 열여덟 살인데 그녀는 스무 살이에요! 게다가 관계라고 말할 수도 없어요. 아직은요! 저는 던과 14개월째 사귀고 있지만 우리는 진도가 약간 느려요. 육체적인 면에서요. 있잖아요, 대프, 던은 "아직 깨어나지 않았"어요. 그리고 우리는 "준비되고" 싶어요. 나는 준비가 됐죠. 그녀도 거의 준비가 됐대요. 게다가 전희는 더할 나위 없이 좋아요. 하지만 던의 부모님과 제 사이에 심각한 문제가 있어요. 던의 어머니 프루넬라는 좋은 사람이지만, 아버지인 호레이스는 늙은

"데스? 그 싸움 뭐라고 했더라? 차고에서 한 거 말이야."

"아 잠깐만. 그게 좀……. 잘 들어 봐, 리 삼촌은 말론이 자기를 배신했다고 생각했어. 지나한테서 자기를 떼어 놓으려고 감옥에 넣었다고 말이야. 그래서 차고에서 만났어. 맨주먹으로. 웃통은 다 벗고. 돈 내고 들어온 구경꾼들 앞에서." 레이디 고디바와 비슷했겠지만 전부 남자라는 점이 다르다. "한 시간 동안 싸웠어."

"누가 이겼어?"

"리 삼촌. 엄밀히 말하면 그렇다는 거야. 삼촌은 일주일 동안 입원했지만 말론은 한 달 동안 병원 신세를 졌거든. 내가 듣기로는 앰뷸런스에서도 계속 싸웠대."

"좀 멍청하게 들린다, 안 그래?"

"응."

"하지만 이제 화해하신 거지?"

"아마도. 칼을 뽑았지만 무기를 거뒀다고 할 수 있지."

"화해도 하고 말이야."

"둘이서 만났을 때 처음엔 좀 어색했지만 옛날 일은 떨쳐냈어. 그리고 포옹을 했지. 두 사람 다 울었어. 그러더니 어느새 리 삼촌이 신랑 들러리를 하겠다고 받아들인 거야!"

던이 말했다. "그럼 넌 뭐가 그렇게 걱정이야?"

"걱정 안 해!" 데스가 이렇게 말한 다음 던에게 키스했다. "그냥 단지……. 무기를 거두었다는 거 말이야. 리 삼촌이 그랬다니 못 믿겠어. 삼촌 스타일이 아니야."

"바깥 좀 봐. 아, 데스." 던이 이렇게 말하고 데스에게 다시 키스했다. "데스, 오늘 결혼하는 게 우리라고 상상해 봐."

"그래. 상상해 보자. 제트기를 타고 신혼여행으로 몰타에 가는 거야."

"…… 엄마가 주신 초 있지? 오늘 집에 돌아가면 내가 코티지 파이를 만들게. 촛불 켜놓고 저녁 먹자. 그냥 미친 척하고 테이블 와인 작은 병 하나 사서 마시자."

3파운드 95펜스! 데스가 생각했다.

던이 엄격한 표정으로 데스에게 다시 키스를 했다. 입술에, 뺨에, 눈썹에, 눈에……. "오늘밤." 그녀가 말했다. "오늘밤이야. 난 준비됐어. 준비가 됐다고, 사랑하는 데스먼드."

데스의 머리가 그녀의 어깨에 나른하게 내려앉았고, 그는 숨을 들이마시고 미소를 지으며 눈을 감았다.

"응, 그래, 데스. 조금 자. 그래, 거기 누워. 내 무릎에. 그렇지."

데스는 눈을 감자마자 잠들기 직전마다 찾아오는 익숙한 분위기와 기억에 휩싸였다. 주일 학교가 끝난 뒤 흰색 베레모를 쓴 여자아이와 혀가 닿았던 때, 실라가 수프 깡통 뚜껑에 손을 베었던 때(차갑게 흐르는 수돗물 속에 있던, 하얗고 빨간 입을 벌린 그녀의 손가락), 조지 삼촌한테서 5파운드를 훔쳐서 속이 안 좋을 때까지 레몬 셔벗을 먹었던 때, 루비색 포도주와 분홍색 짧은 나이트가운 차림의 요정 같은 할머니, 끈적끈적한 캔디와 끈적끈적한 술, 반쯤 잠들었을 때 꾸는 꿈 속 세계의 주인, 후드를 쓴 사람(생각보다 항상 한 치수 크고, 넓고, 깊다), 헐떡이는 개들…….

"일어나. 일어나, 데스. 종점이야!"

"다 왔어?" 데스가 똑바로 앉아서 양손 손등으로 눈을 문질렀다.

"누가 먼저 다가갔어?" 던이 밀짚 가방을 뒤지며 물었다. "라이오넬이 말론한테 먼저 연락한 거야? 아니면 반대?"

"어, 이면 경로로." 데스가 자리에서 일어나 타이를 고쳐 맸다. "링고. 링고 삼촌이랑 트로이를 통해서. 트로이 웰크웨이. 두 사람이 중재했어."

"하지만 링고는 말론을 싫어한다며."

"응. 싫어해. 그리고 트로이도 말론을 싫어하고."

"…… 아아, 데스, 괜찮을까?"

"당연하지. 결혼식이잖아. 리 삼촌 연설 연습하던데. 신랑 들러리 연설 말이야. 있잖아, 신랑 칭찬하는 거."

3

호텔은 찾기 쉬웠다. 임페리얼 팰리스는 잔디밭과 꽉꽉 들어찬 주차장 뒤 도로에서 조금 물러난 곳에 위치한 낮고 길쭉한 호텔이었다. 입구 홀에서 옛날 관원 같은 제복을 입은 도어맨들이 비피터 바를 지나 L자형 대기실로 안내했고, 거기에서 벌써 소란스러운 학교 운동장 같지만 음역이 더 낮은 소리들이 들려왔다. 여자들의 콘트랄토와 남자들의 바리톤이 흥겹게 화음을 이루었다. 봄철, 하나가 되는 연인, 북적북적 흥청대는 파티……. 모든 참석자들의 불완전함을 적당히 받아들인다면 이 소리의 벽은 사랑의 벽이었다.

던은 화장실로 곧장 갔고 데스는 은쟁반을 든 크림색 재킷 차림의 웨이터와 곧장 마주 섰다. 이탈리아산 프로세코 포도주다! 데스의 코 앞에서 거품이 피어올라 뛰놀더니 그의 머리를 채웠고, 한 모금 더 마시자 벌써 어마어마하게 행복하고 자랑스러운 기분이 되었다. 던이 나오자 두 사람은 기다란 문으로 같이 들어갔다.

호텔에 와 본 적이 없었던 데스는 자신의 감각을 만족시키려고 애를 쓰는 호텔을 보고 약간 위압감을 느꼈다. 미소를 지으며 술을 따라 주는 웨이터들, 무한하게 제공되는 다과, 듣기 좋은 음악, 벽마다 늘어선 푹신한 의자들, 두터운 레이온 휘장, 반짝이는 플라스틱 샹들리에, 딱 맞는 나일론 카펫(주황색에 멋진 노란색 무늬가 있었다), 그리고 성령강림절에 어울리게 제일 좋은 옷을 입은 멋진 사람들.

"그렇게 나쁘진 않아, 도니." 데스가 두 번째 잔으로 손을 뻗으며 말했다. "괜찮은 것 같아. 잘될 거야. 사람들을 봐."

기품 있는 무도회장에 모인 아흔 몇 사람 중에서 가장 위엄 있는 사람은 아마도 브라이언 '사기꾼' 피츠윌리엄스(존의 장인)였을 것이다. 작은 머리는 눈처럼 새하얀 머리카락으로 장식되어 있었고, 검은 목발을 경쾌하게 휘두르는 아내 미니와 함께였다. 그 다음으로 나이가 많은 사람은 확고부동한 두터운 허리둘레를 가진 신부의 아버지 제이든 '1마일' 드래고였는데 그는 현재의 파트너이자 나이가 자기 반밖에 안 되는 브릿과 함께였다. 브릿은 미니스커트를 입고 주근깨가 난 가슴을 드러내고 있었다. 또 데니스 '가짜 거지' 웰크웨이와 머시 웰크웨이 부인(구성舊姓: 페퍼다인), 헤어네트로 머리를 올리고 보행 보조기를 사용하는 그녀의 여동생 그레이스도 있었다…….

"사랑스러워 보이는구나, 아가. 사랑스러워. 그렇지 않니, 데스?"

"네, 맞아요. 어, 그게 뭐예요, 할머니? 오렌지 주스예요?"

"아니. 벅스 피즈[샴페인과 오렌지주스를 섞은 칵테일—옮긴이]란다!"

"전 프로세코예요! 크으, 이거 전부, 돈 진짜 많이 들었—"

"이런." 할머니가 돌아서면서 말했다. "여름이 오는구나. 난 알 수 있어. 걔 눈에 그 표정이 있어."

라이오넬 애즈보는 사람들 사이를 누비고 다니면서 여기서 누군가의 등을 두드리고, 저기서 누군가의 손목을 꽉 잡고, 존 삼촌, 폴 삼촌, 조지 삼촌, 링고 삼촌, 스튜어트 삼촌과 포옹을 하고, 말론의 형제들, 찰튼, 로드, 율, 버트, 트로이, 록과 악수를 하고, 지나의 수많은 형제자매들에게 진지한 태도로 고개를 숙여 인사했다(드잔, 샤키라, 남루, 알리야, 바살로, 야스민, 오레스트, 어린 푸잘루에게 고개를 숙였다)……. 데스는 생각했다. 이게 가능할까? 라이오넬 애즈보가, 유명한 반사회적 인물이, 특정한 환경에서는 사회적인 존재가 될 수 있을까?

던이 말했다. "저기 좀 봐, 데스. 아, 정말 멋지다."

조끼를 입은 현악 4중주단이 무대 위에서 일제히 일어나서 〈대부〉의 주제곡을 연주하기 시작했다. 물론 식이 끝난 다음 춤을 출 것이고, 그런 다음 부드러운 아티초크 심, 패스트리와 콩, 채소 모듬, 리코타 파이, 누가 등 몰타 전통음식이 줄줄이 나올 것이다. 하지만 지금 나오는 핑거푸드는 다행히도 영국식—소박한 선술집 음식—이었다. 데스가 말했다.

"든든히 먹는 게 좋을 거야, 도니. 이상한 외국 음식을 먹기 싫으면. 호레이스 아저씨는 싫어하실 거야. 햄 롤빵 먹어, 맛있다."

"아, 그만해……. 뭘 보고 그렇게 웃는 거야?"

"그냥 생각 중이야. 오늘밤에 대해서."

"음. 나도 그래."

두 사람이 키스를 했다.

"오이!"

라이오넬이었다(딱 하나 있는 좋은 양복과 흰 셔츠에 노끈처럼 얇은 파란색 타이를 매고 있었다). 면도를 하고 말끔하게 씻은 모습이었고, 두툼한 손에 단단한 코브라 캔을 들고 있었다.

"라이오넬 아저씨, 뭐 하나 물어봐도 돼요?"

"물론이지." 라이오넬이 테이블 위로 몸을 기울이며 말했다. 그는 롤몹스[절인 청어에 주로 향신식물 세이버리를 넣어서 원통형으로 만 요리—옮긴이]를 찍어 먹은 다음 두 입 크기의 돼지고기 파이를 향해서 성급한 손가락을 뻗었다.

"드래고 씨 별명이 왜 '1마일'이에요?"

라이오넬이 입 안 가득 양파절임을 씹으면서 설명했다. 제이든 드래고가 파는 자동차는 무척 쌌지만 '1마일'만 달리면 고장이 났다.

"죄송한 말이지만 그런데 어떻게 사업이 안 망하는 거죠?"

"아, 있잖니 던, 1마일은 어, 과장법이야. 5마일에 가깝지. 10마일 갈 때도 있어." 라이오넬이 황갈색 스카치 에그[삶은 달걀에 고기를 말아서 빵가루를 입혀 튀긴 음식—옮긴이] 부스러기를 튀기면서 말했다. "나도 한 대 샀었지. 시내를 가로지를 때는 쓸 만해. 택시랑 마찬가지지."

"연설 말이에요, 삼촌. 저한테 불러 주면 제가 적기로 했는데 안 했잖아요."

라이오넬이 머리를 약간 뒤로 젖히면서 지구라트만큼 높이 쌓인 소금과 식초를 친 감자칩을 처치한 다음 손바닥을 탁탁 털고 손가락 관절로 자기 눈썹을 딱 쳤다. "다 이 안에 있지. 여기 다 있어……. 오늘은 아름다운 예식이 될 거야. 아니, 이미 아름다웠어." 라이오넬이 패배한 사람처럼, 하지만 희망 찬 표정으로 말을 이었다. "부케를 든 귀여운 신부 들러리들. 스테인드글라스……. 지나. 지나가 날 정원으로 살짝 데려가더라고. 새하얗게 차려입고 머리에 흰 리본을 달고 말이야. 지나가 말했지. '라이오넬? 고마워, 라이오넬.' 지나가 말했어.

'내 인생에서 가장 완벽한 날을 맞이할 수 있게 도와줘서 고마워.' 지나의 미소는 작은 햇살 같았어. 그 미소가 내 마음을 따뜻하게 해줬지. 내 맘을 따뜻하게 해줬다고."

현악 4중주단이 물러났다. 새된 함성과 고함소리가 일었지만 곧 조용히 하라는 소리가 들리고 신랑, 신부, 신랑 들러리가 나와서 낮은 무대에 올라갔다. 라이오넬과 말론이 포옹을 하고, 라이오넬과 지나가 포옹을 했다. 지나가 눈에 띄게 주저하면서 뒤로 물러나 한쪽 옆으로 서자 라이오넬이 지나의 손에 입을 맞추었다(멋진 한 수였다).

라이오넬 애즈보가 연설을 시작했다.

"내 말 잘 들려요, 여러분?" 그렇다는 대답이 웅얼웅얼 들렸다. "…… 말론과 내 사이요? 무슨 말이 필요하겠습니까. 우린 제일 친했지요." 라이오넬이 (마치 그렇지 않다고 주장하는 사람을 눌러 버리려는 듯이) 강하게 말했다. "아기 때부터 말입니다." 여자들이 작게 웃었다. "가끔 재미 삼아 엄마들이 번갈아가면서 우리 둘한테 동시에 젖을 먹였지요. 그렇죠, 어머니? 안 그래요, 머시 이모? 우린 그 정도로 가까웠어요, 말론이랑 나 말입니다. 바로 옆에서 같은 젖을 먹고 자란 사이죠." 또 다시 터져 나오는 어머니들의 웃음. "그렇게 몇 달이 지났지요. 이제 더 이상 이유식을 가지고 싸우지 않게 된 우리는 평범한 남자애들처럼 폐를 끼치고 돌아다니기 시작했죠. 그래요. 우린 장난꾸러기들이었습니다. 달리 적절한 표현이 없어요. 우린 진짜 나쁜 녀석들이었죠. 진짜 말썽쟁이들이었습니다."

데스는 생각했다. 스타일을 찾았어, 리 삼촌. 좀 거친 면도 있지만 자기 스타일을 찾았어. 던은 팔짱을 단단히 낀 채 보고 있었다.

"유치원을 땡땡이치고 화재용 비상구를 통해서 성인용 영화를 몰래 보러 들어갔죠." 남자들의 웃음소리. "이웃집 벨을 누르고 다니면서 손가락을 들어 욕을 하기도 했습니다. 두 살 때요." 여자들의 웃음소리. "그런 다음, 더 컸을 때는 우편함에다가 오줌을 싸고 다녔죠." 모두의 웃음소리. "나와 말론, 우리는 전공이 있었습니다. 어느 해 본파이어 나이트[11월 5일. 1605년 실패한 의사당 폭파 사건을 기념하여 폭죽을 터뜨리고 불을 피우는 날—옮긴이]에 시작됐지요. 곧 어느새 우린 일 년 내내 불을 피우고 다녔습니다. 뭘 조심해야 하냐면요, 말끔하고 멋진 차 근처에 있는 축축한 개똥 무더기예요. 씩 웃으면서 커다란 체리 폭탄을 몰래 가져가서 퓨즈에 불을 붙이고 모퉁이를 돌아 도망가는 거죠." 애정 어린 혀 차는 소리. "펑! 다시 가 보면 차체에 온통 묻어 있는 거죠. 빈틈없이 말입니다. 정말 멋지죠. 어, 뭐 지나가는 사람들은 별로 좋아하지 않지만요." 역시 애정 어린 혀 차는 소리.

"세발 자전거를 훔치고, 그 다음에는 자전거, 그 다음엔 모터 자전거, 그 다음엔 스쿠터. 그렇게 크는 거죠. 그 다음엔 적당한 자동차, 그 다음엔 밴, 그 다음엔 트럭. 이제 와서 하는 말이지만, 우리는 누가 운전할 차례냐를 놓고 이상한 싸움을 했지요. 처음 시작했을 때 우린 여섯 살인가 일곱 살이었거든요." 깊은 감탄의 웅얼거림. "그래서 한 사람이 페달을 밟고 한 사람은 다른 사람 가슴에 앉아서 운전대를 조종했죠. 위에 있는 사람이 **브레이크** 또는 **엑셀**이라고 외쳤습니다. 한번은 가구운반차를 훔쳐서 내가 밑에 들어가 있는데 말론이 그저 **엑셀 엑셀 엑셀 엑셀 엑셀**이라고 하는 겁니다. 그러니 그냥 눈을 감고 무사하기만 바랄 수밖에요."

라이오넬은 청중을 사로잡았다. 촉촉하게 눈을 빛내는 얼굴들이었다. 데스는 생각했다. 연설이 끝나면 그레이스 할머니한테 춤을 추자고 해야지. 다리가 아프다고 하시면 그냥 구석 쪽에서 살짝 왔다 갔다 하면 돼.

"그런 다음에 어, 사춘기가 왔죠. 들치기, 신용카드 훔치기, 멍청한 짓, 진열장 깨고 물건 훔치기 등등. 학교에서는 정학, 퇴학, PRU. 청소년 법원, 청소년 구금, 이상한 데 처박혀 있는 요이. 그런 다음 우리는 성숙해졌습니다. 제 경우에는 감옥에 갔다는 뜻이었죠." 일부는 숨죽여 쿡쿡 웃었고 누군가는 박장대소를 했다. "말론은 솜씨도 더 좋고 발도 더 빨랐지요. 전 고집이 더 셌습니다. 배우려 하질 않았어요. 저에게는, 저에겐 그게 원칙이었습니다. **절대 배우지 않는 것.**

그래서. 우리는 각자 경력을 쌓아야 했습니다. 난 장물취득이랑—아시죠, 되파는 거요—빚 받는 일에 끌렸지요. 여기 있는 말론으로 말할 것 같으면 밀어붙이는 걸 타고났죠. 무단침입. 도둑질이라고도 하지요. 그리고 아아, 말론은 정말 쓸모가 있었습니다. 그래서 떠돌이라고 불리죠. 훤한 대낮에 병영을 뒤지고 다녀도 아무도 놀라지도 않는다니까요. 대단한 재능이죠. 타고났어요. 그래서 말론은 무단침입 쪽으로, 전 장물취득 쪽으로 나갔죠. 게다가 아시겠지만 그밖에도 항상 어, 여러 가지 잡다한 것들이 있으니까요.

좋습니다, 좋아. 우리가 했던 일이 엄밀하게 합법적이었다고 할 순 없죠. 하지만 우린 사과하지 않습니다, 말론과 저 말입니다." 열중한 정지 상태. "왜냐고요? 법은 **부자들의** 돈을 보호하기 위해서 존재하는 거니까요." 동의를 표하는 열띤 중얼거림. "제 정신을 가진 사람이라면 **그런 것**에 굴하지 않지요." 길고 열렬한 갈채.

라이오넬은 손을 들고 고개를 숙여 박수 소리를 가라앉혔다. "물론 여자들도 있었지요. 여자, 여자, 여자들. 게다가 세상에, 레트 버틀러 아닙니까. 키 크고, 피부색은 짙고, 잘생긴 데다 사랑스러운 흉터까지. 올림픽에라도 나갈 것 같지 않습니까. 어느 종목이냐고요? 그야 섹스죠!" 주저주저 즐거워하는 소리. "하루에 몇 번이나 할 수 있나, 아니면 한 시간에 몇 번 할 수 있나 뭐 그런 거죠. 말론은 침실에 회전문을 달았다니까요!" 주저 없이 즐거워하는 소리. "저 같은 경우는 얼굴이 못생겨서 말론 외투나 들어 주고 콘돔이나 데워 줬죠." 남자들의 숨죽인 웃음소리. "죄송합니다, 여성분들. 말론의 거시기, 어, 그의 가족계획 말입니다." 조용한 여자들의 웃음소리. "음, 저는 뭐 별로 관심 없었지요. 그런데 말론은 어땠을까요? 계집애들이랑요? 그걸로 머리를 스타일링 했다니까요. 그게 바로 떠돌이죠. 그게 바로 말론 웰크웨이입니다."

라이오넬이 몸을 반쯤 돌렸다. 신부는 요염한 눈빛으로 질책하듯 신랑을 보며 미소 짓고 있었다. 말론은 촉촉한 눈을 감고 어깨를 떨고 있었다. 데스 역시 반쯤 몸을 돌리고 링고가 양쪽으로 열리는 길쭉한 문 밖으로 빠져나가는 모습을 보았다.

"전 항상 생각하지요, 말론? 말론 웰크웨이? 그는 결혼해서 살 타입이 아닙니다. 말론이요? 문제없죠. 여자들이 좋아하는 남자죠. 말하자면 공인된 독신남입니다……. 아, 그랬던 그가 주문에 걸렸습니다……. 멋진 지나의 주문에 말입니다……." 환호, 함성, 귀를 따갑게 하는 휘파람 소리. "지나 드래고. 지나를 보세요. 폭포에 비친 일몰만큼이나 아름답죠. 그렇습니다, 오늘밤 디스턴 술집들은 우울함이 넘치겠지요. 악취를 풍기는 남자들만 득시글거릴 테니까요. 디스턴의 보석 지나 드래고가 지나 웰크웨이가 되었으니까 말입니다."

라이오넬이 장엄하게 손뼉을 치자 하객들도 다들 동참했다. 갈채는 1분 30초 동안 쏟아졌다.

"소위 말하는 차고 회동에 대해서 말들이 많았지요." 그렇다는 중얼거림. "아무 의미도 없습니다. 그도 그럴 것이, 우린 항상 싸웠으니까요. 갓난아기일 때, 아장아장 걸을 때, 어린아이가 되고, 청소년이 되고, 성인이 되어서도—항상 싸웠지요. 기나긴 싸움, 심각한 싸움이었습니다. 왜 싸우느냐고요? 존중하기 때문이죠. 정직하게 살기 위해섭니다. 그래요, 말론과 나, 우리는 싸웠습니다." 라이오넬이 비교적 관대하게 코웃음을 치며 말했다. "다른 사람들은 싸움을 그만큼 잘 못하니까요." 여기저기서 헛기침하는 소리.

"연설이 좀 길었군요. 이제 허튼짓은 이쯤 해두고—축하 파티를 시작합시다! …… 아 참, 잊기 전에 말해 둬야죠. 있잖습니까, 여러분, 제가 30분 전에 1층에서 우연히 봤거든요. 계단에 호텔 직원들이 줄을 서 있더라고요. 크림색 재킷을 입은 잘생기고 젊은 청년들 말고요. 아니죠. 면 티셔츠 차림으로 부엌에서 일하는 녀석들, 보일러실에서 온 끔찍한 늙은이들, 퇴물들 말입니다. 머리 주변에 파리가 날아다니더군요. 다들 벨트를 푸는 중이었어요." 침묵. 라이오넬이 얼굴을 찌푸렸다. "제가 말했죠, '여러분, 무슨 일이죠?' 그랬더니 한 명이 복도를 가리키더군요. 거기 뭐가 있었냐고요? 지나였어요." 극도의 침묵. "웨딩 드레스를 허리까지 올리고 속옷을 정강이까지 내리고 커다란 엉덩이를 쳐들고서—!"

…… 그러므로, 아니었다. 말론과 지나는 그날 밤 몰타의 고조 섬에서 빌라를 빌려서 수영장 옆 베란다에서 기르겐티나 포도주를 마

시고 베벅스[몰타의 달팽이 요리 — 옮긴이]를 먹으면서 시간을 보내지 않았다.

그리고 또한 아니었다, 데스먼드와 던은 아발론 타워 33층에서 촛불을 켜 놓고 테이블 와인을 마시면서 코티지 파이를 먹지 않았다.

아니었다. 그날 그 자리에 있던 하객 모두, 심지어는 신부 들러리와 할머니들까지도 매트로랜드의 경찰서(와 진료소)에서 밤을 보냈다. 죄목은 주로 기물파손 및 난동이었다.

임페리얼 팰리스 호텔 수리비는 결국 65만 파운드에 달했다.

던은 다음날 아침에, 데스는 오후에 풀려났다. 두 사람은 법정에서 증언을 해야 할 것이라고 했다. 나흘이 지난 다음에야 던의 떨림이 멈췄다.

데스는 마지막으로 임페리얼 팰리스를 흘깃 봤을 때를 기억했다(그의 피 흐르는 얼굴이 죄수호송차 뒤창에 뭉개지고 있었다). **〈음식과 술, 침대. 근사한 가격에 근사한 방을〉**이라는 표지판이 보였다. 그리고 데스는 흰 리본을 단 오스틴 프린세스 리무진의 앞 유리창 여기저기에 난 별 같은 구멍들과 보닛에 얹혀 있는 벽돌을 보았다. 링고가 주는 성령강림절 결혼식 선물이었다.

4

오후 두 시에 펍스 경관이 라이오넬을 데리러 왔다.

"행운을 빌어, 라이오넬." 피트 뉴가 침대에 누워서 말했다.

애즈보는 석재 통로를 여유롭게 어슬렁어슬렁 걸어갔다. 그는 네 층을 올라간 다음 토사물과 석탄산 냄새가 상쾌한 홀을 지나서 다시 바깥으로 나가 아치에서 물이 뚝뚝 듣는 주랑으로 안내되었다. 교도소장실 문이 활짝 열려 있었다.

마르고, 머리가 벗겨지고, 눈썹이 곱슬곱슬하고, 이마가 툭 튀어나온 울프 교도소장은 전혀 좋은 소식을 전하는 사람 같지 않았지만 건조한 목소리로 이렇게 말했다.

"아, 여기 왔군. 칭송받아 마땅한 애즈보 씨……. 열심히 노력했겠지, 라이오넬. 달마다. 지끈지끈한 머리로 혀를 빼물고 말이야. 복권을 열심히 샀겠지."

"복권이라고? 당연히 아니지. 내가 멍청해 보여? 그리고 그게 뭐 어쨌다고?"

"그게 뭐 어쨌냐고?"

라이오넬은 거의 기억도 못했다. 그가 한 일이라고는 늙은 죄수를 괴롭히려고 교환권을 훔친 것뿐이었다(그것도 한참 전의 일이었다). 라이오넬은 주머니에 손을 찔러 넣고 가만히 서 있었다. 울프 교도소장—그는 라이오넬이 존댓말을 쓰게 만드는 것을 이미 오래전에 포기했다—이 다시 말했다.

"그게 뭐 어쨌냐고?"

라이오넬이 한숨을 쉬며 말했다. "좋아, 고작 15파운드쯤 당첨됐다고 여기로 불렀다 이거지. 복권이라니, 그건 허튼짓이야. 내 개인적인 생각이지만."

울프 교도소장이 책상에 연필을 내던지고 말했다. "글쎄. 이번 일은 신께서 유머 감각을 가지고 계신다는 증거로군."

라이오넬이 점점 주의를 집중했다.

"15파운드가 아니야, 애즈보. 엄청난 금액이지."

라이오넬이 군인처럼 쉬어 자세에서 차렷 자세로 바꾸었다.

"얼마나 엄청납니까? 교도소장님!"

라이오넬은 그 전에 규칙을 위반했기 때문에 자기 방에 감금되었다. 하지만 다음날 아침 피트 뉴가 의무실로 실려 가서 한 시간 동안 물리치료를 받은 다음 돌아와서 말했다.

"너 《선》 표지에 났던데."

누워 있던 라이오넬이 자기 손톱을 들여다보았다. 그가 말했다. "헤드라인이 뭔데?"

"라이오넬 애즈보, 로또 촌놈."

"사진은?"

"형사법원 밖에 서 있는 거. 끌려가면서 손가락으로 욕하고 있던데."

라이오넬이 그저 어깨를 으쓱하자 뉴가 용기를 내서 말했다.

"체크할 수 있는 항목이 있지 않았어, 라이오넬? 그걸 체크했어야지. '기밀 유지'인지 뭐 그거 말이야. 이제 사람들이 널 가만히 안 놔둘걸."

"상관없어. 유명세야 뭐. 내가 알아서 할 수 있어……. 있지 피트, 웃긴 건 말이야, 난 평생 복권 같은 건 사 본 적이 없어! 개인적인 생각으로 그건 빌어먹을 허튼짓이거든."

그날 오후에 공식 면회자가 라이오넬을 찾아왔다. 그의 사건을 할당받은 법률구조공단의 댈런 마혼 변호사였다. 두 사람은 매점의 네모난 테이블에 앉았다. 댈런은 서류가방과 미네랄워터를 가지고 있었고, 남색 멜빵바지를 입은 라이오넬은 커피를 마시면서 토블론 초콜릿을 먹었다.

"간단해요." 그녀가 말했다. "민사 사건에 합의금을 지불하면 좀 약한 죄목으로 기소될 거예요. 말하자면 음주난동 같은 걸로요. 벌금을 내고 주의를 받는 정도죠. 그럼 여기서 나갈 수 있어요."

"뭐, 나보고 그걸 **전부 다** 내라고?"

"다른 사람들은 돈이 없잖아요. 드래고 씨는 일부 금액을 기꺼이 내겠다고 했어요. 그러니까, 지나가 아직 안에 있으니까요. 게다가—" 그녀가 공책을 꺼냈다. "드잔, 남루, 오레스트, 바살로도 그렇고요. 또 당신 삼촌들이랑 사촌들도 아직 못 나왔죠."

라이오넬이 상냥한 표정을 지었다. 임페리얼 팰리스에서 일이 그렇게 되었을 때 지나는 확실히 눈에 띄었었다. 그녀는 한 손에 의자 다리, 한 손에 바이올린 반쪽을 들고 있었다. "그 여자는 기백이 넘치지, 지나 말이야……. 내 말 잘 들어요. 난 내 몫을 낼 준비가 됐어. 계산해 봤지. 8천. 그게 다야."

"라이오넬. 이제 당신은 백만장자 140명을 합친 거나 다름없는 사람이에요."

"맞아, 하지만 7십만이나 된다고!"

"9십만이에요. 손님이 줄었대요."

"세상에. 어떤 놈들은……."

"라이오넬, 당신의 재정 상태는 변했어요. 알고 있어요?"

"잠깐. 내가 돈을 내면 말론도 나가는 건가?"

"말론도 나가요. 그리고…… 그리고 찰튼, 로드, 율, 버트, 트로이, 록도 같이요."

"그럴 순 없지, 안 그래? 먼저 시작한 사람은 말론이었어. 그런데 감옥에서 멀쩡하게 걸어 나간다고? 내가 열심히 일해서 번……. 말론이 내 성공에서 돈을 갈취한다고? 꿈 깨셔, 댈런."

"다들 나오는 거예요. 존, 폴, 조지, 스튜어트, 모두 다요. 생각 좀 해 봐요. 감방에서요."

"그러지."

"내일 아침에 감방동료들이랑 똥을 치울 때가 되면 생각이 바뀔 거예요." 그녀가 말했다.

"그럴지도. 어, 그, 고문이라는 사람은 어디 있지?"

댈런이 손짓을 하자 경비원이 나가더니 곧 햇볕에 그을린 피부에 가는 줄무늬 양복을 입은 마흔 살 정도 되는 남자를 데리고 돌아왔다.

"라이오넬 애즈보 씨입니까? 잭 퍼스-헤더링턴입니다."

"잠깐 자리 좀 피해 주겠어, 댈런? 우리 둘이 잠깐 할 얘기가 있어서. 돈 문제랑 어, 투자 때문에."

데스는 부엌에 있었고 존이 그의 무릎에 앉아 있었다. 던은 반대편에 앉아 있었고 조엘이 그녀의 무릎에 앉아 있었다. 두 사람 사이에는 그날 자 《선》 4쪽과 5쪽이 펼쳐져 있었다. 주요 항목별로 정리한 라이오넬의 일생과 세 살 때의 라이오넬의 얼굴 사진(정면과 측면) 두 장이 더 실려 있었다. 던이 말했다.

"링고 아저씨 전화 왔었어. 또 말이지. 안절부절 못하시던데. '걔가 얼마나 줄 것 같니? 내가 얼마나 달라고 해야 할까?' 그러시더라고."

"금전적인 도움을 바란다고? 라이오넬 삼촌한테? 링고 삼촌 정신 나갔나 봐. 리 삼촌한테는 절대 돈을 달라고 할 수 없어. 어렸을 때부터 늘 그랬지. 삼촌한테 돈을 달라고 하면 얼굴을 뭉개버릴걸."

"…… 아, 구두쇠 머스터드 씨였지. 넌 삼촌을 사랑한다며. 아저씨는 정말 무서운 사람이야. 그런데도 넌 아저씨를 사랑하지."

"던, 삼촌은 네가 아는 것보다 더 나쁜 사람이야. 하지만 어쩔 수가 없어. 너랑 호레이스 아저씨도 그렇잖아. 네 아버지도 정말 무서운 사람이지만—넌 아버지를 사랑하잖아. 너도 어쩔 수 없잖아."

"그래, 어떻게 할 수 있으면 좋겠다."

"좋은 쪽으로 생각해. 이제 조리스에서 같이 저녁 먹을 일도 없잖아."

호레이스 세링엄이 어땠냐고?

"개인적인 감정이 있는 건 아니란다, 데스먼드." 호레이스는 하인

츠 토마토 스프 그릇 앞에 앉아서 이렇게 말을 시작하곤 했다(그 다음에는 꼭 버즈아이 피시 핑거를 먹었다). "하지만 봐라, 너랑 던은 머리가 달라."

"아, 왜 그래요 아빠." 그의 딸이 신음했다.

"제발, 여보. 그 얘기는 그만해요." 그의 아내가 신음했다.

"어떻게 다르죠, 셰링엄 씨?"

그러면 실직 상태의 주차 단속원(디스턴에서 주차 단속원은 어차피 미지의 존재였다) 호레이스는 고집스럽게 말을 이었다. "음. 넌 머리가 더 작고 모양도 다르지. 던의 머리는 정상이지만 네 머리는 영장류에 더 가까워. 개인적인 감정이 있는 건 아니야……. 아, 알았어. 과학적 사실을 말하는 것도 안 되는 거구나. 그것도 내 집에서."

호레이스의 집은 조리스 파크웨이 전자제품 판매점 위 천장이 낮고 작은 아파트였다. 이런 식으로 몇 달이 지나자 데스는 이렇게 말하기 시작했다.

"아저씨 뇌는요, 셰링엄 씨? 아저씨 뇌도 제 뇌보다 커요?"

"물론이지. 당연한 말이야. 그래서 네 얼굴이 그렇게 애 같은 거야."

호레이스의 검붉은 얼굴은 뒤틀리고 병든 갑각류 같았고 (코와 턱이 집게 같았다) 눈은 작고 검었다.

"봐라, 던, 잰 너나 내랑은 달라."

"**너나 나**겠죠." 데스가 말했다.

"뭐라고?"

"**너나 나**라고요. '잰는 내랑 달라'라고 말하지는 않잖아요?"

"물론이지. 하지만 **너나 나**라니 무례하잖아."

"무례한 게 아니라 맞는 거죠. 프랑스어는 얼마나 하세요, 셰링엄 씨?"

"프랑스어?"

"위. 통 프랑세, 세 비앙?[네, 프랑스어 잘 하세요?] 이탈리아어는요? 푸에데스 아블라르 에스파뇰?[스페인어 할 줄 아세요?]"

"얘가 도대체 무슨 소리를 하는 거냐? 허튼소리는 그만해라, 데스먼드……. 좋아, 그럼. 고맙구나. 진짜 정말 고맙다. 내 저녁식사를 이렇게 망쳐 줘서 말이다."

그러므로 메트로랜드 사건이 일어난 후 모든 일이 아주 간단해졌다. 데스는 절정에 이른 장면을 목격하지 못했다. 뼈만 앙상한 호레이스가 헐떡거리면서 던의 옷이며 책을 가득 안아서 2층 창밖으로 던지다가 넘어지고 프루넬라 세링엄은 무릎을 꿇고 울고…….

"나가! 넌 이제 내 딸이 아니다. 가서 그 깜둥이랑 살아라. 감옥에서 말이다! 너희 둘은 거기가 어울려. 얼른 가. 가 버려. 나가!"

데스가 차를 홀짝이며 말했다. "이젠 나한테 친절하게 대하시겠지. 우리 가족 중에 백만장자가 생겼으니 말이야."

"농담이 아니야, 데스. 우린 자존심이 있으니까 굽실거리지는 않을 거야. 하지만 정말이지, 아저씨가 너한테 금전적인 도움을 좀 주셔야 되는 거 아니야? 너 아니었으면 1페니도 못 땄을 거잖아! …… 여길 봐. 그래, 아저씨가 1억 3900만 파운드를 가질 수 있어. 99만 9천 파운드도 가질 수 있어. 999파운드 50펜스는 또 어떻고! …… 그게 맞는 거야, 데스. 숫자를 고른 건 너잖아."

그건 진실이었다. 한 달쯤 전 데스가 면회를 갔을 때 라이오넬이 말했다. "우리를 위해서 이걸 잘 가지고 있어라, 데스. 완전 쓰레기지. 내 이름이랑 서명은 해 놨다." 그러자 데스가 그것을 보고 말했다.

"새거잖아요, 삼촌. 숫자를 적은 다음에 부쳐야 돼요." 잠시 모욕의 순간이 지나고 라이오넬이 말했다. "네가 적어, 데스. 그래. 아니지, 내 손을 더럽히진 않을 거야. 네가 적어. 내 개인적인 생각으로는 말이다, 복권은 허튼짓이야."

"넌 리 삼촌을 몰라. 그리고 난 아직도 삼촌한테 미움받고 있어."

"도대체 이유가 어떤데?"

"에. '이유가 어떤데'는 틀린 말이야. '이유가 뭔데'라고 해야지. 아, 미안."

"아니야. 아냐, 데스, 계속 고쳐 줘."

"…… 내 법정 진술이 못마땅해서."

"네 진술이 아저씨 진술보다 나았는데. 아저씨는 '저는 엄숙하게 성서합니다……'라고 했잖아."

"넌 범죄자의 심리를 몰라, 도니……. 또 다른 일도 있고. 개들 말이야."

"으음. 개들이라."

"던, 돈은 신경 쓰지 마. 그건……. 금전적인 도움에 대해서 생각하면 안 돼. 이런 식으로 생각하자. 빈 방이 하나 통째로 생겼다고 말이야."

"하숙생을 받아도 되겠네!"

"…… 아니, 아니야. 우리 둘이서 공부할 멋진 서재로 꾸미는 거야. 도서관처럼 말이야."

"그래……. 돈 생각을 하는 건 옳지 않아."

"그리고 언젠가는 말이야, 도니 — 어쩌면 아기방이나 뭐 그런 걸로 써도 되고."

"오, 데시. 넌 정말 사랑스러운 말만 하는구나."

"방 하나가 통째로 비는 거야. 이제 삼촌은 저 방을 쓸 일 없을 거야. 돌아오지 않을 거야. 설마 돌아오겠어."

5

라이오넬은 몇 주 동안 고민한 끝에 (그리고 피트 뉴와 수없이 진지하게 논의한 끝에) 88만 5천 파운드를 내기로 했다(나머지는 제이든 드래고가 채우기로 했다). 그러자 일은 빠르게 진척되었다.

그 가증스런 봉투(회갈색에 비닐 창이 있고 앙심을 품은 것처럼 작은 봉투)는 늦은 6월에 2급 우편으로 배달되었다. 봉투 안에는 데스가 지금까지 본 라이오넬의 글 중에 가장 길고 문학적 노력을 기울인 글이 들어 있었다(그가 지금까지 쓴 글은 "우유", "하장지", "터바스코" 정도였다). 라이오넬의 편지는 마침표 없는 전보처럼 전부 대문자였고 구두점이 하나도 없었다. 데스와 던은 퀸 앤스로 가는 길에 버스에서 편지를 다시 한번 읽었다.

데스 7월 11일 토욜 열뚜시반에 북쪽 문으로 와라 내 며너증 내 출생증명서 내 껌정 헨드폰 내 콤퓨트 [마지막 두 단어는 줄을 그어 지

운 상태였다] 개 혈통서 가져와라 그러니까 토욜에는 택시 일하지 말고 심피아한테 괜찮다고 전해라 라이오넬

"세상에." 데스가 말했다. "정말 짜증나게 하시네. 심피아가 뭐야! 서명은 왜 로요누라고 안 하시나 몰라?"

"놀리는 거야. 심피아가 뭐니."

"심피아. 너도 알지? 심피아 아줌마네 어머니가—제기랄, 나까지 이러네, 신시아 아줌마네 어머니 아버지 전부 심피아라고 부르는 거 알아? 정말 놀랍지 않냐. 딸한테 세 자로 된 이름을 지어 줬는데 제대로 발음 하는 건 한 글자밖에 안 되는 거야!"

"발음은 못 하시겠지." 던이 말했다. "하지만 분명 쓸 줄은 아실걸!"

"삼촌이 제대로 발음하는 부분은 마지막 '아'밖에 없다고! 컴퓨터를 뭐라고 썼는지 봐. 짜증나게 하고 있어."

하지만 편지에는 어떤 분위기가 있었다. 라이오넬은 편지가 쓰기 싫었고, 단어들은 써지는 것이 싫었다. 종이조차도 펜을 싫어했다. 데스가 얼굴을 찌푸리며 말했다.

"난 삼촌을 모르겠어, 도니. 늘 그랬어. 내 말은, 마음이 내킬 때면 똑똑하시거든. 내가 마지막으로 면회 갔을 때 삼촌이 정말 멋진 말을 했어. 아주 예리했던 것 같아."

"계속 얘기해 봐."

"감옥 식당에 어떤 사람이 있었거든. 미친 게 분명했어. 침을 줄줄 흘리면서 혼자 횡설수설을 하더라고. 그런데 삼촌 말이 그 사람은 가벼운 처벌을 받을 거라는 거야. 한정책임능력. 리 삼촌은 그게 다 헛소리라고 했어, 한정책임능력 말이야. 전문가라는 사람들을 불러다

가 '피고인은 자신이 하고 있는 일을 인식하고 있었습니까, 자신의 행동이 잘못이라는 걸 알았습니까?'라고 묻잖아. 리 삼촌 말로는 그게 다 헛소리래."

"그걸 어떻게 아신대?"

"음, 삼촌 말이 맞아. 법이 물어야 하는 질문은 하나밖에 없어. 삼촌은 이렇게 말했지. '오이, 미친놈!' 그 정신병자한테 말이야. '오이, 정신병자! 경찰이 보고 있었어도 그 노친네한테 그렇게 했겠어?' 그러니까 그 정신병자가 고개를 저었어……. 리 삼촌 말이 맞아. 경찰이 보고 있었어도 똑같은 행동을 했을까? 중요한 건 그거야. 다른 건 신경 쓸 필요 없어. 난 그게 참 예리하다고 생각했어."

"…… 몇 백 파운드만 주셔도 좋을 텐데." 던이 말했다. "그 정도는 티도 안 날 거야. 걱정 마, 데스. 숫자를 적은 건 바로 너잖아. 라이오넬 아저씨는 옳은 일을 하실 거야."

"그래." 데스가 말했다.

7월 11일 토요일 정오 스톨워트 감옥 북문 밖에서 데스먼드는 뒤로 물러서서 기자와 사진기자와 TV 스태프 서른 몇 명과 흰색 리무진에 기대 선 남자 두 명을 보고 있었다. 리무진에 기대 선 사람 중 한 명은 모직 제복과 뾰족한 모자를 쓴 기사였고 한 명은 가는 줄무늬 양복을 입고 중산모를 쓴 도시의 신사였다. 해가 없었지만 날이 아주 습해서 붉은 벽돌 건물이 땀을 흘리며 눅눅하게 번쩍였다. 꼭 아주 나이 많은 사람들이 다니는 끔찍한 학교 같았다.

열두 시 반이 되자 라이오넬이 시간에 딱 맞춰서 호위를 받으며 안쪽 문에서 나왔다. 그는 감옥에 들어갈 때 입었던 옷—찢어진 회색 양복, 피가 묻고 뜯겨 나간 흰 셔츠, 남은 부분이 얼마 되지 않아서 넝마 같은 검푸른 타이—을 입고 있었다. 라이오넬이 서류에 서명을 하는 동안 경비원이 분주하게 자물쇠를 풀었다.

데스는 라이오넬이 감옥에서 보낸 편지를 받고 골똘히 생각한 끝에 답장을 써서 ('물론 저는 잘 모르지만 이러는 게 좋을 것 같아요.') 대중매체가 라이오넬의 당면한 미래에 일정 역할을 할 테니('삼촌이 좋든 싫든 말이에요.') 대중매체와 유쾌하고 ('삼촌 성미에 맞지 않더라도요.') 정중한 관계를 맺으라고 조언했다. '그리고 잊지 마세요, 그 사람들은 자기 일을 하는 것뿐이에요. 흔한 예의만 약간 차리면 돼요. 그런다고 해서 삼촌이 손해 볼 게 뭐 있겠어요?' 그후 데스는 감방에서 얼굴을 찌푸리고 이 편지를 곱씹는 삼촌을 여러 번 상상했다…….

"질문 있습니다, 애즈보 씨!"

"저리 꺼져." 라이오넬이 경련을 일으키듯 어깨를 으쓱거리면서 사람들을 밀치고 지나갔다.

"애즈보 씨! 앞으로 어떻게—"

"저리 꺼지라고. 당신들이 뭔지 알아? 빌어먹을 인간쓰레기들이야. 여기다, 데스. 이 썩을 놈의 창녀들한테서 떨어지자. 이리 와."

"데스먼드! 질문 하나만요!"

"말했지. 저리 썩 꺼지라고!"

운전기사가 뒷문을 열었다. 라이오넬이 걸음을 멈췄다. 그런 다음, 찰칵거리면서 플래시를 터트리는 카메라들 앞에서 그는 놀라울 정도로 다양한 세계 각지의 불쾌한 제스처를 연달아 해 보였다. 손가락으로 V를 그리고, 가운데 손가락을 들고, 새끼손가락과 검지를 들고, 다섯 손가락을 쫙 펴고, 윗니에 엄지손톱을 대고 튕겼다. 그런 다음 왼손 손바닥으로 오른팔 이두박근을 철썩 때리면서 오른손 주먹을 하늘로 올렸다. 마지막으로 라이오넬은 몸을 숙여 차 안으로 들어가면서 엉덩이로 손을 가져가더니 주섬주섬 팬티를 내렸다.

"데스?" 라이오넬이 좌석에 앉은 다음 얼음 통에서 코브라를 한 캔 꺼내면서 말했다. "언론이랑 **절대** 얘기하지 마. 알겠냐, 데스? 언론은 사실을 **왜곡**한다고. 네가 무슨 말을 하면 걔들은 가서 다른 말을 싣거든! 어, 실례합니다, 퍼스-헤더링턴 씨." **퍼프-헤버링턴 씨.** "안녕하십니까!"

"네?"

"괜찮죠?" 그런 다음 라이오넬이 평생 리무진 외에 다른 건 타 본 적 없는 사람처럼 필요한 버튼을 아무렇지도 않게 누르자 유리 칸막이가 천장을 향해 천천히 올라갔다. "조카랑 조용하게 얘기 좀 하려고."

"물론입니다, 애즈보 씨."

데스가 가슴 가득 숨을 들이마시고 말했다. "으음, 축하해요 리 삼촌. 무슨 동화 같아요. 마법이요."

"그래, 그리고 내일이면 다 사라지고 말이지. 경기가 맛이 가서 꽁무니를 뺐어, 데스. 은행은 돈을 다 뿌리고서 우리한테는 전망이 밝다고 속이고 있다고! 뭘 믿을 수 있겠냐?"

그들은 계속 달렸다. 잠시 후 침묵(새로운 종류의 침묵이었다)을 깨뜨리려고 데스가 부드럽게 말했다. "금이요. 금은 가치가 절대 떨어지지 않는다고 어디선가 읽었어요. 금이에요."

"…… 아, 그래 넌 책도 읽었지. 내가 말한 건 가져왔어?"

"당연하죠." 데스가 라이오넬에게 비닐봉지를 건넸다.

"컴퓨터가 없잖아!"

"그건 줄을 그어서 지웠잖아요, 삼촌. 지운 건 줄 알았는데."

윙윙거리는 흰 자동차는 이제 런던 순환 도로에 들어섰다. 오토바이 한 대가 다가와서 나란히 달리다가, 뒤처졌다가, 다시 옆으로 다가왔다. 고글을 쓴 얼굴이 차 안을 들여다보았다.

"저건 뭐야?"

"차 유리에 선팅이 돼 있어요, 삼촌. 저 사람한테는 삼촌이 안 보여요. 사진기자예요. 파파라치요."

"그럼 내가 저 놈을 찍어 주지!"

라이오넬이 한 손으로 창문을 내리고 한 손을 아직 가득 찬 코브라 캔으로 손을 뻗었지만 그가 캔을 던지기 전에 데스가 소리쳤다. "안 돼요! 안 돼요, 삼촌! 일부러 그러는 거예요. 그러지 마세요! 저 사람들이 원하는 대로 하지 마세요……."

2분 정도 지나자 라이오넬의 눈이 침착하고 맑아졌다.

"조심하셔야 돼요, 리 삼촌. 그냥 넘어가세요. 삼촌은 지금 충격을 받은 상태예요."

"충격?" **춘격?**

"네. 삶이 완전히 바뀌었잖아요. 그냥 넘어가세요. 삼촌은 이제 공인이에요. 1억 4천만 파운드를 가진 공인이요."

"음. 허어. 3천 9백만에 더 가깝지. 그 흡혈귀 같은 놈들이 덤벼들었으니 말이다."

"삼촌, 일이 주 동안은 딴 사람이 된 기분일 거예요. 침착하셔야 돼요."

그런 다음 침묵이 흘렀다. 새로운 침묵이었다.

"그럼 이제 어디로 가세요?"

"팡테옹 그랑." **팜페옹 그랑.** "거기서 이제부터 어떻게 할지 생각해야지. 세상에, 끝이 없어. 여기 서명해라, 저기 서명해라. 또 여기 서명해라, 저기 서명해라. 여기 서명해라, 저기 서명해라." 한동안 라이오넬은 관료제의 문서주의에 대해서, 그리고 부패한 하원의원들에 대해서 푸념을 늘어놓았다. 또 다른 침묵이 흐른 후 데스가 말했다.

"던이 우리 집으로 들어왔어요. 싱글 침대라 좁긴 하지만 그럭저럭 지내고 있어요. 괜찮죠, 삼촌? 던은—"

"크으, 나한테 말 안 해도 돼." 처음으로 라이오넬이 미소를 지었다. "말 안 해도 돼. 그놈 이름이 뭐더라? 그 늙은 영감탱이. 그래, 호레이스. 말 안 해도 돼. 던이 유치장에서 하룻밤 보낸 걸 호레이스가 알아냈겠지. '두 번 다시 내 집에 발을 들여놓을 생각도 하지 마…….' 그래서 던이 왔겠지. 그 일에 대해서는 이 삼촌한테 고마워해야 된다, 데스 페퍼다인."

팡테옹 그랑 호텔의 진입로 역할을 하는 세인트 제임스 근처 사유지에는 기자도 더 많았고, 외설적인 몸짓도 더 많았으며, 공격적인 저주도 더 많았다(게다가 사방에서 주먹들을 치켜들었다). 라이오넬은 회전문을 어깨로 밀면서 지나 고풍스러운 아트리움으로 들어갔다. 그는 머리를 숙이고 퍼스-헤더링턴을 따라 체크인 코너로 가서 몸을 흔들며 걸음을 멈추더니 힘들게 숨을 쉬면서 소매로 윗입술을 닦았다. 근처에서 금속처럼 매끈한 선임 직원들이 뭐라고 중얼중얼 하더니 몰려왔다.

"요청하신 물건들은 스위트룸에 있습니다, 선생님. 화장품이랑 그런 것들 말입니다."

라이오넬이 험상궂게 고개를 끄덕였다.

"그리고 남 재단사 등은 세 시에 올 겁니다. 괜찮으시다면요."

라이오넬이 험상궂게 고개를 끄덕였다.

"오늘 밤에 여기서 식사를 하실 건가요, 애즈보 씨?"

"…… 그래, 아가씨. 예약해 놨어. 일곱 시 반. 여섯 명."

"아, 그렇군요. 그럼, 손님 신용카드 정보를 적어 놔도 될까요?"

"물론 되지." 라이오넬이 고개를 삐딱하게 끄덕였다. 퍼스-헤더링턴이 딸깍 소리를 내며 수트케이스를 열었다. "자. 고르셔."

"내일 아침에 신문 가져다 드릴까요, 선생님?"

"응. 《모닝 라크》로 갖다 줘."

"네?"

"빌어먹을. 《선》으로 줘."

"저희 호텔에서 편안한 시간 보내시기 바랍니다, 선생님."

직원들이 물러났다.

"제가 생각해 봤는데요, 애즈보 씨—"

"라이오넬이라고 불러, 잭."

"라이오넬, 내가 생각을 좀 해봤는데요, 다른 호텔이 더 편하지 않을까요? 훨씬 더—"

"그게 무슨 말이야?" 갑자기 라이오넬이 지나치게 위협적인 어투로 말했다. "무슨 뜻이야? 여기가 런던에서 제일 좋은 호텔이 맞아, 아니야?"

"네, 맞습니다. 그런데 여기는 조금 고루해서요. 슬로언 광장 근처에 사우스 센트럴이라고 새로 지은 호텔이 있는데, 거기에서는 좀 더…… 집처럼 편안하실 것 같아서요."

"집처럼 편안하다고? 집처럼? 뭐야, 우리 집은 시영 아파트잖아, 안 그래? 집은 이제 지겨워. 알겠어? 빌어먹을 집은 이제 지겹다고."

데스는 라이오넬의 얼굴이 부풀어 오르기 시작하는 것을 보았다(전에도 본 적이 있었다). 라이오넬이 거품을 물고 마찰음을 발음할 때면 얼굴이 카니발 풍선만큼 커졌다.

"나는 팡테옹 그랑에서 아주 완벽하게 편안할 겁니다, 아주 고맙군, 퍼스-헤더링턴 씨."

사람들이 고개를 돌리더니 — 머리를 숙였다……. 모두가 끝나기를, 질서에 난 균열이 봉합되어 낫기를 기다렸다.

"그럼." 퍼스-헤더링턴이 물러나면서 속삭였다. "언제든지 전화해요, 라이오넬."

"'선생님'이라고 불러, 잭." 라이오넬이 한숨을 쉬며 타이를 느슨하게 풀고 턱을 난폭하게 들었다. "너도 이제 가도 된다, 데스. 아, 내 말 잘 들어."

"네, 리 삼촌."

"하루 이틀 있다가 갈게. 어, 데스먼드, 네 금전적인 부담을 좀 덜어줄 생각이다. 이건 약속이야. 우리 엄마 목숨을 걸고 약속하지." 라이오넬이 미소를 짓고 말했다. "아, 그렇지. 좀 어떠시냐, 우리…… ?"

"안 좋아요, 리 삼촌."

"음. 그래. 내가 엄마를 돌볼 거야. 완벽하게 말이다. 이제 가 봐."

"삼촌, 농담이 아니에요. 저 사람들 말이에요." 데스가 엄지손가락으로 앞뜰을 가리키며 말했다. "저 사람들은 삼촌이 다시 들어가길 바란다고요! 질투하는 거예요. 저 사람들한테 넘어가면 안 돼요. 알겠죠?"

"아, 하지만 그건 아무 근거 없는 걱정이야. 내가 다 알아서 하고 있다."

데스는 팡테온 그랑 호텔 유리 너머에 라이오넬을 두고 나왔다. 머리카락을 짧게 깎은 정수리와 반짝이는 땀방울들. 찢겨나간 양복, 피 묻은 셔츠, 그리고 가느다란 파란색 타이. 새로운 침묵. 눈.

"그냥 궁금해서 그러는데, 너희 아버지는 진짜 흑인에 대한 원한이 있는 거야? 아니면 그냥 그렇게 타고나신 거야?"

"글쎄." 던이 신중하게 말했다. "가끔은 흑인들이 자기 일을 망쳤다고 진심으로 한탄을 늘어놓긴 하셔."

"일을? 하 — 거짓말! 주차단속원이 언제부터 그렇게…… 아니다. 이건 너무하다. 내가 이런 말 했다는 사실 자체를 잊어 줘, 도니."

도니는 조엘과 존과 함께 침대에 누워 있었다(데스는 콜택시 복장인 낡은 트레이닝복을 입고 있었다). 그녀는 발가락 사이로 개들의 귀를 미끄러뜨리는 것을 좋아했다. 실크 같은 감촉이라고 했다. 으음. 그리고 조엘과 존은 기회가 날 때마다 던의 발을 은밀하게, 경건하게 핥았다.

"긴장 돼. 리 아저씨 말이야."

"난 아닌데. 이젠 긴장 안 해. 우리한테 뭔가 해주시면 좋지만 안 해주시면 어쩔 수 없지 뭐."

던은 일주일에 나흘 동안 밤에 외국 학생들에게 영어를 가르치는 일을 했다. 그리고 콜택시 일은? 데스는 결국 공허함이 걱정이었다. 데스는 스스로에게 계속 물었다. 가만히 앉아서 빨간불을 보는 것보다 더 멍청한 일이 있을까?

“어렸을 때 말이야.” 던이 말했다. “난 정말 강아지를 키우고 싶었어. 아니면 고양이든지. 그 대신 애완용 개미를 길렀지. 창틀에 개미집이 있었어. 난 개미한테 잼을 줬어……. 그런데 이제 이렇게 멋진 친구가 두 마리나 있잖아. 너도 있고. 게다가 새 방도 하나 생길 거야. 공간이 두 배로 늘어나는 거야, 데스. 생각해 봐.”

데스는 열쇠와 돈을 확인했다.

“삼촌 눈 말이야. 눈이 맛이 갔어……. 지켜보는 경찰이나 있었으면 좋겠다. 경찰이 보고 있는 한은 아무 짓도 안 하실 텐데. 경찰이 보고 있으면 좋겠어.”

6

라이오넬 애즈보는 은색 상자에 타고 11층 스위트룸으로 올라갔다. 침실, 라운지, 집무실, 개수대가 두 개 딸린 욕실(그리고 작은 칸막이 안에 변기가 하나 더). 화장실로 연결되는 통로는 V자 모양이었다. 아주 사려 깊은 구조다. 라이오넬은 옷을 벗고 10분 동안 우산만 한 샤워기 밑에 서서 스톨워트의 모든 흔적을 흘려보냈다. 라이오넬은 묵직한 솔과 묵직한 면도칼을 휘두르며 수염을 깎았다. 솔의 무게, 면도칼의 무게. 이 무게는 라이오넬이 아직 분석할 수 없는 의미를 가지고 있었다.

라이오넬은 옆방으로 가서 퍼스-헤더링턴이 그를 위해 준비해 둔 새 옷을 입었다. 흰 셔츠, 검은 평상복 바지, 술 달린 로퍼, 스포츠 재킷. 하지만 라이오넬은 감옥에서 주는 기름진 음식 때문에 체중이 조금 늘어서 바지가 잠기지 않았다. 그래서 무료로 제공되는 가운에서 복슬복슬한 벨트를 빼서 썼다. 좀 멍청해 보였지만 그것밖에 없었다. 한 시 반이었다. 이제 뭘 하지?

샤워도 하고 했으니 라이오넬은 자신이 지불한 돈이 아주 싸게 느껴질 것이라고 생각했다. 하지만 그는 아직 약간 이상한 기분이 든다는 사실을 인정해야 했다. 라이오넬은 자기 자신이 아니었다. 사실 라이오넬은 정말로 무척 이상한 기분이 들었다. 주변 공기는 유리로 덮인 것 같고 2차원적으로 느껴졌다. 영화 같았다. 제임스 본드나 뭐 그런 영화. 한 가지 다른 점이 있다면 제임스 본드는 절대로……. 라이오넬의 허리에 뭔가에 걸려서 꼼짝도 안 하는 크랭크처럼 묵직한 압력이 느껴졌고 왼쪽 고환이 아팠다. 라이오넬은 다시 한번 장을 움직이려고 애써 보았다. 보람이 없었다. 생각해 보면 교도소장을 만난 날 이후로 제대로 일을 본 적이 없었다. 게다가 평소의 라이오넬은 시간 그 자체만큼이나 규칙적이었는데 말이다……. 뭐랄까, 그는 저녁식사를 기대하고 있었다. 일곱 시 반, 여섯 명의 식사. 존, 폴, 조지, 링고, 그리고 스튜어트. 라이오넬이 윗입술을 말면서 싱긋 웃었다. 정말 즐거운 저녁식사가 될 것이다, 오늘은. 라이오넬은 계획을 다 세워 놓았다.

라이오넬은 1층으로 내려가 볼링브로크 바에 갔다. 그는 등받이 없는 높은 의자에 걸터앉아서 샴페인 두 병을 마시고 봄베이 믹스 몇 접시를 비웠다. 호텔 전체가 금연구역이었다. 그 대신 열린 문 뒤쪽에 정원이 하나 있었기 때문에 라이오넬은 15분에서 20분마다 밖으로 나가서 말보로 헌드레즈를 조용히 피웠다. 우유처럼 하얀 동상들. 그리고 취할 듯한 장미와 히아신스의 향기. 분수와 반짝이는 물방울이 후드득 떨어지는 차분한 소리. 라이오넬은 순간적으로 (오래가지는 않았다) 조금 나아진 기분이 들었다.

라이오넬은 불을 피우지 않은 랭카스터 라운지 난롯가에 앉아서 무릎에 《컨트리 라이프》를 펼쳐 놓고 있었다. 바로 옆 소파에서 멋지게 차려입은 신사 두 명이 담소를 나누고 있었다. 라이오넬은 두 사람이 40대 후반이라고 막연하게 생각했다. 하지만 그런 다음 그들의 대화를 분석하기 시작했는데, 두 사람은 노르망디 상륙작전 개시일을 회상하고 있었다! 라이오넬은 어렸을 때 제2차 세계대전의 대학살에 무척 관심이 많았었기 때문에 금방 알았다. 그건 1944년의 일이다. 그렇다면 저 사람들은 여든 살이 훨씬 넘었다는 뜻이다! …… 라이오넬은 천장을 응시하면서 노년에 대해서 조금 생각해 봤다. 중풍으로 온몸을 덜덜 떨면서 자기 나이의 5분의 1밖에 안 되는 여자랑 결혼한 거물도 있었고, 물론 여왕도 있었다. 하지만 그들은 **여왕**을 계속 걸어 다니게 해야 했다, 안 그런가? 왜냐면……. 아니면 혹시 부자들 사이에서는 그렇게 오래 사는 것이 **정상**에 가깝다는 뜻일까? 잠시 후 두 신사가 벌떡 일어나서 성큼성큼 걸어가더니 아내들을 맞이하며 포옹했다!

랭카스터 라운지에서의 작은 사건 후에, 쇼핑 아케이드에서 다른 손님들과 활발히 의견을 교환한 다음에, 라이오넬은 어느새 현관홀에 와 있었다. 바깥을 내다보면서. 라이오넬은 기분이 더 좋았다면 좀 걸어 다녔을 것이라고 생각했다. 《모닝 라크》도 사고 이 동네 술집들은 어떤가 비교도 해보고……. 신문계의 대표자 아홉 명인지 열 명인지가 아직도 밖에 있었다. 라이오넬은 가서 자기 생각을 거리낌 없이 밝히고 싶은 충동이 일었지만 익숙하지 않은 꺼림칙함이 그를 말렸다(뭐였을까? 그것은 놀림감이 될지도 모른다는 불확실한 두려움 비슷한 것이었다). 라이오넬은 거기 계속 서서, 기둥에 기대어 서서, 바깥을 내다보았다. 뭐랄까, 돈은 많지만 자유가 없는 황금 새장 같았다. 라이오넬은 거기 계속 서서, 기대어 서서, 바깥을 내다보았다.

세 시가 되자 라이오넬은 위층으로 다시 올라가서 옷 만드는 사람들을 만나야 했다. 재단사, 모자 장인, 맞춤구두 장인, 양말 장인, 직물상, 보석 상인, 모피 상인. 옷감들이 번쩍이며 펼쳐졌다. 라이오넬은 몸수색을 받는 중죄인처럼 서 있었고 재단사들은 핀과 테이프를 들고 그의 주변에서 소곤소곤 이야기했다. 이런 상황에서 마네킹은 무슨 생각을 해야 할까? 처음에 라이오넬은 턱을 들고 시작했지만 20분이 지나자 턱이 내려와 옆으로 돌아갔다. 제단에 놓인 짐승—이것은 라이오넬의 순교, 그의 십자가였다. 라이오넬은 기계적으로 계속 생각했다. 이 사람들이 짐을 싸서 나가면 난 호텔 시설을 이용할 거야……. 바로 그때 바늘 이빨을 가진 조끼라는 개가 다가와서 밀랍 인형의 욱신거리는 가슴에 십자 표시를 했다.

먼저 체육관, 벤치 프레스. 감옥에 들어가면 누구나 그렇듯이 라이오넬은 섭생을 유지했고, 그의 팔은 곧 털이 부숭부숭한 피스톤처럼 밀어올리고 있었다. 그러자 어떤 생각이 떠올랐다. '나한테 힘이 왜 필요하지?' 라이오넬이 소리 내서 말했다. "이제 와서 왜?" 하지만 그는 땀을 꽤 뺀 다음 몸을 담그러 수영장에 가서 분홍색 작업복을 입은 덴마크 여자에게서 (약간의 오해 끝에) 오랜 마사지를 받았다. 그런 다음에는 손톱을 다듬어 광택을 내고 감옥에서 지내면서 발톱에 낀 때를 해결했다. 그리고 다시 생각해 본 끝에 이발소에 가서 머리를 다듬었다.

다시 위층으로 올라온 라이오넬은 함께할 사람이 필요하다는 생각에 깜짝 놀랐다. 그는 신시아를 부를까 생각했다. "신시아?" 라이오넬이 소리 내서 말했다. "팡테옹 그랑에 신시아가 온다고? 안 되지. 팡테옹 그랑에 신시아라고? 안 돼. 지나라면 모를까. 지나는 전혀 개의치 않을 거야. 아주 좋아할 거야. 엉덩이를 흔들면서 걸어 다니다가……." 그러다가 라이오넬은 자기가 뭘 하고 있는지 정신이 번쩍 들었다. 혼잣말을 하고 있었다. "오이. 진정해, 친구. 정신이 나가고 있잖아……." 묵직한 가구들, 묵직한 방, 건물을 땅에 단단히 잡아 두는 헤아릴 수 없는 토대 위에 세워진 묵직한 호텔.

…… 그래서 라이오넬은 TV로 (쓰레기 같은) 포르노를 좀 보고(데스에게서 컴퓨터를 돌려받아야 한다), 빨간색 새 타이를 매고(여섯 시 반이 거의 다 되었다), 1층 비즈니스 센터로 가서 마지막 한 시간을 보냈다(약간의 소동을 일으켰다). 라이오넬은 그날 하루 종일 중력도 없이 어디에도 연결되지 않은 채 허공을 떠다니는 우주비행사였다…….

하지만 마침내 저녁식사 시간이 왔다. 애즈보에게는 완벽한 시간이 될 것이다.

"상류층 자식 얼굴에 화상을 입히려면 어떻게 하면 되게?"

"말해 봐."

"그놈이 다림질을 하고 있을 때 전화를 걸면 돼! …… 어떤 상류층 자식이 술집에 가는데—"

"실례합니다, 선생님, 주문하시겠습니까?" 수염을 기른 웨이터가 일곱 번째인가 여덟 번째로 물었다(그는 젊었지만 라이오넬이 보기에는 상류층 자식이었다).

"잠깐만……. 어떤 상류층 자식이 손에 축축한 개똥을 들고 술집에 갔어. 그러곤 술집 주인한테 말하는 거야. '내가 뭘 밟을 뻔했는지 보라고!' …… 상류층 자식들 몇 명이 있어야…… ? 잠깐. 잠깐. 아, 집중하라고."

그들은 그로브너 그릴에서 저녁식사를 하고 있었다. 이제 열 시가 막 지났다.

"음, 뻔하잖아, 안 그래? 스테이크랑 칩이지."

"불 보듯 뻔해." 존이 말했다.

"아주 명백하지." 폴이 말했다.

"상식이야." 조지가 말했다.

"생각할 필요도 없어." 링고가 말했다.

스튜어트는 아무 말도 하지 않았다. 하지만 스튜어트(수상쩍은 공무원)는 거의 항상 아무 말도 없었다.

"이거면 되겠군." 라이오넬이 이렇게 말하며 필레 미뇽을 가리켰다.

그렇다면 이 젊은이들—번쩍이는 타원형 흰색 식탁에 비슷한 간격으로 둘러앉은 이들—이 형제 사이로 보였을까? 아니다. 어머니가 같은 것은 사실이지만 그레이스 페퍼다인의 유전적 흔적은 거의 없다고 해도 좋을 만큼 가벼웠고 아들들은 전부 아버지와 닮은꼴이었다. 그래서 스물아홉 살의 존은 북유럽 사람, 스물여덟 살의 폴은 히스패닉, 스물일곱 살의 조지는 벨기에 사람(또는 아프리칸스), 역시 스물일곱 살인 링고는 동남아 사람 같았다. 스물여섯 살인 스튜어트만이, 그리고 물론 라이오넬도, 영국사람 같았다(하지만 스튜어트는 사실 반 시실리 사람이었다). 존, 폴, 조지, 링고는 어쨌든 똑같이 낡아빠진 주트 양복[재킷은 어깨가 넓고 길이가 길고 바지는 통이 넓은 양복으로 1930, 40년대에 유행했다—옮긴이] 차림에 똑같은 머리모양—끝으로 갈수록 점점 뾰족해지는 기다란 구레나룻과 뒤로 빗어 넘긴 머리—을 하고 있었다.

"어떻게 요리해 드릴까요, 손님?"

"어떻게 요리하냐고?" 라이오넬이 말했다. "뿔을 빼고 엉덩이를 닦은 다음에 접시에 담으면 되지. 잼이랑 피클이랑 머스터드 있는 대로 다 가져오고……. 우리랑 이 세상 사이의 싸움이야, 어, 형들?"

라이오넬은 한 시간에 세 번씩 담배를 피우러 나갔다 들어올 때면 다섯 명이 긴장된 표정으로 갑자기 쉬쉬하며 말을 멈추는 것을 놓치지 않았다. 그리고 그는 형들의 어려움을 알고 있었다. 존, 폴, 조지는 악성 부채를 가지고 비좁은 아파트에 살았고(그리고 지친 아내들과 날뛰는 어린 아이들이 있었다), 링고는 십 년째 실업수당을 받았으며, 스튜어트는(유일하게 일종의 연금을 기대할 수 있었다) 런던 남동부에서 버스 운전사와 단칸방을 같이 쓰고 있었다. 라이오넬은 형제들에게 잔을 들자고 했다. 그는 모든 일이 원하는 대로 되어 가고 있다고 생각했다.

"상류층 자식이 왜 길을 건넜게?" 라이오넬이 다시 말을 꺼냈다.

"말해 봐."

형제들은 진 토닉 마흔여덟 잔을 마셨다.

"라이오넬."

"링고 형."

링고가 기침을 했다. 그런 다음 한 손으로 입을 닦고 고개를 숙였다.

"…… 나 오늘 만이천 파운드 썼어." 라이오넬이 말했다. "뭐에 썼게?"

"뭐 했는데."

"양말 샀어. 우리랑 이 세상 사이의 싸움이야, 그렇지, 형들?"

그래서 잠시 후 존은 링고에게 잔소리를 해대기 시작했고, 링고는 조지에게 잔소리를 하기 시작했으며, 조지는 폴에게 잔소리를 했고, 폴은 존에게 잔소리를 했고, 라이오넬 역시 빠지지 않고 스튜어트에게 (아무 말도 하지 않는다고) 잔소리를 하기 시작했다. 잔소리는 금방 끝났다.

"라이오넬."

"어, 존."

존이 기침을 했다. 그런 다음 한 손으로 입을 닦고 고개를 숙였다.

그런 다음 요리가 나왔고, 맥주와 와인도 나왔다.

"보여?" 라이오넬이 샤토 라투르 포이약 라벨을 톡톡 두드리며 말했다. "이게 빈티지야. 년도라는 뜻이지. 게다가 그거 알아? 10파운드 정도 차이는 있겠지만, 빈티지가 가격이랑 똑같다니까! 한 병씩 마시자고. 우리랑 이 세상 사이의 싸움이지, 어, 형들?"

그래서 존은 폴에게 잔소리를 해대기 시작했고, 폴은 조지에게 잔소리를 하기 시작했고, 조지는 링고에게 잔소리를 했고, 링고는 존에게 잔소리를 했다(그리고 라이오넬은 스튜어트에게 잔소리를 하기 시작했다). 이번에는 잔소리가 끝날 때까지 훨씬 더 오래 걸렸다.

라이오넬이 계산서를 달라고 했을 때는 열두 시가 다 된 시각이었다.

"긴장감이 감도는데, 형들." 라이오넬이 브랜디잔과 시가를 들고 섬세한 조명을 따라 정원 길을 걸어가면서 말했다. "그럴 수밖에 없겠지. 그러니까, 주변을 둘러봐. 여긴 디스턴이 아니야. KFC가 아니라고. 이젠 모든 게 달라졌어."

라이오넬은 다섯 사람의 주름진 목에서 다섯 개의 울대뼈가 꿀꺽 소리를 내는 것을 들었다.

"긴장감이라. 당연하지. 행운의 여신이 막내 동생한테 윙크를 했으니 말이야. 형들은 스스로에게 묻겠지, 재가 혼자서 저걸로 뭘 할까? 라고 말이야."

라이오넬은 다섯 명이 숨을 부드럽게 들이마시는 소리를 들었다.

"존. 폴. 조지. 링고. 스튜어트. 이제 형들의 인생이 바뀔 거야."

라이오넬이 돌아섰다. 다섯 쌍의 발이 뒷걸음질 쳤다.

"형들의 제일 큰 걱정거리가 이제 완전히 해결될 거야. 걱정할 필요 없어. 절대로. 결코 사라지지 않던 그림자? 한밤중에도 벌떡 일어나게 만드는 귀찮은 문제? 이젠 다 옛날 일이야. 끝났어."

라이오넬이 용서하는 표정으로 형들의 얼굴을 차례차례 보았다.

"형들 걱정이 뭐야? 그래. 왜 이래, 빼지 말자고. 기억으로 시작하는 거 있잖아. 기억. 음. 그으……."

라이오넬이 시선을 들어 밤하늘을 보았다.

"그레이스." 그가 말했다.

형제들. 그들은 동상처럼 창백하고, 움직임이 없고, 조용했다.

"그레이스. 엄마 말이야. '엄마'라고. 늙어 가는 우리들의 엄마 말이지. 엄마가 어떻게 될까? …… 엄마가 남자를 더 이상 못 만나게 할 거야!" 라이오넬이 고개를 푹 숙이고 눈가를 닦았다. 그런 다음 호쾌하게 킁킁거렸다. "아, 봐. 형들 얼굴이 사랑스럽게 빛나고 있잖아. 벌써 기분이 나아진 거지. 내가 엄마를 돌보리란 사실을 이제 아니까. 우리 엄마잖아. 우리랑 이 세상 사이의 싸움이잖아, 어, 형들? 우리가 엄마를 위해서 싸우는 거야!"

…… 그랬다. 현관홀에서 나눈 어리둥절한 포옹. 그런 다음 하나씩 둘씩 다섯 명의 페퍼다인은 회전문 밖으로 나가서 잠깐 뛴 다음 비틀거리며 멈춰 섰다.

라이오넬이 그 모습을 날카롭게 지켜보고 있었다. 갑자기 남아 있던 기자들 사이에서 뭔가 흥미로운 일이 생기는 것 같아서 라이오넬이 머리를 쑥 내밀었다. 하지만 스튜어트가 가로등 기둥에 부딪혀서 뒤로 넘어지고 존과 조지가 무릎을 꿇고 토한 것뿐이었다.

7

"라이오넬 아저씨가 일요일 아침에 쫓겨났대. 스위트룸에 불을 질러서. 하지만 그건 핑계였을 거야!"

"세상에." 데스가 말했다. "그거 말고 또 무슨 짓을 했는데?"

"음, 아저씨가……. 세상에. 잠깐만."

데스는 흰 시트를 둘둘 만 채 부엌 긴 의자에 누워 있었다. 그는 신경쇠약 발작 중이었다(그럴 때면 반나절 동안 세상이 너무 심하고, 너무 많고, 너무 가득하고, 너무 풍성하고, 너무 강하게 느껴졌다). 던은 눈을 동그랗게 뜨고《선》을 읽고 있었다.

"볼링브로크 바에서 엄청 크게 신음 소리를 냈대. 그리고 위아래로 동시에 가스를 내보내고……. 수영장에서 팬티만 입고 수영을 하고…… , 마사지사한테 '기분전환'을 요구하고…… , 방에서 〈정신을 놓은 밀프[MILF–Mother I'd Like to Fuck의 약자—옮긴이]들〉이라는 영화를 봤대. 그런 다음에 비즈니스 센터에서 음란한 영화를 더 봤대!"

"비즈니스 센터에서?"

"컴퓨터가 거기 있대. 그것도 소리를 크게 틀고서!"

"소리를 크게 틀고?"

"여기 그렇게 쓰여 있어. 그때 은행가랑 외교관이랑 아랍 족장들도 같이 있었대. 신문에서 정확히 밝힐 수는 없지만 얼굴과 관련된 뭔가를 봤다는데. 얼굴? 데스, 그게 다 뭐야?"

"어, 나도 잘 모르겠네. 소리를 틀어 놓고?"

"지배인이 왔고…… 또 저녁식사 때 '두 번'이나 싸웠대. 처음에는 그냥 따귀를 때렸는데 두 번째로 싸울 때는…… 링고가 디저트 카트에 부딪히고…… 존이랑 조지는 길거리에 토했대. 그리고 스튜어트는 넘어져서 머리가 깨지고. 그런 다음에 라이오넬 아저씨가 손에 담배를 들고 졸았대. 스프링클러가 전부 작동하고…… 너 코코아 마시랬잖아!"

"마시고 있어!"

"아아. 호텔 측이 아저씨를 고소할 거래. 물리적인 손해에 대해서가 아니라 '우리의 명성과 신용을 말로 표현할 수 없을 정도로 손상을 입힌 것'에 대해서 말이야. 그게 어제 일이야. 그리고 들어 봐. 토요일에…… 토요일에 현관홀에 노부부 두 쌍이 있었대. 자기들 볼일을 보면서. 그런데 라이오넬 아저씨가 그 사람들한테 가서 말했대……. 알겠어? 라이오넬 아저씨가 가서 이렇게 말했대. '당신들 여기서 아직까지 뭐 하는 거야? 가서 죽어 버리지 그래!'"

라이오넬은 한참 후에 아발론 타워를 찾아왔다. 하지만 데스와 던은 라이오넬이 그동안 정확히 뭘 했는지 항상 알았다. 두 사람은 타블로이드(와 《데일리 텔레그래프》)를 통해서 라이오넬의 놀라울 정도로 변함없는 활동(싸움, 소비, 입장, 퇴출)을 시시각각 쫓았다.

일요일. 10:00 로또 촌놈 라이오넬 애즈보, 팡테옹 그랑에서 쫓겨나다. 11:15 애즈보, 캐슬 온 더 아치에 체크인하다. 12:45 애즈보, 레스터 광장의 해피 맨이라는 술집에서 짧은 소동에 휘말리다. 15:15 애즈보, 도버 스트리트의 라 카쥐 도르에서 혼자 점심을 먹으면서 1,900파운드를 쓰다. 18:40 애즈보, 올드 콤튼 스트리트의 선셋 스트립 라운지의 예비 회원이 되다. 21:50 애즈보, 소호 스포츠클럽의 예비회원이 되다(거기서 주사위 도박과 블랙잭을 해서 막대한 돈을 잃다).

"견딜 수가 없어, 도니." 데스가 말했다. "어떻게 돼 가고 있는 거야? 리 삼촌이—삼촌이 1면으로 사라졌어!!"

월요일. 2:05 로또 촌놈 라이오넬 애즈보, 개릭 스트리트 터부의 예비회원이 되다. 4:15 애즈보, 소호 스포츠클럽으로 돌아오다. 7:50 애즈보, 캐슬 온 더 아치에서 쫓겨나다. 9:35 애즈보, 버클리 광장의 론서스턴에 체크인하다. 11:15 애즈보, 셰퍼드 마켓의 서프라이즈라는 술집에서 짧은 소동에 휘말리다. 13:00 애즈보, 파크레인의 피어스에드워즈 쇼룸에서 벤틀리 '오로라'를 주문하다(377,990파운드). 15:20 애즈보, 론서스턴에서 쫓겨나다. 16:10 애즈보, 재정고문 잭 퍼스-헤더링턴과 동행하여 핌리코의 사우스 센트럴 호텔에 체크인하다. 17:30 애즈보, 물품들을 배달받다. 물건은 대부분 의류로 그 값은—

그런 다음 기사가 뚝 끊겼다.

* * *

"여보세요?"

"던. 라이오넬이야. 15분 내로 갈 테니 데스를 불러 놔."

토요일 티타임이었다. 데스는 택시를 몰고 있었고(중후반 교대였다) 〈오늘의 경기〉 시간에 맞춰서 올 예정이었다. 던은 상기된 얼굴로 굿카스에 전화를 건 다음 기다렸다. 개들이 던을 보고 미소를 지었다. 개들도 항상 〈오늘의 경기〉에 푹 빠지는 것 같았다. 조엘과 존은 텔레비전 앞에 나란히 앉아서 경기 종료 휘슬이 울리고 경기가 끝난 후의 떠들썩한 싸움이 시작되기를 애타게 기다리는 구식 훌리건처럼 가볍게 헐떡였다…….

라이오넬은 자기 열쇠로 문을 열고 들어왔다.

"아저씨세요?"

라이오넬이 다가와서 모습을 드러내고 천천히 고개를 끄덕인 다음 머리를 숙이고 팔짱을 꼈다. 세 개의 생명체—인간 한 명과 개 두 마리—가 그를 빤히 보았다.

던의 눈에 라이오넬은 거물이지만 반쯤 은퇴하거나 부상당해서 혹은 (더욱 가깝게는) 출장 정지를 당해서 자존심을 버리고 가끔 TV에 나와 경기를 분석하는 축구선수 같았다. 아주 힘이 세고 미천하고 거칠게 혹사당한 몸, 지금은 정말 당당하고 값비싼 양복(교회의 무릎 방석이나 성직자복에 사용되는 옷감 같았다)에 감싸인 몸. 라이오넬이 턱을 들자 하늘색 실크 타이와 윈저 매듭의 사치스럽고 깔끔한 등변이 보였다.

"어서 오세요. 얘들아, 가만히 있어!"

존과 조엘에게……. 존과 조엘은 애정이 넘치고 똑똑한 동물이었다. 이러한 성질이 어떻게 라이오넬 애즈보와 어울릴 수 있을까? 개들의 반들반들한 등은 날카롭게 빛났지만 이마는 사죄와 긴장으로 주름져 있었다. 던이 말했다.

"뭘 어떻게 해야 되는지 몰라서 그러는 거예요……."

잠시 후 개들은 풀이 죽은 것같이 돌아섰다.

"그래. 고개를 돌리는군. 난 너희들이 싫어. 니들이 역겹다고. 이……."

던이 짐짓 명랑하게 말했다. "양복 멋지네요, 아저씨."

"데스는 어디 있어?"

데스는 계단을 한번에 세 단씩 올라오는 중이었다.

"…… 아. 여행자가 돌아오셨군. 디스턴에서 노상방뇨하는 사람들을 나르는 일을 마지못해서 중단하고 말이다. 리 삼촌과 만나려고 말이야……. 너랑 진지하게 얘기 좀 하고 싶구나, 페퍼다인 도련님. 던. 넌 '개들'을 데리고 바람 좀 쐬고 오지 그러니."

"응, 그러는 게 좋겠다, 도니. 바깥 날씨 좋아."

던이 열쇠를 들고 목줄로 손을 뻗었다. "그럴게." 그녀가 말했다. 조엘과 존은 이미 문을 향해 달려가고 있었다. 데스가 배웅할 때 던이 혼란스러운 듯이 속삭였다.

"방 좀 비워 달라고 해봐."

"아직은 안 돼." 데스가 속삭였다.

데스는 화장실에 가서 얼굴에 차가운 물을 끼얹었다. 뒤에서 부엌이 그를 노려보며 기다리고 있었다.

* * *

"이제야 좀 조용하네. 마음이 놓인다. 적당한 때가 되면 널 좀 크게 혼내줘야겠어, 데스. 하지만 지금은 그냥 어…… 신발이나 벗어라. 하루종일 힘들게 일했으니까." 라이오넬은 바지 주머니에 손을 넣고 냉장고에 기대 서 있었다. "여긴 달라. 뭐랄까, 여자의 손길이 있지."

던의 손길. 눈을 즐겁게 해주는 색색의 쿠션들, 벽에 걸린 복제화 액자들, 유리 꽃병에 담긴 진홍색 양귀비꽃 가지, 그리고 질서와 청결의 전반적으로 어딘가 다른 기준과 공기 중에 느껴지는 과자라도 구울 것 같은 분위기. 라이오넬은 포금통에서 시가를 꺼내서 부엌 성냥으로 불을 붙이면서 말했다.

"오이. 내 TV 어디 갔어?"

"어, 보상판매 받았어요. 화면이 더 흐릿해져서요. 저기 복도 중간까지 가서 앉아야 겨우 알아볼 수 있었거든요……. 이거 여전히 삼촌 거예요."

"음, 물 올려라. 난 저런 쓰레기는 안 읽어."

라이오넬이 말하는 건 《데일리 미러》(5쪽) 토요일판이었다. 사우스 센트럴 호텔 밖에서 사인을 해 주는 라이오넬의 모습이 실려 있었다.

"대충 훑어봤지. 있잖아, 데스, PR팀을 고용했어. 메건 존스 회사라고, 실력이 최고지. 좀 많이 비싸긴 하지만 어, 전문가한테 돈 쓰는 건 괜찮아. 웃기지 않냐, 데스. 하지만 어떻게 해야 하냐면—미친 소리처럼 들리겠지만 언론을 상대할 때는 어떻게 해야 하냐면, 약간의 예의를 지켜야 돼. 있잖냐, 친절하게 구는 거! 하지만 생각해 보면, 그런다고 내가 손해 볼 게 뭐 있겠어? '잘 들어 봐요, 여러분. 당신들은 꾸려야 할 생계가 있죠. 난 살아야 할 삶이 있습니다. 공평하게 하자고요. 됐죠?' 이제 아주 착해졌다니까. 신경에 거슬리긴 하지만 뭐…….
들어 봐, 데스, 그 사람들은 도발하는 거야. 날 감옥에 다시 넣으려고 말이야!"

데스가 말했다. "왜죠, 삼촌?"

"질투하는 거지! 믿을 수 있겠니. 어쨌거나. 압박감이 사라졌어. 드디어 괜찮은 호텔을 찾았거든. 쓰레기 같은 다른 호텔들이랑은 달라. 여기는 숨통을 틔워 주는 법을 알지."

어쨌든 로또 촌놈에 대한 보도는 점점 줄어들고 있었다. 라이오넬은 사우스 센트럴에 안전하게 정착했고, 사업상의 용무가 아니면 절대 밖으로 나가지 않았다. 그랬다. 라이오넬이 구매 제안을 넣은 웨스트민스터 타운하우스 사진. 라이오넬이 구매를 고려 중이라는 요트 사진. 라이오넬이 투자 팀으로부터 소개받은 스레드니들 스트리트의 사무실 사진. 가끔 라이오넬의 과거에 대한 기사도 실렸다. 존, 폴, 조지, 링고(스튜어트는 없었다)와 관련된 우스운 이야기. 말론과 지나 웰크웨이(그들의 결혼식 날)에 대한 언급(과 사진). 데스에 대한, 또 조숙한 어머니 그레이스 페퍼다인에 대한 언급…….

"아 그래. 나중에 꼭 잠깐 들러서 할머니한테 작별인사 해라."

"그게 무슨 소리예요?"

"요양원에 넣으려고." 라이오넬이 말했다. "방금 갔다 오는 길이야. 내가 '엄마? 잠옷 챙겨 놔요'라고 말했지. 아침에 데리러 올 거야. 멋진 남자 간호사 두 명이 말이다."

데스는 바로 금요일 오후에 할머니를 만났다. 그때 흘러나오는 음악 — 경쾌하고 건들거리는 〈맥스웰의 은망치〉(Maxwell's Silver Hammer)의 운율과 선율—과 잘 어울리는 방문 같았다. 할머니는 창가 의자에 앉아서 한 손에는 실크커트를, 한 손에는 간단한 십자말풀이를 들고 있었다. 그리고 할머니 무릎에는 아기고양이가 앉아 있었다(더들리의 손녀가 준 선물이었다). 자그마한 금빛 고양이는 아직 눈도 못 뜬 새끼였다. "이 애 정말 귀엽지 않니, 데스? 으음……쪽." 데스가 확인해 보니 십자말풀이가 모두 채워져 있었지만 답은 알파벳을 뒤죽박죽 섞은 것에 불과했다.

"요양원이라고요 삼촌? 어디요?"

"좀 위쪽이야. 북쪽."

"얼마나 북쪽인데요?"

"스코틀랜드."

"스코틀랜드요?"

"케이프 래스."

케이프 래프. 우연히도 데스는 케이프 래스가 어딘지 알았다. 황량하기로 유명한 곳으로, 영국의 제일 위쪽 왼편 끝에 있었다. "반응이 어땠는데요?"

"아, 너도 알잖아. 눈물을 줄줄 흘렸지. '동생이 보고 싶을 거야!' 뭐 그런 거. 그래서 내가 말했지. '엄마, 엄마도 이제 마흔두 살이야. 밀려오는 시간이랑 싸울 수는 없다고!' …… 일단 들어가 보면 좋아할 거야." 라이오넬이 너그러운 말투로 말을 이었다. "데스, 내 인생에 새로운 게 생겼어. 새로운, 어, **차원**이 말이다. 그게 뭘까? 뭐겠냐?"

"돈이요?"

"아니. 미래! 미래야, 데스. 봐, 예전에는 그냥 하루하루 보낼 뿐이었어. 속담에 나오는 한 가닥 희망, 뭐 그런 거였지. 내일 따위는 생각도 안 했어. 미래? 미래는 무슨 얼어 죽을." **미래는 무쓴 얼어 죽을.** "그 어떤 일도 아무 의미가 없었지. 모든 게 그냥 어…… 그래서, 네 할머니 말이다. 지금은 상태가 그렇게 나쁘진 않아. 하지만 일이 년 있으면 어떻게 되겠냐? 어? 어?"

"더 나빠지겠죠."

"더 나빠지지. 사실을 직시하자고, 데스. 맛이 가고 있어. 사람 머리가 맛이 가면 말이다……. 요양원을 운영하는 사람이랑 오래 얘기했어. 그 사람은, 어, 전문가야. 노인 전문가지. 그 사람 말이 네 할머니가 그 **독일** 병에 걸릴 수도 있대."

"알츠하이머요?"

"그래. 뇌를 썩게 만드는 독일산 질병 말이야. 그거에 걸리면 **완전** 끝장이야. **헛소리**를 하기 시작한다고. 우린 네 할머니가 헛소리를 지껄이게 놔둘 수 없잖냐, 안 그러냐, 데스. 헛소리를 하게 놔둘 순 없어. 어떤…… 후회할 말을 할지도 모르니까."

라이오넬이 뒤로 돌아서 베란다로 걸어 나갔다. 데스도 따라 나갔다. 7월 말 먼지투성이의 빛 속에서 경사로와 바퀴들로 가득한 디스턴.

"하지만 삼촌, 거기는 할머니랑 대화할 사람도 없잖아요."

"그게 중요한 거야."

"요양원에는 가 봤어요?"

"왜 내 시간을 낭비하냐? 가격이 모든 걸 말해 주는 거야. 할머니는 숙련된 간호가 필요해, 데스." 라이오넬이 침으로 입을 헹군 다음 말했다. "너무…… 한심해." **한심해**. "엄마는 했던 말을 또 한다고. 무슨 말을 하고선 나중에 그 말을 또 하잖아. '아까 했던 말이라고, 엄마!' …… 이 요양원 말이다, 데스. 오성 호텔 급이야. 하지만 의사가 있지. 그래, 사성 호텔. 거기 가면 우리 엄마는 똥통 속의 돼지처럼 행복할 거야. 내 차 어디 있어?"

데스가 찻주전자를 데우자 라이오넬의 시선이 반들반들한 금속 탱크에 내려앉았다. "저거 말인데." 라이오넬이 피곤한 듯이 말했다. "이젠 열리지?"

"네. 몇 주 동안 닫혀 있더니 이제 열렸어요……. 닫힌 것보다는 열린 게 나아요. 한번 닫히면 열 수가 없으니까."

"너 혹시 저 위에 앉거나—"

"절대로 아니에요."

"…… 오. 오. 그래, 이제 삼촌한테 그런 식으로 말하는 거냐? 자기 삼촌한테? 널 길러 준 이 삼촌한테 말이다. 거기 앉아. 거기." 라이오넬이 하품을 하듯이 벌어진 (잇몸이 검은 심해어의 위턱처럼 뾰족뾰족한) 뚜껑으로 손을 뻗더니 탁 쳐서 닫았다.

"거기 앉아." 라이오넬이 말했다. "탱크에 앉아."

8

태양이 옆 블록 어깨 너머로 떨어지기 전에 아발론 타워 33층을 보았다. 배변판과 물그릇이 놓인 베란다, 미닫이 유리문, 부엌, 말 없는 두 실루엣…….

라이오넬이 일어서더니 차를 맛보았다. 라이오넬은 그답지 않게 우아한 몸짓으로 재킷을 벗었다. 그런 다음 의자를 돌려놓고 앉았다. 라이오넬은 손가락이 두툼한 손을 조카의 목덜미에 얹었다. 그런 다음 조용히 말했다.

"긴장했구나, 데스. 긴장이 느껴져. 운전대 앞에 쭈그리고 앉아 있으니. 디스턴은 교통이 말이 아니지. 정말 힘든 직업이야. 젊은 사람한테도 말이야. 그 일 계속하다가는 서른 살이면 죽을 거다. 너 거기 나가면 안 돼. 공부를 해야지. 네 책 가지고 말이다. 세상에. 어깨가 돌덩이 같네. 목은—유연성이 하나도 없잖아……. 개들 말인데, 데스먼드. 개들 말이다. 이 애들은 기회가 없었어. 강아지 때 네가 다 망쳐 놨으니 말이다."

라이오넬의 새로운 금속성 숨결이 데스의 뺨에 느껴졌다.

"내가 한 동안 집을 비웠다 돌아왔더니 개 두 마리가 벌렁 드러누워서 꼬리를 흔드는 거야! 꼭 푸들 같이 말이다……. 너한테 딱 세 가지를 부탁했잖아. 하나, 둘, 셋. 하나. 둘. 셋."

타바스코. 스페셜 브루. 훈련 도구의 정기적이고 혹독한 사용.

"삼촌, 노력은 했어요. 하지만 그건—그건 제 성격에 안 맞아요."

"…… 네 성격? 개들 성격은 어쩌고? 개들은 강해야 돼. 그게 개들이 태어난 이유라고."

라이오넬은 강렬하게 노려보는 시선을 거두지 않은 채 오른쪽으로 손을 뻗어서 찬장 문을 열었다. 거기에 다 있었다. 손도 대지 않은 빨간 고추 소스, 손도 대지 않은 여섯 팩들이 몰트 라거들, 손도 대지 않은 훈련 도구들—브레이크 스틱, 장대, 다양한 인종의 마네킹들.

"너 방금 뭐라 그랬더라?"

"…… 이젠 개들이 강해질 필요도 없잖아요. 이제는 빚 받으러 돌아다닐 일도 없으니까요."

"아, 그렇다고 지난 일이 정당화되는 건 아니지. 요 맹랑한 놈. 게다가 난 항상 강한 개들이 필요할 거라고. 왜냐고? 내 안전을 위해서지."

"알았어요. 정말 죄송해요, 삼촌."

"그래. 당연히 미안해야지. 아주 미안하게 생각하도록 해라. 법정 진술 말이다. 네가 그 진술을 할 때 난 천 번은 죽었어. 천 번은."

"어느 부분 말이에요?"

…… 저는 평생 라이오넬 애즈보 삼촌을 알아 왔습니다. 제가 열두 살 때 어머니가 돌아가신 이후로 라이오넬 애즈보 삼촌은 삼촌이라기보다

아버지에 가까웠죠. 삼촌은 항상 친절하고 이해심 많고 관대하게 저를 대하셨습니다. 전 어머니의 죽음을 받아들이기 힘들었는데, 라이오넬 삼촌이 절 사랑해 주고 돌봐주지 않았다면 이겨내지 못했을 겁니다……. 라이오넬 삼촌의 유머감각이 좀 천연덕스럽다는 건 누구나 다 아는 사실입니다. 네, 맞아요, 삼촌의 결혼식 피로연 연설이 시비를 거는 것처럼 느껴질 수도 있겠지요. 하지만 전 먼저 주먹을 날린 사람은 라이오넬 애즈보 삼촌이 절대 아니라고 엄숙한 선서하에 확실히 말할 수 있습니다.

'그럼 누가 먼저 주먹을 날렸습니까? 그 사람이 오늘 이 자리에 있습니까?'

……"어느 부분이냐고?" 라이오넬이 말했다. "네가 손가락으로 가리켰을 때! 네가 그 이름을 댔을 때."

데스는 말없이 한숨을 쉬었다. 데스먼드의 진술은 웨이터 11명, 고용된 연주자 4명, 드래고 3명(드잔, 오레스테, 바살로), 말론의 형제 2명(트로이와 율)의 증언을 확인한 것에 지나지 않았다.

"그럼 제가 뭐라고 했어야 하는데요?"

"존, 폴, 조지랑 똑같이 했어야지! 아무것도 못 봤다고! 딴 데 보고 있었다고!"

"…… 말론 아저씨가 삼촌을 밀고했잖아요. 지나 때문에요."

"아니, 안 했어. 다 내 생각일 뿐이었어. 똑똑히 봐라 데스, 여자들이 그렇게 만드는 거야. 여자는 남자를 미치게 하지."

라이오넬이 새 시가에 불을 붙였다(그런 다음 말보로 헌드레즈를 피우듯이 길게 빨아 가득 들이마시면서 피웠다). 방이 조금 더 어두워졌다. 라이오넬이 생각에 잠긴 듯한 미소를 지으면서 조용히 물었다.

"로리 나이팅게일 기억나냐, 데스? 물론 기억하겠지, 기억하고말고. 걔가, 로리가 뭐라 말을 하더라고. 그 사람들 말이 어…… 뭐라 말을 하더래. 너에 대해서…… '데스가 그랬어요……. 전부 데스 짓이에요!' 물론 애가 견디기는 힘든 순간이지." 라이오넬이 말을 이었다(그리고 잠시 턱을 들었다). "그 사람들이 걔 입에 재갈을 물리고 있었거든. 손을 봐주려던 참이었지. '데스—다 데스 짓이에요.' 난 왜 그 말이 머리에서 떠나질 않을까? 그게 궁금해. 왜 그 말이 머리에서 떠나질 않을까? 날 봐라, 데스……."

1분, 2분, 3분 동안 데스는 끊임없이 움직이는 작은 눈앞에서 자신을 활짝 열었다. 그렇게 그 순간이 계속, 영원히, 계속될 수도 있었다……. 하지만 드디어 자물쇠가 철컹거리는 소리와 개들이 잽싸게 달리는 소리가 들렸다.

"일어나. 우린 할 일이 있어."

데스가 일어나자 탱크가 빠끔 열렸다.

"…… 너 저 위에 앉았었지."

라이오넬이 운동복 바지, 트레이닝화, 망사조끼로 갈아입었다. 그런 다음 데스와 라이오넬은 세 시간 반 동안 포장용 상자, 차(茶) 상자, 마분지 상자들을 스킨스리프트 클로즈에 있는 라이오넬의 차고에서 아발론 타워에 있는 라이오넬의 방으로 옮겼다. 두 사람이 일을 마치자 라이오넬의 방은 발 디딜 틈도 없을 정도로 장물로 가득 찼다. 문도 안 닫혔다.

"괜찮을 거야." 라이오넬이 말했다. "그냥 좀 좁게 지내라."

"저야 괜찮죠. 하지만 삼촌은요? 어떻게 나가시려고요?"

라이오넬이 연기를 뿜으며, 홍조를 띠며, 가슴을 두근거리며 (두 사람은 포드 트랜싯과 왜소한 엘리베이터로 짐을 옮겼다) 부엌으로 휙 가서 긴 의자 위에 쓰러졌다.

"실망한 것 같구나, 던. 왜 그러냐? 자, 데스. 형들 만났어?"

식탁에 앉아 있던 데스가 (던이 그의 어깨에 손을 올리고 있었다) 종이 타월로 얼굴을 닦으면서 고개를 들었다. "아프세요. 다섯 명 다. 폴 삼촌 만났어요."

"그래?"

"네. 존 삼촌이 압류를 당했어요. 아파트가 잡혔대요. 그런 다음에 또 조지 삼촌네가 소유권을 되찾았는데—"

"그래. 뭐 난 할 만큼 했어." 라이오넬이 평소처럼 능숙하게 코웃음을 쳤다. "나 아니었으면 형들은 아직도 못 나왔을 거야."

"애초에 들어가지도 않았을걸요." 던이 말했다. "아저씨만 아니었으면요."

"도니……."

"걱정마라, 데스, 기분 나쁘게 생각 안 하니까. 난 어, 면역이 돼서. 봐, 일억 파운드쯤 생기면 그렇게 되는 거야. 무감각해지지. 행복하지가 않아. 슬프지도 않고. **감각이 없어**……. 자, 존과 조엘 말이다. 먹여 살리려면 돈이 꽤 들지."

"뭐, 그래요. 그렇죠."

"좋아. 내가 금전적인 문제를 도와주겠다고 했잖아. 내가 한 말은 꼭 지킬 거다." 라이오넬이 자리에서 일어나면서 말했다. "내가 개를 데리고 가마."

"하지만 던이 개들을 얼마나 좋아하는데요!"

이 가냘픈 비명은 한 옥타브 올라간 톤으로 데스의 입에서 튀어나왔다(물론 데스도 개들을 아주 좋아했다). 던이 갑자기 털썩 앉더니 이렇게 말했다.

"얘들을 어떻게 하시려고요?"

"손실을 메워야지. 산다는 사람이 있어. 400파운드 준대. 다행인 줄 알아라, 데스. 이제 타바스코 먹이느라 돈 쓸 일 없으니까."

그런 다음 라이오넬은 목욕을 했다(복도까지 상당량의 물이 넘쳐흘렀다). 십 분 후 물이 솟구쳤다가 내려가는 커다란 소리가 들렸고, 그런 다음 라이오넬이 허리에 수건을 두르고 부엌으로 철벅철벅 걸어 나왔다.

"너희들은 여기서 도대체 어떻게 사냐. 옷 갈아입을 데도 없네. 자, 얼른. 개들 데려와라."

던이 데스를 향해 의미심장하게 고개를 끄덕이자 데스가 말했다.
"우리가 마련할게요, 삼촌. 400파운드 만들어 볼게요."

라이오넬이 다시 철벅철벅 걸어갔다. "데려와."

존과 조엘은 식탁 밑에 웅크리고 있었다. 개들은 자기들이 끔찍한 오해의 원인임을 고통스러울 만큼 잘 알고 있었다. 물론 그 오해는 곧 해결될 것이었다. 던은 몸을 숙이고 의미심장한 손길로 개들을 쓰다듬고 있었다. 마치 개들의 찌푸린 눈썹을 주무르면서 희망을 불어넣는 것 같았다.

라이오넬은 타이를 매면서 다시 들어오더니 이렇게 말했다.

"좋아. 합리적인 사람이라면 어떻게 그 제안을 거절하겠냐?"

던이 말했다. "아, 고마워요 라이오넬 아저씨. 고마워요, 정말 감사해요."

"천만에. 그럼 당장 매듭을 짓자꾸나. 400파운드……. 아, 지금은 없다고?" 라이오넬이 말했다. "아, 이런. 정말 안타깝네. 데스, 난 오늘 밤에 현금이 필요하거든." 그가 재킷을 입고 손을 내밀었다. "목줄 줘. 이리 와, 이……. 이리 오라고, 이 빌어먹을 호색가 놈들. 이 빌어먹을 음탕한 것들."

라이오넬은 앞발을 구부린 채 옆으로 누워 있는 존과 조엘을 굵은 금속 줄에 묶었다. 개들이 뻣뻣한 다리로 일어섰고, 그런 다음 몸을 웅크리고 빙빙 도는 끔찍한 순간이 지났다. 데스는 애원하는 듯한 개들의 미소에서 반쯤 고개를 돌렸다.

"삼촌이랑 같이 가." 데스가 떨리는 목소리로 말했다. "착하지." 데스는 라이오넬이 던 앞에서 개들을 때리면 던이 완전히 포기할지도 모른다는 느낌이 들었다. "리 삼촌이랑 가."

라이오넬이 줄을 갑자기 잡아당겨 짧게 쥐자 개들이 몸을 뒤로 빼면서 질질 끌려갔다. 비틀어 떼어 놓는 소리, 철제 고삐를 조이며 빨리 가라고 모는 소리, 현관문이 쾅 닫히는 소리가 들렸다.

"…… 삼촌한테 대들어야 했는지도 몰라."

"멍청한 소리 하지 마." 던이 말했다. "아저씨 눈빛 봤어?"

"응. 어떻게 된 거지?"

"눈을 깜빡이질 않잖아! …… 살인자의 눈이야."

데스와 던이 가서 보았다. 침실 문의 경첩이 빠지고 바닥에서 천장까지 물건이 잔뜩 쌓여 있었으며 느슨하게 묶인 라이오넬의 체육복과 망사조끼가 복도에 놓여 있었다…….

"아기방은 끝났네." 던이 말했다.

"아니. 아니야. 난 아기 갖고 싶어. 삼촌도 우릴 말리진 못할 거야."

"아, 데스, 넌 미쳤어. 넌 정말 사랑스러운 말만 해."

"난 아기를 가질 거야." 데스가 말했다. "삼촌도 우릴 못 말려. 난 아기 가질 거야."

자정이 되기 조금 전에 데스는 할머니와 거의 아무 말 없이 30분을 보냈다. 그레이스는 창문을 보고 앉아서 데스가 말을 꺼내려고 하면 하지 말라고 손을 내저을 뿐이었다……. 애완동물은 데려갈 수 없었다. 그레이스의 아들이 고른 양로원에 애완동물은 허용되지 않았다. 그래서 데스는 갸르릉거리는 새끼고양이 골디를 윈드브레이커 안에 넣고 지퍼를 채운 다음 던에게 돌아왔다.

9

"정말 괜찮습니다, 애즈보 씨. 아무 걱정 마세요. 멋진 하루 보내십시오."

라이오넬이 사우스 센트럴에서 훨씬 더 행복한 이유는 이해하기 어렵지 않았다. 사우스 센트럴은 핌리코 북부의 낮고 빽빽한 보헤미아 지역에 변덕스러운 로봇처럼 높게 솟은 비대칭 건물로 스위트룸 90개를 갖춘 호텔이었다. 팡테옹 그랑(과 캐슬 온 더 아치와 론서스턴)만큼이나 가격이 화려한 사우스 센트럴은 홍보자료에서 스스로를 **헤비메탈 호텔**이라고 소개했다. 사우스 센트럴은 록 스타들에게 서비스를 제공했는데, 헤비메탈 록 스타들에게만은 아니었다. 게다가 록 스타들만도 아니었다. 알록달록하고 밝고 활기찬 라운지에서는 최근에 감옥에 다녀온 악동 배우, 격노한 모델, 여자를 패는 프리미어 리그 축구선수 등등이 보였다. 간단히 말해서 핵심 고객은 돈 많고 유명한 사람들이었다. 그리고 그들 중 누구도 이성의 작용 따위로 감정을 억누르지 않았다. 드디어 라이오넬이 우연히 동지들을 만난 것이다.

호텔 뒤쪽 테라스의 수영장 바닥에는 플라스마 TV 세트가 적어도 세 대는 떨어져 있었고, 아이팟 도크와 캠코더, 노트북, 미니바까지 있었다. 범죄 현장을 표시하는 형광 테이프가 여기저기서 통행이 금지된 통로 입구를 종종 장식했다. 불법무기 소지, 폭행, 강간수사(법적이든 아니든) 때문이었다. 앞뜰에서는 종종 소방차가 증기를 내뿜으며 기침을 했다. 하지만 구급차는 없었다. 호텔에는 온갖 약물 사고와 그 외에 더 심각한 자해를 처리할 의료팀이 갖춰져 있었다. 마찬가지로 물바다가 되거나 기물이 파손되거나 가끔 한 층 전체가 폐허가 되면 신중하고 쾌활한 젊은이들로 구성된 하늘색 멜빵바지 차림의 특수팀이 문제를 처리했다.

팡테옹 호텔에서 쫓겨나고, 캐슬 온 더 아치 호텔에서 쫓겨나고, 론서스턴에서도 쫓겨난 라이오넬은 사우스 센트럴에서는 아무도 쫓겨난 적이 없다는 사실에 흥미를 느꼈다. 라이오넬이 컴퓨터로 본 안내서에는 **추방 제로**라고 쓰여 있었다. 적어도 손님들 사이에서는 반사회적 행동이 시민적 덕성으로 여겨졌다. 라이오넬의 전과(언론에서 종종 다시 정리해 주었다)가 구제불능일 만큼 한결같다는 사실은 널리 감탄을 자아냈다. 사우스 센트럴 호텔에서 라이오넬의 명성은 무한했고, 그의 정통성은 도전이 불가능할 정도였다. 하지만 그것은, 내부의 물음표는 사라지지 않았다. 그것은 녹슨 갈고리처럼 라이오넬의 내장을 꽉 막고 있었다.

라이오넬은 사우스 센트럴에 들어온 지 얼마 안 되어서 좋은 친구를 여러 명 사귀었다. 프리티 페이스라는 밴드의 리듬 기타리스트로 핼쑥한 얼굴에 관절염을 앓고 있는 스콧 론슨. 두 번이나 세계 스누

커[포켓 6개와 공 22개를 이용해서 테이블에서 경기하는 당구의 일종 — 옮긴이] 챔피언에 올랐던 에이먼 오놀런(그는 심판을 두들겨 패거나, 화분에 소변을 보거나 등등 여러 가지 하찮은 경범죄로 늘 사회봉사 중이었다). 장기간 방송된 대규모 텔레비전 리얼리티 쇼의 승자 론 브라운(사우스 센트럴 1개월 숙박권은 상품 중 하나였다). (십대) 코카인 중독자이자 맨체스터 시티 미드필더이며 부모가 둘 다 수감 중인 브렌트 메드윈(엄마는 생계를 위한 매춘, 아빠는 살인 때문이었다). 이곳에서 라이오넬 애즈보는 본연의 모습으로 편안하고 자유롭게 같은 슈퍼스타들과 어울릴 수 있었다.

라이오넬은 말을 잘했다. 예를 들어서,

"두고 봐. 우리가 업튼 파크 축구장에서 너희를 해치울 테니까. 그런 다음에 너희 홈에 가서 한 점 훔쳐 주지." 라이오넬은 브렌트 메드윈에게 이렇게 말했다(여기서 '우리'란 웨스트 햄 유나이티드를 뜻했다).

"유명해졌을 때 뭐가 제일 중요한지 알아? 그걸로 인해서 성격이 바뀌지 않는 거야." 론 브라운에게는 이렇게 말했다.

"그래, 그렇게 하는 거야. 맘에 드는 여자를 고른 다음 귀머거리 매니저를 보내서 데려오는 거지." 스콧 론슨에게는 이렇게 말했다.

"날 놀라게 할 수도 있고 물 먹일 수도 있겠지. 하지만 그렇게 심하게 물 먹일 순 없을 걸. 내가 치면 흰색 공이 항상 테이블에서 튀어나가거든!" 에이먼 오놀런에게는 이렇게 말했다.

그렇지 않을 때면 라이오넬은 로스 펠리즈 라운지에서 메건 존스와 카푸치노를 마시면서 인터뷰 요청(과 각종 사업 제안들)을 검토했다. 메건은 고객을 위한 전략을 가지고 있었다. "자, 라이오넬. 얼굴을 찡그린 백만장자를 보고 싶어 하는 사람은 아무도 없어요. 당신은 사랑스러운 유머감각을 가지고 있잖아요. 그걸 빛내세요! 그러면 우리가 당신을 국보로 만들어 드리죠." 라이오넬은 아무 생각 없이 고개를 끄덕였다. 그는 종종 그러듯이 메건의 위쪽 플라스마 화면을 응시하고 있었다. '어, 그렇지. 좋아.' 라이오넬은 이렇게 말한 다음 윗입술에 묻은 거품을 닦았다. 가끔 메건의 오른팔 세바스찬 드링커가 낄 때도 있었다. 드링커는 근처에서 웃음소리가 들릴 때 라이오넬이 독특하게 반응한다는 사실을 알아차렸다. 그는 바람 속의 풍향계처럼 고개를 이리저리 흔들었다.

객실마다 베란다가 있어서 흡연자들의 압박감을 덜어주었다(또한 덕분에 자살극을 벌이는 사람들은 눈에 잘 띄는 곳에서 뛰어내리겠다고 위협할 수 있었다). 그리고 어쨌든, 지하에는 세풀베다 시가 살롱이 있었다. 여기에는 비디오 게임과 핀볼 기계들, 당구대(에이먼은 물리 법칙을 넘어서서 큐볼을 탈선시켰다!), 제대로 된 바(24시간 셀프 서비스)가 있었다. 음식은 괜찮았고 웨이터들은 기민했으며, 포르노그래피도 괜찮았고, 체육관은 항상 비어 있었다. 라이오넬은 부동산들(첼시에 있는 맨션아파트 캐너리 워프의 방 열네 개짜리 펜트하우스)을 계속 살펴봤지만 이사 계획은 없었다.

사우스 센트럴은 라운지마다 커다란 스크린이 여러 개 있었다. 짧은 영상과 사진들, 뉴스, 무성영화, 미스 월드, 스푸트니크, 〈101마리 달마티안〉, 똑같은 동작으로 춤을 추는 뮤지컬 합창단, 집단 처형장, 벨라 루고시, 빅토리아 시크릿, 군대의 행진, 젖은 티셔츠, 달 탐측선 발사, 《덤보》, 엿보기 쇼의 섹스 장면, JFK 암살, 비키니 패션쇼, 비키니 환초…….

"그래. 하지만 난 그런 여자들은 안 써." 스콧 론슨이 말했다(호텔 앞뜰 왼쪽 밧줄이 쳐진 공간에 매일 모이는, 프릴이 가득한 옷을 반쯤 벗다시피 한 팬들을 뜻했다). "그 반 정도는 너무 어리거든. 나는 어, 호텔 내의 편의 시설을 이용하지. 우린 다들 그래."

"어?" 라이오넬이 물었다. 두 사람은 비벌리 바에서 늦은 오전의 블러디 메리를 즐기는 중이었다. "편의 시설이 뭔데?"

"전화기에 보면 '파트너'라고 적힌 버튼이 있어. 그걸 눌러 봐."

"그럼 어떻게 되는데?"

"에스코트 에이전시의 붙임성 있는 친구가 연결되지. 그러면 그 친구한테 뭘 원하는지 말하면 돼……. 있잖아, 금발, 큰 가슴, 그런 거. 뭐든지 다 돼. 비밀도 완벽하게 보장되고. 딱 좋지. 하지만 조심해, 중독성이 있거든."

라이오넬이 말했다. "난 관심 없어."

하루 이틀 후 라이오넬은 와츠 다이너에서 점심을 먹었다. 브렌트 메드윈, 에이먼 오놀런과 함께였다.

"한번 해 봐요." 브렌트가 제안했다. "그 친구한테 말했죠, 난 좀 품위 있는 여자가 좋다고. 문신도 없고. 그랬더니 빌어먹을 백설공주가 침대 앞에 서 있더라고요. 겨우 천 파운드 냈는데!"

"팁은 줘?" 에이먼이 물었다.

"봉사료 포함이에요. 계산서에 다 포함돼요. 질문도 안 하고."

라이오넬이 말했다. "난 별로 관심 없어."

하루 이틀 후 마침내 라이오넬은 인정했다. 그는 사실 관심이 있었다. 글쎄. 아니면 (카지노가 여는) 일곱 시 반까지 그 많은 시간을 어떻게 보낸단 말인가?

어쨌든 라이오넬은 스스로에게 그렇게 변명했다. 그것으로 반복되는 의문을, 어마어마한 의문을 피하는 것이다. 라이오넬이 신시아와 지나(두 사람 모두 다른 이유지만 특이한 여자들이었다)를 제외한 여자들을 그토록 비정상적으로 피했던 이유가 뭘까?

"일 때문에 너무 바빴어." 라이오넬이 중얼거렸다. "말하자면 일중독이었지. 쥐꼬리만큼 벌어서 간신히 먹고사느라 말이야……. 하지만 이제 다르잖아?" 라이오넬은 화가 나서 의자에 앉은 채 몸을 뒤틀었다. "완전 쓰레기지, 그게 다. 평생 여자한테 돈을 내 본 적이 없는데. 가치보다 문제가 더 크니까. 포르노나 보라고. 포르노를 보면 자기 위치를 알거든. 아니야, 그렇다고 크게 잘못될 일이 뭐가 있겠어……."

하루 뒤에 라이오넬은 '파트너' 버튼을 누른 다음 남자에게 지나 드래고를 적당히 외설적으로 설명했다. 한 시간 뒤 조심스럽게 문을 두드리는 소리가 들렸다……. 여자의 이름은 다일리스, 스물일곱 살에 카디프 출신이었으며, 검고 둥글둥글했다. 라이오넬은 자신이 창녀들을 대하기에 적합하지 않은 사람임을 금방 깨달았다. 다일리스는 20분 뒤에 서두르려고 애쓰면서, 하지만 심하게 비틀거려 여기저기 부딪히면서 나갔다…….

"이건 뜻밖인데." 라이오넬이 침묵을 향해 말했다. "벌어먹을. 가끔은 나 자신도 무섭다니까. 아니야. 아냐. 어쨌든, 시간을 봐!" 그는 재빨리 샤워를 한 다음 펜트하우스 층으로 갔다(열 시쯤 스테이크 샌드위치를 먹는다). 초록색 게임 테이블, 매끄럽게 굴러가서 빙글빙글 도는 룰렛 위를 구르는 자그마한 흰 구슬.

* * *

라이오넬은 면도를 하고 있었다. 그는 사우스 센트럴이 제공하는 (그리고 충실하게도 매일 교체해 주는) 플라스틱 면도칼을 썼다. 라이오넬은 거울 앞에 서서 잠시 마음을 가다듬은 다음 장난감 같은 도구를 손바닥에 놓고 무게를 가늠해 보았다……. 텅 비었다. 거의 있는 것 같지도 않았다. 퍼스-헤더링턴 씨가 준 엄청나게 큰 물건과는 달랐다(라이오넬은 캐슬 온 더 아치인지 론서스턴에서 그것을 잃어버렸다). 사람들은 사우스 센트럴을 헤비메탈 호텔이라고 불렀지만 모든 것이 가벼웠다. 나이프와 포크, 유리잔, 가구, 심지어 침구류까지도(흰색 깃털 누비이불은 안개처럼 라이오넬을 감쌌다)……. 경고도 없이 수압이 잠깐 약해지더니 순간적으로 멈추었다가 예의바르게 기침을 한 다음 다시 물이 흘렀다. 이곳 직원들은 모든 것을 얼마나 빨리 고치고 다시 작동시키는지 정말 놀라울 정도였다. 그날 오후 위층에 묵는 가수가 변기에 일종의 수류탄을 떨어뜨렸는데 말이다…….

"나한테 필요한 게 바로 그거야." 라이오넬이 말했다. "변기에 빌어먹을 수류탄을 떨어뜨려야 해." 라이오넬의 장은 약간 풀렸지만 밤새도록 쭈그리고 앉아 있는 것은 아무 생각 없이 순식간에 배출하는 예전과 전혀 달랐다. 그럼에도 불구하고 라이오넬은 한없이 가볍고 가벼워서 공허했고, 자신이 거기 존재하는 것 같지도 않았다. 라이오넬은 카지노에 가려고 엘리베이터를 타고 펜트하우스 층에 멈출 때마다 계속해서 위로 솟구쳐서 헬리콥터 착륙장과 센추리 시티 에어리를 지나 파란 여름 하늘까지 올라갈 것만 같았다……. 사우스 센트럴이라는 이 무중력의 세상, 이 가벼운 연옥에서는 그 어떤 것도 무게가 없었고 아무것도 중요하지 않았으며 모든 것이 허락되었다.

라이오넬은 거울을 흘깃 보았다. 거울도 그를 흘깃 보았다. 라이오넬이 엄지손가락과 집게손가락을 들어서 끈적거리는 눈꺼풀을 벌렸다……. 라이오넬 애즈보의 내면에서, 그의 머리와 가슴속에서 어떤 일이 일어나고 있었다. 라이오넬은 스물네 살이었다. 그리고 갑자기 생각할 시간이 생겼다. 돈이, (아기 때부터 라이오넬이 유일하게 탐욕스럽게 몰두했던) 바로 그 돈이 이제 라이오넬에게 아무 의미가 없어졌다. **라이오넬.** 어떤 목소리가 말했다. '어? 뭘 원해?' 그런 다음 침묵. 그런 다음 다시, **라이오넬, 이 친구야.** 그러자 라이오넬이 말했다. '빌어먹을. 뭐? 왜?' 그런 다음 둘은 이야기를 나눈다. 이제 라이오넬은 단순히 자기 생각을 소리 내서 말하는 것이 아니었다. 그는 자신보다 더 뛰어난 지능과 대화를 하고 있었다. 목소리는 라이오넬보다 더 똑똑했다. 심지어는 발음도 더 좋았다.

라이오넬은 천천히, 신경 써서 옷을 입었다. 그는 저녁을 먹으러 나가는 길이었다. 한 사람을 위한 식탁. 라이오넬과 그의 생각, 단둘이었다. 라이오넬은 외출을 하기 전에 스콧 론슨에게 잠깐 들렀다. 두 사람은 론슨의 방 베란다에서 잠시 담배를 피우기로 했다. 엘리베이터에서 다시 그 느낌이 느껴졌다. 라이오넬이 엘리베이터에서 내리다가 멈칫했다. 층은 맞았다. 그런데 몇 호더라? 라이오넬은 잠시 느릿느릿 어슬렁거렸다. 아, 저기 있군. 스콧은 자기 방문 위쪽 반을 막 잘라낸 다음 마구간 안의 말처럼 거기 서 있었다.

오후 7시 45분. 라이오넬은 데스크의 여직원과 몇 마디 이야기를 나눈 다음 숙박 기간을 3주 연장했다.

사실 결국 라이오넬은 사우스 센트럴로 돌아오지 않는다—앞으로 3년 동안.

10

"무슨 행사에라도 가는 겁니까, 라이오넬?"

"아, 메건은 없습니까, 라이오넬?"

"소문이 사실입니까, 라이오넬?"

"소문? 나랑 메건? 아니, 난 매인 데도 없고 혼자 자유로워요. 그게 바로 라이오넬 애즈보지. 개인적인 생각이지만 여자들은 가치보다 문제가 더 크거든."

"…… 행사에 가는 겁니까, 라이오넬?"

라이오넬의 복장에 대한 두 번째 언급이었다. 물론 호텔에서는 누구도 그의 복장을 보고 눈살을 찌푸리지 않았다. 호텔에는 해적이나 간호사나 나치 복장을 한사람이 수두룩했다. 하지만 지금 라이오넬은 호텔 밖을 돌아다니고 있었다. 그는 티 없는 날씨 속에서 슬로언 광장을 건너서 슬로언 스트리트를 어슬렁거렸다. 차들은 사람을 기분 좋게 해주는 하늘 아래에서 여름 런던의 편안함과 자유, 그 무해한 능숙함을 향해 뭔가를 떨쳐 버리려는 듯이 굴러갔다. 라이오넬이 쾌활하게 농담을 했다.

"아니, 새로운 일 하러 가요. 빙고 게임장에. 오늘밤에는 내가 숫자를 부를 거예요!"

신문기자 세 명이 웃었다. 평소보다 더 긴 웃음이었다. 라이오넬이 정말로 빙고의 숫자를 부르는 콜러와 무척 비슷했기 때문이었다. 턱시도는 정말 비슷했고 커다란 바지는 흠잡을 데 없이 아주 정확하게 재단되었다. 풍성한 나비넥타이는 고무줄이 달린 클립 형식이 아니라 기다란 고급 나비넥타이였다(나비넥타이 차림으로 먹고사는 에이먼이 매는 법을 가르쳐 주었다). 그리고 한 짝에 1만 파운드인 신발은 기대한 것처럼 푹신푹신하고 흑단처럼 번쩍이며 라이오넬을 둥둥 떠다니게 만들었다. 하지만 유난히 자신감이 넘치고 성적 안정감을 가진 빙고 콜러만이 라이오넬의 셔츠와 조끼를 입겠다고 했을 것이다. 조끼는 카나리아처럼 노란 스웨이드에 단추는 청록색이었다. 그리고 흰 셔츠는 트임과 주름장식이 불가능할 정도로 난잡하게 어우러져 있었다(라이오넬의 손은 소매 장식 아래로 겨우 보였다). 라이오넬이 발걸음을 늦추고 시가에 불을 붙이면서 말했다.

"여러분, 재밌는 얘기가 하나 있는데. 불알이 많고 늙은 여자들이랑 자는 건 뭘까요?[2)]…… 답은, 빙고 기계!"

"빙고에서 1억 4천만은 못 딸 텐데요, 라이오넬."

"그게, 디스턴에 살 때 우리 엄마는 날 빙고에 데려가곤 했죠. 금요

---

2) 공(balls)은 불알이라는 뜻이 있고, 괴롭히다(screw)는 성관계를 한다는 뜻이 있기 때문에 "공이 많고 늙은 여자들에게 사기를 치는 것은?"(What's got lots of balls and screw old ladies?)은 "불알이 많고 나이 많은 여자들이랑 자는 것은?"으로도 해석된다.

일마다. 금요일. 도박의 밤이지. 난 숫자 부르는 법을 다 알았죠. 다리 두 개 달린 십일. 사랑스런 열여섯 살 십육. 서른이면 어른 삼십, 제일 높은 숫자, 구십."[3)]

"행사가 어디서 열리죠, 라이오넬?"《선》 기자가 끈질기게 물었다.

"무슨 놈의 행사? …… 아니, 농담이 아니고. 기억납니까, 어, 내가 오늘 오후에 잠깐 들렀던 식당? 해로즈 뒷골목에 있는 거? 거기 예약을 해 놨어요."

"두 사람으로요, 라이오넬?"《데일리 텔레그래프》에서 나온 남자가 물었다.

"귀 먹으셨나? 오늘밤에는 나 혼잡니다. 한가로운 시간을 좀 보내려고요. 신문도 좀 읽고."

"어느 신문이요, 라이오넬? 당신의 트레이드마크인 《모닝 라크》는 어디 있습니까?"《모닝 라크》에서 나온 남자가 물었다.

"다 있지요." 라이오넬이 바지 주머니를 톡톡 두드리며 말했다. "다 있어."

라이오넬은 환호와 격려를 받으며 계단 일곱 단을 올라 식당으로 들어갔다(마운츠라는 곳이었다). 그는 의무를 다하듯이 잠깐 멈춰 서서 포즈를 취했다. 하지만 곧 차양 밑으로 들어가서 머리와 어깨가 그림자 속으로 사라졌고, 세 사람은 돌아서서 라이오넬이 조용히 시가를 피우게 놔두었다……. 여기서 밝혀 둘 사실은 라이오넬이 조금 전에

---

3) 빙고 게임에서는 숫자를 부르는 사람이 1에서 100까지의 숫자 중에서 숫자 생성 기계나 숫자가 적힌 공을 뽑아 무작위로 선택된 숫자를 부르는데, 착오를 막기 위해 각 숫자마다 정해진 별칭을 붙여서 부른다.

스콧 론슨의 베란다에서 마리화나를 피웠다는 점이다. 향기가 별로 좋지 않은 스와질란드산 마리화나였다. 평상시에는 가장 센 술이나 가장 센 마약도 라이오넬 애즈보에게 아무런 영향을 남기지 않았다. 그러나 오늘밤은 그렇지 않을 것이다. 이 차이는 최근에 라이오넬의 잠재의식이 활성화된 것과 관련이 있었을 것이다. 하지만 지금 라이오넬은 컨디션이 최고였고 아주 즐거운 시간을 보내게 될 것이라고 생각했다. 조용한 저녁식사, 그리고 생각에 잠겨서 《모닝 라크》를 읽는 시간.

"안녕하십니까, 선생님." 묵직하고 단호한 목소리가 말했다. "어서 오십시오. 이쪽 테이블입니다."

"아. 멋지군."

"이런 걸 여쭤 봐도 될지 모르겠지만, 식사 후에 어디 가실 예정이신가요? 퀸즈버리에서 열리는 아마추어 복싱 대회라도 가시나 봅니다?"

"아마추어 복싱 대회?"

"네, 선생님. 필립 공이 온다더군요. 있잖아요, 그, 에든버러 공이 수여하는 상 때문에요."

"에든버러 공? …… 아 뭐 나도 복싱에 관심이 있지. 제대로 된 스포츠거든, 복싱은. 다른 쓰레기들이랑은 다르지. 이름이 뭐지?"

"…… 음, 여기선 저를 마운트 씨라고 부르죠."

"아니야." 라이오넬이 그를 위아래로 훑어보았다. 키가 크고 음울한 분위기에, 남성복과 타이 차림이었고, 두꺼운 머리카락의 뿌리 부분은 흰색이었다. "이름이 뭐야?"

"…… 커스버트입니다, 선생님."

라이오넬이 간단하게 말했다. "커스버트."

마운트 씨는 한 걸음 물러섰다. 그는 지금까지 30년 동안 '커스버트'라고 불린 적이 없었다. 빌링스게이트 시장에 다니던 것을 (월요일 아침 다섯 시에 물건을 살피러 갔었다) 1979년에 그만둔 후로는 이름을 불린 적이 없었다. 마운트 씨가 말했다.

"네. 커스버트 마운트입니다."

"음, 뭐 하나 말해 줄까, 커스버트. 내가 새로운 일을 시작했거든! 빙고 게임장에 갈 거야! 오늘밤엔 내가 숫자를 부를 거라고!"

어떤 이유에서인지 모르지만 이 말은 라이오넬이 의도했던 것보다 훨씬, 훨씬 큰 소리로 나왔다. 경기장의 메가폰 소리 같았다. 라이오넬은 머리가 희끗희끗한 얼굴 서른 개 내지는 마흔 개가 자기 쪽을 보고 있다는 사실을 점점 더 의식하게 되었다.

라이오넬은 생각했다. 나이 먹는다는 건 참 냉혹할 거야. 나이, 냉혹, 무슨 시 같군. "다들 안녕하쇼!" 라이오넬이 어느새 의자에 앉으면서 소리치고 있었다.

"…… 식전주 하시겠습니까, 선생님?"

"좋지. 그거 줘, 그거, 어—"

하지만 마운트 씨가 한 발 옆으로 물러나고 흰 디너 재킷을 입은 노련한 젊은이가 그 자리를 대체했다.

"당신은 뭐야?"

"네, 선생님?"

"재밌어 하는군." 라이오넬이 말했다.

"재밌어 했다고요, 선생님? 아니, 전혀 아닙니다."

"자네는 발이 너무 가벼워, 친구……." 라이오넬이 킁킁거리며 말했다. "좋아. 됐어. 그거 줘, 0.6리터짜리로……." 사우스 센트럴에서는 샴페인을 0.6리터씩 주문할 수 있었다(0.3리터도 주문 가능했는데, 여자들에게 인기가 많았다). 라이오넬은 샴페인을 부자들의 맥주라고 생각했다. "거품 나는 거 말이야. 종류는 뭐가 있지?"

웨이터가 리본 달린 와인 리스트를 펼쳐서 라이오넬에게 건넸다. 라이오넬이 제일 터무니없이 비싼 빈티지를 가리키자 웨이터는 인사를 하고 물러났다.

식당은 약간 예상 밖이었다. 낮에 라이오넬이 문 뒤에서 엿보았을 때 강한 햇빛을 등진 그의 눈에는 그림자들이 움직이는 작은 굴 같았기 때문에 그는 일종의 가족식당이라고 생각했다. 하지만 마운츠는…… 호화스러운 가구가 많았고, 벽은 건초마차와 구름 풍경, 기사들을 그린 그림들로 뒤덮여 있었다. 그렇다, 이 식당은 단추를 너무 딱 맞게 채운 뚱뚱하고 나이든 기사 같았다. 라이오넬은 문장이 새겨진 붉은 가죽 메뉴를 들었지만 아직 열지 않았다. **영국에서 가장 오래된 식당. 클래런스 피츠모리스 마운트가 1797년에 설립함.** 라이오넬은 생각했다. 1797년이라니!

"샴페인이 곧 나올 겁니다, 선생님."

라이오넬은 식전주를 즐기면서 《모닝 라크》를 읽을 생각이었다. 최근 화제를 따라잡으려고 말이다. 하지만 이제는 좀 미심쩍었다. 표지에 정말 거대한 금발머리가 실려 있다는 사실은 이미 알고 있었는데, 그게 다른 사람의 눈에는 좀……. 그날 《모닝 라크》는 처음으로 타블로이드판과 일반판 두 판형을 냈는데 라이오넬은 더 큰 새로운 판형의 유혹에 굴복하고 말았다. 그래서 그는 바지 주머니에서 신문을 꺼내서 테이블 밑에서 펼친 다음 어색한 자세로 상의를 벗은 모델이 없는 페이지를 찾았다. 2페이지에는 보통 그날의 뉴스가 실려 있지만 오늘은 그날의 뉴스가 상의를 벗은 모델에 대한 것(어린 시절 연인과의 결별 기사)이었다……. 라이오넬은 생각했다. 지나랑 약간 닮았네. 그러자 불쾌한 기억이 떠올라 갑자기 얼어붙었다.

라이오넬은 다일리스와의 볼일을 마치다가 우연히 곁눈질로 옷장에 붙은 거울을 보았다. 바로 거기 폭주기관차처럼 맹렬하게 움직이는 그의 몸이 있었다. 라이오넬의 얼굴에 떠오른 표정. 드러낸 이와 맹렬한 눈, 그리고 그의—

샴페인이 철제 통에 담겨서 나왔다. 라이오넬은 침착하게 양 무릎으로《모닝 라크》를 누르면서 말했다.

"더 큰 잔 없어? 그, 왜, 맥주잔 같은 거 있잖아." 라이오넬은 웨이터의 움직임을 음울하게 주시했다. "…… 그래, 그거면 됐어. 채워 봐."

바로 그때 그 일이 일어나기 시작했다. 약 30초 만에 라이오넬의 마음은 비밀 문이 계속해서 열리는 끝없는 이중 바닥이 되었다…….

'맥주잔에다가 샴페인이라고?' 라이오넬이 속으로 맹렬하게 말했다. **'정신 나갔어? 사람들이 다 쳐다보잖아! 아니야! 저 사람들은 네가 에든버러 공이랑 복싱을 보러 가는 줄 안다고! 아니야! 널 비웃고 있어, 오줌을 지릴 정도로 웃고 있다고! 빙고 얘기는 왜 했어? 네가 멍청한 빙고 콜러인 줄 알잖아. 아니야! 저 사람들은《데일리 텔레그래프》를 보잖아! 저 사람들은 네가 로또 촌놈인 줄 알아! 어쨌든 네가 멍청한 놈인 걸 안다고! 저 사람들은—저 사람들은…….'**

라이오넬이 고개를 들었다. 사람들은 지극히 정상적으로 저녁식사를 하고 있었다. 부드러운 울림과 떨림, 쨍그랑 달각달각 식기가 내는 소리, 예의바르게 대화를 나누는 단조로운 중얼거림…….

"주문하시겠습니까, 선생님?" 웨이터가 말했다.

"잠깐……. 잠깐만. 고기가 안 보이는데."

"저희 집은 해산물 식당입니다, 선생님."

"뭐, 생선밖에 없다고? …… 뭐, 좋아. 상관없어." 라이오넬은 가장 비싼 전채(철갑상어 알)와 가장 비싼 앙트레(바닷가재)를 시켰다. "신선하지?"

"아, 물론이죠, 선생님. 살아서 발버둥 친답니다. 헬싱키에서 오늘 도착했죠."

라이오넬이 생각했다. '헬싱키라고!'

"드레싱은 어떻게 하시겠습니까?"

"어." 라이오넬이 말했다. 그가 아는 바닷가재 요리라고는 지나가 몰타 전통 방식으로 만들어 준 칵테일밖에 없었다. 케첩을 곁들인. "아무렇게나." 라이오넬이 반쯤 눈을 내리깔고 말했다.

"껍질을 벗겨 드릴까요, 선생님?"

"껍질을 벗겨?" 라이오넬이 갑자기 이상한 악의를 드러내며 말했다. "나 그렇게 무능한 사람 아니야. 내가 무능해 보여? 안 무능하다고. 내가 무능해 보여? …… 아, 울 것까지는 없잖아. 자, 냅킨 덮어 줘." 근사한 식당에서는 이렇게 무릎에 냅킨을 반반하게 펴는 것이었다. "우." 라이오넬이 말했다.

라이오넬은 샴페인을 0.6리터 다 마신 다음 또 시켰다. 철갑상어 알이 나왔다. 라이오넬은 전에도 철갑상어 알을 먹어 봤는데, 대부분의 경우 그것이 제일 비싼 전채이기 때문이었다. 라이오넬은 타바스코 등등을 많이 치면 철갑상어 알도 먹을 만하다고 생각했다. 힘이 없거나 어지럽거나 뭐 그런 건 아니었지만 소금통이 무겁게, 믿기 힘들 만큼 무겁게 느껴졌다. 라이오넬의 손에 들린 나이프는 불합리할 만큼 무거웠다. 그건 바로……. 부자들의 세상은 무겁고 땅에 뿌리를 박고 있었다. 부자들의 세상을 지키는 과거의 무게였다. 하지만 라이오넬의 세상은, 디스턴에서는, 모든 것이…….

"바닷가재를 녹인 버터와 함께 내 드릴까요, 선생님?" 마운트 씨가 말했다.

"그렇게 하지. 토마토, 어, 토마토소스도 좀 치고, 커스버트. 알아서 준비해 줘요. 사이드 메뉴로."

마운트 씨는 라이오넬의 양복을 보고 얼굴을 찌푸리는 듯하더니 이렇게 말했다. "정말 멋진 옷감이군요, 손님. 이런 말씀을 드려도 될지 모르지만 옷감에 대해서는 제가 좀 알거든요. 이건…… 파시미나 울인가요? 이건—세상에, 샤투슈죠? 아, 그이런 건 들어 본 적도 없어요. 정말 가격이 엄청나게—"

"싸진 않았지."

"제가 좀 봐도 될까요?"

"물론." 라이오넬이 오른쪽 팔을 들었다. "천천히 봐요, 커스버트. 사양하지 말고."

마운트 씨가 몸을 숙였다가 다시 편 다음 인사를 하고 나서 말했다. "정말이지 무척 고급스럽군요……. 오늘 저희 식당에서 즐거운 식사하시기 바랍니다, 선생님."

라이오넬은 비좁은 테이블 밑에서 열심히 몸을 비튼 끝에 드디어 상반신을 내놓은 모델이 없는 페이지를 찾았다. 항목별 광고란 바로 앞 48쪽이었다. 라이오넬은 테이블 위에 신문을 조심스럽게 펼친 다음 자리를 잡았다. 그리고 마셨다……. 라이오넬이 소리 없이 입모양만 만들면서 읽은 기사는 겨우 두 살인데 벌써 법적 문제에 휘말린 여자아이에 대한 것이었다! …… 이 쪼끄만 말괄량이, 이 쪼끄만……. 이 쪼끄만 원숭이 같으니라고. 아이는 현관 열쇠로 온갖 차들을 털고 다니면서 현금을 훔치고 창문을 부수었다……. 그리고 엄마의 보드카를 마시고 취했고, 사회복지사가 오자 그녀를 물었다…….

라이오넬이 얼굴을 더욱 찡그렸다.

이 쪼끄만 장난꾸러기는 반사회적행동금지명령을 받았다……. 내 기록이 깨지다니!

"내 기록이 깨졌잖아!" 라이오넬이 소리치면서 몸을 숙였다.

어디 보자. 두 살 하고도 360일. 나보다 일주일 빠르잖아! …… 뭐, 인정할 건 인정해야지. 아니지, 그래, 인정해 줘야 돼. 이 쪼끄만 녀석은 세 번째 생일을 축하하기도 전에 벌써…….

라이오넬은 침묵이, 상당한 순도의 침묵이 흐르고 있음을 깨달았다. 어떤 목소리도, 물 잔과 포크가 달그락거리는 배경음도 들리지 않았다. 라이오넬이 고개를 들고 슬쩍 보았다. 식당 안의 눈이 전부 그에게 쏠려 있는 것 같았다. 하얗게 빛나는 안경들. 추켜올린 로니에트[한쪽에만 기다란 손잡이가 달린 구식 안경—옮긴이]. 오페라 안경도 두 쌍이나 있었다. 이게 다 무슨 일이야? 라이오넬은 자신이 기사에 너무 깊이 몰입하는 바람에 《모닝 라크》를 어깨 높이까지 들어 올렸음을 이제야 깨달았다. 그는 난폭하게 신문을 홱 넘겼다.

11

그러자 뭐가 보였을까? **한 페이지 가득한 길프들이었다!**

라이오넬은 얼어붙은 눈으로 보았다……. 신문은 거대한 작은 광고의 지배를 받고 있었다. 가장 굳게 단련된 《모닝 라크》 독자들조차도 이처럼 무시무시한 것을 보게 되리라고는 예상하지 못했을 것이다. 블루베리 덤불 같은 곱슬머리 노파가 부츠만 신고 네 발로 기듯이 엎드린 모습을 뒤에서 찍은 사진이 있었다. 엉덩이 아래쪽은 반쯤 흐릿하게 처리했고 상스러운 얼굴은 혼란스러운 격정으로 뒤틀려 있었다. **호색적인 힐다, 74세. 지금 바로 문자 주세요, 번호는—**

라이오넬은 전기에 감전된 듯 경련을 느끼면서 《모닝 라크》를 무릎 위로 구겼다. 그런 다음 얼굴을 붉혔다. 평생의 홍조가 한꺼번에 찾아온 것 같았다. 홍조는 불꽃처럼 차례차례 연속해서 물들고 불타올랐다……. 정말이지 약 5분 동안 라이오넬은 곧 그의 운명적인 저녁식사가 될 그것, 솥 안에서 부글부글 끓으며 죽음을 맞이하고 있는 벽돌처럼 붉은 바닷가재와 아주 비슷했다. 머릿속에서 또 한 번의 주먹질, 또 한 번의 반항이 일어났다. 그런 다음 라이오넬은 마침내 (나름대로의 방식으로) 침착함을 되찾고 정신을 가다듬었다.

라이오넬이 스스로에게 말했다. 뭐 어때. 침착해. 《모닝 라크》가 불법인 것도 아니잖아. 어디에서나 팔잖아, 모퉁이 가게에 가면 엄청 쌓여 있다고. 《모닝 라크》가 좀 웃기잖아. 그건 누구나 다 아는 사실이야. 나쁠 건 없어. 그냥 좀 웃긴 거야. 다들 안다고…….

라이오넬은 엄격하게 마음을 다잡았다. 그는 철갑상어 알을 다 먹고 나서 태연한 척하며 한 접시 더 시켰다. 그런 다음 토스트도 더 먹었다. 샴페인도 0.6리터 더. 라이오넬은 안정을 되찾았다. 그는 전부 먹고 전부 마셨다. 그런 다음 일어섰다.

"어이, 커스버트." 라이오넬이 목소리 크기를 조절하려고 엄청난 노력을 기울이며 말했다. "어이, 커스버트." 그가 쉰 목소리로 말했다. "잠깐 한 대 태우러 나갔다 오려는데, 괜찮지? 금방 올 거예요, 커스버트. 금방 와."

《모닝 라크》, 《선》, 《데일리 텔레그래프》의 사진기자들이 사라지고 없는 것을 보고 라이오넬은 상심했다. "배라도 좀 채우러 갔겠지." 그가 소리를 내서 재미있다는 듯이 말했다. "좀 있다 올 거야." 어쨌든 스콧이 말아 준 거대한 마리화나를 피우고 싶었기 때문에 잘된 일이었다. 왼쪽에 마차 보관소 등불의 차가운 빛을 받는 막다른 골목길이 있었다. 완벽했다. 지나가는 사람도 없었다. 라이오넬은 《모닝 라크》를 쓰레기통에 넣고 발로 꾹꾹 밟았다. 얼른 달려가서 《선》(아니면 심지어는 《데일리 텔레그래프》!)을 사다가 바닷가재를 먹으면서 읽어도 되겠군. '아니야. 사람들은 네가 도망친 줄 알 거야. 부끄러워서 달아난 줄 알 거야! …… 아냐. 넌 너무 어, 과민 반응이야. 《라크》는 웃음거리에 불과해. 그 정도는 다들 안다고. 그러니까 이름도 라크[라크(lark)에는 '농담'이라는 뜻도 있다—옮긴이]잖아. 웃음거리가 해가 될 건 없지. 웃는 게 뭐가 나빠?' …… 다일리스에 대한 또 다른 기억이 떠올랐다. 라이오넬이 그녀를 엎드리게 한 다음 사랑스럽게 한두 대 두드려 주려고 했을 때 가볍게 찰싹 때리는 것은 갑자기 힘차게 내려치는 것으로 변했고, 또 다시 있는 힘껏 후려갈기는 것으로 변했다. '겨우 참았지.' 라이오넬이 속삭였다. 그리고 그러는 내내 그의 귓가에서—그리고 어째서인지 그의 가슴에서도—징징거리는 소리가 들렸었다. '돈 내고 하려고 들면 그런 일이 생기는 거야. 웃긴 생각이 드는 거지. 주인과 노예관계 같은 거. 여자는 그러려고 데리고 온 애완동물 같은 거지……. 가끔은 나 자신도 무섭다니까.' 그래서 라이오넬은 마리화나를 계속 피웠다(아까 피운 두 대보다 더 맛있는 것 같았다). 그는 마지막 남은 2.5센티미터를 깊숙이 들이마셨다……. 탁탁 소리를 내는 싹, 지글지글 타는 종이……. 그런 다음 최대한 오래 참았다가 코로 내뿜었다. 이제 라이오넬은 가게 안으로 돌아가서 성채처럼 견고한 진홍색 갑각류와 맞섰다.

* * *

타원형 접시에 담긴 바닷가재가 라이오넬의 앞에 놓였다. 그리고 꼬챙이 두 개(하나는 끝이 구부러져 있었다)와 호두까기 같은 것이 있었다. 라이오넬은 코러스 걸의 하반신을 철로 바꾼 것처럼 기다란 장비를 집어 들었다……. 이 해산물은 정말 못생겼군. 쪼글쪼글 줄어든,

무서우면서도 우스운 얼굴. 그리고 괴물 같은 유압기처럼 생긴 앞다리. 저건 바닷가재의 손일까 아니면—아니면 집게발일까? 라이오넬은 탁자 위로 바짝 몸을 굽히고 도구를 이용해서 울퉁불퉁한 다리를 꽉 잡았다. 그런 다음 최대의 힘을 가하자—뜨거운 버터가 그의 눈에 정통으로 튀었다!

"엉!" 라이오넬이 이렇게 외치며 고개를 홱 젖혔다……. 하지만 라이오넬은 뺨을 닦으면서, 음, 미소를 지어야 했다. 그는 미소를 지어야 했다. 라이오넬은 스톨워트에서 같은 감방을 썼던 피트 뉴를 떠올렸다. 그 자식은 불가능해 보이는 사고가 전문인 것 같았다. 한번은 피트 뉴가 전자레인지에 달걀을 삶아 꺼낸 다음 냄새를 맡으려고 하는데—달걀이 그의 얼굴을 향해서 터졌다! 실명할 뻔했다고 한다! …… 그래서 라이오넬은 피트 뉴를 생각하며 실컷 웃었다. 아주 유쾌한 웃음이었다(TV를 보다가 다리가 부러지다니!). 그런 다음 라이오넬은 잔을 비우고 삶은 감자를 몇 개 씹어 먹은 다음 고개를 조금 돌려 다시 미소를 지었다.

"거품 나는 거 좀 더 가져와."

지금까지 라이오넬의 저녁식사는 약간 짓궂은 장난 같았다. 맥주잔, 길프, 뜨거운 버터. 뭐, 심각한 건 없었다. 사우스 센트럴에서는 항상 짓궂은 장난을 쳤다. 호텔 숙박객 중 반은 돈이 많지만 제 정신이 아닌 사람들이었다. 그들은 강력접착제와 비닐 랩으로 장난을 쳤다. 방귀 쿠션. 브라운소스와 머스터드 뿌리기. 화재경보기 울리기. 뭐랄까, 정말 홍청망청 놀았다. 일부러 멍청한 짓을 했다. 대부분이 돈은 많지만 제 정신이 아니었다. 가끔은 그들 스스로에게 짓궂은 장난을 치는 것 같았다…….

라이오넬은 은색 도구와 포크를 이용해서 식사를 다시 시작했다.

결정적인 순간은 10분 뒤, 라이오넬이 무기를 내려놓고 맨손으로 적과 맞설 때 찾아왔다.

* * *

"앙트레 때문에 고생을 하신 것 같아 죄송합니다, 선생님."

"…… 음, 알잖아요, 커스버트. 이길 때도 있고 질 때도 있는 거지."

"냅킨을 쓰세요, 선생님. 깨끗한 걸로요. 여기……. 정말 심해 보이는데요. 한두 바늘 꿰매야 할지도 모르겠습니다."

"여길 좀 봐!"

"아, 이런 세상에."

라이오넬이 이트륨 신용카드를 기계에 긁고 복잡한 PIN 확인과정을 거쳤다. 그런 다음 깜짝 놀랄 정도의 팁을 주면서 말했다.

"호텔에 가면 꿰매 줄 텐데 뭐."

"어디서 묵고 계신지 여쭤 봐도 될까요, 선생님?" 대답을 들은 마운트 씨가 휘둥그레진 눈으로 말했다. "음, 사우스 센트럴은 서비스가 아주 좋지요. 어쩌면, 어쩌면, 이것도 잘……." 마운트 씨가 돌풍 같은 고뇌에 굴복한 듯이 말했다. "이 **얼룩** 말입니다."

"응?"

"세상에. 제가 생각한 것보다 더 심해 보이는데요." 마운트 씨는 라이오넬이 순조롭게 나가리라는 사실을 알았기 때문에 더 이상 '선생님'이라고 부르지 않았다. 라이오넬이 혼자서 발작적으로 끝없이 웃고 또 웃을 때에는 그가 순조롭게 식당에서 나가는 것이 불가능해 보였다. 또 라이오넬과 주 요리의 싸움이 최고조에 이르렀을 때 — 그가 요란한 소리로 바닷가재를 뭉개면서 눈에 보이는 희미한 회색 김을 내뿜을 때 — 는 그것이 더욱 불가능해 보였다. "무슨 말을 하겠습니까? 운이 나쁜 거지요."

"그래, 힘내요, 커스버트. 불행한 선택이었지." 라이오넬은 아직도 숨을 헐떡거렸고, 눈에는 여전히 눈물이 고여 있었다. 하지만 그는 완벽히 통제하고 있었다. "다음에는 대구를 먹도록 하지."

"…… 음, 정말 감사합니다, 선생님."

라이오넬은 계단을 비틀비틀 내려가서 골목으로 나갔다. 타이는 반밖에 남지 않았고 재킷과 셔츠, 조끼에는 버터와 피가 다채롭게 묻어 있었다. 라이오넬은 무척 배가 고팠다.

"빙고가 좀 거칠었나 봐요, 라이오넬?" 《선》 기자가 말했다.

"거기 잠깐만 서 보세요, 라이오넬." 《모닝 라크》 기자가 카메라를 들면서 말했다. "우우, 이거 정말 귀한 장면인데요, 정말로요."

"나이 많은 여자 분들한테 보복이라도 당한 겁니까, 라이오넬?" 《데일리 텔레그래프》 기자가 말했다.

라이오넬이 오른쪽을 보았다. 골목 끝에 경찰관이 가만히 서서 라이오넬 쪽을 보고 있었다.

"경찰이 보고 있군. 그럼 됐어." 라이오넬 애즈보가 간단하게 말했다.

그가 왼쪽으로 움직였다.

"자 그럼 덤벼." 라이오넬이 지친 듯이 말했다. "크으, 제기랄, 해치우자고. 해봐 — 이제 그만 웃고. 그래, 그러지. 그럴 거야. 너희들 셋 끝장내고 5년 살 거야."

XII

2009년부터 2012년까지 별로 특이한 일은 없었다.

"10년형을 받고 5년 살 거래. 당연한 인과응보래."

"무슨 소리야, 던. 생각해 봐. 삼촌은 2014년까지 안 나올 거야!"

일요일이었다. 두 사람은 그들이 **침대에서의 아침식사**(싱글 침대였다)라고 부르는 것을 하면서 토요일자 《미러》(두 사람의 새로운 타블로이드였다)를 다시 읽고 있었다.

"삼촌은 감옥을 **좋아했어**." 데스가 멍하니 말했다. "진짜야. 삼촌은 감옥을 **좋아했다고**."

"중상해가 세 건이야. 거기다 경찰 폭행까지."

데스와 던의 무릎에는 (양면에 걸쳐서) 브롬프턴 로드 막다른 골목에서 찍은 〈사건 전〉과 〈사건 후〉의 상징적인 사진이 있었다. 사건 전 사진 속 식당 계단에서 포즈를 취한 라이오넬은 금방 불 붙는 친밀감으로 얼굴이 벌겋게 달아오른 것이 찰스 디킨스 소설의 주인공 픽윅이나 통속적인 코미디와 노래와 춤이 등장하는 보드빌 쇼를 연상시켰다. 사건 후 사진(기자들의 카메라가 전부 망가졌으므로 사건 직후의 사진은 아니었다)은 더 흥미로운 구도였다. 도시의 허수아비 같은 범인은 머리를 축 늘어뜨린 채 경찰 두 명의 어깨에 양팔을 올리고 있고 속(찢어지고 구겨진 양복, 화려한 흰색 셔츠)이 다 튀어나온 모습이었다. 그리고 오른쪽 바로 뒤에는 조명과 바퀴가 달린 응급 환자용 들것에 땅딸막한 사람이 누워 있었다(《데일리 텔레그래프》 기자였다).

"츳츳." 던이 소리를 냈다. "츳츳." 고양이를 부르는 중이었다. "이리 와, 골디. 이리 와, 우리 귀염둥이……. 식당 직원 말로는 아저씨가 바닷가재랑 죽을 듯이 싸웠대."

"음. 왕실 고문 변호사가 변론을 준비하고 있어. 바클리 경이래."

"이 뚱뚱한 사람이구나……. **한정책임능력**. 아, 그렇군. '**문제는 바닷가재에 있었습니다. 재판장님.**'"

"난 삼촌이 이해가 안 돼, 도니. 경찰이 보고 있는 앞에서 그랬다니!"

"음. 미친 사람도 그런 짓은 안 하는데 말이야. 이리 와, 골디. 이리 와 봐, 아가야."

2010년 초에 데스와 던은 싱글 침대를 다른 것으로 바꾸었는데, 더블 침대가 아니라(방 자체가 더블 침대만 했다) **가끔 손님이 찾아오는 독신자용 침대**라고 불리는, 싱글보다 크고 더블보다 작은 침대였다.

콜택시 몰기, 과속방지턱을 기어오르기, 터지지 않는 종기 같은 빨간불을 (그런 다음에는 누리끼리한 노란불을) 주야장천 바라보기. 디스턴의 자동차들은 크기에 따른 위계질서에 복종했다. 스마트는 미니를 두려워했고, 미니는 골프를 두려워했고, 골프는 지프를 두려워했고, 지프는……. 데스는 운전을 하면서 옆구리 안쪽에서 허둥거리는 연약한 자전거의 존재를 초조하게 의식하고 있었지만 흔들리는 거대한 버스에 복종했다.

"네가 예상치 못한 이야기가 있어." 2009년 8월, 스톨워트로 돌아온 첫날(재판을 기다리는 중이었다) 라이오넬이 말했다. "나 오늘 아침에 똥 쌌어. 데스, 가서 할머니 좀 만나 봐."

"그럴게요, 삼촌."

"그런 다음 나한테 보고해. 그리고, 오이. 내가 없는 동안 내 물건 근처에 얼씬도 하면 안 된다."

노스웨스트 고원까지 1등석 침대칸 왕복 기차요금은 자그마치 네 자리 수였다. 하지만 데스는 클라우드를 켜고 저렴한 침대 '사전 할인' 분할표[영국에서는 같은 여정이라도 출발지에서 목적지로 가는 표 한 장을 사는 대신 중간 지점을 넣어서 두 장으로 나눠 사면 가격이 훨씬 싸다—옮긴이]를 구했다. 그것도 겨우 18파운드에! …… 해가 뜨기 전에 출발해서(인버네스까지 간 다음 장거리 버스를 타고 레어그를 지나야 했다) 다음날 새벽 동이 트기 전에 돌아오는 여정이었다. 데스는 기독교인으로서의 의무를 다했고, 약 6주일마다 기독교인으로서 속죄도 했으며, 가끔은 던도 교회에 같이 갔다.

요양원은 5층짜리 타운하우스로 유난히 길었고 섬유판(과 판지)으로 된 내부 칸막이가 무척 많았다. 요양원의 분위기는 처음부터 데스를 소름끼치게 했고, 한 층 올라갈 때마다 눈에 띄게 더 느슨하고 초라하고 절망적이었다. 수니스(케이프 래스에서 동쪽으로 24킬로미터 떨어진 곳) 자체에는 저 멀리 절벽들 위로 더욱 아름다운 고립지대가 있었지만 그레이스가 살고 있는 항구 동네는 검은 부싯돌의 미로였고 축축한 안개의 암회색 정령들이 살고 있었다. 비가 안 올 때가 없었다. 머리를 곱슬곱슬하게 만드는 침을 튀기는 듯한 이슬비가 절대적인 기본이었다. 이 지역 사람들은 그것을 '스미르'라고 불렀다. 폭우와 폭우 사이를 지키는 것은 바로 이 스미르였다.

그레이스는 원뿔형 다락방에 있었다. 방에는 병원 침대와 의자가 놓여 있고 움푹 꺼진 개수대의 수도꼭지에는 두꺼운 고무 튜브가 달려 있었다. "데스, 아가." 그레이스가 또렷하게 말했다. 하지만 그 뒤로는 말이 안 되는 구절을 아무렇게나 말할 뿐이었다. 어떤 구절들은 잠시나마 데스의 마음에 남았기 때문에 그는 나중에라도 그 말이 기억날 것이라고 생각했지만 절대 기억나지 않았다. 그래서 데스는 적기 시작했다.

"높고 추운 곳에 올빼미 아홉 마리가 나와 있어." 이것도 그중 하나였다.

"수익의 일부에 대해서 내 몫을 주장해." 이건 또 다른 문장이었다.

"해서는 안 될 일이 죄 등등을 방해하고 있어." 이것 역시 또 다른 문장이었다.

조잡한 마멀레이드색 양복 차림의 수상쩍은 담당의사 아다흐 박사는 '퇴행성 두뇌 질병의 이른 발병'이라는 표현을 썼다. 그는 데스가 알아듣지 못하는 말을 중얼거렸다.

"뭐라고요? 한 몇 년 더 사실 수 있다고요?"

"어, 아닙니다. 한참 더 사실 수 있다고요. 전 그렇게 말했습니다."

데스는 원뿔형 다락방으로 돌아갔다.

"반항하지 않지만, 그렇다고 해도." 데스가 작별 인사로 입맞춤을 하자 할머니가 신음하며 말했다. "열다섯!"

데스는 이 말만큼은 기억했다. 2006년에 두 사람 사이에 있었던 일을 말하는 것이었을까? 그때 데스는 열다섯 살이었고, 반항하지 않았다. 로리 나이팅게일이 사라진 후 데스도 그레이스도 그 일은 입 밖에 내지 않았다.

중앙형사법원에서 열린 재판에서 라이오넬은 평생 처음으로 유죄를 인정했다.

한정책임능력은 바클리 경의 주제였다. 그는 배심원들에게 '법률을 집행하는 경찰관이 훤히 다 보고 있는 곳에서 범죄를 저지른다는 것이 얼마나 말이 안 되는지' 생각해 보라고 했다. '의학에서는 그것을 **급발증**이라고 부릅니다. 뇌의 발작이지요.'

라이오넬은 (멸종 위기에 처한 티베트 영양 치루의 털로 짠) 샤투슈 디너 재킷을 입고 재판에 출석하여 고풍스럽게도 겸허한 태도를 취했다. "저는 그 일로 발생한 모든 고통에 대해서 깊이 후회합니다." 라이오넬이 말했다. "전 깊은 구렁에서 빠져나온 디스턴 출신의 청년일 뿐입니다……. 아무 불평 없이 제 형기를 다할 것이며, 절대로 다시는, 어, 사회 같은 거에 위협이 되지 않겠다고 맹세합니다. 재판장님, 저는 힘들게 살았지만 제 방식이 뭐가 잘못되었는지 이제 깨달았습니다."

라이오넬의 평소 성격을 증언하는 증인 중 한 명은 균형에 어긋날 만큼 큰 영향력을 행사했다. 바로 사우스 센트럴 호텔의 공동 지배인 피오나 킹이었다. "애즈보 씨는 모범적인 고객입니다. 모든 고객분들이 애즈보 씨처럼만 행동하면 확실히 제 삶이 훨씬 더 편해질 거예요. 아무나 붙잡고 물어보세요. 라이오넬 애즈보 씨는 진정한 영국 신사답게 행동했습니다."

조지 핸즈 순경이 (깨진 이빨 사이로) 나이츠브리지 골목에서 라이오넬이 한 행동은 사실 더 약한 죄목인 체포 불응에 가깝다고 법정에서 증언한 것은 더욱 강력했다(라이오넬은 나중에 '그래, 그 사람이 바클리 경보다 더 중요했지'라고 인정했다).

라이오넬은 6년 형을 받았다. 많은 사람들이 가벼운 처벌이라고 느꼈(고 그렇게 썼)다. 라이오넬은 이미 5개월은 복역했으므로 바클리 경은 라이오넬의 모범적인 행동으로 형기를 경감받으면 2012년 봄이나 초여름에 자유의 몸이 될 것이라고 예측했다.

데스는 현대언어에서 사회학으로 전공을 바꾸어서 특히 범죄와 처벌 쪽을 공부했다. 라이오넬은 전공을 바꿨다는 이야기를 듣고 어깨를 으쓱하더니 고개를 돌릴 뿐이었다. 라이오넬은 평소처럼 핸드폰 스피커로 투자 팀과 전화 회의를 하고 있었다(그는 대차대조표에 드러나지 않는 무가치 자산을 축적하는 중이었다). 이곳은 엑서터 외곽의 사일런트 그린이라는 형무소였다.

"감옥에서는 크게 잘못될 일이 없지." 라이오넬이 통화를 끝내고 다음 통화를 시작하기 전에 말했다……. 데스는 직업적 범죄자는 감옥에 들어가는 것을 '정말로 신경 쓰지 않는다'는 잠정적인 결론을 내렸다. 그런 사람들은 감옥에 갇히는 것이 자신의 존엄성에 대한 견딜 수 없는 모욕이라고 결코 생각하지 않았다. 데스는 라이오넬에게 그 이유를 물어보기로 결심했지만, 오늘은 아니었다.

"감옥이란 말이야" 라이오넬이 말했다. "머릿속을 정리하기 좋은 곳이야. 감옥에 있을 때는 자기 위치를 알거든."

데스는 생각했다. '뭐 그렇죠, 감옥이 자기 위치죠.'

"그럼 가 봐라. 얼른 가." 라이오넬은 이렇게 말한 다음 몸을 숙이고 다시 통화를 했다.

데스는 역에서 치즈 롤을 먹은 다음 당일 왕복 할인표로 런던으로 돌아왔다.

데스가 다음 면회를 갔을 때 라이오넬은 숲 여섯 개분의 우루과이 목재를 사느라 바빴다.

그 다음으로 면회를 갔을 때 라이오넬은 엔화를 공격적으로 사들이느라 바빴다.

그러므로 라이오넬의 재정 상태에 대해서 한 마디.

감옥에 갇히기 전 3주일의 자유시간 동안 라이오넬 애즈보는 9백만 파운드를 썼는데, 사용처는 대부분 주사위놀이, 블랙잭, 룰렛이었다(한 번도 안 탄 벤틀리 '오로라'와 일곱 자리에 달하는 의복 대금도 있었다). 하지만 라이오넬의 투자는 처음부터 감당할 수 없을 만큼 번성했다. 그는 자유시장이 가장 이상적이라고 생각하는 청년들에게 가능한 한 공격적으로 투자하라고 지시했다. "5퍼센트 가지고 난리칠 거 없어." 라이오넬이 그들에게 말했다. "밀고 나가."

"맞아." 라이오넬이 운동장을 어슬렁거리며 말했다. "130에서

60 빼고 투자해."

"은행 주가가 하락한다고?" 라이오넬이 휴게실에서 TV를 보면서 말했다. "그래, 한방 먹어. 오십. 아니. 육십."

"팔아." 라이오넬이 자기 방에서 변기 물을 내리면서 말했다. "90을 받고 또 투자해. 난 기름이 좋거든. 원금에 대해서 8퍼센트 수익이 나야 돼."

"열심히 잘했어." 라이오넬이 식당에서 초콜릿(퀄리티 스트리트와 블랙 매직)을 먹으면서 말했다. "내가 얻는 수익이 너희들 보너스에 반영될 거야."

2011년 8월 2일, 데스와 던 모두 두 과목에서 일등급을 받을 것이라고 통보받았다!

"음, 그렇게 열심히 했으니까 삼등급을 받으면 진짜 바보처럼 보일 거야."

"그래, 아니면 데스먼드거나." 데스먼드가 말했다('데스먼드'란 데스먼드 투투 대주교의 이름을 따서 투 투, 즉 두 과목 이등급을 의미하는 말이었다). "완전 멍청이들이지."

"3년 하면 일등급 따는 거지, 뭐. 쉬워."

던은 펜튼빌의 세인트 스위딘스라는 커다란 여학교의 교사직을 맡았다.

데스는 자신이 쓴 기사를 동봉한 편지를 런던의 모든 신문사에 보냈다(동시에 일어났지만 서로 관련이 없는 두 사건—동네 테이크아웃 식당에서 일어난 치명적이지 않은 칼부림과 염산 공격으로 인한 실명—을 직접 목격, 설명한 기사였다). 데스는 두 군데에서 면접 기회를 얻었는데, 하나는

《디스턴 가제트》였다. 그리고 또 하나는《데일리 미러》였다!

그레이스 페퍼다인은 그해 본파이어 나이트에 가벼운 발작을 일으켰다. 축을 기준으로 입이 돌아간 것 같았지만 정신은 멀쩡했다. 즉, 그레이스는 머나먼 과거의 작은 에어포켓[배관 중에서 불필요한 공기가 모여 정체된 곳—옮긴이]들을 살펴볼 수 있었다. 자신의 어린 시절—실라와 존과 폴과 조지가 없던 시절을…….

"이대로 여기서 계속 지내실 순 없어, 데스." 던이 말했다(던이 여기 마지막으로 온 것은 1년도 더 전이었다). 두 사람은 바람을 쐬러 거리로 나온 참이었다. "저걸 봐. 냄새를 맡아 봐."

데스가 요양원을 보았다. 그것은 무너지고 있었다—마치 차와 다과를 실은 카트가 언덕 경사면을 덜컹덜컹 내려가는 것 같았다. 그리고 데스는 냄새를 맡았다. 2009년에는 악취제거제와 양배추 냄새가 났는데 2011년에는 오줌과 쥐 냄새가 났다.

해가 지기 시작하는 이른 오후에 그레이스가 데스의 손을 잡고 눈을 마주보면서 속삭였다. "냄새가 나……. 복잡한 범죄의 냄새가 나. 여섯, 여섯, 여섯."

라이오넬은 웜우드 스크럽스—런던 서부 해머스미스의 넓은 공유지(관목림과 성장을 멈춘 숲)가 내려다보이는 황폐하고 비에 젖은 요새—에서 마지막 남은 형기 몇 개월을 보내고 있었다. 웜우드 스크럽스는 라이오넬의 첫 번째 감옥이었고, 그가 가끔 말하듯 제일 좋아하는 감옥이었다.

데스가 다음번에 면회를 갔을 때(2012년 1월)는 식당이 아니라 라이오넬이 전용으로 쓰는 것이 분명한 행정사무실로 안내되었다(거기에는 미지근한 맥주, 축축한 샌드위치, 말없는 프레첼이 있었다). 창백한 신시아가 라이오넬 옆에 앉아 있었다. 평범한 남색 멜빵바지를 입은 라이오넬은 시골 땅들—각각 안내책자를 만들 가치가 있다고 여겨지는 땅들을 살펴보고 있었다.

"광활한 방목지라고?" 라이오넬이 말했다(**광활한** 대신 **강할한**이라고 말했다). "빌어먹을 방목지가 나한테 왜 필요하겠어?"

"…… 리 삼촌. 할머니 요양원 말이에요. 더 이상—"

"빌어먹을."

"전 삼촌 생각해서 이러는 거예요. 부분적으로는요. 만약에 혹시라도— "

"오이! 데스, 얼굴 좀 펴라, 응? 너 때문에 내가 다 우울해진다……. 자, 신스, 이걸 좀 봐. 여기 이 위쪽 말이야. 데스—은장[경관을 해치지 않도록 도랑을 파서 만든 울타리—옮긴이]이 뭐냐?"

1월에 던 셰링엄이 아기를 가졌다! …… '아기를 가졌다'라는 말은 얼마나 이상하면서도 아름다운지. 아름답지만 경외감이 가득하다. 하지만 이것은 무엇보다도 데스가 던에게 그레이스에 대해서 말해야 한다는 뜻이었다.

데스는 부엌에 던을 앉혀 놓고 이야기를 꺼냈다. 10분 뒤에 그는 이렇게 말하고 있었다.

"난 변명을 할 수 없어. 설명도 못하겠어." 데스가 킁킁거리며 뺨을 닦았다. "…… 그래도 날 받아 줄 거야, 도니?"

던은 눈이 서서히 가늘어지더니 입이 벌어졌고, 마침내 이렇게 말했다. "하지만 실제로 무슨 일이 있었던 건 아니잖아. 그래, 넌 할머니와의 포옹에 의존하게 됐겠지. 그럴 만해……. 하지만 정말로 무슨 일이 있었던 건 아니잖아."

데스는 의자 깊숙이 기대어 앉았다. 적어도 이 영역이 닫히고 이제 영원히 열리지 않으리라는 사실만큼은 즉시 분명해졌다. "바보같이 굴지 마." 데스가 말했다. "당연하지. 무슨 일이 있었던 건 아니야. 그냥 포옹에 의존하게 된 거지. 그것뿐이야." 침묵이, 데스만이 깨뜨릴 수 있는 침묵이 흘렀다. 그는 어느새 이렇게 말했다. "똑똑."

"누구세요?"

"꼬부랑 할머니요."

"꼬부랑 할머니 누구요?"

"요들송도 부를 줄 아는지는 몰랐는데."[영어로 "꼬부랑 할머니 누구요?"(Little old lady who?)의 발음이 요들송 발음과 비슷하다고 해서 만들어진 농담—옮긴이]

어쨌든 이렇게 해서 그 이야기는 대충 넘어갔다.

나중에 데스는 밖으로 나가서 운하까지 걸었다……. 소위 말하는 '인지 부조화'였을까? 던은 그레이스를 자그마한 할머니(스페인어에서는 경제적이게도 '비에히타'라는 한 단어로 표현했다)로만 알았으니까. 그리고 거의 6년이 지난 지금은 데스 역시 자신이 할머니의 눈에, 그 입술에 입을 맞췄다고 생각하기가 어려울 정도였다. 그 입, 장난감 부메랑을 넣어서 비튼 것처럼 돌아간 그 입……. 데스는 발걸음을 돌려 다시 걷기 시작했다. 상상해 보라! 데스는 던에게 로리 나이팅게일에 대해서도, 라이오넬이 로리에게 어떤 짓을 했는지도 말할 작정이었다. 아니야. 데스는 계속 걸으면서 고개를 저어 부인했다. 전부 악몽일 뿐이야. 데스는 그렇게 생각하며 버틸 수밖에 없었다.

데스와 던은 밸런타인데이에 카커 광장 등기소에서 결혼식을 올렸다. 빈센트 티그 선생님이 신랑들러리를 맡아 주었고 프루넬라 셰링엄이 자랑스럽게 참석했다. 그런 다음 존 삼촌, 조지 삼촌, 스튜어트 삼촌이 그들을 푸짐하고 맛있는 중국집에 데려갔다. 이 모임을 주최하고 돈을 낸 사람은 폴 삼촌이었다!

태아는 다 자랐을 때에 비하면 5분의 1 크기였다.

다음 날 아침에 데스가 말했다(그는 '독신자용 침대'에서 커다란 육아 책을 읽고 있었다). "이제 배반포가 나팔관에서 자궁으로 가는 여행을 마쳤어."

"그렇게 부르지 마! …… 난 임신했다는 느낌이 전혀 안 들어. 그리고 어쨌든. 누가 배반포 따위를 원하겠어?"

같은 날 데스는 《디스턴 가제트》의 수습기자로 고용되었다!

"차입을 줄이고 주식을 매각해." 라이오넬이 전화기에 대고 이렇게 말한 다음 탁 끊었다. "아니, 사람들한테 이렇게 말하지, 뭐." 그가 차갑게 말했다. "나랑 이름이 똑같은 리오넬 메시만큼 돈이 있다고. 유럽의 올해의 축구 선수 말이야. 그렇게 말해."

그들은 웜우드 스크럽스에 있는 라이오넬의 사무실에 앉아서 애즈보의 재산 규모에 대해서 세상 사람들에게 뭐라고 말해야 할까 생각하고 있었다. 라이오넬, 메건 존스, 그리고 세바스찬 드링커.

"그게 다 이자라고 말해. 원금에 붙은 이자라고. 리오넬 메시는 빌어먹을 축구장에서 뛰는 대가로 돈을 받잖아. 나는 가만히 앉아서 돈을 받는다고 하지, 뭐."

"사람들을 동요시키면 안 돼요, 라이오넬." 메건이 말했다. "다른 누구도 아닌 당신 문제예요." 그녀가 웃으면서 말을 이었다. "남자한테서 돈을 우려내려는 전국의 여자들이 전부 당신을 뒤쫓고 있다고요!"

"팬레터가 더 온다고? 그럼 다 갖다 버려." 라이오넬이 받는 팬레터는 젊은 여자들이 자기를 소개하며 사진을 동봉한 편지들이었다. "아니야, 팬레터는 — 됐어. 좋아. 이거 봐, 사창가나 마찬가지잖아. 나한테 선택할 권리가 있지. 그건, 어, 특혜야. 있잖아. 사창가랑 마찬가지지." 라이오넬이 손가락을 하나 들었다. "내가 돈을 안 낸다는 것만 빼고. 그런 거에 돈을 내면 안 돼, 메건. 첫 발을 잘못 디디는 거야."

라이오넬은 처음에는 사창가를 **사짱가**라고 발음했고 두 번째는 **사짱카**라고 발음했다. 하지만 메건 존스와 세바스찬 드링커가 흘깃거리며 눈빛을 주고받은 이유는 발음 때문이 아니었다.

"내가 맘에 들 것 같은 여자들을 골라 볼게. 그 여자들한테 메모를 보내, 메건. 내가 만나고 싶어 한다고 해." 라이오넬이 정확하게 덧붙였다. "감옥에서 나가면 말이야."

따뜻한 5월의 어느 토요일에 (최근 몇 주 동안 아기는 올리브 크기에서 호두 크기로, 또 서양자두 크기로 자랐다) 데스와 던은 하이드파크 서펜타인 호수에 배를 타러 갔다. 그때 누구를 우연히 만났을까? 바로 존과 조엘이었다!

벌써 3년이 지났지만 개들은 난리법석을 떨었다. 데스와 던은 잔디밭에서 개들과 멋진 30분을 보냈다. 새 주인(아버지와 딸)이 개들을 다시 데려갈 때 존과 조엘이 귀를 축 늘어뜨리고 계속 돌아보며 멀어지는 모습을 보는 것은 너무나도 괴로웠다…….

개들이 더 이상 보이지 않자 데스는 털썩 무릎을 꿇고 몸을 굴렸다. 사실은 개 때문이 아니었다. 바람이 너무나 빠르고 자유로웠고, 데스는 저 안에서 자기 심장이, 자신의 피가 자기 몸을 간질이는 것 같았다……. 그날 오후 호수에 바람이 약간 일어서 수면에 코듀로이 같은 주름이 잡혔다. 던이 쭈그리고 앉아서 데스를 위로했고, 두 사람은 골이 패인 물을 바라보았다.

같은 주에 데스는 캐너리 워프로 불려갔다. 《데일리 미러》의 2차 면접이었다!

더드 할아버지가 죽었다. 브라이언 '사기꾼' 피츠윌리엄이 죽었다. 윰 웰크웨이는 호브고블린 뒤에서 싸움질을 하다가 왼쪽 반신이 마비되었다. 그레이스 페퍼다인은 다시 경미한 발작을 일으켰다. 링고 삼촌(왼손잡이)은 견습 택시 운전사(길을 익히는 중이었다)가 타고 가던 모터 자전거에 치어서 왼팔을 못 쓰게 됐다. 피트 뉴는 개가 뚱뚱하다는 이유로 다시 감옥에 갇혔다. 스튜어트 삼촌은 스트레스로 인한 신경쇠약에 걸렸다. 트로이 웰크웨이는 직장에서 산소아세틸린 버너 사고가 나는 바람에 시력을 잃었다. 존 삼촌의 아내가 다섯 아이들 중 네 명을 데리고 떠났다. 호레이스 셰링엄은 심한 복통으로 병원에 입원했다(호레이스가 몰래 술을 마신다는 사실이 이제는 꽤 널리 알려져 있었다). 제이든 드래고가 죽었다. 어니스트 나이팅게일이 죽었다.

이것이 바로 어디에도 매이지 않고 둥둥 떠다니는 세상, 디스턴 타운이었다.

겨울들은 중세처럼 추웠다.

3부 2012년 품속의 아기, 실라 딘 페퍼다인

누가 개를 들여놨지? 아, 누가 개를 들여놨지?

누가 개를 들여놨지? 누가, 누가?

1

"'엘리자베스 셰링엄-페퍼다인.' 어때? …… 데스, 때 되면 전화 올 거야. 상처받지 마. 여자들 만나느라 바쁘시겠지."

"응. 웃기지. 전에는 그렇게 관심이 없더니. 요즘은 밤마다 여자가 바뀌잖아."

"로또 난봉꾼. 로또 호색가."

"로또 건달.《데일리 미러》에서 그렇게 불렀어. 심지어는 로또 랜슬럿이라고까지 했다니까!"

"로또 레이디킬러. 아, 하지만 이제 변하셨잖아. **진정한 사랑**을 찾았잖아……."

"내가 페미니스트인 거 알지, 던." 데스가 다시 말을 시작했다. "대충은 말이야. 하지만 그건 이상해. '엘리자베스 셰링엄-페퍼다인'? 그건—12글자나 되잖아. 안 돼."

"음. 우린 문제를 계속 미루고만 있어. 얘가 자라서 부모님이 우리랑 똑같은 사람이랑 결혼하면 어떻게 되지?"

“그럼 우리 딸은 어, ‘엘리자베스 셰링엄-페퍼다인-아발론-피츠윌리엄’이 되겠지. 한 페이지 넘어가겠다!”

“좋아. ‘엘리자베스 던 페퍼다인.’ 하이픈 없이. 그냥 중간 이름으로 하자.”

“오오, 맘에 든다. 잠깐. 만약에……. 기다려 봐. ‘데스먼드 던 페퍼다인.’ 괜찮은데. 나라면 그 이름이 자랑스러울 것 같아. 응. 좋아, 도니.”

“‘로버트 던 페퍼다인.’ 아무 문제없네.”

“‘조지아 던 페퍼다인.’ ‘시빌.’ ‘마리아.’ ‘시아.’ 난 ‘시아’가 좋아. 하지만 리 삼촌은 ‘피아’라고 부르겠지.”

“그 정도는 참을 수 있을 거야, 분명……. 데스, 가서 소식을 알려 드려. 그리고 아기가 태어날 거니까 공간이 좀 필요하다고 말해 봐.”

데스가 한숨을 쉬었다. 아발론 타워 꼭대기에 자리 잡은 그의 아파트는 태연한 척하려고 무척 애를 썼다. 베란다 달린 깔끔한 부엌, 창문 없는 욕실, 작은 침실. 라이오넬의 널찍한 침실에는 아직도 밀매품들이 들어차 있었다(하지만 이미 한참 전에 새로운 합판 문을 달아서 봉했다).

“인정해.” 던이 말했다. “너 화났잖아. 애타잖아. 출소한 지 한 달은 됐는데 연락이 전혀 없어서 말이야.”

“아니, 연락 왔었어. 주소 바뀌었다는 카드 받았잖아.”

“그래. 주소 변경. 웜우드 스크럽스에서 ‘웜우드 스크럽스’로 말이지.”

“있지, 가 봐야겠다. 우리 소식 알려 드리러. 가야 돼. 이젠 너 제법 티도 나잖아.”

“아니야! 왜 그럴까, 데스? 난 아직도 아이를 낳을 거라는 느낌이 안 들어. 우리 아들이 발로 찰 때도 말이야.”

“딸이야. 아버지는 어떠셔?”

정말이었다. 던의 임신은 지금까지 아무 증상이 없었다. 피부가 건조해지고 편두통이 생긴 사람은 데스였고, 심장이 아프고 기분이 오락가락하는 사람도 데스였고, 동전 한 주머니를 빨고 있는 것처럼 침을 줄줄 흘리는 사람도 데스였다.

"…… 가서 만나 봐. 가, 데스. 그레이스 할머니 문제도 있잖아. 그건 급하다고."

"할머니 문제가 있었지. 그래, 가 볼게."

골디가 테이블 위에 앉아서 입맞춤이라도 받으려는 듯이 앞발을 하나 들었다. 그러더니 자기가 알아서 입맞춤을 하고 혀로 핥고 《데일리 미러》 위로 뒹굴었다.

"웃기지, 도니. 이제 신문사들은 다시 삼촌이 멍청하다는 기사를 다시 내고 쓰고 있어. 그냥 사악한 사람이라더니 3년 지나니까 다시 멍청한 사람이 됐네. 왜 그런 거지?"

"새 여자친구가 아저씨가 똑똑하다고 주장하니까."

"그래?"

"시도 때도 없이. 감옥에 있는 동안 정리를 끝냈다나. 사전을 한 권 통째로 읽었대."

"어느 사전?"

"포켓 캐슬이지만 말이야. 남들은 모르지만 아저씨가 정말 똑똑하대. 하지만 신문은 그 말을 안 믿어. 절대 안 믿지."

"…… 전화 한번 해야겠다. 토요일 몇 시에 만날 수 있나 물어봐야지. 궁금하네. 어떻게 지내시나 보고 싶다."

라이오넬 애즈보는 기둥 네 개 달린 4톤짜리 거대한 침대 위에서 실크 베개에 기대어 앉아 있었고 통통한 허벅지에는 아침식사가 담긴 금박 쟁반이 놓여 있었다.

"촬영 행사." 라이오넬이 이렇게 말한 다음 전화기를 옆으로 던졌다. "오이! '스레너디'!"

"뭐!"

"촬영 행사래!"

"언제? 무슨 일로?" 알몸에 검정색 하이힐만 신은 '스레너디'가 또각또각 소리를 내며 자기 욕실(두 사람은 욕실을 따로 썼다)에서 나와서 소리를 흡수하는 깔개 위로 걸어갔다.

"그게, 어, 심층 인물 기사 때문에." 라이오넬이 정수리의 흉터 중 하나를 긁으며 말했다. "여덟 페이지짜리 책 속 부록이야. 촬영 행사는 토요일이고."

"그건 촬영 행사가 아니잖아. 그냥 사진 촬영이지. 당신 사촌이 토요일에 오는 거 아니야?"

"사촌 아니야." 라이오넬이 침대 옆 탁자에 놓인 땅딸막한 담배 라이터로 손을 뻗었다. "조카야……. 걔가 도대체 뭘 원하는 걸까?"

"내가 세 가지 추측을 말해 줄게. 주세요, 주세요, 주세요지 뭐." '스레너디'가 요란스럽게 머리를 빗었다. "첫 번째 교훈. 라이오넬, 언론을 상대할 때는 조종술을 써야 돼. 당신 마음대로 하는 거야. 그 사람들 마음대로가 아니라. 당신 마음대로. 한 발 앞서 가는 거지. 다뉴브처럼. 있지, 다뉴브가 말이야—"

"다뉴브 얘기 좀 그만해! 항상 다뉴브 얘기를 꺼내더라!"

"그래, 그래, 그래."

"그래, 그래, 그래, 그래."

"그래, 그래, 그래, 그래, 그래. 뭐 때문에 누가 촬영하는 거야? 어느 신문?"

라이오넬이 '스레너디'에게 말했다. "여덟 쪽짜리 책 속 부록이야. 새로운 접근법이지. 메건 말로는 이번 취재가 내 이미지에 놀라운 영향을 줄 거라는데."

'스레너디'가 옷을 입기 시작했다……. 출창(出窓)이 달린 널찍한 침실은 새로운 주인들을 좋게 생각하려고 최선을 다하고 있었다. 침실은 예의바른 미소를 지으면서 '스레너디'의 새틴 끈 팬티와 스팽글이 달린 가터벨트를, 그리고 건드리지도 않은 뮤즐리와 라이오넬이 시가 재를 떤 요거트 그릇을 바라보았다…….

"'스레너디', 신문이 라이오넬 애즈보에 대해서 자기들 멋대로 써도 상관없어. 난 전혀 신경 안 써."

"말은 그렇지, 라이오넬, 하지만 신경 쓰일걸. 계속 해봐, 신경 쓰일 거야."

"문제는 사람들이…… 사람들이 어, 내 정신이 똑바르지 않다고 말하는 거야. 내 여기가 온전치 못하다고 말이야." 라이오넬이 두개골의 쑥 들어간 부분을 톡톡 두드리며 말했다. "내가 둔하다고 말이야. 좋아, 내가 말을 잘 못하는 건 사실이야, 그렇다고 해서 그게—"

"달라질 거야, 라이오넬. 인정받을 거야. 내가 보장해."

"사람들이 내 지능을 의심할 때 말이야. 그러면 난 진짜 울화통이 터진다고. 알잖아. 내가 멍청한 놈이라는 듯이 말할 때 말이야."

"사람들이 당신을 존경하게 만들어 줄게, 라이오넬. 날 믿어. 사랑받게 해줄게."

2

로또 멍청이, 복권 밥통, 번호 빙충이, 숫자 뽑기 새대가리, 내기 뜨내기, 빙고 뱅충이, 톰볼라[주로 축제 등에서 하는 뽑기 복권—옮긴이] 톰 오베들럼[미치광이 시늉을 하는 거지를 가리키는 말—옮긴이]—로또 촌놈은 지금까지 이렇게 불려 왔다. 하지만 이 디스턴의 둔자에게 숨겨진 깊이가 있을까? 그의 새로운 애인이며 자기주장이 강한 '스레너디'(본명: 수 라이언, 29세)는 라이오넬 애즈보가 아인슈타인 같은 천재라고 주장한다. 우리가 어떻게 '스레너디'를 의심할 수 있겠는가? 그녀는 '여류시인'이 아닌가. 게다가 O레벨 시험[과거 잉글랜드와 웨일스에서 보통 16세 된 학생들이 치던 과목별 평가시험. 1988년에 GCSE로 대체됨—옮긴이]도 봤는데!

전국적으로 유명한 우리의 고민상담 칼럼니스트 대프니가 한때는 조용했던 에식스 쇼트 크레던의 애송이 애즈보의 시골집을 찾아가서 차브[버릇없고 무례한 하류층 젊은이를 경멸하며 이르는 말—옮긴이] 바보에게 조언을 해 주었다.

* * *

라이오넬 애즈보 소유의 방 30개짜리 고딕 양식 저택 '웜우드 스크럽스'에서 가장 먼저 눈에 띄는 것은 연철로 된 정문에 줄을 서서 지키고 있는 마을 사람들이다. 가게주인, 가정주부, 성직자 등 평범한 주민들이 몇 명 서 있다.

낮에 인터뷰를 하기로 했는데 조금 일찍 도착했기 때문에 나는 기다리면서 주민들에게 뭐가 불만이냐고 물어보았다. 로또 촌놈이 왔으니 불만거리가 생길 것은 당연히 예상했을 것 아닌가! 문제는 시끄러운 파티도 아니고, 철거 폐기물도, 개조한 사륜 오토바이로 조용한 시골길을 내달리는 것도 아니었다. 그것보다 약간 더 미묘한 문제였다.

그렇다, 애즈보를 지역사회의 중심인물이라고 할 수는 없다. 이 작은 마을에서 제일 오래된 저택은 원래 크레던 코트(헨리 8세가 하룻밤 묵은 적이 있다)라고 불렸지만 이제 형편없는 액튼 감옥에서 따온 이름이 붙었다. 이것이 사람들을 괴롭혔다.

10에이커의 정원을 가로막는 약 9미터 높이의 철벽도 마찬가지이다. 또한 동네 아이들은 젝과 잭이라는 맹렬한 핏불 두 마리 때문에 겁에 질려 있다고 하는데, 이 개들은 매일 동네를 산책한다, 아니 공격적인 검문을 한다.

어쨌거나 명성과 돈이라는 후류를 쫓는 오합지졸이 마을에 들어오는 것을 반길 사람이 어디 있을까? 기생충과 약탈자들, '스레너디' 스토커와 닮은꼴들을 말이다.

한편, 마을에 도는 소문에 따르면 '젝'은 '지킬과 하이드'(Jekyll and Hyde)

를, '잭'은 연쇄 살인범 '잭 더 리퍼'(Jack the Reaper)를 가리킨다고 한다. 하지만 이스트엔드의 '얼간이'에게는 너무 '유식'한 해석이 아닐까. 오히려 '젝'과 '잭'은 '주크'와 '자이크'—애즈보의 애인 '스레너디'가 이미 오래전에 후원을 끊은 소말리아의 쌍둥이 고아에게 대충 붙여 줬던 이름—를 비튼 이름 같다.

결국 이곳에서는 전반적으로 상처받고 불안한 분위기가 느껴진다. 잭팟을 터뜨린 전과자 라이오넬 애즈보의 침입으로 인해서 질서정연한 시골 생활이 우스꽝스러워졌다는 느낌이다.

나와 동행한 《선》의 사진기자 크리스 라지(2009년 8월에 애즈보에게 공격받은 세 기자 중 한 명)는 시위하는 주민들에게 그만 가 달라고 요청한 다음 초인종을 누르고 우리의 도착을 알렸다.

파란색 실크 실내복에 종아리 중간까지 오는 뱀가죽 부츠를 신은 애즈보가 잰 걸음으로 진입로에 등장한다. 애즈보는 크리스와 나를 무척 우호적으로 환영하더니 정문에 늘어선 항의자들의 야유를 잠시 참는다.

"나한테 뭐가 있는지 아세요, 대프?" 애즈보가 말한다. "최악의 이웃이죠."

이 말이 나의 흥미를 자극했다. 나는 '열린' 마음으로 이곳에 왔다. 자고로 신문에 나온 이야기를 다 믿을 수는 없는 법이니 말이다! 나는 애즈보와 함께 진입로를 걸어가면서, 유명한 벤틀리 '오로라' 옆을 지나가면서 그에게 묻는다. "최악의 이웃은 당신 아니었나요, 라이오넬? 디스턴에 살 때 말이에요."

"제가요? 절대 아니죠. 어렸을 땐 빼고요. 최악의 이웃이 되고 싶은 사람은 없어요, 대프." 애즈보가 털어놓는다. "하층민들이나 그러는 거죠."

1350년에 건축되어 1800년에 재건되었으며 1999년에 완전히 새로 꾸민이 저택이 웅장하다는 것은 인정해야겠다. 애즈보는 간단하게 집을 안내해 주었다. 출창이 아홉 개 달린 반원형 거실, 당구대와 매립형 책장이 갖춰진 서재, 그리고 당당한 식당. 물론 세련된 가구와 설비는 전 주인이자 지금은 모나코에서 거주하고 있는 골동품 거물 본 애쉴리(73세)가 설치했다.

"전부 다 뜯어낼 생각입니다." 애즈보가 이렇게 말하면서 그가 계획 중인 미심쩍은 리노베이션에 대해서 설명한다. "새걸로 다 바꿔야죠. 난 디스턴에서 자랄 때 골동품은 빌*** 만큼 겪었습니다."

그런 다음 애즈보가 생각에 잠겨 고개를 돌린다. "혹시, 저랑 어울리는 거 같아요, 대프? 이 낡아 빠진 것들이? 문제는, 이것 때문에 저의 계급 증오가 악화된다는 거죠." 애즈보가 흉내 내기도 힘든 디스턴 사투리로 말한다. 그가 잠깐 크리스를 향해 고개를 돌리고 말한다. "턱뼈는 좀 어때요?" 애즈보가 시선을 피한 채 묻는다. "제가 보낸 수표는 받으셨죠?"

카모디 집사가 수영장으로 마실 것을 가져다준다. 나는 오렌지주스, 애즈보는 시그니처 돔 페리뇽이다. 하지만 먼저 사진부터! 라이오넬이 '스레너디'를 소리쳐 부른다(그녀가 자기 이름에 인용부호를 붙여야 한다고 얼마나 강력하게 고집하는지 우리 모두 잘 알고 있다. 그리고 '스레너디' 앞에서는 무슨 일이 있어도 다뉴브 이야기를 꺼내면 안 된다!).

'스레너디'가 송가와 비가를 마지못해 내려놓고 분홍색 사롱에 뾰족하고 높은 구두를 신고 분주하게 등장한다. 짙은 빨간색 머리는 뒤로 단단히 당겨서 묶었다. '임대주택 주름제거술'이라고 알려진 머리모양이다. 하지만 '스레너디'의 경우에 의사들은 물론 다른 문제로 바빴을 것이다.

계절과 어울리지 않을 만큼 뜨거운 정오였기 때문에 사롱이 곧 사라지고 '눈물방울' 비키니가 드러난다. 타고난 구릿빛 몸을 가리고 있는 것은 노란 점 세 개밖에 없다. 젊은 커플이 사랑스러운 포즈를 취한다. 파란색 수영복에 지퍼를 내린 뱀가죽 부츠를 신고 '스레너디' 옆에 앉은 애즈보(근육질은 아니지만 무척 건장하다)는 외설스러운 만화에 나오는 슈퍼 히어로를, 혹은 슈퍼 악당을 닮았다.

"가슴을 드러내 봐요." 크리스가 중얼거리자 '스레너디'가 기꺼이 그 말을 따른다. 그러자 유명한 가슴이 드러난다(작년에 처음 공개되었다). 살이라기보다는 도자기에 가까운, 위를 향해 솟은 가슴이다.

"싸진 않았죠." 애즈보가 말한다. "'스레너디'가 얼만지 말해 줬거든요. 뭐 어떻습니까." 그가 덧붙인다. "궁**에 넣은 거에 비하면 뭐."

'스레너디'가 한 잔인지 세 잔인지를 마시면서 잠시 쉬더니 새로 시작하고 싶은 향수 라인에 대해서 이야기한다. 또한 '스레너디'가 '은밀한 의류'라고 부르는 제품도 새 라인이 나온다. 물론 '얇은' 시집도 있다!

'스레너디'가 자리에서 일어나서 돌아다니자 크리스가 셔터를 계속 누른다. 그녀의 가슴과 (애즈보가 호기롭게 부르는 대로라면) "궁**"는 미용의학 기술이 얼마나 뛰어난지 생생하게 증언한다. 하지만 18인치 허리는 '스레너디' 자신의 것이다(저토록 아름다운 곡선을 이루는 윗배가 들어갈 공간이 어디 있을까?). 저 얼굴, 기이하게도 고귀한 골격과 호기심을 자아내는 얇은 입술과 커다란 입을 보면 애즈보가 왜 그녀의 마법에 걸렸는지 이해하기 어렵지 않다.

크리스와 '스레너디'는 단둘이서 '작업'을 하기 위해 빠져나간다(3쪽에서 6쪽 참조). 라이오넬이 카모디를 불러서 샴페인을 더 가져오라고 한다. 나는 순간적으로 마음이 약해져서 벅스 피즈를 조금 마시기로 한다. 나는 메모를 살펴보고 테이프 레코더를 다시 준비한 다음 인터뷰를 계속한다.

"여자들에 대해서 얘기해 보죠, 라이오넬."

3

"네? 여자라니요?" 애즈보가 지친 표정으로 묻는다.

"글쎄요. 출소한 다음에 좀 놀았잖아요. 그런 다음 새로운 파트너와 여기에 정착했고요. 하지만 예전에는 여자들한테 인기가 많지 않았다는 게 사실 아닌가요?"

"그래요, 대프. 맞아요. 신시아가 있었죠. 뭐랄까, 어린 시절에 사귄 여자친구죠. 그리고 지나도 있었고."

말론 웰크웨이 부인(구성 드래고)을 가리키는 것이다. 2009년 봄, 하객 90명을 철창 뒤에 가둔 거대한 '결혼식 소동'의 원인이었던 여자.

"그래요, 지나. 지금은 행복한 결혼생활을 하고 있어요. 전 두 사람의 축복을 빕니다." 애즈보가 약간 쉰 목소리로 말한다. "있잖아요, 말론은 제 사촌입니다. 그러니까 지나도 사촌인 셈이죠. 난 두 사람이 이 세상에 존재하는 행운을 전부 누리길 바라고 있어요. 두 사람의 인연을 존중하죠. 진정한 사랑이에요. 참 아름다워요."

나는 이야기가 '스레너디'에 대한 감정으로 넘어갈 것이라고 짐작했다.

하지만 내가 약간 앞섰던 모양이다.

"당신 말은 틀리지 않습니다, 대프. 난 상대방에게 시간을 많이 내주지 못했지요. 예전에는 말입니다. 신경을 안 썼죠. 포르노만 있으면 완벽하게 행복했으니까."

자연스럽게 나온 말이다. 원래 비디오 속 세상이 성인 사이 관계의 대안이었다는 듯이 말이다.

"포르노만 보면 크게 잘못될 일이 없거든요. 감옥도 마찬가지죠. 포르노를 볼 때는 자기 위치를 아니까요."

나는 정말 이상하다는 생각이 들기 시작해서 얼른 물었다. "어, '스레너디'는 어떻게 만났어요?"

"아, 맞아요, 대프, 제가 거기 들어가 있을 때 온갖 여자들이 편지를 보냈습니다. 그래서 밖으로 나온 다음에 여자들을 불렀지요. 한 번에 한 명씩, 런던에서 제가 지내던 곳으로요." (애즈보는 런던의 악명 높은 사우스 센트럴 호텔에 펜트하우스를 가지고 있다.) "그런데 전부 돈을 노리는 글래머들이더라고요!"

애즈보는 그것이 선정적이라고 생각하는 것 같다. 그렇다, 청빈 서약을 한 것으로 유명한 수줍은 여자 '스레너디'와는 얼마나 대조적인가! (아르헨티나 쇠고기 남작 페르난도를 기억하시는지? 볼리우드 백만장자 아즈와트를 기억하시는지?)

"남성용 잡지에 나오는 스타일이죠. 가슴이랑 이빨밖에 안 보이는. 기본적으로 탐욕스러운 창녀들이에요, 대프."

"그러면 '스레너디'는요?" 내가 웃음을 참으며 말했다.

"있잖아요, 내가 나이트클럽에 갔었는데 '스레너디'의 경호원이 화장실에서 나한테 번호를 슬쩍 주는 겁니다. 그래서 같이 몇 잔 마셨죠. 그때 난 알았습니다. 알았지요. '스레너디'요? 그 여자는 여기가 꽉 차 있었어요." 애즈보가 가슴이 아니라 그 불쌍한 머리통을 톡톡 두드리며 말한다. "커리어에 대해서는 아주 뛰어나지요."

커리어라고? 라이오넬 애즈보의 커리어? 무슨 일을 한다는 걸까? 로또 번호 찍는 법에 대해서 가르치나? 아니면 혹시 새로운 빙고 셔츠 '라인'이라도 출시하려는 걸까?

"있잖아요, 대프." 애즈보가 말을 잇는다. "그 여자는 유명인으로 자리를 잡았어요. 자기 힘으로 말입니다. '스레너디'는 자신을 다룰 줄 알아요. 어, 진정한 세련미를 가진 여자죠."

이때 '스레너디'가 청록색 고무 캣슈트를 입고 선글라스를 벗으면서 나왔다가 다시 들어갔다.

침묵이 흐른다.

"다른 여자들은 말입니다." 애즈보가 말한다. "다른 여자들은 전부 처음 만난 날부터 쿡쿡 찌르더라고요! '스레너디'는 안 그랬죠. 그런 여자가 아니에요. '스레너디'가 말했어요. '라이오넬, 당신은 길 잃은 어린 소년 같아요. 날 믿어요. 내가 당신의…… 양치기 소녀가 되어 줄게요. 당신을 어, 유명인의 길로 안내할게요. 나한테 맡겨요.' 그래서 우린 그러기로 했습니다. 그리고 '스레너디'가 내 눈을 보고 속삭였죠. '우리 기다란 차에서 얼른 한 번 하는 걸로 맹세를 봉인해요.' 그렇게 말했습니다. 기다란 차 아시죠, 리무진 말이에요. 보세요. 정말 신중하잖아요."

또 다시 침묵(내가 침 삼키는 소리를 애즈보가 못 들었기 바랄 뿐이다). "'스레너디'는 그, 언론의 관심을 어떻게 다뤄야 하는지 알아요. 난 새로운 생활 방식이 주는 압박감에 대처하는 방법을 '스레너디'한테서 배울 겁니다."

나는 최대한 참으려고 애썼다. "악명 높은 당신 성질은 어떻게 하고요,

라이오넬? 분노 제어 치료를 받으셨지요?"

"토미 트럼." 애즈보가 흡족하게 말했다. (톰 트럼블, 1971년부터 73년까지 영국 라이트 헤비급 챔피언) "근처에 사는 토미가 일주일에 두 번씩 옵니다. 복싱을 가르쳐 주죠." 애즈보는 머리를 이쪽저쪽으로 재빨리 피한다. "공격성을 다른 곳으로 돌리는 거죠."

"하지만 문제가 심각한 건 확실하잖아요, 라이오넬. 정신과 의사의 도움이 필요한 것이 사실 아닌가요?"

"뭐요, 빌*** 소파에 누워서 하루 종일 어린시절에 대해서 징징대는 거 말입니까?" 애즈보가 잠시 말을 멈췄다. "잘 들어 봐요, 소위 말하는 전문가한테 이야기를 할 수도 있겠죠. 하지만 결국은 본인이 문제잖아요, 안 그래요, 대프? 자기 자신이 문제라고요. 있잖아요, 대프, 그 안에 들어가 있으면 생각할 시간이 아주 많아요. 머릿속으로 생각하고 또 생각하죠. 난 이제 정신을 차렸습니다."

음, 글쎄, 그것을 판단하는 사람은 우리가 아닐까!

애즈보가 양손을 깍지 껴서 뒷목에 얹은 다음 넓게 펼쳐진 잔디밭을 내다본다. 울퉁불퉁 감자 같은 얼굴이 쪼개지고 사이가 벌어진 이를 드러내고 미소를 지으면서 말한다. "있잖아요, 대프, 언젠가는 내가 살아온 이야기를 쓸 거예요."

이제는 정말로 살금살금 걸어 나가고 싶다는 충동을 느낀다. 하지만 나는 계속 귀를 기울이고 애즈보는 열심히 이야기를 한다.

"타이프 치는 거야 내가 안 하겠죠, 물론." 애즈보가 경멸하듯 말한다. "다들 그러듯이 구술을 해야죠. 디스턴 출신의 소년, 이런 일 저런 일을 하면서 힘들게 삶을 꾸리면서 꾸준히 노력을 하다가 순전한…… 출세를 했지요. 인생에서 뭔가를 성취한 겁니다. 잘 됐지요. 그래요. 성공했습니다."

하늘에 감사하게도 드디어 기분 좋은 방해를 받았을 때 — 라이오넬의 스물한 살짜리 조카가 온 것이다 — 나는 여전히 터져 나오려는 웃음을 참느라 애를 쓰고 있었다.

데스먼드 페퍼다인은 데스먼드 애즈보로 개명하지 않았다. 데스먼드는 키가 크고 호리호리하고 말투가 세련되고 유쾌할 정도의 자신감을 가진 런던 퀸 앤스 칼리지 졸업생으로, 현재 《디스턴 가제트》에서 수습기자로 일하고 있다.

데스는 열두 살 때 고아가 된 이후 라이오넬이 "아버지나 마찬가지"였다고 (법정에서) 한 번 이상 주장했다. 하지만 애즈보의 인사는 전혀 아버지답지 않았다.

"아, 저기 잘 안 씻는 놈이 오는군." 라이오넬이 말했다(데스는 혼혈이다).

"안녕하세요, 삼촌?" 데스가 하나도 당황한 기색 없이 대답했다.

나와 데스가 사교적인 잡담을 주고받는 동안 라이오넬은 부채질을 하면서 크게 하품을 한다. 데스는 감동적일 만큼 놀라면서, 심지어는 약간 당황하면서 이렇게 말한다. "설마 제가 아는 그 대프니 씨는 아니시죠? 아침마다 제일 먼저 대프니 칼럼을 읽곤 했는데!"

"가서 수영복 입어라." 라이오넬 삼촌이 이렇게 말하면서 탈의실로 가는 길을 간단하게 알려 준다. 그런 다음 날카로운 눈으로 손목시계를 본다. 내게 주어진 시간이 끝났다.

"만나서 정말 반가웠습니다." 데스가 이렇게 말하면서 우아하게 살짝 고개를 숙여 인사한다. 미소가 참 멋지고 적갈색 눈에는 진정한 지성이 비친다. 더듬거리는 한심한 삼촌과 얼마나 찬란한 대조를 이루는지!

내가 말한다. "정말 자랑스러우시겠어요."

"노코멘틉니다." 애즈보가 말한다.

"마지막으로 한 가지만 더 묻고 싶어요, 라이오넬." 내가 말한다. "'거기' 들어가 있는 동안 뭘 배웠죠?"

애즈보는 아주 오랫동안 생각하는 것 같았다. 그런 다음 얼굴을 심하게 찌푸리면서 띄엄띄엄 "설명"한다. 나는 나중에 이 부분을 들으면서 녹음기가 고장난 줄 알았지만, 그렇지 않았다. 다음은 애즈보가 한 말을 그대로 옮겨 적은 것이다.

"대프, 부자들의 세상은…… 무거워요. 모든 게 무겁죠. 왜냐면 오랫동안 여기 있었으니까. 여기에 있었으니까……. 그리고 내가 살던 예전 세상은, 그러니까 디스턴은, 거기는…… 거기는 가벼워요! 30그램을 넘는 게 하나도 없다니까요! 사람들은 죽죠! 그건, 어, 물건들은, 그냥 날아가 버려요!" 애즈보가 얼굴을 더욱더 찌푸리더니 이렇게 말한다. "그러니까 그게 나의 고난입니다. 둥둥 떠다니는 세계에서…… 무거운 세상으로 가는 거. 그게 내가 겪는 어려움이에요. 난 잘 해낼 수 있어요."

나는 미소를 짓는다. 글쎄, 솔직히 — 독자 여러분은 평생 이렇게 자기 중심적인 허튼 이야기를 들어 본 적이 있으신지? 라이오넬 애즈보는 이제 막대한 부자다(보충기사 참조). 그런데 어떻게 부자가 되었던가? 보상은 아주 막대했지만 그것을 얻기 위한 노력이나 재능은 거의 없었다. 그러므로 애즈보의 경우, 부(富)라는 장신구는 라이오넬 자신이 근본적으로 얼마나 무가치한 사람인지 끊임없이 상기시켜 줄 뿐이다. 애즈보의 자존심은 그의 아이큐보다 높지 않다(그의 아이큐는 두 자리 숫자도 안 되어 보인다). 이 사실 — 과 심각한 감정적 장애, 우려스러운 성적 불안정 — 은 폭력적인 불안과 텅 빈 자존심이라는 끔찍한 혼합물을 만들어 냈다.

"그러니까 그게 나의 고난입니다." 정말 그렇다……. 크리스와 나는 애즈보의 재산, 애즈보의 헛소리, 애즈보의 애첩을 그와 함께 남겨 놓고 빠져나온다. 그리고 내가 보기에 고난에 직면하여 극복한 사람은 당연히 젊은 데스 페퍼다인이다. 삶에서 무언가를 이룬 사람은 젊은 데스 페퍼다인이다. '잘 된' 사람은 데스 페퍼다인이다.
라이오넬 애즈보가 아니다.

* * *

아니, 그는 지복을 누리는 정신병자가 아니었다. 벼락부자가 된 별종도 아니었다. 숨겨진 깊이? 눈물이 다 나려 한다. 비석에는 이렇게 새기시길 바란다. 철자를 쓸 줄 안다면 말이다. **라이오넬 애즈보. 배부른 바보, 여기 잠들다.**
강간? 살인? 다음은 뭐지, 무뇌아 멍청이 씨? 압운 속어는 기억하시는지, 라이오넬 씨? 멍청이? 버클리 헌트에서 나온 압운 속어? 네 글자? 'c'로 시작하는?[못된 놈(cunt)을 가리킴. 가장 많이 쓰이는 압운 속어 중 하나로 cunt=Berkeley Hunt=Berkeley의 과정을 거쳐서 berk로 많이 사용—옮긴이]
독자 여러분은 걱정 마시기 바란다. 충분한 시간을 주면 애즈보도 답을 알아낼 것이다. 몇 년 안에는 말이다. 스크럽스에서는 벌써부터 애즈보가 쓸 변기를 준비하고 있다고 한다. 그가 지낼 감방에 패드도 새로 대고 말이다.
걱정 말고 천천히 맘 편히 지내길. 시간이라는 시간은 전부 갖게 될 테니…….

4

데스는 라이오넬의 유리 돔 스파에서 삼촌이 가져오라고 한 트렁크 수영복을 입으면서 주변을 둘러보았다. 냉탕, 좁고 긴 레이스용 수영장, 다양한 온도의 사우나들, 부글거리는 자쿠지, 화분과 번쩍이는 소나무들로 구성된 질서정연한 숲. 그런 다음 데스는 나가는 문을 착각하는 바람에 크고 호화로운 서재에 맨발로 들어갔다……. 제일 가까운 커피 테이블에는 (데스는 고통을 느끼며 보았다) 아무렇게나 펼쳐진 《모닝 라크》와 아무렇게나 펼쳐진 《디스턴 가제트》, 코브라 두 캔, 한쪽 뚜껑이 구겨진 말보로 헌드레즈가 옛 시절을 보여 주는 살아 있는 그림처럼 놓여 있었다…….

데스는 어깨에 흰 수건을 걸치고 데크 쪽으로 나갔다. 대프니는 가고 없었다(데스는 여러 해 전에 대프니가 편지를 읽는 모습을 얼굴을 붉히며 상상했다. "친애하는 대프니에게. 저는 나이 많은 여성과 관계를…… "). 수영장 옆에는 라이오넬이 누워서 시가를 씹고 있었고 카모디가 얼음 통을 채우고 있었다. 데스는 허리에 손을 올리고 거기 서 있었다……. 마을은 얕은 계곡에서 약간 솟은 땅에 자리를 잡고 있었고, 라이오넬의 드넓은 정원은 점차 낮아지는 세 단으로 구성되었고 제일 아래쪽은 작은 말 두 마리가 땅에 코를 박고 풀을 뜯는 연두색 목초지였다. 하늘을 채우는 삼나무 한 그루가 맨 위쪽 잔디밭을 지배하고 있었다. 삼나무는 가지치기를 하는 중으로, 나이 많고, 웅장하고, 초췌하고, 자기 나무로 만들어진 삼각대에 반쯤 기대고 있었다. 축 늘어진 가지들이 목발 같았다.

"몸이나 좀 적시지 그래." 라이오넬이 권했다.

데스가 수영장으로 뛰어들자 미지근한 물이 그를 감싸고 흐르면서 땀구멍을 막는 것 같았고 수학여행, 염소, 발을 담그는 길쭉한 통들, 여드름이 난 새하얀 가슴들의 기억으로 머릿속을 채웠다. 데스가 수면 위로 올라와서 말했다.

"좀 따뜻하네요?"

"그래. 나도 알아. 체온이랑 같지. '스레너디' 때문에. 고집을 부려서."

데스는 예의상 몇 바퀴 수영을 했다……. 이름을 제대로 발음하지도 못하는 여자친구를 사귄다는 것은 라이오넬답다(고 데스는 생각했다). **스레너디**는 한탄이나 비가를 뜻하는 거 아니었나?[스레너디(threnody)는 죽은 사람에 대한 애도의 노래라는 뜻—옮긴이] …… 데스는 땀을 잔뜩 뒤집어 쓴 기분으로 수영장에서 나왔다. 그는 수건을 집어 들고 라이오넬이 누워 있는 푹신푹신한 긴 의자 옆 흰색 고리버들 의자에 앉았다. 데스가 말했다.

"아, 좋네요."

"그래. 아주 상쾌하지. 방금 막 오줌을 눈 욕조처럼 말이다……. 너도 이거 한 모금 마시고 싶지. 그럼 마셔. 아니, 네 잔이나 채워. 난 대프랑 벌써 1.2리터 정도 마셨거든. 있잖아, '스레너디' 말이 맞았어. 아무것도 아니야."

"뭐가 아무것도 아니에요?"

"언론 앞에서 이미지를 만드는 거 말이야. 쉽네. 그냥 자기 성격을 드러내면 되는 거야. 그런 다음에는 내 마음대로 주무를 수 있지."

"건배, 삼촌."

"샴페인은 맥주 같지도 않아. 탄산수 같지. 그거에 더 가까워—맥켈란." 라이오넬이 묵직한 유리잔을 들어올렸다. "이건 나보다 나이가 많지. 그리고 저 빌어먹을 나무, 저기 저건 천 년 동안 저기 있었어. 천 년. 레바논에서 가져왔대. 십자군 전쟁 때."

두 사람은 저 멀리 정원을 보았다.

"…… 데스, 영국의 온갖 기둥서방이랑 가짜 거지들이 내 집 문을 두드려. 링고. 링고 형이 자꾸 와. 팔 때문에 일을 찾을 수가 없다나. 그래서 내가 말했지. '형은 불구가 되기 전에도 그 빌어먹을 놈의 일자리를 찾은 적 없잖아.' 네 삼촌 존도 만날 오고." 라이오넬은 애처롭게, 하지만 결국은 관대하게 고개를 저었다. "형들은 무슨 짓이든 하고 말걸! 아 그래. 또 누가 전화했는지 맞춰 봐라. 또 누가 스멀스멀 기어 나왔는지 맞춰 봐. 로스 놀스라니까!"

데스는 로스 놀스를 기억했다. 라이오넬이 말론과 지나 드래고가 사귄다는 소식을 듣고 호브고블린에서 두들겨 팼던 한심한 주정뱅이.

"그래, 세상에, 로스 놀스라니까. 로스 놀스가 절룩거리면서 저기 진입로로 들어왔단 말이다. 그래, 당연히 어디 가는 길에 잠깐 들렀겠지. 내가 뭔데, 빌어먹을 은행이라도 되냐?"

언행. 잠시 침묵이 흐른 뒤에 데스가 말했다. "던이 기다리고 있어요." 다시 침묵이 흘렀다.

"그렇군. 뭘 기다리는데? …… 자, 얼른 털어놔 봐. 왜 왔어?"

데스가 말했다. "우리 가족 일 때문에 온 거예요. 별거 아니에요."

"무슨 일?"

"아시잖아요. 아파트. 할머니."

"아, 그래. 네 할머니. 가 봤어? 어때……?

"그리고 우리 소식도 알려 드리려고요, 삼촌." 데스가 다시 용기를 내서 말했다. "전 기뻐요. 던이 아기를 가졌어요. 우리 둘 다 정말 기뻐하고 있어요."

라이오넬이 숨을 들이마시더니 자세를 고쳤다. "넌 너무 어려, 데스." 그가 조용히 말했다. "스물한 살이잖아."

"으음. 던은 스물세 살이에요. 우린 애들이 아니에요."

"좋아. 넌 그레이스랑은 달라. 네 엄마랑도 다르지. 열두 살은 아니니까……. 하지만 넌 말썽을 좀 피워야 돼." 라이오넬이 말을 이었다. "여자 문제로 말이야. 노력을 해야지."

"전 그런 타입이 아닌 것 같아요……. 삼촌이랑 비슷해요. 예전 삼촌이랑요. 삼촌 그런 데 관심 없었잖아요."

"그래, 하지만 지금은 관심이 있지, 빌어먹을. 집착한단 말이야. 그리고 그렇게 되면 말이다, 데스, 전부 끝장이야. 넌 여자들 손에 놓인 거라고!"

데스가 뒤로 기대어 눈을 감고 꿈을 꾸듯이 말했다. "난 여자애가 좋아요."

"어 그래? 누구?"

라이오넬은 비꼬는 거였을까, 아니면 그냥 일부러 멍청한 척하는 것이었을까? "아니, 여자애를 갖고 싶다고요."

"그래? 누구?"

"그게 아니에요, 삼촌. 여자애를 가진 아빠가 되고 싶다고요."

"아. 아. 뭐 그건 네 일이고……. 미안하다, 데스, 생각이 좀 딴 데가 있어서. 오늘 오후에 대접할 사람이 있거든." 라이오넬이 세 번, 네 번, 고통스러운 듯이 움찔거리더니 입을 열고 잔뜩 비웃듯이 말했다. "크으. 여자들이란. 여자들이 하는 짓은……. 또 그러고 나면 우리는……."

데스가 다시 눈을 감았다. "아무튼 전 기뻐요. 생각해 보세요. 쌍둥이면 어떨까요?"

"…… 잊어버려라."

"뭘 잊어버려요?"

"내 방 달라고 온 거지. 난 절대 못 줘."

데스가 몸을 일으켜 앉았다. "아, 왜 그러세요, 삼촌. 제발요. 그 방이 왜 필요한데요?"

"내 물건들!"

"무슨 물건들이요? 수상쩍고 낡은 핸드폰 몇 상자에다가 오래돼서 끈적끈적해진 북한제 스테로이드 병들뿐이잖아요. 그리고 옛날 성인 채널 비디오들이랑!"

"…… 아하. 그러니까 내 방을 뒤지고 다녔다는 거군."

"네." 그런 다음 데스는 어떻게 들어갔는지(네 발로 기어서) 설명하고 일주일에 걸쳐서 상품들을 다시 정리했다고 말했다. "경첩을 고쳐서 문 좀 닫으려고 그랬어요. 벌써 몇 년 전 일이에요. 말했잖아요, 삼촌."

"한 적 없어!"

"증명할 수 있어요!"

"그럼 해 봐!"

"좋아요. 제가 결혼을 했어요, 안 했어요?"

"…… 내가 그걸 어떻게 알아?"

"그거 봐요. 그 얘기도 다 했는데! 사일런트 그린에서. 삼촌은 딴 사람들이랑 통화를 하고 있었잖아요. 엔화를 공격하라면서. 내가 '우리 약혼했어요'라고 말했지만 삼촌은 안 듣고 있었죠. 엔화를 공격하느라 너무 바빠서요! …… 우린 공간이 필요해요. 우리 엄마 방이잖아요. 돌려받고 싶어요."

"아, 불쌍하기도 해라. 바이올린도 켜면서 구걸하지 그래?"

"제 말 좀 잘 들어 보세요. 삼촌한테 돈이 생긴 이후로 보조금이 끊겼어요. 그래서 우리가 집세를 내고 있다고요."

그러자 라이오넬의 눈에 뭔가 변화가 일어났다. 파란색이 번쩍이면서 하향등에서 상향등으로 바뀌는 전조등처럼 부풀었다. "아, 그래도 데스!" 라이오넬이 외쳤다. "그 방은 내 거야. 내 유일한…… 거긴 내 유일한…… "

"유일한 뭐요? 삼촌의 유일한—유일한 연결고리?"

"그래, 그런 것 같구나. 뭔가 그……. 좋아, 데스먼드. 네가 이겼다."

그런 다음 바로 거기서 라이오넬은 앞으로 아발론 타워와 관계된 모든 지출의 반—아니, 삼분의 일—을 내겠다고 말했다.

"우린 그냥 방을 주시는 게 더 좋은데요."

"세상에. 넌 절대 만족할 줄을 모르는구나. 좋아." 라이오넬이 말했다. "내가 다 낼게. 전부 다……. 왜 이러는 거야, 데스. 나한테 좀 맞춰 줘. 한두 달이면 돼. 내가 자리를 잡을 때까지."

라이오넬이 손을 내밀자 데스가 그 손을 잡고 흔들었다.

"좋아. 얻으러 온 걸 얻었네. 임무완료. 이제 됐냐? …… 우우, 정말 덥다 안 그러냐, 데스. 이게 얼마나 좋은지 알아? 돔 페리뇽?"

"아뇨, 몰라요."

라이오넬이 끙 신음 소리를 내면서 일어서더니 얼음 통에서 병을 꺼내 들었다. 6분의 5가 차 있었다. 라이오넬이 엄지손가락을 구부려서 허리밴드를 당기더니 삼페인을 부었다.

"우우, 좀 낫네. 우. 얼얼하니 기분 좋아. 음. 그럴 가치가 있어! …… 뭘 보고 싱글거리는 거야?"

"아무것도 아니에요, 삼촌!"

라이오넬이 빈 병을 테이블에 굴리고 지친 걸음으로 물속으로 뛰어들더니 얕은 쪽으로 첨벙첨벙 헤엄을 쳤다.

5

한 시 반이었다.

데스는 스프링클러로 맨다리를 식히고 촉촉하고 깃털 같은 풀밭을 맨발로 밟으면서 손에 핸드폰을 들고서(라이오넬의 호출을 기다리고 있었다) 정원을 산책했다. 조경이 되어 있는 것 같았다. 거대한 손이 정원의 모양을 만들었다. 전류가 흐르는 높고 두터운 철조망이 세 개의 잔디밭 양쪽을 감싸고 있었지만 계곡과 그 너머의 풍경은 방해하지 않았다. 데스는 숨겨진 방벽이 있을 거라고 생각했다. 데스가 제일 아래쪽까지 가는 동안 나뭇가지와 관목에 설치된 동작 감지 CCTV 카메라들이 분개하며 목을 늘어뜨리고 그가 지나가는 모습을 지켜보았다. 또한 각기 다른 경비원 세 명이 데스에게 예의바르게 접근했다(세 사람 모두 중년에 막 접어든 사람들로 이빨을 씌우고 피부는 갓 선탠을 한 듯했으며, 이류 영화배우나 이류 영화배우의 대역배우, 또는 신체 일부 대역배우 같았다). 땅이 평평해지고 초원이 보이자, 말들이 그 고귀한 모습을 드러내자, 너비가 6미터는 되어 보이는 깊은 도랑이 나왔다. 도랑 안에는 보기만 해도 아찔한 뾰족뾰족한 철선이 들어 있었다. 철선은 이발소 간판 기둥처럼 몸부림을 치면서 딱딱 희미한 소리를 냈다.

데스의 핸드폰이 울렸다. "데스냐?" 라이오넬이 급하게 말했다. "부엌에 가서 루시 부인을 찾아라. 점심으로 순무를 줄 거야. 그거 먹고 내 사무실로 와. '스레너디'한테 인사도 하고. 네 앞날에 대해서 잠깐 이야기도 하고. 세 시에. 거기서 보자." 데스는 핸드폰을 주머니에 넣으면서 박공 달린 지붕에서 서치라이트 두 개를 발견했고(이 저택의 요란한 안테나였다), 숨죽인 듯한, 혹은 지하에서 나는 듯한 개 짖는 소리를 들은 것 같았다……. 하지만 지금 데스는 디스턴과, 그 야만적인 리듬과 멀리 떨어진 곳에 있었다. 평온하게 썩으면서 뾰족한 초록잎을 떨어뜨리고 있는 나이 많은 나무를, 버팀목과 지주에 의해 천천히 부서지고 있는 저 나무를 보라. 사방이 조용했고 새들의 지저귐, 잠재의식의 중얼거림처럼 미약한 열기와 비옥함밖에 없었다. 그리고 미친 듯한 흰나비 떼만 빼면 모든 것이 고요했다.

데스는 부엌에서 옛날식 농촌 점심(살짝 찐 뿌리채소)을 최선을 다해 먹은 다음 서재로 갔다. 두 시 사십오 분이었다……. 책들을 보니 일부는 대량으로 샀겠지만(가죽 장정된 불워-리턴의 책 오십 몇 권) 보물 같은 책들도 많았다. 매콜리, 기번, 처칠-루스벨트 서간집, 트로츠키의 《러시아 혁명사》……. 서재 저쪽 끝에는 금을 입힌 액자에 넣은 그림 두 점이 당구대를 사이에 두고 마주보고 있었다. 현재의 집주인과 여주인이었다. 짙은 파란색 하늘을 배경으로 크림색 내의 차림의 (상당히 미화된) 라이오넬은 둥그런 어깨 근육, 골이 팬 팔, 성긴 눈썹에 드러난 진정한 노력의 빛이 초기 소비에트 프로파간다에 등장하는 젊은 선구자를 닮았다. 같은 배경에 그려진 '스레너디'는 프랑스 구체

제의 생존자라고 해도 될 것 같았다. 말하자면 1, 2년 정도 강제노역을 하고 있는 고귀한 태생의 하프 연주자 말이다.

"페퍼다인 씨?"

데스는 마지막으로 주변을 둘러보았다. 그렇다, 정원의 호화로움은 공간과 침묵의 호화로움이었다. 그리고 서재의 호화로움은 사상과 시간의 호화로움이었다.

카모디가 데스를 현관홀로 데려가더니 판석이 깔린 너른 복도를 지나서 거울로 된 벽 앞에 멈춰 섰다.

"문을 미시면 됩니다, 바깥쪽으로 열립니다."

데스는 벽을 밀고 거울 속으로 들어갔다.

데스가 들어간 곳은 자연광이 하나도 없고 조절된 공기(차갑고 축축했다)로 가득한 길고 낮은 방이었다. 그는 이것이 우울하고 기묘한 몰두의 순간임을 즉시 감지했다. 라이오넬은 방 저쪽 끝 네모난 회전의자에 앉아서 수많은 TV 스크린의 빛을 희미하게 받고 있었다. 이제 데스가 제임스 본드를 떠올릴 차례였다. 본드, 제임스 본드, 그리고 그의 살인면허에 대해서. 물론 라이오넬이 비밀요원 007은 아닐 것이다. 라이오넬은 세계 정복에 미친 유능한 미치광이일 것이다. 상어나 피라냐로 가득한 해자는 어디 있을까? 털이 북슬북슬한 흰 고양이는, 체스판은, 모노레일은 어디 있을까? 그리고, 세계 정복을 이루고 나면 라이오넬은 그걸로 뭘 할까? …… 버건디 색 스모킹 재킷, 통통한 시가, 브랜디 잔이 잘 어우러졌다. 하지만 세계적인 야망을 가진 미스터 빅이나 닥터 노[미스터 빅은 007영화 제8편 〈죽느냐 사느냐〉에 등장하는 악당, 닥터 노는 007 영화 제1편 〈닥터 노(살인번호)〉에 등장하는 동양계 악당—옮긴이] 같은 악당들은 찌푸린 얼굴로 구겨진 《디스턴 가제트》를 내려다보지는 않을 것이다. 라이오넬이 신문을 옆으로 치웠다.

"거기 좀 앉아라." 라이오넬이 고갯짓으로 스터드가 박힌 붉은 가죽 낮은 소파를 가리켰다. "…… 어떻게 그럴 수가 있니, 데스?" 라이오넬이 물었다. "너무 역겨운 일이야. 너무 꼬였어."

두려움이 끔찍한 옛 친구처럼 데스 페퍼다인을 사로잡고 꽉 끌어안았다.

"네 눈을 봐. 네 눈이 다 말해 주고 있잖아." 라이오넬이 엄지손톱으로 한쪽 관자놀이에서 눈썹을 지나 반대쪽 관자놀이까지 선을 그었다. "죄책감을 느끼는 눈. 왜 그랬는지 말해 봐라, 데스. 내가 무슨 말을 하는 건진 알겠지. 왜 그랬니, 데스, 왜?"

라이오넬은 고개를 젖히고 (그리고 고통스러운 미소를 꾸미면서) 회전의자를 한 바퀴 돌렸다.

"이거 봐, 난 곤경에 빠졌어. 나에겐 조카가 있지. 그 아이의 엄마가 비극적인 죽음을 맞이한 이후로 내가 손수 그애를 키웠어. 최선을 다해서. 나쁜 애는 아닌 것 같지만 가끔 날 실망시켜. 입이 가볍지. 어리면 다 그런 법이지……. 그런데 걔가 뭘 했는지 알아? 날 **속였어**. 대학에 가더니 머릿속에 사상을 가득 채웠지. 어, 범죄학을 공부한다더군. 그러더니 이젠 **먹고살기 위해서** 밀고를 한다는 거야……."

데스는 잠시 동안 생각한 다음에야 라이오넬이 (생각이 아니라) 정말 **밀고**라고 말했음을 깨달았다[라이오넬이 '생각하다'(think)와 '밀고하다'(fink)를 비슷하게 발음하기 때문에 데스가 헷갈린 것—옮긴이]. 긴장감이 사라지고 일종의 호화스러운 지루함으로 바뀌었다. 새로운 얘기는 하나도 없을 것이다.

"기억나니, 데스? 몇 년 전에 내가 집에 돌아왔다가 네가 〈크라임 와치〉 보는 현장을 잡은 거? 그런 다음에 널 혼낸 거? 음, 난 네가 교훈을 얻었다고 생각했는데. 확실히 그렇진 않은가 보군."

"무슨 말을 하려는 거예요, 삼촌?"

"무슨 말을 하려는 거냐고? 내가 《디스턴 가제트》를 폈지." 라이오넬이 《디스턴 가제트》를 펼치며 말했다. "그런데 네가 사회부에 있잖아!"

"네. 뭐, 그렇죠."

"이걸 봐라. '용감한 할머니가 도망가는 깡패를 잡다.' **데스먼드 페퍼다인** 기자. 이걸 좀 봐. '대담한 은행 경비원이 습격 중 간힌 금발머리를 풀어 주다.' …… 아니야. 틀렸어. 넌 이 일을 그만둬야 돼, 데스. 지금 당장." 라이오넬이 (힘들게) 말했다. "넌 **네 출신계급**을 배신하고 있는 거야. 난 견딜 수가 없다, 얘야. 견딜 수가 없어."

"삼촌이 못 견디겠다고요. 그럼 제가 어떻게 해야 되죠?"

"물어볼 필요도 없지. 간단해. 사직서를 내면 돼."

"…… 네. 그것 참 말이 되네요. 요즘은 일자리가 아주 많으니까요."

"오. 비꼰다 이거지. 좋아." 라이오넬이 이미 협상할 준비가 된 사람 같은 분위기를 풍기며 말했다. "좋다. 다른 부서로 옮겨 달라고 해라. 그, 사회부에서 빠지겠다고 해."

"리 삼촌, 《디스턴 가제트》에서는 모든 부서가 사회부예요. 디스턴이잖아요."

"거짓말. 스포츠도 있잖아."

"스포츠요?"

"그래. 여기 봐. 이 뒤에. 축구 기사가 있잖아. 당구. 다트도 좀 있고……." 라이오넬이 과감하게 중간 페이지로 넘겼다. "아니면 기타 섹션. 봐라…… TV 가이드…… 직접 만들어 봐요…… 별자리 운세…… 문제를 해결해 드립니다…… 아니면 이 작은 광고들도 있고."

"네, 작은 광고도 있죠. 죄송하지만 삼촌, 전 제가 하는 일에 만족해요."

"지금은 그렇겠지. 넌 수치심 같은 건 전혀 신경 쓰지 않으니까. 그리고 난 절대로……. 좋아. 됐다." 이제 라이오넬의 얼굴이 노골적으로 교활한 빛을 띠었다. 숨겨지지 않은 교활함, 전혀 억제되지 않은 교활함. 너무나 교활해서 라이오넬조차도 그걸 어떻게 해야 할지 몰랐다. "어. 자, 데스. 분명히 난 너랑 어, 귀여운 도니를 위해서 따로 얼마간 떼어 주려고 했었다. 분명히. 지금까지 그런 내 손을 막은 건 말이야." 라이오넬이 자기 손(흉터가 진 손가락 관절, 물어뜯은 손끝)을 보면서 말했다. "제일 좋은 방법을 찾아야겠다는 생각이었어. 너도 알지. 일시불도 있고. 그리고 어, 연금도 있고. 주식도 있고. 난 부유하고, 너한테 주는 건 그럴 가치가 있는 일이니까." **브유, 가취.** "하지만 네가 《디스턴 가제트》에서 지금 하는 일을 계속 하면 절대로, 절대로 그럴 일은 없을 거다."

데스가 미소를 지으며 말했다. "잊어버리세요, 리 삼촌. 저 아시잖아요. 전 사회주의자예요. 제 손으로 벌지 않은 수입을 얻는 건 반대해요. 어쨌든요. 전 세상으로 나아가고 있어요. 《데일리 미러》에서 절 받아 줄 거예요!"

"……《데일리 미러》? 그럼 뭐. 《데일리 미러》는 좀 다르지. 《데일리 미러》는—"

전기가 깜빡거리더니 머리 위에서 불이 켜졌다.

"아, '스레너디'가 왔군!"

6

'스레너디'가 문간에 서서 말했다. "태워 줄 사람 필요하대? 난 동행이 있어도 상관없는데. 내가 태워 줄게. 운전은 내가 하고."

"운전? 맬은 어디 갔어?"

"애가 아프대. 그래서 집에 보냈어……. 태워 줄 사람 필요하대?"

"얘 말이야? 아니. 표가 있을 거야, '스레너디'. 점심도 줬어. 루시 부인이 점심으로 멋진 토탄을 한 조각 줬지. 아니, 얘도 곧 갈 건데 할인 표가 있어, '스레너디'. 공짜로 얻어 타는 걸 싫어하거든. 싸게 산 왕복표가 있을 거야."

"그럼 난 간다."

'스레너디'는 조용히 서 있었다. 그런 다음 마치 무언가에서 풀려난 사람처럼 성큼성큼 걸어왔다. 허리가 잘록한 검정 재킷, 검은색과 노란색 가로 줄무늬의 딱 붙는 치마를 입고 노란 스타킹을 신은 그녀를 보자 데스는 한 번인가 두 번 그를 놀라게 했던 생각이 떠올랐다. 바로 아기 말벌이 생각 외로 얼마나 아름다운가라는 생각이었다……. 라이오넬이 키스를 받으려고 뺨을 기울이자 '스레너디'는 거기 서서 향기를 풍기면서 라이오넬에게 뭐라고 중얼거리며 그의 짤막한 머리카락을 어루만졌다. 또 한 번의 입맞춤과 중얼거림. 데스는 이 광경을 흐뭇하게 받아들였다. '정말 잘 지내고 있는 것 같더라.' 데스는 자신이 던에게 말하는 소리가 벌써부터 들렸다. '알잖아. 서로 지지하고 진심으로 아끼고…….'

'스레너디'가 몸을 일으키고 말했다. "그쪽에 3퍼센트를 줄 거야. 신용한도 때문에. 노출도 그렇고."

"괜찮은 거 같군."

"재요청할 수도 있대."

"그렇게 해 그럼. 오이. 오늘밤에 그 자식 만나?"

"어느 자식?"

"요트 세일즈맨. 머리에 행주 두른 놈. 어디 출신이야?"

"라울 말이야? 베이루트. 그리고 혹시 궁금할까 봐 말해 두자면, 그 사람 기독교도야. 당연히 만나지. 한 번 진하게 하고 싶어 죽겠거든."

"어떤 느낌인지 알지."

"나한텐 바라지 마."

"안 바라."

"그래, 그래, 그래, 그래."

"그래, 그래, 그래, 그래, 그래, 그래."

"그래, 그래, 그래, 그래, 그래, 그래, 그래, 그래."

'스레너디'는 (최소한) 횟수에서 라이오넬을 이긴 다음 데스를 향해서 말했다.

"왔구나. 레스. 젊네. 신문사에서 일한다며. 왜 신문은 다뉴브만 다

루고 내 이야기는 안 다루니? 늘 다뉴브밖에 없잖아. 다뉴브, 다뉴브, 다뉴브."

"제기랄." 라이오넬이 격정적으로 신음하며 말했다. "또 다뉴브 얘기군."

"다뉴브. 그래, 다뉴브. 왜 내가 다뉴브를 따라 하는 사람이니, 레스? 왜 다뉴브가 '스레너디'를 따라 하는 게 아니고? 왜? 왜?"

"다 외국 놈들이라서 그래." 라이오넬이 말했다. "당신은 늘 외국 놈들이랑 다니니까 그렇지. 영국인이 없잖아."

"당신은 어쩌고? 당신은 확실히 영국 사람이잖아."

"그래. 내가 처음이잖아."

"그래, 그래, 그래, 그래. 레스, 말해 봐. 왜 항상 다뉴브니? 솔직히 말해 봐. 왜 그런 거야?"

"어." 데스가 말했다. "당황스러운 질문을 하시네요. 잘 모르겠지만, 다뉴브가 엄마라서 그럴 거예요. 올해의 유명인 엄마로 선정됐었죠? 아이들이 있잖아요. 다른 건 몰라도, 일단은 엄마예요."

'스레너디'가 눈을 가늘게 뜨고 데스를 보았다. 작은 여성용 가방의 지퍼 같은 입모양. 잠깐 동안 그녀는 해안가의 끔찍한 화재를 회상하는 거친 유전 노동자 같았다. "들었어, 라이오넬? 나 지금 당장 빌어먹을 아기를 가져야겠어!"

그런 다음 '스레너디'는 가위질처럼 재빠르고 요란한 걸음으로 성큼성큼 걸어갔다. 데스는 로리 나이팅게일에게 줄 계란과 베이컨을 사들고 돌아오던 할머니가 생각났다. 뭔가 불안정하지만 그때의 할머니와 같은 결연함. 성공하겠다는 결연함.

"사랑해." '스레너디'가 문을 밀면서 어깨 너머로 쏘아붙였다.

라이오넬이 신음을 하면서 그녀에게 소리쳤다. "'오로라'는 안 돼, '스레너디'. 메르세데스 가져가." **메르스디스**. "아니면 BMW나! …… 아, 데스." 라이오넬이 감탄하면서 말했다. "이라크 감옥의 그 여자 생각나? 린디 잉글랜드[아부 그레이브 포로수용소 포로 학대 사건에 가담하여 처벌받은 미국 군인—옮긴이]? 난 '스레너디'를 그렇게 불러. 린디 잉글랜드라고. 완전 **고문**이야. 저 여자 말로는 일 년 정도 걸릴 거래. 그 뒤에는 우리 각자 원하는 걸 갖는 거지……. 좋아, 다른 볼일이 남았냐?" 라이오넬이 열심히 시계를 보았는데, 이번이 처음은 아니었다. "제기랄, 항상 생각보다 늦은 시간이라니까. 시간은 째깍째깍 잘도 가네. 너도 얼른 가는 게 좋겠다."

"전선은 다 벗겨지고 화재 비상문은 다 막혀 있어요. 손목에는 묶였던 자국이 있고요. 관절이 뻣뻣하고 욕창도 있어요. 게다가 침대 옆 탁자에 위스카스[고양이 사료 브랜드—옮긴이] 캔이 있더라니까요."

"위스카스?"

"할머니는 더 나은 간호를 받아야 해요, 삼촌."

"동화 같은 일은 아니지, 안 그러냐. 나이 드는 거 말이야."

"할머니는 이제 겨우 마흔네 살인데요."

"그럼 엄마는 뭘 기대한 건데? 우리도 결국은 다 그렇게 돼. 게다가, 귀찮게 뭐하러 옮기냐? 엄마한테는 다 똑같아. 이젠 신경도 안 쓴다고."

두 사람은 돔 형 천장 밑 현관홀에 있었다. 홀은 채석장만 한 크기에 소리가 느릿느릿 울렸고 둥근 갤러리 위쪽 백합 문장 창문들을 통해서 햇빛이 폭포처럼 쏟아져 들어왔다. 데스가 말했다.

"링고 삼촌 만나기로 했어요. 링고 삼촌 〈피플〉에 나온다던데요. 다음 주 일요일에요."

"그래. 메건이 그 기사를 막으려 애쓰고 있다고 말해 줬다. 무슨 상관이람. 고작 50펜스 받고 아는 걸 다 털어놓으라지."

"그래도요, 그 기사가 주목을 받을지도 몰라요, 삼촌. 같은 일이 반복되는 거예요. 삼촌과 다섯 형들 이야기. 그러다 보면 기자들이 할머니 이야기를 캐려고 할지도 몰라요. 안 좋아 보이게 쓸 수도 있다고요. 삼촌은 이런 집에 사는데 할머니는 그런 요양원에 있잖아요. 상상해 보세요." 데스는 상상해 보았다. 할머니의 요양원에 대한《데일리 미러》의 충격 특보. "삼촌은 수영장 옆 긴 의자에 누워 있는데 할머니는 다락방 침대에 묶여 있다고 생각해 보세요. 안 좋아 보일 수도 있어요."

"…… 신문이라면 그러고도 남지. 그래. 그 사람들은 사실을 왜곡하고 안 좋아 보이게 만드니까. 그게 신문사가 하는 일이잖아, 데스. 끊임없이 말이다. 사실을 왜곡시키고 안 좋아 보이게 만들지……. 제기랄, 메건은 왜 그 생각을 못한 거지? 그렇게 큰돈을 받으면서. 그 망할 놈의 세브 드링커도 그렇고."

"더 나은 요양원이 있어요, 삼촌. 내가 가 봤어요. 수니스에서 몇 킬로미터 떨어진 곳에 있어요. 노던 라이츠라는 곳인데, 더 좋아요."

"얼마나 더 좋은데? 제기랄, 네 녀석 하나가 검은 월요일에 맞먹네, 진짜."

"클로 모 블러프 절벽에 있어요." 데스가 숄더백에 손을 넣어 반들반들한 안내서를 꺼내서 건넸다. "로킨바 스트랜드 바닷가가 내려다 보여요."

"…… 좋다. 좋아, 내가 알아서 하지. 난 오늘은 화내면 안 돼, 데스. 오늘은 화낼 수 없어."

"왜요?"

"자주 있는 일이 아니야, 데스. 잘못된 일을 바로잡을 기회는 자주 있는 일이 아니지. 정의의 일격을 날리는 거 말이다. 제대로 해야 돼, 데스. 스타일 있게 말이야."

"…… 리 삼촌, 방금 이거 개가 짖는 소리예요?"

"지하실에. 잭이랑 젝이야. 착한 녀석들인데, 내가 보고 싶어서 저러는 거야." 깊숙한 벽감 속에서 대형 괘종시계가 네 시를 알렸다. "됐다. 너랑은 볼일 끝났어. 사회부로 돌아가라. 싸구려 왕복표로 말이야."

"좋은 소식이 있어요. 사회부에서 들은 거예요." 데스가 라이오넬과 함께 현관문 쪽으로 걸어가면서 용감하게 말했다. "로리 나이팅게일 소식이에요."

"아, 그래?" 라이오넬이 말했다. 갑자기 돌아섰지만 여전히 경쾌한 몸짓이었다. "걔가 뭐?"

"사우스엔드의 시영 임대 농장에서 시체가 발견됐대요. 비가 와서 시체가 드러났다는데, 로리는 아니었어요. 다른 애였어요. 그런데 그 애가 로리의 학생증을 가지고 있었대요. 로리가 가지고 다니던 금 이쑤시개랑. DNA 검사를 했어요. 거기 또 뭐가 있었는지 아세요? 머리카락이요."

"머리카락이라……. 있잖아, 데스, 난 아직도 잊지 않았어. 로리 말이야. 걔가 무슨 말을 했거든." 이 부분에서 라이오넬은 입을 벌리고 거짓 미소를 지었다. "**다 데스 짓이에요**. 그렇게 말했지. 그게 무슨 뜻일까?"

하지만 데스먼드는 대답할 준비가 되어 있었다. 그는 흐릿한 미소를 유지하려고 주의하면서 말했다. "내가 자기를 함정에 빠뜨렸다는 뜻이겠죠. 기억 안 나요? 삼촌이 나더러 걔가 누군지 알려 달라고 했잖아요. 밀고하게 만들었잖아요. 기억 안 나요?"

정적의 순간이 흘렀다. 그런 다음 라이오넬이 현관문에 채운 자물쇠와 빗장, 온갖 체인과 톱니바퀴를 거칠게 풀었다.

"로리 나이팅게일은 가벼운 처벌을 받은 거야. 우리 엄마랑 잤는데 말이야. 잘 가라."

데스가 앞으로 걸어갔다.

"어, 잠깐 기다려 봐." 라이오넬이 시계를 봤다. "얼른 가자. 내 차들 보여 줄게."

7

디스턴에서는 — 디스턴에서는 모든 것이 다른 모든 것을 증오했고 다른 모든 것은 또 모든 것을 증오했다. 부드러운 것은 단단한 것을 증오했고 단단한 것은 부드러운 것을 증오했으며, 추위는 더위와 싸웠고 더위는 추위와 싸웠으며, 모든 것은 다른 모든 것을 향해 경적을 울리고 소리를 지르고 욕을 했고, 모든 것이 무게가 없고, 모든 것이 무게를 증오했다.

반대로 쇼트 크레던에서는 모든 것이 다른 모든 것에 전적으로 만족했다. 마을 전체가 뒤로 기대어 서서 허리에 손을 얹은 다음 발뒤꿈치를 축으로 몸을 살짝 흔들고 있는 것 같았다. 적어도 기차역으로 가는 데스 페퍼다인에게는 그렇게 보였다. 데스는 흰색과 회색 옷들, 농장에서 들려오는 목소리들, 자전거와 해치백 자동차들, 찻집, 채소가게, 푸줏간 가운데에서 혼자 이국적이고 별난 존재가 된 기분이었다. 그림이 그려진 표지판 두 개가 데스의 시선을 사로잡았다. 사람을 나타내는 간단한 실루엣 두 개가 전기에 감전된 것처럼 비틀비틀

부들부들 떨면서 한없이 힘들게 나아가는 그림이었다(노인 보행자 주의). 하나는 글 없이 소의 머리만 그려져 있었다.

바보 같은 전원생활. 누가 그런 말을 했더라? 레닌인가? 그리고 데스는 (요즘 새로 생긴 편집자의 목소리로) 스스로에게 물었다. 시골 생활은 바보 같은 걸까, 아니면 그냥 순진한 걸까? 데스는 이곳이 다급하지도 않고, 서두르지도 않고, 목적도 없어서 당황스러웠다. 그리고 어쨌든 지성이 결핍되어 있었다. 데스는 타운이 숨겨진 정신력을 가지고 있지만 대부분 갇혀 있거나 어긋난 목적을 가지고 있다고 굳게 믿었다. 데스는 종종 생각했다. 뇌사자들이 전부 깨어나면 어떻게 될까? 이 세상의 모든 라이오넬들이 똑똑해지기로 결심한다면? …… 하지만 여기는 쇼트 크레던이었고 다들 꾸물거리거나 한가롭게 벌레나 잡고 있었다. 난 어쩔 수 없이 국제도시 사람인가 봐. 데스는 이렇게 생각하면서 계속 걸었다.

저 멀리 앞쪽에서 낡은 파란색 미니가 모퉁이를 돌아 덜덜 떨면서 방향을 바꾸더니 후드에서 갈색 연기를 내면서 멈췄다. 길이 막히자 자동차들—적어도 자동차만큼은 부족하지 않았다—이 점점 밀리기 시작했고, 한두 명이 자신 없는 경적 소리를 울렸다. 데스가 옆을 지나가면서 미니 앞좌석에 앉은 젊은 커플을 보았다. 소리가 들리지는 않았지만 두 사람은 서로에게 소리를 지르고 허리를 이따금 흔들면서 차를 움직이려고 애를 쓰고 있었다. 게다가 그들은 말론과 지나 웰크웨이 부부였다! 지나는 흰 옷을 입고 머리에 그 가느다란 리본을 달고 있었다. 결혼식 날과 똑같았다. 그런 다음 작은 미니(아마 세상을 떠난 제이든 드래고의 앞마당에서 가져왔을 것이다)가 힘차게 앞으로 덜컹거렸고, 자동차들이 그에 맞춰 움직이면서 자유롭게 풀려나는 듯했지만 결국 다시 길이 막혔다.

데스가 기차역으로 다가갈 때, 어린애처럼 작은 기차역이 시야에 들어왔을 때(그는 수백만 명이 같이 쓰는 종착역에 익숙했다) 불쾌한 생각이 떠올랐다. 지루한 생각이었다. 수영복을 놓고 온 것이다(냉탕 옆 벤치 위 햇빛이 평행사변형으로 비치는 곳에 수영복을 말리려고 놓아 둔 것이 이제야 생각났다). 알뜰하고 단정한 습관 때문에 데스는 즉시 발길을 돌렸다. 그는 이제 지금까지 온 발걸음을 되짚어가는 다소 바보 같은 짓을 해야 했다. 그리고 다섯 시 사십오 분 기차에 맞춰서 이 발걸음을 다시 또 되짚어 와야 했다.

데스는 저택으로 돌아가는 길에 기분전환 삼아서《데일리 미러》에 간다고 했을 때 삼촌이 보였던 갈등 섞인 반응에 대해서 생각했다. 어떤 면에서 보면《데일리 미러》에서 법과 질서에 대한 기사를 쓰는 것은《디스턴 가제트》에서 법과 질서에 대한 기사를 쓰는 것보다 더 나빴다. 더 널리 읽히기 때문이다(전국적인 규모로 밀고를 하는 셈이다!) 하지만 또 라이오넬이 주장했듯이《데일리 미러》는 역사적으로 노동계급의 친구였고, 그러므로 범죄에 대해서 비교적 관대했다.

"《데일리 미러》가 범죄 친화적이라는 말이에요, 삼촌?"

"멍청한 소리 하지 마라. 범죄 친화적이라고까지 할 수는 없지. 하지만 사소한 도둑질 정도로 난리법석을 피우지는 않을 거야. 그건 평등한 거야, 데스. 어, 그, 부의 재분배지."

"그럼 삼촌은 도둑질에 얼마나 친화적인데요? 경비원들이랑 뾰족뾰족한 철조망까지 설치했잖아요?"

"아, 하지만 그건 내가 자발적으로 한 거잖아." 라이오넬이 말했다. 두 사람은 소리가 울리는 현관홀에 있었다. 햇살이 꽃잎 세 장 달린 꽃 모양들로 쏟아졌고 라이오넬은 그런 꽃들 중 하나에 서 있었다.

"그건 다르지. 봐, 난 법을 이용하지 않잖아, 데스. 그리고 난 항상 협박을 받는다고! 사람들이 '천만 파운드 내놓지 않으면 죽인다'라고 하면 난 '와서 가져가 보든지. 얼마든지 시도해 봐'라고 대답하지. 그런 다음 빌어먹을 놈들이 운을 시험하면 그때부터는 우리가 알아서 하는 거야. 데스, 그뿐이야. 돈 때문에 사람이 바뀌면 안 돼. 돈 때문에 가장 강한 믿음이 바뀌면 안 돼. 난 한 번도 법을 이용한 적 없어. 그거야. 바로 그거지."

아니, 우연일 리가 없었다. 뒷바퀴에 펑크가 난 낡은 미니는 '오로라'의 당당한 실루엣 옆에 비겁하게 웅크리고 있었다……. 카모디가 아무 말 없이 데스를 안으로 들여보내 주었다(그리고 곧 물러갔다). 서재로 간 데스는 어두운 방을 반쯤 가로지른 다음에야 한 손에 잔을, 다른 한 손에는 갈색 술이 든 디캔터를 들고 낮은 소파에 앉아 있는 말론의 존재를 알아차렸다.

"말론 아저씨."

"아. 데스로구나." 말론이 탁한 목소리로 말했다.

공기 자체가 답답했다. 이 방 자체가 금방이라도 기절할 것처럼 공기가 답답하고 약했다. 데스는 이 분위기를 알았다. 뭔가 잘못된 느낌, 귀가 먹은 듯한, 나쁜 꿈을 꾸는 듯한 느낌.

"전, 저는 옆방에 뭘 놓고 가서요. 얼른 가서……."

"안 돼. 그러지 마라, 데스. 그러지 마."

말론이 한 손으로 이마를 훔쳤다. 땀이 난 이마는 까맣고 축축한 V 자형 머리선과 대조적으로 창백한 회색이었다. 무거운 혀로 말론이 말했다.

"넌, 너는 카나리아[카나리아에는 밀고자라는 뜻도 있다—옮긴이] 같아. 작고 노란 카나리아. 법정에서 날 물 먹였지."

"음, 율과 트로이 아저씨도 그랬죠."

"그래, 그래서 걔들이 어떻게 됐는지 봐."

눈이 어둠에 적응하자 검은 양탄자에 흩뿌려진 흰 옷들이 보였다. 흰 리본, 브래지어, 속바지, 슬립, 얼룩진 결혼 예복…….

"작고 노란 카나리아."

말론은 위협으로 미소를 감추려 애쓰고 있었다. 하지만 그때 뒤쪽에서 라이오넬이 외치는 소리가 울리면서 외침이 들려왔고("얼른 사우나로 들어가라니까!"), 뒤를 이어 휘파람 소리와 지나의 분노에 찬 비명 소리가 들렸다.

널찍한 문이 활짝 열리면서 눈이 멀 것처럼 밝은 빛이 쏟아져 들어왔다. 점묘법으로 그린 것처럼 얼룩덜룩한 라이오넬 애즈보의 알몸이 드러났다. 데스의 눈이 어쩔 수 없이 그곳으로 향했다. 라이오넬은 노골적이고 야만적으로 발기한 상태였다……. 라이오넬 뒤쪽 구부러진 유리를 통해서 떨리는 나무들, 뚝새풀들, 꽃이 핀 골풀, 나뭇잎들과 그림자들이 보였다.

라이오넬은 데스를 아는 척도 하지 않고 지나쳤다(이 꿈속에서 데스가 뭘 하고 있는 걸까?).

"말론! 이렇게 어두운 데서 괜찮은 거야? 뭐 필요한 거 없지?"

대답이 없었다. 라이오넬이 앞으로 움직였다.

"고개 들어. **내 눈을 봐**. 내 눈을 보라고. 이거 보여? 여기 묻은 립스틱 보여? 보여?"

말론이 고개를 들었다. 그런 다음 다시 고개를 떨어뜨렸다. 데스는 다시 사라졌다.

8

"멋지네. 네가 아저씨를 자랑스러워했으면 좋겠다. 정말 잘됐어, 진짜. 참 멋지다."

"잠깐이라도 주제를 바꾸면 안 될까? 난 아직도 회복 중이라고."

"알았어. 그러면…… 매슈는 어때?" 그녀가 말했다. "매슈. 마크. 루크. 존."

"존." 데스가 말했다. "존, 폴, 조지, 링고. 제발. 이름은 됐어."

"그래. 이름 말고. 이름은 이제 그만……. 난 이름이 싫어."

데스는 이제 막 돌아왔고(리버풀 스트리트에서 2, 3킬로미터 떨어진 내리막 철로에서 어떤 사람이 자살을 하는 바람에 기차가 연착했다), 던은 저녁을 차리는 참이었다. 그동안 데스는 양파절임 한 접시를 먹고 있었다.

"레이철. 들라일라. 크으, 너도 삼촌 자동차들을 봤어야 돼, 도니." 데스가 차 상표를 몇 개 댔다. "그리고 아주 거대한 SUV가 있어. 이름이 벤간자야. 스페인어로 '복수'라는 뜻이지. 새카만 색인데 — 무광이야. 꼭 병사를 수송하는 군용 차량 같다니까. 특수부대용 말이야.

게다가 부분별로 높이가 달라! 버튼을 누르면 작은 철 사다리가 내려와. 전조등은 쓰레기통 뚜껑만 하고. 휘발유 1리터로 1.26킬로미터를 달린대. 에스더. 루스."

"네이엄. 솔로몬. 그러니까 아저씨가 사우나에서 지나랑 그러고 있었던 것 같단 말이지. 피터."

"그렇게 보였어. 피터는 안 돼. 피터 페퍼다인? '피터 파이퍼는 피망 피클을……' 어쩌고 하는 발음연습 문장 같잖아. 사우나에서 지나랑 하고 있었어. 그러고 있었어. 태어났을 때 그대로 벌거벗은 모습으로 말이야."

"요란한 섹스를 하면서 말이지."

"도니." 데스가 말했다(립스틱에 대해서는 말하지 않았다). "그래. 술 취한 반인반신(半人半神)처럼 말이야. 바쿠스."

"아니면 네수스라든지." 던이 말했다. "헤라클레스의 아내를 납치한 그 켄타우로스 말이야."

"그래. 헤라클레스의 아내 데이아네이라 말이지……. 데이아네이라 페퍼다인. 니오베. 에코. 에코 페퍼다인."

던이 말했다. "빌어먹을. 말론이랑 지나는 왜 동의한 거지? 게다가 지나는 그 안에서 낄낄거리면서 웃고 있었어. 제이콥."

"재클린. 모르겠어. 돈 때문이겠지. 제이든 아저씨가 남긴 빚이 있잖아. 게다가 말론은 도박꾼이고. 하지만 지나는. 지나의 목소리는—굉장히 열중한 것 같았어. 난 지나를 모르겠어……. 티나. 니나. 지나."

잠시 동안 데스는 범죄자처럼 생각해 보려고 애썼다(어쨌든 그렇게 생각하는 것이 직업적 습관이 되어 가는 중이었다). 그러자 그는 '웜우드 스크럽스'에서의 짧고 우연한 만남의 원한이 자기 때문에 위험할 정도로 더욱 강해졌음을 깨달았다. 말론 웰크웨이가 남자다움을 잃는 사건을 데스가 목격했기 때문이다. 말론은 그 사실을 잊지 않을 것이다.

"게다가 서재에서 옷을 벗기다니! …… 데스, 아저씨의 축하 연설 기억나? 결혼식에서 했던?"

"어, 그래. 뭐라고 했더라? '바지를 허리까지 올리고 속바지를…….' 틀림없이 일종의 재현이었을 거야. 메리. 이브. 던, 이 닭요리 냄새가 웃겨. 브로콜리는 너무 쓰고."

"…… 너 닭고기랑 브로콜리가 마음에 드는구나!"

데스가 양파절임 병으로 손을 뻗어서 포크로 커다란 양파를 찍었다. "미리엄."

"…… 구두쇠 머스터드 씨가 집세에 대해서는 뭐라고 하셨다고? 다시 말해 봐. 헥터."

"안티고네. 도와주겠대. 그게 무슨 뜻인지 모르겠지만. 직접 봐야 믿지 뭐. 칼리스토."

"음. 만약에 딸이면 이름이…… 아주 우아하면 좋겠어."

"우아한 거. 좋지. 그럼 프레너디라고 부르자."

두 사람은 웃었다. 모든 일이 무언가를 암시하고 있었지만 두 사람은 대체적으로 무책임하게 행복했다.

"하지만 아들이면 어떻게 해? 데스, 이크발한테 전화해서 물어보자."

이크발은 거대한 펀자브 전사로 — 티 없이 깨끗한 초록색 롬퍼[상의와 하의가 붙은 옷—옮긴이]를 입고 있었다 — 임산부 센터에서 초음파 검사를 감독했다. 데스와 던은 이크발을 무척 좋아했다. 그들은 수석 조산사인 트리처 부인을 아주 좋아했다(그녀는 제피렐리 감독의 〈로미오와 줄리엣〉에 나오는 유모를 닮았다. 굶주리고 열정적인 눈, 생명, 생명에 굶주린 눈을 가진 소박한 사람이었다). 그리고 두 사람은 임산부 센터를 무척 좋아했다. 데스와 던이 가본 다른 병원들과 달리 임산부 센터에서 기이하게도 아무 냄새가 나지 않았다. 두 사람의 경험에 따르면 병원에서는 학교 저녁 급식 같은 냄새가 났다. 마치 고통과 인간의 유한성, 죽음, 탄생, 그 모든 거대한 고뇌들이 삶은 당근과 세몰리나[파스타나 푸딩을 만들 때 쓰는 거친 밀가루—옮긴이]를 먹고 사는 것 같았다…….

"왜 우리는 딸인지 아들인지 모르는데 이크발은 알아야 해?"

"이크발은 신경을 안 쓰니까. 이크발은 거기 앉아서 그 생각을 하면서 즐거워하지 않으니까. 양손을 비비면서 킬킬거리고 웃지도 않고. 이크발에게는 또 다른 아기일 뿐이잖아!"

"아아, 물어보자, 데스. 그러면 아기 이름에 대해서 말하는 시간이 반으로 줄어들 거 아냐. 에드워드."

"에드위나. 아냐, 도니. 모르는 게 나아."

"어째서?"

"알아낼 수 있다고 해서 꼭 알아내야 하는 건 아니야."

"그러지 말아야 한다는 뜻도 아니잖아. 어느 쪽도 아니야."

데스가 의자에 앉아서 몸을 비틀면서 말했다. "우리 엄마는 전혀 몰랐어. 할머니도 몰랐고. 그리고 할머니의 엄마도, 또 그 엄마도, 아무도 몰랐어." 그게 무슨 뜻일까? 이런 뜻이었다. 너 자신을 선조들과, 수백만 명이나 되는 선조들과 구분하려 해서는 안 된다. "앤젤리나." 또 다른 이유도 있었지만 (그는 미신처럼 굳게 믿었다) 아직 알아내지는 못했다. "어떤 건 모르는 게 더 나아, 도니. 앤젤레타."

"앤드류. 할머니를 위해서 뭔가 하실까, 라이오넬 아저씨가?"

"아마 그럴 거야. 그러는 게 좋겠지. 자기 이미지에 대해서 걱정하거든. 거드런."

"거드런 던 페퍼다인……. 안 돼. 그러면 머리글자가 GDP잖아! 국내 총생산. 끔찍하다. 이니셜에도 신경 써야 돼, 데스……. 대프니는 어때?"

"대프니? 안 돼. 아. **그** 대프니 말이구나."

"응, 대프니."

"대프니는……."

데스가 양파절임 통 뚜껑을 다시 열었다……. 너무나 명백한 이유 때문에 데스는 유명한 고민상담사에게 편지를 보냈던 이야기를 던에게 하지 않았다. 그리고 당시 대프니의 대답은 ("당신들은 두 사람 모두 법적 강간을 저지르고 있습니다") 너무나 무시무시했으므로 라이오넬이 긴 의자에서 고개를 들고 "이쪽은 대프니 씨이시다. 《선》 지의 대프니 씨 말이야"라고 쾌활하게 말했을 때 데스는 뒤로 넘어갈 뻔했다.

"난 복수의 천사를 상상했었어." 데스가 말했다. "있잖아, 판단하는 자 말이야. 하지만 대프니는 좋은 사람 같았어. 리 삼촌에게 자기가 쓴 소책자를 보내 줄지도 모르지."

"음. 로또 촌놈이 해야 할 것과 하지 말아야 할 것들이라. 제일 친한 친구의 아내를 돈으로 산다. 그리고 친구가 그 장면을 보게 만든다."

"대프니는 아마 솔직한 기사를 쓸 거야. 동정적이고."

"동정적? 난 대프니가 제대로 혹평을 했으면 좋겠어."

"도니! 아냐, 안 돼. 그 얘기는 시작할 생각도 하지 마. 앤젤리카."

"…… 데스, 결심했어. 아들이든 딸이든 토일렛이라고 부를래."

"…… 좋아, 도니. 토일렛 페퍼다인. 그럼 되겠네."

던이 일어서서 말했다. "이제 그 수영복은 안녕이네."

"그런 것 같지. 우리 아이스크림 있나?"

"…… 너 음식에 대한 갈망이 돌아왔구나!"

"그런 거 아니야! 그냥 아이스크림이 좀 먹고 싶은 거야!"

"아이스크림. 딸기 아이스크림이었잖아, 데스. 양파절임도 그렇고."

"그래, 나도 알아."

데스가 몸을 숙이고 고양이를 쓰다듬었다. 둥글고 뼈가 튀어나온 골디의 등, 들썩거리는 꼬리. 그는 던에게 다른 갈망에 대해서, 재와 편지지와 세탁용 풀에 대한 갈망에 대해서는 말하지 않을 작정이었다. 그의 비밀스런 갈망, 정신적인 알레르기 같은 비밀스러운 반감, 두려움, 밤마다 흘리는 식은땀에 땀을 흘리는 것 역시도. 그리고 이제 믿을 수 없게도(실수가 있는 것이 분명하다), 이런 두려움의 덩어리 — 데스, 데시, 데스먼드 — 는 이제 완전히 새로운 인간을 받아들이라는 요구를 받고 있었다…….

"고양이는 여자야."

"개는 남자고." 던 페퍼다인이 말했다.

노동절인 다음 주 화요일 아침 일곱 시에 제복을 입은 경찰인지 관리인지가 챙 넓은 모자에서 빗물을 뚝뚝 떨어뜨리면서 바클리 경이 법원의 승인을 받아 도장을 찍고 봉인한 40쪽짜리 서류를 가져다주었다.

데스와 던이 그 서류를 이해하는 데는 한 시간이 걸렸다.

"이제 어떻게 하지? 아파트가 삼촌 이름으로 되어 있어……. 여기 봐. 삼촌이 3분의 1을 낼 거야." 데스가 말했다. "은행장의 명령에 따라서."

"3분의 1이라. 토일렛이 태어나면 분명히 4분의 1로 줄이실걸."

"토일렛이 태어나면 삼촌이 집을 비워 줘야 해. 내가 삼촌한테 설명할게. 행운을 빌어 줘……. 그래도 도니, 돈이 들어오잖아. 돈이 나가는 게 아니라. 호레이스 아저씨한테처럼 말이야."

"봤지? 아저씨는 당분간만이라고 했었잖아. 여기 보여? 영구적이라잖아! 게다가 벌금 좀 봐, 만약에 우리가……."

"삼촌이 법을 이용하고 있어! 우리한테 말이야."

"세상에. 아저씬 이 타워를 통째로 살 수도 있잖아. 저 방이 도대체 왜 필요하대?"

9

모든 일이 빨라지기 시작했다.

라이오넬의 핸드폰은 항상 꺼져 있거나 연결이 되지 않아서 데스는 집으로 전화를 걸었다. 그는 카모디가 부드럽게 중얼거리는 목소리가 들리기 바랐다. 하지만 아니었다. '스레너디'였다.

"우우." '스레너디'가 말했다. "내가 받아서 너 운 좋은 줄 알아."

"왜요?"

"너 그 빌어먹을 《선》 읽었니?"

부엌 식탁에 《선》이 펼쳐져 있었다. 골디가 그 위에서 자고 있었다.

"그 사람 정말 끔찍했어." '스래너디'가 말했다. "오늘 아침엔 헛간을 부숴어. 헛간에서 일정이 있었는데 말이야. 그런 다음 토미 트럼블이 왔지. 스파링을 하러. 둘이서 섀도복싱 같은 거 하는 거 너도 알지? 분노 조절 치료로? 그런데 라이오넬이 토미 트럼블을 쓰러뜨렸어! 토미는 예순일곱 살이야! 우린 그 사람이 죽은 줄 알았다니까. 그게 다 네 잘못이야. 라이오넬의 말에 따르면."

"왜 그렇게 생각한대요?"

'스레너디'가 목소리를 낮췄다. "우리 위대한 천재 씨 말에 따르면, 네가 그때 여기 안 왔으면 자기가 그렇게 나빠 보이지 않았을 거래. 하지만 네가 왔지. 라이오넬은 네가 흑인이라서 그 사람들이 널 좋아한다고 생각해. 피해 다니는 게 좋을 거야. 난 해외에 나갈 거야. 라이오넬 혼자서 좀 진정하게……. 분명히 말해 두지만, 정말로 싫어했어." 그녀가 말했다. "기사가 자기 지성을 공격한 거 말이야. 너도 알잖아. 라이오넬이 멍청하다는 식으로 기사 쓴 거."

"네. 좀 그랬죠."

"게다가 그 나쁜 년이 나에 대해서 뭐라고 썼는지 봐!"

그날 밤 늦게 (이것은 언론에 대대적으로 보도되었다) '스레너디'는 카불 행 비행기에 올랐다.

다음 날 점심시간에 데스는 직장에서 문자를 받았다. '두 시에 사람들이 갈 껀데 걱정 마라 이사 업체다.' 집으로 곧장 가 보니 사람들이 이미 와 있었다. 새하얀 멜빵바지를 입고 광부 같은 모자를 쓴 남자들 한 팀이었다. 데스는 그 사람들이 군대처럼 철저하게 라이오넬의 방에서 장물을 빼가는 모습을 보았다. 남자들이 가고 나서 데스가 살금살금 들어가 보았다. 불안하게 걸려 있는 딱정벌레가 쏠아 먹은 옷, 손잡이가 빠지고 레일이 뒤틀린 서랍장. 구석에는 바싹 말라 엉킨 트레이닝복 더미가 있었다. 그리고 고리에 라이오넬의 망사조끼가 세 벌인가 네 벌 걸려 있었다.

* * *

목요일에 데스와 던은 케이프 래스에서 온 엽서를 받았다. 뿌루퉁한 일몰 아래 가장자리가 닳은 거대한 쟁반 같은 북해의 풍경을 그린 그림이었다. 뒷면에는 짧은 메시지가 있었는데 받아 적은 것이 분명했다. '젊고 멋진 커플이 와서 날 이 사랑스러운 새 요양원에 넣었단다.' 그리고 어렵게 쓴 G자와 거미 같은 입술자국이 있었다.

일주일이 끝나갈 때 페퍼다인 부부는 희미하고 노란 비현실성의 빛에 감싸인 채 '스레너디'가 아프가니스탄에서 한 일들에 대해서 읽고 있었다.

'스레너디'는 군의 사기를 높이는 임무를 띠고 포뮬러 원 자동차 경주 대회 여자 모델들과 전원 여성으로 구성된 '샤이'라는 신비한 록밴드와 함께 비행기를 타고 아프가니스탄으로 갔다. '스레너디'는 칸다하르 기지에서 시를 낭독하고 솔직한 질의응답 시간을 가졌다. 소문에 따르면 공연 시간에 '스레너디'는 부르카를 벗고 그녀가 새로 내놓은 속옷 라인 '셀프이스팀'을 보여 줬다고 한다. 하지만 그 소문은 사실이 아니었다. 일행은 또한 바드루의 고아원을 방문했고, 거기서 '스레너디'는 일종의 발작과도 같은 동정심을 드러내며 자선 활동을 했다.

그 사이에 라이오넬은 메건 존스와 세바스찬 드링커의 사무실에서 일종의 기자회견을 열었다. 《선》, 《데일리 미러》, 《스타》, 《모닝 라크》,《일요판 라크》,《데일리 텔레그래프》가 참가했다. 요약문은 다음과 같다.

그렇다면 '스레너디'를 전폭적으로 지원합니까, 라이오넬?

라이오넬 애즈보: 물론입니다. 우리 군인들을 위해서는 뭐든지 해야죠. 그렇습니다, 전 경찰이랑은 잘 맞지 않습니다. 그건 확실하지요. 누구나 다 알 겁니다. 하지만 여왕 폐하의 군대와는 어떨까요? 전 그들에게 100퍼센트 동의합니다. 저는 군대가 '스레너디'를 돌봐 줄 것이며, 집으로 안전하게 보내 줄 것이라고 믿습니다.

코브라와 관련된 이야기가 사실입니까, 라이오넬?

메건 존스: 애즈보 씨는 아프가니스탄에서 복무 중인 모든 영국 군인들에게, 5,182명 모두에게 코브라를 한 상자씩 기증하려 했습니다. 하지만 그러지 않는 게 좋겠다는 충고를 받았습니다.

라이오넬 애즈보: 그게, 거기서는, 그 친구들은, 한 방울도 안 마시니까요. 맥주도 말이죠. 헤로인을 하고 얼이 빠지는 건 괜찮지만 맥주를 주는 건—

세바스찬 드링커: 애즈보 씨는 다양한 대안을 고려 중이십니다.

직접 가실 건가요, 라이오넬?

라이오넬 애즈보: (웃으며) 뭐, 나보고 영국을 떠나라고요? 절대 안 됩니다. 난 조국이 아닌 땅에는 단 한 발짝도 들여놓지 않을 겁니다. 뭐 스코틀랜드나 그런 데는 괜찮겠죠. 어쩌면 웨일스까지는 괜찮을지도 모르고요. 하지만 전 바다를 건너지 않을 겁니다, 친구들. 난 이 빌*** 나라를 사랑합니다. 영국, 나의 영국, 라이오넬 애즈보를 위한 곳이죠. 영국. 영국. 영국.

라이오넬이 이렇게 말할 때 '웜우드 스크럽스'의 전조등 위로 (넓이 185제곱미터에 달하는) 잉글랜드 국기 성 조지 깃발이 높이 휘날리고 있었다…….

"점점 좋아지고 있어." 던이 말했다. "두 사람 이미지 말이야."

"그래. 여왕과 국가라니. 기자들도 트집을 잡을 수 없겠지."

"그리고 요즘 '스레너디'는 아저씨가 정말 똑똑하다는 말도 안 해. '사실을 직시해야죠, 라이오넬이 제일 총명한 사람은 아니겠지만……'이래. 나아지고 있어."

부인할 수 없었다. 최근까지 (이를테면) **인조가슴 이세벨과 디스턴 등신**이라고 알려진 이 유명한 젊은 커플은 이제 똑같이 두운은 맞지만 대문자는 뺀 **대담한 대표미녀와 애국적인 애인**이라고 불렸다.

"그래." 데스가 말했다. "궁리를 좀 했겠지. 얼마나 갈지는 모르겠지만."

일요일자 〈피플〉에 실린 링고 페퍼다인의 인터뷰는 작은 논란을 일으켰다. 링고의 불평—'라이오넬은 나한테 한 푼도 안 줬어요'—은 기사에서 밝혀진 사실에 비하면 아무것도 아니었다. 링고는 13년 동안 각종 수당과 장애 수당으로 국민들의 혈세 50만 파운드 이상을 받았던 것이다. 밀랍인형 같은 효과를 넣은 컬러사진도 링고에게 좋은 영향을 주지 않았다. 부스스한 몽고 인종, 푹 꺼지고 바큇살처럼 빨갛게 핏줄이 선 눈, 바늘처럼 가느다란 코밑수염, 기생충처럼 경계하는 듯한 곁눈질.

기사의 파급효과는 단 하나였다. 링고는 경솔하게도 이렇게 말했다. "걔가 신경 쓰는 건 엄마밖에 없어요. 엄마 말고는 누구도 생각 안 한다니까요." 그리고 화요일자 《스타》에는 노던 라이츠—그레이스 페퍼다인이 막내아들의 애정 어린 관대함 덕분에 (그리고 링고의 덕은 하나도 보지 않고) 만족스럽게 지내고 있는 스코틀랜드 고원의 작고 안락한 노인 요양원—에 대한 반 페이지짜리 기사가 실렸다.

* * *

"어디 가?"

"아무 데도 안 가. 그냥 요 아래 가게에……. 또 얼굴 찌푸리네."

"음, 빨리 와, 도니."

조금 전에 데스는 또 다른 두꺼운 육아책을 읽다가 다음과 같은 내용을 발견했다. '임신 기간 중에 모든 여성은 소외될지도 모른다는 비이성적인 두려움을 겪는다.'

이건 좀 웃긴데(데스는 이렇게 생각했다). 이건 내가 겪고 있는 감정이잖아. 그리고 데스가 보기에 던은 그 어느 때보다도 안정적이고 만족스러웠다. 데스는 가끔 일을 마치고 집으로 돌아오면서 아무도 없고 먼지만 느릿느릿 떠다니는 텅 빈 회색 공간이 자신을 맞이하는 게 아닐까 생각했다. 아니면 무관심한 던이 부엌 탁자에 앉아 있다가 고개를 들고 '네? 뭐 도와 드릴까요? 집을 잘못 찾으셨어요? 도와 드릴까요?'라고 예의바르게 묻는다든지.

데스는 자신의 비이성적인 두려움이 비이성적이라는 사실을 알았고 그것에 대해 언급하지 않으려고 애썼지만 어느 늦은 밤 어둠 속에서 그는 어느새 이렇게 말하고 있었다.

"너 갑자기 날 버리고 도망가거나 하지 않을 거지, 도니?"

"…… 정신 나간 소리 하지 마."

또 어떤 밤이면 데스는 어둠 속에서 이렇게 말했다.

"갑자기 일어나서 나 놔두고 나가지 않을 거지, 도니?"

그러면 던은 "데스먼드"라고 부르며 몸을 굴려 다가왔다.

"…… 걱정 돼." 데스가 발작적으로 침을 꿀꺽 삼키며 말했다.

"그럴 필요 없어. 사랑하는 데스, 그럴 필요 없어." 그런 다음 던이 말했다(이것이 마음을 풀어 주었다). "오, 데시, 그러지 마. 울음을 참으려고 애쓰지 마. 그만. 그러지 말라니까. 가슴이 찢어질 것 같아."

주말 아침이었고 두 사람은 거기, 그들의 좁은 집에 있었다. 던은 베란다에서 책을 읽었고 데스는 복도에서 운동을 했다. 데스는 몸이 썩 좋지 않았다. 그는 하루에 두 번, 출근 전과 퇴근 후에 스티프 슬로프를 30분 동안 달렸다. 그리고 1분 안에 팔굽혀펴기를 마흔다섯 번 할 수 있었다. 데스는 왜 이런 일을 했을까? 아빠가 될 사람이기 때문이었다. 그리고 데스의 몸은, 적어도 그의 육체적 도구만은 완벽하게 단련될 것이다…….

"내가 받을게." 데스가 이렇게 외친 다음 전화기 쪽으로 갔다.

"데스, 리 삼촌이다. 잘 들어. EB 몇 명이 내 방을 치우러 갈 거야. 알아서 들어갈 거다. 잘 지내라."

EB란 동구권 블록이라는 뜻이었다. 그리고 아니나 다를까 그날 오후에 다누타와 크리스티나가 두터운 수건과 번쩍이는 리넨을 양팔 가득 안고 수다를 떨면서 아파트로 서둘러 들어왔다. 두 사람은 한 시간 동안 일을 하고 차를 한 잔 마신 다음 돌아갔다.

다시 한번 데스가 과감하게 방으로 들어갔고 던이 뒤를 따랐다. 하얀 미소를 짓는 접힌 시트(예전처럼 더운 폴리에스터가 아니라 질 좋은 리넨이었다), 침대 발치에 도톰하게 놓인 새하얀 터키산 목욕 가운. 그리고 서랍장에는 라이오넬의 옛날 양말들과 분홍색으로 물든 삼각팬티, 운동복, 호주머니가 여러 개 달린 헐렁한 바지가 있었다.

던이 한숨을 쉬며 말했다. "내가 항상 이 문제로 불평하는 건 알지만, 우리가 이 방으로 옮길 수 있으면 정말 좋겠다."

"그러면 **우리** 방이 토일렛한테 딱 맞을 텐데."

"딱 맞겠지. 이제 토일렛은 어디서 재우지?" 던은 스윙 거울 앞에 서서 (실라가 외출하기 전에 그랬던 것처럼) 정면으로, 그리고 다시 측면으로 자기 모습을 비춰 보고 있었다. "아직도 티가 안 나!"

데스는 자기 배를 내려다보았다. 아니다. 그의 신경질적인 임신 증상이 그 정도로 신경질적이지는 않았다. 그리고 사실 데스는 훨씬 차분해졌다. 던은 항상 데스를 칭찬하고, 데스에게 감탄하고, 데스의 포옹과 키스를 열정적으로 돌려주었고, 이제는 임신 4개월째인 사랑하는 아내가 집과 남편을 버리고 아직 태어나지 않은 아기와 달아날 것 같다는 생각이 대체적으로 사라졌다. 데스가 말했다.

"약간 티 나, 도니."

"하지만 다른 엄마들은 배가 여기까지 나왔는걸! 게다가 난 아직도 임신했다는 느낌이 안 들어."

"아기가 계속 발로 차긴 하는 거지?"

"그렇게 걱정스런 표정 짓지 마! 물론 계속 차고 있지. 안 그럼 내가 너한테 말 안 할 거 같아? 게다가 얜 아들일 거야. 이 뱃속에서 술집에서 난동이라도 피우는 것처럼 움직인다니까. 분명히 아들이야."

"꼭 그렇진 않아, 도니. 있잖아, 내가 가게 진열대 계속 보면서 다녔거든. 토일렛한테 딱 맞는 요람을 찾은 것 같아."

"해리."

"랠리."

"게리."

"샐리."

"…… 있지 데스, 나 끔찍한 느낌이 들어."

"나도 그래. 삼촌이 다시 들어오려는 거야."

10

이제 두 사람은 단순히 **'스레너디'와 라이오넬**, 혹은 **리와 '스렌'**, 혹은 (적어도 1, 2주일 동안은) **스라이오넬** (심지어는 '스'라이오넬)이라고 불렸다. 영국 전체가 흡족한 미소를 띠고 두 사람의 로맨스가 싹을 틔우고 꽃을 피우는 모습을 지켜보았다.

손을 맞잡고 세인트 제임스 공원을 어슬렁거리면서 오리들에게 먹이를 주는 라이오넬과 '스레너디'. 업튼 파크 축구장 감독석에서 샴페인을 마시는 '스레너디'와 라이오넬(거기서 두 사람은 웨스트 햄이 맨체스터 시티에 대패한 경기를 관람했다). 경마장에서 하루를 즐기는 실크해트를 쓴 라이오넬과 사치스럽게 차려입은 '스레너디'. 또 청바지와 비행사 재킷을 입고 개 경주 경기장—월섬스토, 해링게이, 옥켄든—에서 밤을 즐기기도 했다……. 데스는 '스레너디'가 화장실에 간 틈에 경기장 칵테일 바에서 《모닝 라크》를 진지하게 읽고 있는 라이오넬의 (그가 보기에는) 사랑스럽지 않은 사진을 오랫동안 응시했다.

'스레너디'가 기자들에게 말했다(《데일리 미러》의 데스먼드의 새 직장 동료도 포함되어 있었다).

> 드디어 내 남자를 만났어요. 그는 내가 사랑받고 있다고 느끼게 해줘요. 안전하다는 느낌을 주죠. 그는 영국인이에요. **진짜** 남자죠, 불쌍하고 한심한 개** 페르난도랑은 전혀 달라요. 멍청한 미** 아즈와트 얘기는 꺼내지도 마세요.
> 라이오넬이랑 전 '웜우드 스크럽스'에서 단둘이 사는데, 보통 저녁을 먹기 전에 우리 방에서 짤막한 시간을 가져요. 조명을 낮추고 제가 라이오넬 앞에서 '셀프이스팀' 최신 제품을 입고 보여 주죠. 뷔스티에[브래지어와 코르셋이 연결된 형태의 여성용 상의—옮긴이]로 시작해서 제일 작은 속옷으로 끝나요. 여러분이 생각하시는 '그 행위'의 일종의 전주곡이죠!
> 우리 그이는 침실에선 10종 경기 선수에 맞먹지만, 또 무척 섬세하고 배려심도 많아요. 우린 몇 시간 동안이나 솟구쳐 올라 하나가 되죠. 하지만 내 생각에 제일 로맨틱한 부분은 저녁식사가 끝난 다음이에요. 우린 위층으로 올라가서 어둠 속에 누워요. 내가 "사랑해"라고 말하면 라이오넬은 "사랑해, '스레너디'"라고 말하죠. 그런 다음 우리는 서로의 품속에서, 사랑의 황홀경 속에서 잠들어요.

메건 존스 사무실 관계자는 두 사람이 약혼반지 카탈로그를 여러 개 주문했음을 부인하지 않았다.
《선》의 후속 기사에서 대프니는 이렇게 결론을 내렸다.

'스레너디'가 그를 숭배하는 것은 분명하다. 그렇다면 라이오넬은 어떨까? 아아, 그는 꼬리 두 개 달린 개만큼이나 쾌활해 보인다!

라이오넬 커플은 가족을 빨리 만들고 싶어 하지만, '스레너디'가 바드루 고아원에서 사랑에 빠진 아프간 아기 세 명을 입양할 계획도 있다.

그러니 누가 장담할 수 있을까? 이 불쌍하고 귀여운 부자 커플은 아직 국보급 커플이라 할 수는 없을지 모르지만, 소위 말하는 것처럼 '꿈을 현실로' 이루기 위해 자기들의 길을 찾아가고 있다.

그리고 마지막으로, 라이오넬의 사랑스러운 조카는 어떨까? 나는 수치심의 거리인 신문계를 대표하여 데스 페퍼다인을 따뜻하게 환영한다. 라이벌을 칭찬하는 것은 고통스럽지만, 어느 귀한 타블로이드지의 새로운 얼굴 청년 데스는 벌써부터 큰 인상을 남기기 시작했다. 그는 놀라울 정도로 범죄자의 심리를 잘 파악한다! 흐음. 그게 누구 덕분일까!

"그 여자 또 다뉴브 흉내 내고 있어." 던이 말했다.

페퍼다인 부부는 케이프 래스로 가는 길이었다. 여행길을 따라 움직이는 영국의 풍경이 무지개처럼 다양한 초록색을 띠며 스쳐 지나갔다.

"이것 좀 들어 봐."

'스레너디'는 〈OK!〉 촬영이 끝나고 〈T4〉에 출연하러 가는 길에—그리고 (새로 문을 연 나이트클럽) EZ에서 저 기자회견을 하기 전에—세바스찬 드링커에게 곧 방영될 ITV 다큐멘터리 〈'스레너디'와 라이오넬: 융합〉에 대한 보도자료를 발표하라고 지시했다.

"다뉴브를 따라 하고 있어." 던이 말했다.

"나 좀 꼬집어 봐." 아연해진 데스가 말했다. "'스레너디'가 삼촌을 〈난 슈퍼스탄데 빌*** 여기서 뭐 하고 있는 거지?〉에 출연시킨다고? 안 돼. 절대 안 돼."

'스레너디'가 연례행사인 포퓰러 원 모델 파티 연설에서 말했다(그 자리에 참석하지 않은 다뉴브와 마찬가지로 '스레너디'는 포퓰러 원 모델 출신이었다).

> 전 매일 24시간 내내 라이오넬과 함께 있고 싶어요. 예전에 제가 일에 얼마나 집착했는지 생각하면 정말 신기해요! 다뉴브에 대해서도 그렇고요! 다뉴브. 갠 정말 끝장이죠. 진정한 사랑을 찾으면 이런 일이 일어나는 거죠. 다른 일에는 전혀 신경을 안 쓰게 된다니까요. 이상입니다.

그런 다음, 이 모든 것이 바뀌었다.

하지만 모든 것이 바뀌기 전에 라이오넬이 아발론 타워를 찾아와서 경고했다.

"난 네가 귀찮을 정도로 관심을 가질 거야. 넌 한시도 평화로울 수 없을걸."

데스의 말투는 더 이상 눈물어린 말투도, 애원하는 말투도 아니었다. 사랑스럽게 놀리는 듯한 말투였고, 던은 그게 마음에 드는 것 같았다. 던이 처음 들어 보는 소리로 웃더니(반 옥타브 더 낮았다) 이렇게 말했다. "약속해?"

"약속해."

"잊지 마. 약속은 약속이다."

전화가 울려서 받으러 가던 데스는 골디가 베란다에 자리 잡는 모습을 보았다. 꼬리가 물결치는 물음표처럼 움직였다. 골디는 자리에 앉아서 양쪽 귀를 따로 움찔거리면서 귀를 기울였다. 한쪽 귀는 오른쪽 소리를, 한쪽 귀는 왼쪽 소리를 들었다.

"데스냐? …… 조만간 밤에 한번 갈까 하는데."

데스가 말했다. "물론 괜찮아요, 삼촌. 언제요?"

"내가 어떻게 알겠니? 일이 너무 많아서. 다 쓰레기야." 라이오넬이 말했다(뒤쪽에서 여러 사람들이 흥겹게 떠드는 소리가 희미하게 들렸다). "나 지금 까만색이랑 노란색으로 된 롬퍼 입고 있다. 왠지 알아? 린디 잉글랜드가 말벌 옷을 입고 허리를 뽐내고 있거든. 색을 맞춰야 된대. 우린 가짜 '스레너디'들을 위해서 파티를 열어 주고 있다. 왠지 알아? 그중 반은 고용된 사람들이거든! 그 여자 스토커들도 그렇고! 도대체 어떻게 돼 가고 있는 거냐, 데스? 내 얼굴, 내 얼굴이 말이다, 데스, 완전 쭈그러졌어! 계속 미소를 짓느라고. 예전 얼굴을 되찾을 수가 없어! …… 도대체 어떻게 돼 가고 있는 거야? 라이오넬 애즈보는 어디 갔지? 사라졌어. 내가 사라져 버렸다고. 데스, 난 사라졌어. 세상에, 그러니까 이게 전부 다 쓰레기지 뭐냐."

라이오넬이 전화를 끊었지만 데스는 수화기를 든 채 계속 앉아 있었다. 잠시 동안 그의 가슴이 따뜻하게 고동쳤다. 그러더니 이제 다른 쪽에서 불안으로 인한 일종의 부정맥이 생겼다. 그런 다음 온기가 다시 돌아왔다.

"아, 아빠 보이니? 완전 반짝반짝 빛나네. 뭐. 사랑은 맹목적이니까." 던이 말했다.

데스가 고개를 들었다. 그는 (그 대단한) 호레이스 셰링엄에 대해서 한마디 하고 싶은 유혹을 느꼈지만 그럴 필요가 없었다. 두 사람 모두 알고 있었기 때문이다.

'스레너디'와 라이오넬의 동화 같은 사랑 이야기가 이제 길을 잃기 시작했다.

6월 말에 '스레너디'는 〈엘르〉 스타일 시상식에서 VIP석을 뛰쳐나가 사우스 센트럴 호텔로 돌아갔다. 이른 시간이었고, 혼자였고, 눈물을 흘리고 있었다. 사진: 마스카라가 번진 채 실크 탱크톱과 인공보석이 박힌 튀튀 차림으로 처칠 볼룸을 빠져나가는 '스레너디'. 원탁에 남아서 뿌루퉁한 표정으로 빈 의자에 발을 올리고 있는 라이오넬…….

7월 초에는 라이오넬이 맨체스터 풀 스로틀 모터쇼를 박차고 나왔다. 사진: 광택을 낸 금속과 유리를 배경으로 여러 가지 각도에서 찍은 두 사람의 싸우는 모습. 밍크코트 때문에 맘모스 같은 라이오넬과 유니언잭 비키니를 입은 요정 같은 '스레너디', 검지를 오만하게 쳐든 라이오넬과 손을 허리에 얹고 팔꿈치를 옆으로 뻗은 전투적인 자세의 '스레너디'…….

그런 다음 파파라치로 둘러싸인 킹스 로드의 이탈리아 식당에서 지독한 사건이 일어났다. 일간지들은 저녁식사 후 인도에서 벌어진 욕 대결에 집중했다(연륜으로 볼 때 '스레너디'가 확실히 불리했다). 하지만 데스에게 깊은 인상을 준 것은《이브닝 스탠더드》'런던 시민 칼럼'의 추적 기사 문단이었다. 두 사람과 가까운 자리에서 식사를 했던 사람은 라이오넬과 '스레너디'가 "식사를 하는 내내 서로에게 '그래, 그래, 그래'라는 말밖에 안 했다"고 폭로했다. 식사 시간 내내. "그래, 그래, 그래."

이제 라이오넬 커플은 '웜우드 스크럽스'로 돌아갔다. 세바스찬 드링커는 "두 사람이 관계를 손봐야 하는 것은 사실입니다"라고 인정했다. "그들도 그 사실을 잘 알고 있습니다." 그리고 '스레너디'는 이 사실을 입증하듯이 다음과 같은 짧은 시를 발표했다.

문제에 대해서 이야기하고
의견을 맞추고
타협하는 법을 배운다,
세월이 갈수록.

이제 사소한 의견 차이 따위
우리는 내려놓으리.
당신은 나의 남편이 되고
나는 당신의 신부가 되리니……,

"'스레너디' 말로는 라이오넬 삼촌이 이 시를 읽고 쓰러졌대."

"놀랍진 않다."

"아니야, 던. 들어 봐. '불쌍한 라이오넬은 끝까지 읽을 수가 없었어요. 그 정도로 심하게 울었죠.'"

"…… 기분이 참 이상하지 않아? 이 모든 일이 말이야."

"응, 맞아. 그렇게 옥신각신하는 게 무슨 도움이 되는 거야? '스레너디'가 술에 취해서 둘이서 거리에서 소리를 지르면서 싸우는 게 말이야. 더 인간적으로 보이나?"

"영국 사람처럼 보인다는 뜻이겠지. 아니, 내 생각에는 그냥 경솔한 것 같아."

"긴장감이 떨어진 거지."

"응, 긴장감이 떨어졌어."

데스와 던은 스티프 슬로프에 나와 있었다. 일요일 아침이었다. 디스턴이 아직 몸을 뒤척이며 일어나지도 않은 이른 일요일 아침(오전 7시)이었다. 먼지를 뒤집어쓴 밤나무, 모자를 쓴 꽃들, 구겨진 맥주 캔들, 이것이 자연 환경이었다. 두 사람을 놀라게 할 힘을 가진 것은 잇몸이 아플 정도로 지독한 폐수의 악취밖에 없었다.

"잠깐만." 데스가 말했다.

대실 영 기념탑으로 다가가는 두 사람의 발걸음이 느려졌다. 6년 전 스티프 슬로프에서 성인 여섯 명에게 맞아 죽은 자메이카 십대 소년 대실. 마름모꼴의 회색 돌은 톱니처럼 들쑥날쑥하고 지면과 높이가 같았으며 다음과 같은 말이 새겨져 있었다. **항상 기억되리라. 대실 영, 1991-2006.** 데스는 머리를 숙였다. 그는 항상 잊지 않았다. '슬픔은 우리가 치르는 대가입니다…….' 두 사람은 발걸음을 옮겼다.

"라이오넬과 '스레너디'. 두 사람 사이에는 뭔가 영원한 것이 있어." 던이 평화롭고 신비롭게 말했다(그러고 보면, 항상 그랬다).

"영원한 거 뭐?"

"불쌍하기도 하지. 사랑에 빠진 척한다고 생각해 봐."

"으음. 그러게, 생각해 봐."

11

던의 임신 5개월이 끝나는 토요일에 라이오넬이 처음으로 찾아왔다.

"가끔 들러 보겠다고 하셨어. 그게 다야. 너도 리 삼촌 알잖아. 예측 가능하다시피 예측할 수 없지."

"…… 그거 굉장히 쓸데없는 말이다. 예측 가능하다시피 예측할 수 없다니. 그러니까, 그게 무슨 뜻이 있어? 어느 부분이 예측할 수 있다는 거야? 라이오넬 아저씨는 예측 가능하다시피 예측할 수 없는 게 아니야. 예측 불가능하게 예측할 수 없는 거지."

"그래. 그냥 예측할 수 없어."

어둑어둑한 부엌에서 **예측 가능함**과 예측 불가능함이 똑같이 의미를 잃고 있었다. 아무도 불을 켜지 않았을 때의 그 기분 좋고, 목소리가 낮고, 무기력한 저녁이었다. 왜 불이 안 켜져 있지? 누가 불을 안 켰어? 네가 안 켰잖아. 나도 안 켰어……. 두 사람은 저녁으로 뭘 먹을지 이야기하고 있었는데 아발론 타워에서 그런 대화는 (시리얼만 먹던 시절, 토스트에 베이크드 빈스를 얹어 먹던 시절, 파스타와 페스토를 먹던 시절을 지나) 생활이 윤택해졌다는 표시였다. 데스가 말했다.

"내 말은, 삼촌이 우릴 놀라게 할지도 모른다는 뜻이야. 놀라지 않을 만한 일을 함으로써 말이야."

"그만해, 데스. 머리가 돌 것 같아."

"…… 콘월 페이스티[고기와 야채로 속을 채워 반달 모양으로 구운 패스트리—옮긴이]는 어때?" 데스가 약 올리듯이 제안했다. "아니면 첼트넘 양고기 파산다[양고기를 길쭉한 모양으로 펴서 매리네이드에 담갔다가 양념을 해서 튀긴 요리—옮긴이]?"

"좋은 생각이다. 아니면 컴벌랜드 소시지랑 으깬 감자."

"아니면 멜튼 모브리 돼지고기 파이."

데스는 아직도 가끔 (이를테면) 앤초비와 초콜릿 퍼지를 게걸스럽게 먹었지만 아발론 타워에서 입맛이 더 까다로워지고 있는 사람은 던이었다. 데스는 호레이스 셰링엄의 유전적 힘을 마지못해 인정했다. 항상 입이 짧던 던은 이제 순하고 담백한 영국 음식만 먹으려고 했다.

"네가 저녁으로 진짜 먹고 싶은 게 뭔지 알겠다. 스콘이야. 카우 앤 게이트 파머스 와이프 더블 데본 크림을 발라서."

그때 덜컹거리는 소리, 탁탁거리는 소리 두 번, 끼익 소리가 들리더니 현관문이 헐떡거리며 쾅 닫혔다.

데스가 일어나서 왼쪽으로 갔고 기다란 형광등이 당황하여 낮은 소리를 내면서 켜졌다. "여기예요, 삼촌!"

"…… 그래, 거기 아니면 어디겠냐?" 라이오넬이 말했다. 그의 화려한 모습이 문간을 채웠다. 경건하게 번쩍이는 짙은 파란색 양복 위에 밍크코트를 망토처럼 두르고, 확고하고 웃음기 없는 표정의 라이오넬. 한손은 부드러운 가죽 여행 가방을 꽉 쥐고 있었고 한손은 고리버들 바구니를 들고 있다가 식탁 위에 휙 올렸다. "맥주 있냐?"

"가져가요, 삼촌. 캔으로요?"

여행 가방이 툭 떨어지고 어깨가 움직이더니 코트도 떨어졌다. 라이오넬이 의자에 앉은 다음 몸을 돌려 무채색 저녁을 마주보았다. 그는 코브라 캔과 말보로 헌드레즈를 들고 자리를 잡았다. 긴 등은 굽은 채 움직이지 않았지만 어깨 끝은 가끔 가볍게 떨렸다. 몇 분이 지났다.

"아, 좀 낫네." 라이오넬이 돌아보지도 않고 말했다. "아, 좀 나아. 여기가 낫구나, 던. 어, 가정의 축복이 뭘 바탕으로 하는지 알아? 내가 말해 주지. 존중이야." 라이오넬이 신랄하게 말했다. 땅딸막한 손가락이 올라왔다. "그리고 공감. 공감이지. '스레너디'는 그렇게 생각해……."

잠시 후 던이 말했다. "뭐 좀 드셨어요, 아저씨?"

"아니, 나갈 거야." 라이오넬이 일어나서 타이를 풀기 시작했다. "저거 보이니? 저게 최고급 바구니 세트[영국에서는 바구니에 음식 등을 가득 넣어 선물용으로 판매한다—옮긴이]야. 포트넘 백화점 거. 마음껏 먹어라."

라이오넬이 화장실로 들어가서 시원하게 오줌을 눈 다음 꼴사납게 하품하는 소리가 들렸다. 그런 다음 그가 밖으로 나와서 걸을 때마다 복도 마룻장이 움찔거렸다.

"…… 메종 드 라 트뤼프 올리브 오일과 블랙 트러플." 데스가 말했다.

"자부고 지방 이베리코 햄과 속을 채운 안달루시아 오이 피클."

"스파이스 너트와 사테 콩 믹스. 그리고 살사 바게트."

"라임과 포메라니아 코리앤더 드레싱. 그리고 에피큐어 크루통."

"맷돌로 간 머스터드와 코끼리 마늘."

라이오넬이 금방 돌아왔다. 그는 야구 모자를 쓰고 체육복을 입고 끈을 느슨하게 푼 운동화를 신은 채 거기서 잠시 어슬렁거렸다……. 그때 우리는 뭔가를 깨달았다. 라이오넬 애즈보는 이제 전국적으로 유명한 인물이 되었고 바로 눈에 띄었다. 하지만 금권주의적인 배경에 있을 때만 그랬다. 예를 들면 '오로라'의 운전대를 잡고 있을 때(혹은 벤간자의 운전석에서 지상으로 하강할 때), 어느 무도회나 갈라에서 '스레너디' 옆에 서 있을 때, 혹은 '웜우드 스크럽스'의 잔디밭을 어슬렁거릴 때. 디스턴에서 가벼운 옷차림을 하고 있으면 라이오넬은 특유의 익명성을 되찾을 것이다, 투명인간이 될 것이다.

"그래, 던." 라이오넬이 다시 말했다. "얼마나 됐니?"

던이 대답했다.

"그럼 어디 보자. 배를 좀 보여 주렴."

의자가 천천히 흔들리며 뒤로 밀리더니 던이 일어섰다. 그런 다음 그녀가 한 바퀴 돌았다.

"…… 데스, 넌 못 믿을 거야. 내가 인터넷에서 봤는데, 임신한 여자를 좋아하는 놈들도 있더라. 참 웃긴 세상이지……. 맛있게 먹어라. 〈최고의 경기〉도 재밌게 보고."

두 사람은 병과 솥과 나무 바구니를 들고 바쁘게 움직였다.

"이것 좀 먹어. 있잖아, 삼촌은 초조한 거야, 도니. 사람들이 삼촌과 그 여자에 대해서 하는 말이 사실이라면 말이야. 삼촌은 가족이 생기는 것 때문에 초조한 거야. 신경 쓰지 마."

"내가 왜 신경을 써? 아저씨는 동요하시는 거야, 맞아. 어쩔 수가 없는 거야……. '스레너디'와 공감한다고 상상해 봐. 혼란스러울 만도 하지."

"바로 그거야. 자, 어, 맛좋고 몸에 좋은 메를로래, 한 모금만 마셔."

"그거 곧장 아기한테 갈걸. 전부 다. 아기가 적포도주를 한 잔 주문한 거나 마찬가지야. 한 모금이면 우리 아들이랑 똑같은 크기라고!"

"딸이야. 조금만 마셔. 그래……. 있잖아, 삼촌은 그냥 옛날에 살던 동네에서 하룻밤 보내고 싶은 것뿐일 거야. 우리한테 아무런 해도 끼치지 않을 거야."

"정말 안 그러기를 진지하게 바라야겠다. 자, 이걸 봐. 체다 치즈 골라야 돼. 어느 걸로 할래? 강하고 진한 맛? 온가족용 순한 맛?" 던이 말했다.

"강하고 진한 맛."

"아니야, 데스. 온가족용 순한 맛으로 해야지."

…… 라이오넬은 새벽에 돌아왔다. 덜컹거리는 소리, 탁탁거리는 소리가 두 번 나더니 불이 켜지고, 복도에서 신석기인 같은 발소리가 들리더니 압축 양철로 된 싱크대를 뚫을 듯한 물줄기 소리가 났다. 그게 문제였다는 건 아니다. 던과 데스는 이미 말똥말똥 깨어 있었기 때문이다. 두 사람은 어둠 속에서 누워서 같이 한숨을 쉬면서 눅눅한 열기를 내뿜었다. 두 사람의 위장은 두 개의 매미 둥지처럼 톱질을 하는 듯한 소리로 질문과 대답을 주고받으며 대화하고 있었다.

"그게 필요한 거였어. 기분 좋은 늦잠."

"기분 좋은 늦잠이 아니었어, 도니. 난 그냥 침대에서 나올 수 없었던 거야."

"어쨌든 이젠 잠에서 깨서 일어났잖아."

"아홉 번째 시도 끝에 말이지. 넌 어떻게 그렇게 갑자기 괜찮아?"

"난 한 모금밖에 안 마셨으니까. 넌 반병이나 마셨잖아!"

"으으, 지금 그 대가를 치르고 있잖아. 음식도 문제였어. 혹시 무슨 …… ?"

라이오넬은 오후 네 시에 나타났다. 극도로 나쁜 안색이 검정색 새틴 실내복과 양쪽 뺨의 밝은 얼룩 때문에 더욱 나빠 보였다. 뺨이 쓸리거나 벗겨진 것 같았다. 숙취가 아니었다(라고 데스는 생각했다). 라이오넬은 숙취에 시달린 적이 한 번도 없었다. 하지만 데스는 삼촌이 아프다는 사실을 알 수 있었다.

"마실 거 한 잔 드릴까요, 삼촌? …… 평소에는 차 좋아하시죠."

"…… 그래, 줘. 사람 일은 모르는 거니까. 효과가 좀 있을지도 모르지." 라이오넬의 시선이 일종의 편안한 공허함으로 번득이며 방을 맴돌았다. 그런 다음 얼굴이 맑아지더니 무력한 혐오를 드러내며 일그러졌다. "저것 좀 봐. **닫혔네.**"

데스가 말했다. "네, 또 끼었어요."

"**닫혔어**……." 라이오넬이 그것을 향해 떨리는 손을 뻗었다. 탱크가 수줍게 기대하는 것처럼 하품을 하듯 열렸다.

세 사람은 뒷걸음질을 쳤다.

잠시 후 라이오넬이 말했다. "쐐기로 고정시키면 어때?"

"쐐기로 고정시키는 걸 **싫어해요.**" 던이 말했다. "입을 꽉 닫고 꿈쩍도 안 해요. 한 달 동안요. 쐐기를 싫어해요."

"항상 열려 있어도 소용없잖아요." 데스가 말했다.

"쓰레기 때문에요." 던이 말했다. "조금만 지나도 냄새가 나요."

"우리가 마음대로 열고 닫을 방법이 필요해요. 이건 한번 열리면 닫을 수가 없어요."

"닫히면 열 수가 없고요."

라이오넬은 모든 상황을 생각해 보았다. "그래서 어떻게 했는데?"

"저 위에 앉아요." 던이 말했다. "닫혔을 때는요."

세 사람의 시선이 까맣게 벌어진 탱크의 틈새로 돌아갔다. 그러자 압축된 공기가 쉭쉭 빠져나오면서 탁 닫혔다.

세 사람은 의자에 앉은 채 깜짝 놀랐다.

라이오넬이 말했다. "저거 귀신 들렸나 봐, 진짜. 엘리베이터랑 똑같아." 몇 분이 지났다. "데스. 신문에서 너에 대한 기사를 쓸 때 말이야, 데스. 기자들이 너에 대해서 쓸 때는……. 나도 모르겠어. 너한테 아첨을 해." 라이오넬이 말했다. "네가 흑인이라서 그런 거야."

라이오넬은 샤워를 하고 옷을 갈아입은 다음 복도로 나와서 데스를 불러 배웅을 받았다.

하루가 이제 막 시작되었고 가볍게 흩어진 작은 구름들이 제각각 그림자를 드리울 정도로 낮게 떠다녔다. 하지만 밝은 색깔과 날이 맑을 것이라는 약속은 무언가가 빨아들이는 것처럼 하늘에서 사라지고 있었고 강한 바람이 불었다. 라이오넬이 그날 첫 번째 담배(커다란 시가)를 피우면서 말했다.

"케이프 래스의 빌어먹을 닥터 노한테 전화가 왔다. 이름이 뭐더라? 눈이 푹 꺼진 사람."

"엔도. 제이크 엔도요."

"그래. 거기 가면 말이야." 라이오넬이 얼굴을 찌푸렸고 입이 벌어졌다. "할머니가 널 알아보냐?"

"날 알아보느냐고요? 모르겠어요. 옛날 일은 기억하세요. 학창 시절요."

"오래 안 갈 거야. 정신은 멀쩡하든?"

"네, 가끔씩요. 도미닉 할아버지에 대해서 얘기해요. 라스 할아버지랑요." 라스는 존의 아버지였다. "돔과 라스." 데스가 주저하며 말을 이었다. "할머니는, 어, 할머니는 좀 신랄한 말을 하세요. 섹스에 대해서요."

"닥터 노도 그렇게 말하더라. 생명력이란, 참. 정말 역겨워."

라이오넬이 모피를 둘렀다. 은색 메르세데스가 다가와서 거리를 두고 멈춰 서더니 공회전을 했다.

"그 의사 말이야. 할머니 기억이 돌아오는 중인 것 같다더라. 5분 전에 빌어먹을 약을 먹었는지 말았는지도 기억 못하면서. 과거는 기억하는 거지. 돌아오고 있어. 시간 순서대로 말이야! 생각해 봐. 우리들 아빠 여섯 명이랑 할 거 아냐. 이 다음에는, 누구더라, 그래 케빈. 그 다음엔 빌어먹을 토비. 그 다음엔 로리랑 할 거야! 그게 바로 우리한테 필요한 거지."

라이오넬이 포드 트랜싯의 흰 문을 세게 끌어당겼다. 라이오넬이 차를 출발시켰고 메르세데스 벤츠가 공손하게 뒤를 따랐다. 검정색 밍크코트를 입고 흰 밴을 모는 남자.

* * *

그렇게 패턴이 만들어지고 정착되었다. 라이오넬이 금요일 밤, 토요일 밤, 때로는 수요일 밤에 신속하게 들어온다. 짤막한 인사를 나누고 선물을 증정한다(선물은 점점 더 기이해졌다). 라이오넬은 옷을 갈아입고 외출을 했다가 청회색 연기처럼 어둑어둑한 시간에 돌아오고(데스와 던을 모두 깨우고), 티타임에 일어나 쓸리고 까진 얼굴로 차를 마시면서 탱크와 신문을 보며 비웃고, 한숨을 쉬고, 일어나서 세찬 물을 맞으며 샤워를 한다…….

곧 라이오넬이 개를 한 마리씩 데리고 오기 시작했다. 한 번은 젝을 데려오고 다음에는 잭을 데려오는 식이었다. 개를 처음 데려왔을 때(흑백 얼룩무늬에 10센티미터 정도 되는 꼬리를 두꺼운 뒷다리 사이에 초조하게 숨긴 젝이었다) 라이오넬은 한참 달각거리면서 화장실을 놓고 송아지 가죽 여행 가방과 같이 가져온 가방에서 모래를 꺼내 화장실을 채운 다음 개가 먹을 저녁을 꺼내 놓았다. 불쾌하게 번쩍거리는 밝은 초록색 고추로 대충 속을 채운 필레 미뇽 덩어리 같았다. 핏불은 아발론 타워 베란다에서 별다른 식욕도 드러내지 않으며 저녁을 먹었다.

"물 좀 줘라, 데스. 다 먹고 나면. 딱 한 잔만 줘야 돼." 라이오넬이 밖으로 나가면서 말했다.

페퍼다인 부부가 개를 안으로 들여놓았을 때 젝은 아직도 속이 쓰려서 흐느끼고 있었다. 젝은 주저했다. 던이 등을 쓰다듬으려고 몸을 숙이자 처음에는 몸을 움츠렸다. 데스와 던은 젝에게 물을 준 다음 매운 것에 효과가 더 좋은 우유 두 접시를 주었다. 그러자 젝은 금방 배를 드러내며 소파에 드러누웠다. 마치 유치하고 성적인 말치레에, 자신이 그야말로 스타인 유치한 난교 파티에 어리석게 기뻐하며 굴복하는 것 같았다……. 잭도 젝과 마찬가지였다. 잭 역시 흑백 얼룩이었지만 형제인 젝과 흰색과 검은색이 바뀐 음화(陰畵) 같았다. 잭은 전체적으로 흰색에 검정색 탱크톱을 입고 검은 모카신 네 짝을 신은 듯한 얼룩이었지만 젝은 전체적으로 검정색에 흰색 턱받이를 하고 흰색 각반 네 개를 찬 듯한 얼룩이었다. 어느 금요일에 젝이 오면 다음 수요일에는 잭이 왔다. 하지만 잭과 젝이 같이 오는 일은 한 번도 없었다.

개들과 페퍼다인 부부는 곧 서로 무척 좋아하게 되었다. 분명 라이오넬이 탄식할 만한 전개였다. 페퍼다인 부부는 알고 있었다. 그리고 불가사의하게도 개들도 그 사실을 알았다. 그래서 두 사람과 두 마리 모두 그렇지 않은 척했다. 라이오넬이 발을 쾅쾅 구르며 복도를 지나 밖으로 나갈 때까지 두 사람과 두 마리는 간통에 익숙한 사람들처럼 예의바르게 거리를 두었다. 하지만 현관문이 쾅 닫히면 잭이나 젝은 벌렁 드러누워서 네 발을 들고 꼬리를 빙빙 돌리거나 공중으로 1.5미터씩 뛰어올랐다…….

금요일에 잭이 오면 다음 주 수요일에는 젝이 왔다. 하지만 젝과 잭이 같이 온 적은 단 한 번도 없었다.

12

여름 동안 '스레너디'는 작은 프로젝트를 진행했다. 그녀는 던과 인연을 맺고 싶어 했다.

문자. 이메일들. 그 다음에는 매일 걸려오는 전화…….

"방금 체크인 했대. 우리 어떻게 지내냐고 묻더라. 사우스 센트럴에서 저녁식사를 같이 하자던데. 우리 셋이서."

"네 생각은 어때?"

"라이오넬 아저씨에 대해서 이야기하고 싶어. '스레너디'와 아저씨의 관계가 어느 정도의 범위인지 얘기하고 싶어."

"…… 그럼 우리가 맞춰 주는 거야? 이건 정말 미친 짓이야, 도니."

'스레너디'가《데일리 미러》와의 획기적인 인터뷰 중에 말했다.

사람들이 모르는 건 바로 이거예요. 그래요. 첫째, 우리는 돈이 꽤 많고, 둘째, 좋아요, 우리는 유명해요. 하지만 그렇다고 우리한테 문제가 없는 건 아니에요! 사람들은 너무 우둔해서 그걸 이해하지 못해요. 우리는 영국의 다른 커플들이나 마찬가지라고요, 세상에! 우린 '평범한 사람들'이고, 다른 사람들과 똑같아요. 여보세요? 머리가 너무 나빠서 그게 이해가 안 가요?

보세요, 멜라니, 주된 문제는 두 가지예요. 그 사람은, 나의 라이오넬은 열정적인 남자고, 그래서 전 그를 '사자의 심장'이라고 부르죠. 하지만 라이오넬은 제 과거에 미친 듯이 질투를 해요. 내가 바로 그 질투에 반했죠. 라이오넬은 "그 자식들이 다 당신을 생각하면서 자*를 했다고!" 뭐 그런 식으로 말해요. 하지만 난 사람을 반하게 만들잖아요. 그런 매력이 없는 '스레너디'라니, 말이 돼요? 사실 나 자체가 사람을 반하게 만드는 매력이라는 말과 동의어잖아요.

그리고 라이오넬은 여행을 하지 않아요. 이 땅에 굳게 뿌리박고 있죠. 라이오넬은 그 정도로 애국적이에요. 여권도 없는 데다가 만들려 하지도 않아요! 그렇지만 난 반드시 어딘가에 가야 되거든요. 우린 타협할 거예요. 그래야만 해요. 요즘 아기를 가지려고 노력하고 있거든요. 진심으로 노력하고 있어요! 마음 깊은 곳에서부터 난 알아요. 내가 임신하는 순간 전부 제 자리를 찾을 거예요.

있잖아요, 멜라니, 난 뿌리를 잊은 적 없어요. 요즘엔 라이오넬의 조카며느리 던 페퍼다인과 친해졌어요. 던은 내가 옛날에 그랬던 것처럼 비좁은 시영 아파트에 살아요. 게다가 곧 아기를 낳을 거예요. 그래서 우린 늘 금방 수다를 떨죠. 서로를 완벽하게 이해해요. 그리고 공통점도 너무나 많고…….

* * *

화요일에 페퍼다인 부부는 일을 마친 후 들뜬 기분으로 핌리코 지하철역에서 만나서 빗속을 걸어 사우스 센트럴 호텔로 갔다. 두 사람은 호텔 앞뜰로 다가가다가 데스의 《데일리 미러》 동료를 만났는데, 그가 기자들이 모여 있다고 말해 주었다. 다뉴브가 펜트하우스 카지노에서 열리는 행사에 참가할 예정이라고 했다.

두 사람은 자리에 앉아서 코카콜라를 마시면서 기다렸다. 주변에는 호텔 숙박객들이 평소처럼 멋진 옷—오페라나 팬터마임에 출연하는 사람들 같았다—을 입고 술을 마시며 스낵을 먹고 있었다. 하지만 알고 보니 로스 펠리즈 라운지에서 제일 눈에 띄는 사람은 바로 던 셰링엄이었다.

"이젠 진짜 임신한 기분이다." 던이 두 번째로 화장실에 다녀오면서 말했다. "사람들이 다들 쳐다보는 거 보여? 여기 임신한 사람이 들어와도 되긴 하는 거야? …… '스레너디'는 어디 있지? 일곱 시 반이라고 했단 말이야!"

아홉 시가 되기 20분 전에 안경을 쓰고 다른 일에 정신이 팔린 듯한 메건 존스가 와서 톡톡 쳤다.

"안녕하세요! 계획이 바뀌었어요. '스래너디'는 위층에 있어요." 메건이 말했다.

"어, 안 내려온대요?"

"다뉴브가 있는데요? 꿈 깨요. 사랑스러운 던, 날 위해서 '스레너디'한테 잠깐 들러 줄래요. 지금 기분이 너무 안 좋아서 기분전환이 필요해요……. 아 정말 착하기도 하지."

데스가 계속 자리에 앉아 있었다. 그날 밤 호텔의 중심은 16층 위로 올라갔고, 초대받지 못한 몇몇 사람들만이 바에 남아서 분개하고 있었다. 그렇게 아무 사건도 없이 거의 두 시간이 지났다. 누군가는 웃으면서 새로 들어온 상어 수조 앞에서 옷을 벗었고, 누군가는 웃으면서 정원의 개구리를 얼음 통에 빠뜨려 죽였다. 그리고 아무 감동 없는 TV 화면들 — 로렐과 하디, 쓰나미, 뽀빠이, 9월 11일, 왕실 결혼식, 〈피노키오〉, 화산, 〈맨딩고〉, 참수 영상, 〈스릴러〉, 고질라…….

"'스레너디' 말이야, 안대를 쓰고 침대에 누워 있었어." 두 사람이 빗속에서 킹스 로드의 첼시 키친으로 걸어갈 때 던이 말했다. "그리고 속삭이면서 말했어."

"조심해, 저기 웅덩이 있다. 라이오넬 삼촌에 대해서 뭐래?"

"아저씨 이야기는 한마디도 안 했어."

"그럼 무슨 얘기 했는데?"

"다뉴브 얘기."

데스와 던은 버섯파이를 먹고 슬로언 광장에서 디스턴 노스까지 지하철을 타고 갔다. 아발론 타워 33층은 불이 다 켜져 있었다. 두 사람은 부엌에서 레벨 옐 버번 3.6리터짜리 병(이 역시 선물이었다)과 흥분한 잭을 발견했다.

그는 윗시츠와 페어리 토스트[윗시츠는 치즈맛 콘 스낵, 페어리 토스트는 빵에 마가린이나 버터를 바르고 장식용 사탕 등을 뿌린 토스트 — 옮긴이]를 준비하고 '미라주' 샤도네이의 온도를 쟀다. '스레너디'는 일곱 시 반에 오기로 했다.

'스레너디'는 앞장선 1번 경호원(낡은 파란색 양복을 입고 사과하는 듯한 표정을 짓는 땅딸막한 남자)의 뒤에서 2번 경호원(넉넉한 스리피스 양복을 입고 머리를 포니테일로 묶은 훨씬 젊은 남자)의 에스코트를 받으면서 아홉 시 이십 분에 도착했다. 2번 경호원이 현관문 앞에 지키고 섰다.

'스레너디'는 어리둥절해 하면서 빠른 속도로 들어와서 머리와 목 전체를 움직이면서 눈을 굴려 주변을 엄격하게 살펴보더니 허리에 양손을 얹고 빛 한가운데에 멈춰 섰다.

"12층." 그녀가 비통하게 말했다.

"경고했잖아요."

"그래, 던, 경고했지. 하지만 내 힐은 어쩌고? 내 힐은 어쩌고? 보여?"

'스레너디'가 자리에 앉아서 신발을 벗은 다음 두 사람 앞에 들어 보였다. 그러자 데스는 어제 본 것이, 운하 수문에 화물선을 고정시키는 거의 O자에 가까운 고리가 생각났다.

"빌어먹을 신발 때문에 아주 **죽겠더라**. 12층이나 걷다니. 마지막 5층은 맬이 날 업어야 했다니까……. 12층이라니. 배려는 어떻게 된 거야? 정말 괴롭게 하네."

잠시 침묵이 흐른 다음 던이 손님에게 '미라주'를 한잔 권했다. '스래너디'는 당당하게 거절했다. 그런 다음 아주 잠깐 눈물을 흘렸다. 그녀가 말했다.

"오, 던. 결국 그렇게 되고 말았어. 라이오넬이 내 뱃속에 아이를 남겼어!"

페퍼다인 부부는 머뭇거리다가 정말 축하한다고 분명히 말했다.

"아, 내가 그 말을 했을 때 네 삼촌 얼굴을 너희도 봤어야 해. 눈물을 흘렸어……. 엄마가 되는 거야, 던. 우린 엄마가 될 거야. 제대로 된 엄마. **엄마** 말이야." 그녀가 데스를 향해 고개를 돌리고 말했다. "잠깐 자리 좀 피해 주겠니? 던이랑 엄마들끼리 이야기 좀 하고 싶은데."

데스는 책을 들고 침실로 갔다. 복도에서 나이 많은 경호원이 서성거리며 다가왔다. 10분 후에 (경고의 의미로 기침을 한 다음) 그가 문밖에서 고개를 비죽 내밀고 말했다.

"이제 나와도 됩니다. 그러고 싶다면요." 그는 고개를 숙여 턱을 가슴까지 내리고 보이지 않는 안경을 쓴 것처럼 위를 올려다보는 버릇이 있었다. "저는 맬 맥매너맨이라고 합니다." 그가 이렇게 말하며 손을 내밀었다. "15년 동안 이 일을 하고 있지요. 섹시한 모델들. 글래머 퀸들. 누드모델들. 그거 알아요, 데스먼드? 사람들이 부르는 이름이 맞아요. 환상의 여자들이에요. 구름 속에 살죠."

데스가 부엌으로 가자 '스래너디'가 커다란 '미라주' 잔을 들고 말하고 있었다. "우리 소중한 인연이 될 거야, 귀여운 던. 너무나 소중하지. 너랑 나, 엄마들끼리야."

'스래너디'가 신호를 보냈다. 맬 맥매너맨이 복도로 나갔고 현관문이 한숨 쉬는 소리가 들렸다. 두 남자가 아주 조용하게 들어왔다. 세바스찬 드링커와 크리스 라지라고 했다(데스는 크리스 라지를 알아보았다. 《선》에서 나온 대프니의 사진기자다). 맬 맥매너맨이 팔짱을 끼고 뉘우치듯 고개를 숙이고 벽에 기대었다.

"소파에 앉자, 던." '스래너디'가 말했다. "그리고 좀 안아 보자. 그런 다음에 일어서서 한 바퀴 돌아 봐. 저 사람들한테 보여 줘."

골디는 기다란 형광등 빛을 받아 태양 같고 사자 같은 얼굴로 두 사람이 식탁을 치우는 모습을 보고 있었다. 유리잔들, 웟시츠, 페어리 토스트.

"저거 좀 봐. 그 여자 한 병 다 마셨어!" 던의 눈이 튀어나올 듯이 커졌다. "게다가 레벨 옐이랑 다른 술도 마셨단 말이야. 아기가 취했을 거야."

"그래. 애가 있다면 말이지."

"아기가 있다면……. 그 여자는 아기를 뭐라고 불러야 할지 알더라. 아들이든 딸이든. 러브차일드래."

"러브차일드라고?"

"응, 러브차일드. 그리고 중간 이름은 우리처럼 붙이겠지."

"…… 러브차일드 '스래너디' 애즈보?"

"러브차일드 '스래너디' 애즈보. 영국의 현 상태지."

"영국의 현 상태."

"뭐 어쨌든. 정말로 사생아가 되진 않을 거야[러브차일드(Love child)는 사생아라는 뜻이다—옮긴이]. 두 사람의 꿈같은 결혼식은 어쩌고?"

그후 며칠 동안 데스는 캐너리 워프의 사무실에서 당연히 적당한 놀림을 받았고, 세인트 스위딘스 학생들에게 던은 대천사에서 최고위 천사로 등극했다. '스레너디' 숙모가, 그리고 믿기 어려운 시 〈자매들〉(신이 주신 출산이라는 선물/우리는 서로를 숭배하면서……)이 온갖 신문을 장식했기 때문이었다. 임신 소식은 이제 공식적인 뉴스가 되었다. **세바스찬 드링커: 애즈보 씨는 진심으로 기뻐하고 있습니다. 애즈보 씨는 정말 지극한 행복을 느끼며 그 소식을 반겼습니다.**

"…… 뭔가 잘못된 것 같아, 안 그래?" 던이 말했다. "**지극한 행복**이래."

"응, 그런 것 같아. 발음을 잘못한 건 아니겠지. …… 난 이게 정말 싫어. 그러니까, 진실은 어디에 있는 거야? 불쌍한 진실은 어디에 있어? 삼촌이 오시면 우린 뭐라고 말해야 돼?"

"축하해요, 리 삼촌."

"네, 정말 축하드려요, 아저씨."

라이오넬이 중국 해초 같은 것이 담긴 두꺼운 유리병을 양손에 들고 대사 같이 당당한 양복 차림으로 문간을 채우며 멈춰 섰다. 그가 말했다.

"무슨 소리야?"

"아니면, 어, 신문에 나온 얘기를 다 믿으면 안 되는 거였어요, 삼촌?"

"뭐? 무슨 얘기?"

던이 말했다. "아기요."

"아, 아기. 아, 아기 말이지." 라이오넬이 유리병을 조카에게 준 다음 자유로워진 손을 뻗어 윈저 매듭을 홱 잡아당겼다. "그 여자가 뭐라고 부르는지 알아?"

"…… 우리한테는 러브차일드라고 했어요."

"러브차일드는 무슨 얼어 죽을. 자기 **출구전략**이래. 마침내 생각해 낸 거지."

알고 보니 두꺼운 유리병—라이오넬이 가져온 선물—에는 수경재배 마리화나가 들어 있었다. 그 전 주에는 담배(발칸의 소브라니 담배) 천 개비를 주었다. 라이오넬도 육아책을 읽은 것 같았다. 다른 선물들 중에는 스시와 세비체[해산물을 익히지 않고 레몬즙 등에 재워서 먹는 음식—옮긴이], 생선 타르타르가 잔뜩 든 바구니도 있었다.

어느 일요일 오후에는 (두 번 다시는 그런 일이 없을 것이다) 라이오넬이 방에서 나와서 부엌 식탁에 앉았고 그의 어린 시절 연인 신시아가 곧 합류했다. 과묵한 디스턴 여자 신시아는 이제 스물여덟 살이었다. 신시아. 런던 하늘처럼 새하얗지만 색깔이 아예 없는 것이 아니라 추위의 희미한 파란색처럼 희미한 진보라색 흔적이 있었다.

…… 라이오넬이 밤에 (빈 집에 돌아오는 것처럼) 시끄럽게 난입할 때마다 데스는 다른 사람을 의식하지 않는 것이 (그런 걸 상상할 수 있다면) 얼마나 편할까 생각했다.

13

“기운 내. 아직 때가 안 됐잖아.”

“네, 하지만 난 혼자예요.”

데스는 혼자였다. 그의 아내는 거기 없었고, 그의 아이도 거기 없었다.

“던 어디 갔는데?”

“아버지를 돌보러 갔어요.” 데스가 냉장고에서 코브라를 한 캔 꺼냈다. “음, 정확히 말하면 아버지를 돌보는 건 아니에요. 그 나쁜 놈은 아직도 던을 가까이 못 오게 해요.”

“어떤 면에서는 너무 당연한 일이지. 호레이스 같은 사람이라면. 외동딸이 흑인이랑 결혼을 했으니……. 기분 나쁘라고 한 말은 아니다, 데스.”

“기분 안 나빠요, 삼촌. 괜찮아요. 그래서 던은 병원에 앉아서 자기 엄마를 돌보고 있어요.”

“그래? 그 사람, 무슨 일인데?”

남몰래 술을 마시던 호레이스 셰링엄은 남몰래 급성 간경변증에 걸렸다. 토요일 아침에 진단을 받았다.

"노랗게 변했어요. 간이 기능을 멈췄대요."

"몇 살이지?"

"쉰 살이요."

"아, 그럼 이제 곧 가겠네. 좋은 생각이 있어. 오늘 밤에 예전처럼 같이 외출하자, 데스. 좋지?"

"네. 좋아요. 멋져요, 삼촌."

"그래. 너 어릴 때처럼 말이야. 금방 오마."

라이오넬은 맥주를 다 마시고 레벨 엘을 한 잔 따르고 (열린) 탱크를 한 번 걷어찬 다음 어깨로 자기 방문을 밀고 안으로 들어갔다.

"KFC 말이지. KFC. KFC. KFC. KFC……."

라이오넬은 거의 대화를 하듯이 말했다. 예전처럼 주문(呪文) 같은 힘은 없었다. 접시를 내려놓고 작은 머스터드와 렐리시 주머니를 찢을 때 라이오넬은 드물게도 기분이 좋은 것 같았고 심지어는 흥겨워 보이기까지 했다. 두 사람 주변에는 KFC의 밀크셰이크 색깔들과 햄버거 뱃살들이 가득했다.

"KFC 말이야. KFC. 부(富)란 말이다, 데스. 부라는 건……. 어렸을 때를 떠올려 봐, 자라서 뭐가 될까 생각했던 때 말이야. 그거랑 같아. 이렇게 생각하겠지. 좋아, 난 기관사가 될 거야! 나는 어, 난 빌어먹을 기차를 사서 그걸 타고 증기를 피우며 돌아다닐 거야. 하지만 또 이런 생각이 들겠지. 어디로 가지? 그게 다 무슨 소용이야? 그런 다음 다시 생각하는 거야. 좋아, 열기구를 살 거야. 아니면 비행기를 사든지. 제기랄, 케이프 커내버럴[미국 플로리다의 곶으로 우주선을 쏘아 올리는 공군 기지가 이곳에 있다—옮긴이]에 가서 우주 왕복선을 탈 거야."

데스가 말했다. "그러려면 러시아에 가야 돼요. 요즘은요. 아니면 인도나."

"문제없어. 케이프 볼리우드. 발사. 화장실에서 몰래 담배를 피우는 거야. 무중력. 높은 데서 지구를 보는 거지. 안 될 게 뭐야? 뭐든지 다 할 수 있지. 그러니까 절대—결코……. 하지만 그런 생각이 드는 거야, 그게 다 무슨 소용이지?"

라이오넬이 무감각하게 닭다리를 보더니 칩으로 손을 뻗었다.

"복싱은요?"

"아, 그 얘기냐. 복싱 말이지. 상당히 많이 했어. 계획을 다 세웠지. 목표를 설정했다고. 말하자면—말하자면 18개월 안에 아마추어 복싱 협회의 정식 회원이 된다든가." 라이오넬이 어깨를 으쓱하더니 말을 이었다. "토미 트럼이랑 얘기를 끝냈지. 토미가 그러는 거야. '라이오넬? 자네는 공격성이 있어. 하지만 유명인 복서는 오래 안 간다고!' 배가 충분히 고프질 않거든. 게다가 명성이 상대방한테는 빌어먹을 빨간 천으로 보이는 거야. 그래, 그게 무슨 소용이지? 미들즈브러에 근사하고 냄새 나는 체육관이나 내겠지. 전(前) 특수부대가 정보원을 심으려고 하고 말이야. 그래, 좋아. 그런데 다음 날 아침이면 신문들이 전부 널더러 멍청이라고 하는 거야! 그래서, 그게 무슨 소용이야? …… 뭐 하냐, 데스. 뭔가 제안을 해 봐."

"글쎄요. 독서도 있죠."

"해 봤지. 그 왜, 역사 말이다. 노르망디 상륙작전 개시일. 오마하 해변. 괜찮은 것 같아. 그런데 한두 페이지 읽고 나면……. 한두 페이지를 읽고 나면 책이 날 놀린다는 생각이 계속 드는 거야. 오이. 네가 날 놀려? 그러면 성질이 나서 어, 집중을 할 수가 없는 거야. 책이 날 놀리고 있다는 생각만 계속 나는 거지. 참 이상해."

"어, 선행은 어때요? 자선사업 같은 거요."

"자선사업이라고? 자선사업—나랑 그 여자가 유일하게 합의한 게 그거야. 우린 자선사업을 **참을** 수가 없어……. 내가 한 말 기억나? **행복하지도 않고 슬프지도 않아. 무감각하지**. 데스, 사실을 말해 줄까. 내가 숨 쉬고 있다는 걸 실감할 때는 여자랑 할 때밖에 없어. 어, 뭐 거기도 문제가 없는 건 아니지. 계집이랑은 말이야."

"가슴을 내밀어라, 가슴을 내밀어……. 있잖아, 데스. '스레너디' 말이야. 어떤 점이 좋은지 말해 봐. 마음에 드는 점이 뭔지 말해 봐……."

라이오넬이 술을 주문했다. 마르텔 코냑 세 잔에 맥주와 진저에일을 혼합한 섄디개프 반 잔. 그날 밤 레이디 고디바는 장사가 잘 안 됐다. 스트립 바라는 상업적인 콘셉트는 적어도 한 세대 뒤진 것 같았다. 독한 잉글랜드 맥주인 발리 와인을 마시는 외로운 중년 남자들. 낮은 무대에서 끈 팬티를 입은 무희가 체념한 듯 자기 옷을 주섬주섬 모으고 있었다…….

"린디 잉글랜드의 좋은 점을 말해 봐, 데스. 하지만 제기랄, 린디 잉글랜드는 비난을 받잖아. 게다가 그 여자가 파는 속옷이나 뭐 그런 것들만이 문제가 아니야. 내가 오늘 아침에 말했지, '도대체 뭐가 문제야?' 그 여자가 말했어. '뭐가 문제냐고? 말해 주지. 웬 다른 멍청이가 상을 탔다고…….' 상을……. 그 상이 뭐지, 데스? 시랑 관련된 거."

"T. S. 엘리엇 상이요?"

"그래, 그거야. 그 여자가 이러는 거야. '다른 멍청이가 T. S. 엘리엇

상을 탔어! 만 오천 파운드야. 《아즈와트에 대한 나의 사랑》이 어때서?' 그게 그 여자 책이야, 《아즈와트에 대한 나의 사랑》. 그 여자는 거물이 되고 싶어 해, 데스. '난 미국에서 거물이 되고 싶어. 중국에서도 거물이 되고 싶어.' 그 여자는 전 세계에서 거물이 되고 싶어 해. 거물이 된 다음에도 쉬지 않을 거야. 지구만으로는 충분하지 않을 테니까!"

라이오넬은 잠시 말이 없었고(흡족하다는 듯이 머리를 요상하게 옆으로 흔들었다), 그의 조카는 오랜 애정으로 마음이 따뜻해져서 꿈꾸듯 생각에 잠겨 있었다. '스레너디'—화성의 거물, 수성의 거물. 먼저 지구형 행성을 정복한 다음에 소행성대를 지나서 가스상 거대 혹성들로, 목성으로, 토성으로 가겠지. '스레너디', 명왕성의 거물…….

"그 여자가 말했어. '당신을 유명하게 만들어 줄게.' 그래서 내가 말했지. '난 이미 유명해.' 그랬더니 그 여자가 그랬어. '그래, 하지만 방식이 잘못됐잖아. 미움받고 있잖아. 내가 당신 이미지를 바꿔서 사랑받게 해줄게!' 사랑이라……. 제기랄. 그 여자가 나한테 자꾸 〈나는 슈퍼스타다〉를 하라고 그러잖아. 데스, 원래 그걸 찍으려면 빌어먹을 정글에 가야 된다고. 그런데 이젠 영국에도 그만큼 끔찍한 데가 있는지 알아보고 있대. 멀 섬이나 네일시 같은 데 말이야." 라이오넬이 잠시 말을 멈췄다. "또 날더러 새로운 의류 라인을 시작하래. 차브 어, 차브 **시크**라나. 귀걸이도 하고 커다란 금목걸이도 하래. **하여튼**이라고 쓴 티셔츠도 입고. 아니면 **아무렴**이든지. 사실대로 말해 봐라, 데스. 그게 라이오넬 애즈보냐? 농담이 아니야. 네 생각은 어때?

"**아무렴**이라고 적힌 티셔츠라고요?" 데스가 말했다. "차브는 멍청한 걸 자랑스러워하잖아요." 그리고 라이오넬은 (직업적인 이유로) 멍청하게 구는 것을 자랑스럽게 여기곤 했다. 그러나 차브는 하나의 유형이었지만 라이오넬은 어떤 유형에도 속하지 않았다. "내 생각엔 별로 안 어울리는 것 같아요, 삼촌."

"음. 있잖아, 〈나는 슈퍼스타다〉 말이야, 그 리얼리티 쇼. 사실 그건 진짜가 아니야. 그냥 유명한 사람들을 데려다 놓고 바보 만드는 거지."

"맞아요, 하지만 '스레너디'를 인정은 해줘야 돼요. 통했잖아요. 삼촌은 이제 인기가 많잖아요. 삼촌은—삼촌은 사랑받고 있어요."

"…… 길거리에서, 택시나 뭐 그런 데서 사람들이 말해. '잘 가요, 라이오넬.' '조심해요, 라이오넬.' 사람들이 그런다니까. '이제 본인한테도 신경 좀 쓰세요, 라이오넬.' …… 사랑받는다고. 난 잘 모르겠다."

라이오넬이 턱을 드는 것을 신호 삼아서 두 사람이 일어섰다. 끈 팬티를 입은 무희가 돈 주머니를 들고 다가오고 있었다. 라이오넬이 말했다.

"가슴을 내밀어, **남자들을 위해서**—우우."

여자의 걸음이 느려졌다. 데스는 최대한 아무 의미 없이 여자를 향해 미소를 지었다(생계를 꾸리려고 애쓰는 나이 어린 엄마일 것이다). 그녀는 라이오넬을 재빨리, 하지만 똑바로 보더니 지나쳤다.

"잠깐만." 라이오넬이 말했다. "기다려 봐, 예쁜이. 여기 50파운드. 양말에 끼워 줄게. 50파운드…… 쇼 잘했다고 주는 거야. 자."

교차로로 나오자 두 사람은 목소리를 높여야 했다.

"어디로 갈 거예요, 삼촌?" 데스가 엄지손가락을 들어 집 쪽을 가리키며 소리쳤다.

"아, 아직 가지 마, 데스!" 라이오넬도 같이 소리를 쳤다. "슬리핑 뷰티에 가서 마지막으로 한잔하자! 하고 싶은 얘기가 있어! 내 성생활에 대해서!"

14

슬리핑 뷰티는 (다양한 싸구려 여인숙과 마마이트[맥주를 발효시키고 남은 이스트로 만들어 잼처럼 빵에 발라 먹는 음식—옮긴이]처럼 어두운 B&B들을 제외하면) 디스턴의 유일한 숙박업소였고 머드스톤 로드에 있었다. 동쪽으로 삼십 분 걸어가면 되는 거리였다. 데스와 라이오넬은 꽉 다문 이처럼 늘어선 자동차들 사이를 옆걸음질 치면서 걸어가기 시작했다.

"지나와의 관계에는 어떤 긴장감이 있어!"

"어떤데요, 삼촌!"

"글쎄 아주 미묘해! 말론이—말론이 돈을 계속 올리고 있어! 조금 있으면 개가 나보다 더 부자가 될걸!!"

두 사람은 중간 중간 매듭을 지은 끈처럼 많아졌다 적어졌다 하는 인파를 지나치면서 계속 나아갔다. 데스는 발끝으로 걸었고 라이오넬은 무자비하게 터벅터벅 걸었다. 데스는 라이오넬과 십 년 동안 대화를 나누었지만 삼촌의 성생활을 자세히 들어야 했던 적은 한 번도 없었다. 그래서 무서웠다. 데스는 축축한 거미줄이 얼굴을 가로지르는 느낌이 들었다. 고개를 숙이자 습기에 숨은 온기 때문에 조금 더 짙어진 손과 팔이 보였다.

"다른 거, 데스! 사람들이 섹스를 그렇게 부르는 거 알아? 난 항상 그 이유가 궁금했지! 지금까지는 말이다!"

하지만 이제 카커 광장이었다. 크기가 확실히 인상적이었다. 축구장 크기만 한 갈색 풀밭이 두 개 있었고(각각 커다란 나무 그루터기가 하나씩 있었다) 불규칙한 무늬로 포장된 인도는 바퀴살 모양으로 깔려 있었으며 인도가 합쳐지는 곳에는 버려진 분수가 있었다. 전체적으로 사람이 무척 많았다. 데스는 광장의 인구밀도가 상파울로나 방콕과 비슷할 것이라고 생각했다. 하지만 거의 대부분이 신시아만큼이나 새하얀 백인이었다……. 뭔가를 축하하는지 남자들이 일부러 껄껄 웃는 소리와 여자들이 거리낌 없이 낄낄 웃는 소리가 들렸다. 하지만 만약 소리를 줄일 수 있다면 (볼륨을 꺼 버릴 수 있다면) 디스턴 사람들은 거대한 재난의 생존자들, 이를테면 지진이 난 뒤 아직 발밑에서 요동치는 땅 위를 방황하는 사람들처럼 보일 것이다. 라이오넬이 가까이에서 고개를 들고 쉰 목소리로 뜨겁게 속삭였다.

"저 사람들 좀 봐라—세상에. 완전 취했네. 머리 꼭대기까지 취했어. 술을 안 마실 수가 없는 거지, 데스. 단순한 문제야."

라이오넬과 데스는 주프스 레인에 도착했다. 주프스 레인은 더 조용하고 따라서 훨씬 더 위험한 구불구불 얽히고설킨 골목길들로, 카커 광장 반대쪽 끝으로 이어졌다.

"지나랑 말론이랑 나 말이야." 라이오넬이 말했다(목소리가 실온으로 돌아왔다). "어, 미묘한 상황이야."

"어떤 면에서 미묘해요?"

"좋아, 들어 봐. 예전에는 말론한테 소리만 들려줬는데 이제는 직접 보여 주거든. 문제는—말론이 얼마나 견딜 수 있을까? 그리고 더 이상 못 견디게 되면 그 다음엔 어떻게 되는 거지?"

문이 쾅 닫히고, 차대를 낮춘 자동차 그릴이 덜컹거리고, 남자가 화를 내고, 여자가 비명을 지르더니 갑자기 아무 소리도 들리지 않았다. 데스는 얼룩덜룩하고 어둑어둑한 사람들이 한 명, 두 명, 세 명씩 서둘러 지나가거나 옆걸음질을 칠 때마다 비켜 주느라 계속 뒷걸음질을 쳤다. 라이오넬이 말했다.

"내가 따로 할 일이 없는 것도 아니야." 라이오넬이 손바닥을 문지르면서 하늘을 보았다. "있잖아, 데스, 명성과 돈이 여자들한테 어떤 작용을 하는지 알면 깜짝 놀랄 거다. 평범한 여자들만 그런 게 아니야." 라이오넬이 멸시하듯 고개를 세차게 흔들면서 말했다. "파티에서 만나는 여자들 말이야. 문신하고 혀 뚫은 애들. 걔들이랑 자면 말이다, 데스, 신문에다가 얘기를 한다고! 그러면 난 어느새 바람둥이가 돼 있는 거지! …… 안 되지. 오, 안 돼. 내가 말하고 싶은 건 돈 많은 밀프야."

"돈 많은 밀프라고요, 삼촌?"

"그래. 우아한 중년 여자들, 데스. 상류층 중년 여자들. 그 여자들은 믿을 수 없을 정도거든! 메이페어의 보석상에 가거나 '오로라'를 주차하고 있을 때. 아니면 무슨 파티에 갔을 때. 밀프가 와서 '당신이 그 사람이군요, 맞죠?' 그러는 거야. '《데일리 텔레그래프》에 나온 사람이죠? 당신이군요.' 그 여자들은 주부가 아니야, 데스. 일종의 귀족 같은 거라고." 라이오넬의 얼굴에 감사와 감탄의 표정이 떠올랐다. "이 돈 많은 밀프들이, 프랑스어도 하고 바이올린도 켜는 여자들이 그러고 다닐 거라고 누가 생각이나 했겠냐……. 봐라, 이건 어, 이건 역설이야 데스. 돈 많은 여자들이 내가 평생 만나 본 여자들 중에서 제일 야하고 자유분방할 줄 누가 상상이나 했겠냐고…….” 라이오넬의 걸음이 느려졌다. “잠깐만. 그 여자들은 밀프가 아니야. 정확히 말하면 아니야. 딜프[Divorcee I'd Like to Fuck(섹스 하고 싶은 이혼녀)의 약자—옮긴이]지!”

“딜프요, 삼촌?”

“그래. 왜냐면 그 여자들은 다—잠깐만……. 이걸 봐, 데스. 이걸 봐. 어, 뭐랄까, 문화적 대조야.”

두 사람은 원형 공터에 다다랐다. 조명이 밝고 쓰레기가 흩어져 있었다……. 청소년쯤 되는 덩치 큰 빨강머리 여자가 반짝이는 쓰레기 봉투를 베고 누워서 치마가 상의까지 말려 올라간 채 일어서려고 애를 쓰고 있었다. 주근깨가 난 양 손에 깨진 포도주 병을 들고 누워서 스키를 타는 사람처럼 박박 긁고 문지르면서 애를 쓰고 있었다…….

맞은편 언덕에서 빈틈없이 베일을 덮어쓴 사람들이 이쪽으로 다가오고 있었다. 어머니와 세 명, 아니 네 명, 아니 다섯 명의 딸들이었다. 여섯 모녀는 러시아 인형처럼 옆 사람보다 조금씩 더 작았다. 여자들이 죽 늘어서서 빤히 보았다. 라이오넬이 주저하며 말했다.

“걱정 마세요, 여성분들. 이상해 보이는 건 알지만, 여러분은 지금 영국에 있습니다. 우리나라 여자들은 달라요. 우리 여자들은 옷을 다 벗고 힘없이 누워 있기도 하죠. 그래도 우리 남자들은 하나도 안 놀라요. 왜냐고요? 여자들이 그 정도로 거칠거든요. 가자, 데스.”

라이오넬과 데스먼드가 다시 걸음을 옮기기 시작했다.

“딜프라고, 데스. 다들 이혼했거든. 엄청 많아! 그 여자들이 어떻게 하는지 아니? 우선—우선 나이 많은 은행가나 뭐 그런 사람들이랑 결혼해서 한 십 분쯤 살아. 그런 다음 자기 인생을 찾아서 독립하는 거지! 그리고 오, 그 여자들은 상태가 아주 좋아, 데스. 최상이지. 그래서 내가 물었지, 내가 이 딜프한테 말했어, '그런데 도대체 몇 살이시죠?' 그 여자가 뭐라고 했는지 아니?"

"뭐라고 했는데요."

"서른일곱 살이래! 그건 마흔세 살일지도 모른다는 뜻이잖아! 생각해 봐라. 네 할머니랑 거의 같은 나이야—그런데 그런 티가 하나도 안 나. 평생 자신을 애지중지 아끼니까. 미용술. 마사지. 요가. 좋아, 좋아. 네가 멋진 호텔방에 있다고 생각해 봐. 그 여자가 사랑스러운 냉소를 지으면서 이렇게 말하는 거야, 우리 이제—"

"어, 리 삼촌……."

길이 시영 아파트 복도만큼 좁아지는 곳에서 거대한 형체가 그들을 기다리고 있었다. 아무리 주프스 레인이라 해도 보기 드문 광경이었다(그리고 요즘에는 보기 드문 광경이 되려면 점점 더 많은 노력이 필요했다). 골목을 채운 이 망령은 몸집이 라이오넬의 두 배 정도로 엄청나게 컸지만 역동적이었고 기계적으로 숨을 쉬고 있었다. 데스와 라이오넬은 이 청년에게 가까워질수록 그의 얼굴이 여드름 피자 같다는 사실을, 습진투성이임을 깨달았다. 헐렁하고 눅눅한 겉옷 역시 겨드랑이에서 겨드랑이까지 흐르는 진득한 푸딩이인지 케첩인지로 뒤덮여서 물들어 있었다. 남자는 울퉁불퉁한 손에 커다란 나무망치를 들고 있었고, 빈손으로는 카키색 반바지 가랑이 부분을 더듬고 있었다.

"…… 여자 꾀려고?" 라이오넬이 온화하게 물었다. "그럼 저쪽이야. 저쪽 길. 뒤로 물러나서 옆으로. 저기 쓰레기통 있는 데야……. 이봐,

우리가 널 돌아서 갈 수가 없잖아. 네가 너무 뚱뚱해서 말이야. 세상에. 자, 저쪽으로 가."

청년은 한 걸음도 물러서지 않았다. 라이오넬이 팔짱을 끼고 고개를 숙이고 숨을 내쉬었다……. 데스먼드의 상당히 많은 경험에 비추어 보면 전투가 임박했을 때 리 삼촌이 힘을 모으는 유형은 세 가지였다. 상대가 자기 또래일 때에는 독선적인 분노를 그러모았고, 또래에 가까운 사람일 때에는 입을 크게 벌리고 성적인 것에 가까운 갈망으로 눈을 빛냈으며(말론 웰크웨이 식의 접근이었다), 둘 다 아닐 때에는 그냥 소매를 걷어붙이고 덤볐다. 하지만 지금 주프스 레인에서 라이오넬은 그저 비극적일 만큼, 정신적 고통이 느껴질 정도로 지루해 보였다. 모든 유혹, 모든 기쁨에서 영원히 등을 돌린 사람 같았다……. 청년이 말했다.

"꺼져."

"좋아." 라이오넬이 말했다. "음, 이 순간을 즐기라고, 친구. 평생 지금의 반만큼도 기분 좋을 일이 없을 테니까—두 번 다시는……. **이제 알았지, 이 못된 놈아?** 세상에. 어, 데스, 그 딜프 말이다, 그 여자가 4천 파운드는 되는 옷을 벗더니 나를—나를 **요이크**라 불렀어. 요이크가 뭐냐? 그러니까, 안 좋은 뜻이라는 건 알겠어. 그런데 요이크가 대체 뭐지?"

데스가 주저하다가 깡패라는 뜻의 욥과 역겨운 놈이라는 뜻의 오이크를 합친 말이 아니겠냐고 말했다.

"그래? 난 또 내가 요이 출신이라서 그렇게 부르나 했지. 비슷하잖아. 요이. 요이크……. 데스, 나한테는 벅차다는 생각이 들어. 딜프 말이야. 계급적 증오 때문에. 그런데 사람들이 그러잖아, '이리 와요, 이

요이크 같으니. 이리 와요, 슬럼 청년…….' 정말 감당 못하게 흘러갈 수도 있어. 감당 못할 정도로 말이야."

데스가 주변을 보니 머드스톤 로드까지는 이제 한 블록 남았다. "난 전혀 모르겠어요, 삼촌. 딜프가 어떤 사람인지 상상이 안 돼요."

"음, 놀라운 일은 아니지, 넌 이런 동네에 사니까. 디스턴에는 딜프가 없거든, 데스."

"그 사람들한테 어떤 매력이 있는 걸까 싶어요……. 나쁜 뜻은 아니에요, 삼촌."

"기분 안 나빠, 데스. 좋은 질문이야." 라이오넬이 사색에 잠겨 말을 이었다. "사람들은 말하지, '상류층 여자들은 약간 거친 걸 좋아해'라고. 거친 녀석들을 좋아한다고. 난 늘 생각했어. 그래, 그건 거친 놈들이 하는 말일 뿐이야. 우쭐할 거 없어. 하지만 뭔가 있긴 있지. 있잖아, 그 여자들이 좋아하는 건 **다르다**는 거야."

"자기 같은 사람들이랑 다르다는 거요?"

"그래, 자기 같은 사람들, 자기 같은 녀석들, 학위도 있고 뭐 그런 사람들. 자. 그런 사람들은 보통은 **실행**에 옮기지 않아. 그저 어, 환상일 뿐이지. 하지만 라이오넬 애즈보와 함께라면 실행에 옮길 수 있지."

"왜죠?"

"봐, 난 거칠어. 하지만 유명하지. 돈도 몇십 억 있고. 난 대중의 시선을 받는 사람이니까 안전하지. 어, 그럼 이건 또 어떻게 생각하냐? 그 여자들이 돈을 다 내, 데스. 항상. 그건 어, 딜프의 트레이드마크야. 그 여자들이 방 값도 내고 샴페인 값도 내고……. 스스로에게 제공하는 향응을 자기가 **통제**하는 거야. 그 향응이라는 게 뭘까?"

"모르겠어요."

"멍청한 놈이랑 노닥거리는 즐거움이지."

"삼촌은 멍청하지 않아요."

"아니 제기랄, 난 멍청해."

"또 오셨네요." 유리문 앞에 서 있던 남자가 말했다. "오늘밤은 어떠세요, 스미스 씨?"

15

런던 호텔계라는 하늘에서 슬리핑 뷰티는 (메트로랜드의 임페리얼 팰리스와 같은) 갈색 왜성이었지, (팡테옹 그랑 같은) 청색 거성이나 (사우스 센트럴처럼) 흥분한 '섬광성'은 아니었다. 하지만 슬리핑 뷰티는 현대적이었고, 적어도 새로 지은 건물이었다. 데스는 항공사 제복을 입은 남자들과 여자들을 보고 어느 정도 안심했다(다들 어느 정도 안심했다). 항공사 제복을 입은 사람들은 미니버스를 타고 스탠스테드 공항으로 가서 (실리 제도로, 발레아리스 제도로, 카나리아 제도로) 새벽 패키지 비행을 하기 전에 마지막으로 독한 술을 몇 잔 마시는 중이었다. 능직 제복을 입은 조종사와 부조종사들, 수감자들처럼 주황색 멜빵바지를 입은 스튜어디스들.

라이오넬은 체크인을 한 다음 (그리고 현금 보증금을 낸 다음) 사이다 0.3리터와 와일드 터키 위스키 한 병을 시켰다. 그들은 빈스토크 바 구석 테이블에 자리를 잡았다.

"내가 요즘 디스턴에서 뭘 하면서 즐기는지 궁금하게 생각한 적 있냐, 데스?"

"네. 가끔요."

"난 이제 원한이 없어. 하나도 없지. 그러니까 오늘 밤에 네가 가고 나면 난 나가서 니트 몇 명을 혼내 줄 거야. 네드 몇 명을 손봐 주는 거지."

니트(NEET)란 교육을 받지도 일을 하지도 않는 사람들을, 네드(NED)는 교육을 받지 못한 비행소년을 말했다.

"심각한 건 아니고. 한두 대 가볍게 치는 거지. 그런 다음 운하에 던져 넣는 거야. 오늘 밤에는 아까 주프스에서 본 뚱뚱한 놈을 찾으러 갈 거야. 그럼 그럴 기분이 들지도 모르지."

데스먼드의 찌푸린 얼굴이 질문을 대신했다.

"창녀랑 할 기분 말이야. 여기서. 위층 객실에서." 라이오넬의 표정이 미안함이나 자책을 드러낼 때의 표정에 한없이 가까워졌다. "봐라, 데스, 나는 성적으로 말이야—**고통**이 있어야 돼……. 그거야. 바로 그거야. 이유는 몰라. 하지만 고통이 있어야 돼." 라이오넬이 말했다. "그래서 지나와의 관계는 확실히 이상적이지가 않아. 지금으로서는. 있잖아, 지나랑은 정상적인 방법으로 하거든. 내가 찌를 때마다," **띠를 때마다** "고통을 유발하긴 하지……. 하지만 그렇다고 내가 지나를 다치게 한다고 말할 수는 없잖아, 안 그래. 애초에 걘 거친 걸 좋아한단 말이야. 하지만 지나를 다치게 하는 거라고 말할 수는 없잖아."

"…… 지나는 어떻게 생각하는데요?"

"아, 걘 말론밖에 몰라. 크으, 그 두 사람은 정말. 애증? 걔들은 킬케니 싸움고양이 같아. 서로 꼬리를 딱 붙인 킬케니 고양이. 지나는 말론을 경멸하고 있어. 말론이 지나 여동생이랑 하고 있거든. 푸잘루

말이야. 뭐, 말론은 뭐라도 해야 할 테니까, 안 그렇겠냐. 자기 몫을 하려고 하겠지. 말론이 얼마나 견딜 수 있을까? 게다가 이걸로 안 끝날 거야. 이걸로 끝이 아니야. 말론은 걔랑 계속 할 거야. 자기 흔적을 남길 거야. 그럴 수밖에 없어."

데스가 침을 꿀꺽 삼키고 말했다. "신시아랑은요? 신시아도 다치게 했어요?"

"신시아? 어떻게 신시아를 다치게 할 수 있겠어? 내 말은, 걔 상태를 봐. 다치게 할 게 뭐가 있어?" 라이오넬이 따르고, 라이오넬이 마셨다. 갑작스럽게, 하지만 멍하게 라이오넬이 말했다. "딜프들이랑은 말이다, 데스. 그 여자들은 이렇게 말해. '그럼 이리 와요. 이제 해요, 당신…… 믿을 수가 없어…… 아, 이 빌어먹을 요이크 같으니. 어서 해요.' 그러면서 얼굴에 사랑스러운 비웃음을 떠올리는 거야. 그러면 좋아, 라고 생각하게 되지. 이 사랑스러운 비웃음을 어떻게든 해야겠어. 분명히 말해 두지만 내가 한 번 해 주면 더 이상 비웃지 못한다니까."

데스가 다시 침을 꿀꺽 삼키고 말했다. "그게 중요한 거죠? 비웃음을 지우는 거요?"

"우우, 그래." 라이오넬이 말했다. "우우, 그렇지."

라이오넬이 잔에 든 술을 굴리면서 바라보는 동안 데스는 라이오넬이 성적인 이야기에서 약혼녀 '스레너디'를 전혀 언급하지 않았다는 사실을 깨달았다.

"데스. 솔직히 말해 봐. 단도직입적으로 얘기해 봐. 어, 내 태도에…… 내가 여자를 대하는 태도에 적절하지 않은 면이 있다고 생각한 적 있어?"

"뭐, 다들 다르니까요. 전 약간 금욕주의적이거든요. 던이 그렇대요. 그리고 너무 불안정하고. 우린 다 다르잖아요."

"그 여자가 날 보냈어……. '스레너디'가 그 문제 때문에 어떤 녀석을 만나 보라면서 날 보냈어. 내 성생활에 대해서 말이야. 캐번디시 광장. 캐번디시 광장의 화려하고 오래된 아파트였지. 그 별난 놈이 나한테 뭐라고 했는지 넌 절대 모를 거다. 그레이스. 그레이스. 모든 게 다 그레이스 때문이래."

"왜요?"

"그 놈이 말했지. '라이오넬, 성행위를 할 때 …… 당신을 **기다리고** 있는 분노를 느낍니까? 미리 준비된 것처럼요?' 내가 말했지. '그래요. 준비된 것처럼. 확실히 알 수 있죠.' 우린 그 문제에 대해서 이야기를 나눴지. 그러고 나서 그 남자가 말했어. '음, 너무나 명백하네요. 당신 엄마가 빌어먹을 헤픈 창녀였군요.' 뭐 정확히 그렇게 말한 건 아니지만. 아무튼 그 사람이 말했어. '증거가 바로 당신 눈앞에 있었잖아요! 당신이 아기였을 때부터요!'"

"눈앞이라고요, 삼촌?"

"눈앞이라고요, 삼촌? 머리를 써 봐, 데스먼드 페퍼다인. 내가 갓난 아기였을 때 형들이 잔뜩 있었잖아! 빌어먹을 **동물원**처럼!"

데스가 라이오넬의 입장에서, 가짜 젖꼭지를 입에 물고 아기용 의자에 앉아 있는 아기의 관점에서 생각해 본 것이 처음은 아니었다. 노르웨이 알비노 같은 존, 까무잡잡하고 해적 같은 폴, 식탁 깔개처럼 얼굴이 평평하고 네모난 (그리고 주근깨가 뿌려진) 조지, 눈꺼풀이 두껍고 중국인 같이 생긴 링고 — 그리고 물론, 뚱하고 시실리 사람 같은 스튜어트. 데스가 말했다.

"그래도 우리 엄마가 있었잖아요."

"그래. 실라. 내 쌍둥이……. 거기다 형 다섯 명에 열여덟 살이 될까 말까 한 엄마. 그건 옳지 않은 일이었어, 데스. 내 말은, 그런 경험이 있으니까, 그런 경험이 있으니까 남자가 어떻게 여자를 믿겠어?"

침묵 속에서 5분이 흘렀다. 그런 다음 라이오넬이 손목시계를 보고 말했다. "학생들이랑 그런 짓이나 하고……."

학생들이라는 말이 마치 증오스러운 종족이나 부족을 가리키는 것 같았다. 학생들. 후투족이나 위그루족 같은 학생들.

"괜찮냐, 데시? 난 이제 간다."

그래서 데스는 준비했다. 데스는 머드스톤 로드를 달려가서 주프스 레인을 지나고 카커 광장을 건넌 다음 6분 동안 쏜살같이 달릴 준비를 했다. 하지만 그게 아니었다. 라이오넬이 전화를 걸었고, 데스는 삼촌의 차를 타고 아발론으로 돌아갔다.

"자, 그럼." 라이오넬이 아발론 타워 앞뜰에서 말했다. 그리고 두 사람은 포옹했다.

선팅을 한 차창 너머로 저 멀리 옅은 남색 하늘에 D자 모양의 깨끗한 달이 보였다. 달의 어두운 부분이 살짝 보였다. 마치 달 표면의 사람 얼굴[달 표면의 반점들이 사람 얼굴처럼 보인다고 해서 이렇게 부른다—옮긴이]이 테 없는 검정 펠트 모자를 쓰고 있는 것 같았다.

던은 한 시에 돌아왔다.

"아버지 만났어?"

"아니." 던이 대답하고 불을 껐다. "날 보려고 하지 않으셔……."

데스가 한동안 던을 위로했고, 던은 곧 마지막 한숨을 내쉰 다음 잠들었다. 하지만 데스는 잠이 오지 않았다. 아침 일곱 시쯤 라이오넬이 쿵쿵거리며 돌아왔을 때도 데스는 깨어 있었다(징이 박힌 구둣발 소리 너머로 마루 널 한 장 한 장이 미묘하게 움찔거리는 소리가 들렸다). 그리고 두 남자는 일요일 오후 네 시쯤 몇 분의 간격을 두고 일어났다.

던은 다시 병원에 갔기 때문에 삼촌과 조카는 감상적인 아침식사를 했다. 팝 타르트였다(데스가 가서 사 왔다).

…… 데스는 왜 잠을 못 이뤘을까?

라이오넬과 밤 외출을 하면서 어쩔 수 없이 데스의 육체적 기억이 되살아났다. 데스의 몸은 계속 기억을 해냈다. 데스의 정수리와 촘촘한 고수머리는 그가 다섯 살 때 열한 살짜리 삼촌이 길 건널 준비를 시킬 때마다 느꼈던 손바닥의 무게를 기억했다. 데스의 뼈대는 그 뒤에 등딱지처럼 딱 붙어 선 라이오넬과 함께 식식거리는 디스턴 거리를 걸어 다니던 때를 기억했다. 그리고 두 사람이 슬리핑 뷰티에서 헤어지면서 포옹했을 때, 데스의 몸은 열두 살, 열세 살, 열네 살 때, 실라도 없고 아무 감각도 없었던 자신을 기억했다. 라이오넬이 한 달에 한 번 정도 평소와 달리 솔직한 눈빛으로 그를 보곤 했던 것을 기억했다. 라이오넬은 천천히 턱을 들어 올리고 이렇게 말했다. "엄마는 죽었어, 데시. 돌아오지 않으실 거야." 또는 "그래, 데스. 나도 알아. 알아. 하지만 거기 마냥 앉아서 그리워하면서 살 수는 없어." 그런 다음 데스를 안아 주면서 (충분하지 않았지만, 절대 충분하지 않았지만) 중얼거렸다. "그래, 그래, 데스. 그래, 그래……." 그러므로 앞뜰에서 라이오넬이 "자, 그럼"이라고 말하고 데스가 자신을 삼키는 거대한 팔과 몸통을 느꼈을 때, 데스는 (던의 옆자리에 눈을 뜨고 누워서 이 일을 다시 생각하면서) 솟구치는 애정을 느꼈다.

하지만 그건 절반에 불과했다.

나머지 절반은, 반달의 어두운 부분처럼, 두려움과 관련이 있었다……. 실라는 죽었다, 괴물 같은 공허함을 남겨 두고 가 버렸다. 데스는 그레이스에게 의지했고, 두 사람은 잘못된 사랑을 발견했다. 그랬다. 데스는 그 일에 대해서 아무것도 할 수 없었다. 그때든 지금이든. **반항하지 않지만, 그렇다고 해도. 열다섯!** …… 세월이 흐르면서 두려움은 제어할 수 있게 되었다. 그 일은 무슨 일에도 초조해 하지 않는 데스를 초조하게 만드는 기본적인 상태였다. 그 일은 더 이상 2006년("친애하는 대프니에게", 할머니의 신음 소리, "우우, 개가 감옥에 들어가면 다들 좋아할걸", 스퀴어스 블레이저를 입은 소년)에 일어났던 발작적인 행동이 아니었다. 하지만 데스는 그레이스가 죽을 때까지—혹은 라이오넬이 죽을 때까지—이 두려움이 사라지지 않을 것이라고 또렷하게, 그리고 물론 비열하게, 생각했다.

이 생각이 데스의 잠 위에 걸터앉아 있었다. 그리고 가끔 밤이 너무나 거대해질 때면 데스는 다 털어놓아야 한다는, 온 몸을 찢을 듯한 필요성을 느꼈다. 굴복해서 벌을 받고 십자가에 못 박혀야 한다는 느낌을……. 그런 다음 아침이 오면 조각조각 난 삶이 다시 하나로 합쳐졌다.

"그레이스? 사람이 그렇게 되면 말이다." 라이오넬이 말했다. (그는 벌써 몇 년째 이 말을 하고 있었다.) "죽는 게 더 나아."

데스는 그레이스가 죽기를 결코 바라지 않았다. 하지만 할머니가 벙어리가 되면 좋겠다는 생각은 종종 했다.

디스턴의 지붕 윤곽 위로 하늘이 밝아 왔다. 데스는 다섯 시쯤 물을 마시려고 일어났다가 복도에 멈춰 섰다. 라이오넬의 침실로 이어지는 문이 평소처럼 열려 있었기 때문에(환기를 위해서였다) 데스는 안을 들여다보았다. 양탄자에 드리워진 창틀 그림자를 보자 자신도 모르게 기요틴이 떠올랐다. 그리고—세상에—사형집행인처럼 두건을 쓴 죽음만큼이나 새하얀 달이 지켜보고 있었다……. 던이 잠결에 몸을 뒤척였다. 데스는 몸을 구부린 던 옆에 딱 맞는 모양으로 누웠다.

16

전화 메시지는 불길하게도 쌀쌀맞았다.

"비극에 대비해라, 데스먼드 페퍼다인……."

데스는 (핫초콜릿과 대형 살라미 샌드위치를 가지고) 칸막이를 최소화한 《데일리 미러》 사무실의 형광등 불빛 속으로 이제 막 돌아온 참이었다. 이른 오후였고 마감이 다가오고 있었기 때문에 사무실의 리듬이 빨라지고 있었다. 데스는 전화를 걸어서 (그 외에도 전화 온 곳이 많았다) 아무렇지도 않은 척 물었다.

"할머니 일은 아니죠, 삼촌?"

"뭐? 아니야. 그런 행운이 있겠냐. 기다려."

발소리, 으르렁거림, 쨍 울리는 소리가 들렸다. 지하실에서 울리는 소리들이었다.

"아니야. 내 약혼 때문에. 난 어, 아무 말도 하지 않기로 서약했다. 하지만 내가 저번에 말했잖아. 어, 슬픈 표정을 연습해 놔. 데스, 내가 목도리를 어디에 놓고 나왔지? 웨스트 햄 색깔에 캐시미어로 된 거."

그 소식은 다섯 시에 AP를 통해서 들어왔다. '스레너디'는 '웜우드 스크럽스'에서 2개월 반 만에 사진 촬영을 하면서 '셀프이스팀' 앙상블을 입고 '볼록 나온 배'를 드러냈고, 그런 다음 헬리콥터로 사우스엔드의 개인 병원으로 후송되었다.

한편 아발론 타워에서는 모든 것이 제자리에 있었다. 모든 것이 당황스러울 만큼 정상이었다. 현명한 자연은 현명하게 흘러갔다. 아기는 (데스와 던에게 이름은 아무 의미도 없었기 때문에 이제 두 사람은 그냥 아기라고 불렀다)—아기는 유능하게, 지체 없이, 그리고 거의 거만할 정도로 모든 검사를 문제없이 통과했다. 심장은 잘 뛰었고 팔다리는 잘 움직였다. 엄마는 조심스럽지만 자신감 있는 태도를 유지했고, 아빠는 용맹하고 침착하게 통솔했다. 두 사람은 토요일의 한가로운 햇살 속에서 각자 책을 들고 앉아 있었다. 앞으로 한 달 반 남았다. 두 사람의 삶에서 아기는 일종의 자연 방사선—주변 정전기—이었다.

몇 분마다 두 사람 중 한 명이 고개도 들지 않고 무슨 말을 했다.

"가슴이 터진 걸지도 몰라."

"도니."

"왜, 터질 때도 있대……. 비행기에서는. 어쩌면 엉덩이가 터졌을지도 몰라."

"도니. 하지만 그런 걸 비극적이라고 할 순 없잖아, 안 그래? 엉덩이가 터지거나 그런 걸 말이야."

"그래. 가짜 엉덩이가 터진 거면 그렇지."

"…… 뉴스에 나온다고 생각해 봐. '스레너디'가 사진 촬영을 마치기도 전에 비극적이게도 가짜 엉덩이가 터졌습니다……."

"음. 가짜 엉덩이의 비극적인 폭발 후 '스레너디'는 황급히……."

"최근에 다뉴브가 병원에 황급히 달려간 적 있었나? …… 또 그 여자 흉내를 내고 있을지도 몰라."

"…… 글쎄, 라이오넬 아저씨는 별로 신경 안 쓰는 것 같던데."

"으음. 아주 부드럽게 말해서 말이지."

"그 여자 배 나온 것도 가짜일지도 몰라. 실리콘이 가득한 샌드위치 봉지일 거야. 어쩌면 가짜 배가 터져서……. 아악."

"또야? 아직도 그래?"

"…… 응." 던이 힘겹게 말했다.

"아프다고 말도 안 하고 계속 참은 거야?"

왜냐면—왜냐면 한 가지 작은 문제가 있었기 때문이다. 임신 7개월째가 끝나 가면서 던은 척추 끝에서 느껴지는 통증에 시달리고 있었다. 두 사람은 센터에 가서 트리처 부인과 상담을 했다. 그리고 어쨌든, 책에 다 나오는 내용이었다. "도니, 들어 봐. '7개월째에 접어들면 평소에는 안정적이었던 골반 관절이 느슨해져서 분만 시 아기가 더 쉽게 나올 수 있게 된다.'" 데스가 큰 소리로 읽어 주었다. "'이것이 부푼 배와 함께 임산부의 몸의 균형을 깨뜨린다.' 알겠어? '이를 보완하기 위해서 임산부는 어깨를 뒤로 젖히면서 목을 구부리는 경향이 있다.' 바로 네가 그래, 도니. '그 결과 아래쪽 등이 심하게 구부러지고 근육이 긴장되어 통증이 유발된다.' 알겠어?" 그래서 두 사람은 시키는 대로 했다. 등받이가 곧은 의자, 발판, 7센티미터 굽, 밤에는 핫팩을 쓰고, 다리 꼬지 않기. 처음에는 효과가 있는 것 같았다.

데스가 말했다. "센터에 가 보자. 트리처 부인을 만나 보자. 가자."

"아니야, 데스. 가 봤자 똑같은 말만 할 거야."

데스는 책을 가슴 높이로 든 다음 그 너머로 자기 아내를 관찰했다. 1분에 한 번 정도 그녀의 미간에 낯선 존재가 모여들고 파란 눈이 반항적으로 굳었다. 그런 다음 가슴이 오르락내리락 하고 던이 한숨을 쉬었다.

"그래, 도니. 신경이 막히거나 그런 걸 거야. 얼른. 일곱 시 안에 갔다 올 수 있어."

"나 좀 놔 둬. 피곤해."

"내 말 좀 들어 봐, 정말 너 대신 내가 다 해주고 싶어." 데스가 말했다. "하지만 그럴 수가 없잖아."

"꼭 가야겠어? 좋아. 대신 서두르지 마."

"안 서두를게."

여섯 시에 데스는 굿카스에 전화를 했다.

한 시간 뒤에도 두 사람은 구속복을 입은 것처럼 꼼짝도 않는 미친 정체 속에 나란히 앉아 있었다. 던은 한숨을 쉬고 있었는데, 통증 때문이 아니라 정말로 지쳤기 때문이었다. 콜택시의 차창 네 개가 전부 열려 있었지만 이른 저녁 공기는 꼼짝도 하지 않았다. 콜택시는, 콜택시 운전은 끝없는 빨간불의 연속이었다……. 데스는 경적소리, 웅웅거리는 엔진 소리, CD와 라디오 소리, 그리고 쾅쾅거리는 문소리(사람들은 차에서 내려 화를 내면서 열기가 피어오르는 먼 곳을 바라보았다)보다 목소리를 높여서 디스턴 전반을 열심히 헐뜯으면서 시간을 보냈다. 두 사람의 왼쪽에는 디스턴의 주택들이 낡은 공항의 낮은 터미널처럼 모여 있었다.

"《가제트》에 실렸는데, 샐러드에서 비둘기 깃털이 나왔대. 토요일 밤에 A&E에서. 다섯 시간은 기다려야 들어갈 수 있는 데야. 불만스러운 표정만 지어도 줄 맨 뒤로 돌려보낸다니까! …… 하지만 우린 갈 일이 없으니까 괜찮아, 도니. 우린 괜찮아."

"집에 가고 싶어. 이제 안 아파. 괜찮아졌어."

직진은 부정당하고, 금속 자동차들은 잔뜩 몰려든 인파처럼 꽉 막혀 있었다(모든 생명체가 다른 모든 생명체를 증오하고 있었다). 그러자 자동차들은 이제 옆으로 몸을 비틀어서 전진, 후진, 다시 전진해서 방향을 바꾼 다음 연석과 중앙 분리지대로 올라갔다. 데스는 힘이 넘쳐나는 기분이었기 때문에 도로에 내려서서 질서를 지키라고 소리치고 싶었다. 그런 다음 사람들을 위해서 맨손으로 길을 터 주고 싶었다…….

"차에 탈 때부터 괜찮았어." 던이 작은 머리를 데스의 옆구리 쪽으로 밀어 넣었다. "차 안에 앉아 있으니까 다시 아파진 거야. 괜찮았는데."

"디스크인가 봐, 도니. 그뿐일 거야. 아니면 자궁수축일지도 몰라. 좌골 신경통이든지. 그럴 경우에는 치료가 필요할 수도 있대. 등을 몇 번 문지르면 돼. 그러면 돼."

저 멀리서부터 갑자기 정체가 풀리기 시작했다. 느슨하게 연결된 열차가 천천히 속도를 내기 시작하는 것처럼 길게 늘어선 자동차들이 서서히 움직이기 시작했다.

데스가 권위적으로 말했다. "아기는 이제 눈도 깜빡일 수 있어. 꿈도 꿀 수 있고. 상상해 봐. 태어나지도 않은 아기가 무슨 꿈을 꿀 수 있을까?"

"쉬." 던이 말했다. "쉬이."

차에서 내렸을 때 던은 똑바로 서기도 힘들었다. 두 사람은 아무 냄새도 나지 않는 새하얀 임산부 센터 안으로 들어갔다.

트리처 부인이 프론트 데스크의 호출을 받고 즉시, 거대하게, 모든 문제를 해결해 줄 것처럼 나타났다. 데스는 밤에 던과 함께 〈오늘의 경기〉를 보면서 뭘 먹을까 생각하기 시작했다.

17

트리처 부인이 데스와 던을 데리고 복도를 구불구불 지나고, 현창에 선이 그려진 약한 방화문을 여러 개 지나고, 반짝이는 에나멜 식수대들을 지나쳤다. 세 사람이 유리 칸막이 앞에 도착하자 트리처 부인이 뒤로 돌아서 사람 잡아먹는 거인 같은 특유의 미소를 지으며 말했다.

"자, 데스 씨는 여기 두고 가서 얼른 봐 줄게요."

데스는 깔끔하고 작은 사무실로 안내받았다. 트리처 부인의 사무실이 분명했다. 컴퓨터 스크린, 교과서가 꽂힌 한 단짜리 책장, 클립 통과 압정 통이 있었다. 데스는 작은 금박 액자를 발견했다(옛날 사진이었다). 트리처 부인과 남편, 아들, 딸, 그리고 포대기에 싸여 품에 안긴 아기. 그는 산파인 트리처 부인에게 (언제나 열심히 시간을 내주는 그녀에게) 자식이 있다는 사실이 이상하게 느껴졌다. 하지만 거의 모든 사람에게 자식이 있었다. 그게 정상이었다. 세상에서 가장 정상적인 일이었다.

데스는 서성였지만 걱정돼서 그런 건 아니었다. 절대 아니었다. 데스는 끝없는 초조함 때문에 서성거렸다. 데스에게는 할 일이, 도전이, 체력을 시험하는 일이 필요했다……. 사무실 창밖으로 시영 꽃밭 한 구획이 내다보였다. 잠시 후 데스는 창틀에 팔을 얹고 천천히 황혼에 자신을 맡겼다. 일렬로 늘어선 나무들, 날아다니는 새들. 데스는 자신이 자연에 대해 아는 것이 얼마나 없는지 생각하면서 후회했다……. 나무들. '포플러 나무'인가? 새들. '굴뚝새'인가? 작고 날개가 짧고 가슴이 불룩한 새들이 파닥거리면서, 거의 눈에 보일 정도로 떨면서, 정말 열렬하게, 정말 황홀할 정도로 갈망하면서 나무 위로 솟구쳐 올랐다……. 저기 저 굴뚝새는 암컷일 거야. 데스가 이런 생각을 하는데 누군가가 이름을 부르는 소리가 들렸다.

데스는 문을 확 열고 나가다가 겉옷을 걸치고 휠체어에 탄 환자에게 걸려서 넘어질 뻔했다. 던이었다. 트리처 부인이 초록색 옷을 입은 남자에게 뭐라고 빠르게 말하고 있었다.

"양수가 터졌어." 던이 말했다. "신경이 막힌 게 아니었어, 데스. 진통이 시작됐어. 아기가 나오고 있어."

"그럴 리가 없어." 데스가 턱을 들며 말했다. "다 안 자랐잖아." 그가 턱을 더 높이 들고 어깨를 으쓱했다. "불가능해. 준비가 안 됐어."

"하지만 나오고 있는걸. 오늘 밤에 나올 거야."

데스가 뭔가 말을 하려고 숨을 들이마셨지만 정작 나온 건 하다 만 재채기 같은 것이었다. 그는 더듬더듬 옆걸음질을 쳐서 단단한 벤치를 찾은 다음 거기 푹 쓰러졌다. 그런 다음 손으로 얼굴을 가리고 평생 가장 엉망진창으로, 가장 콧물을 많이 흘리면서 정신없이 울었다. 순식간에 눈물이 온통 흘러내려서 입, 코, 귀를 뒤덮고 목으로 뚝뚝 떨어졌다…….

분만실에서 데스는 아무 쓸모가 없었다. "숨 쉬라고 해요!" 데스는 사람들이 그를 문 쪽으로 끌고 가는 동안에도 계속 말했다. "숨 좀 쉬게 해줘요!"

"**데스먼드.**" 그의 아내가 말했다. "어디 좀 누워서 우릴 기다려. 기다려! …… 난 할 수 있어. 내가 다 할 수 있어."

새벽이 데스를 깨웠다. 아니, 그의 아내가 아니었다[던은 원래 '새벽'이라는 뜻—옮긴이]. 새벽의 여신 에오스가, 에오스가 데스를 깨웠다, 새벽이 그를 깨웠다. 데스는 고개를 들려다가 비닐 시트커버가 뺨에 들러붙은 것을 깨닫고 화들짝 놀라서 거칠게 떼어냈다. 고개를 든 데스는 자신이 넓은 복도에 있으며, 다른 사람들도 졸면서 기다리고 있음을 깨달았다……. 시간이 좀 걸렸지만 데스는 결국 해냈다. 그는 결심했다. 내가 완벽하게 가만히 있는 한 어떤 재난도 일어날 수 없을 거야. 하지만 멀리서 이쪽으로 서둘러 걸어오는 트리처 부인을 보자 데스는 어느새 부인의 얼굴에 떠오른 표정이 보일까 봐 얼른 고개를 홱 젖히고 있었다.

"데스먼드?"

데스가 약하게 침을 꿀꺽 삼키고 말했다. "괜찮아요? 던은 괜찮아요?"

"오, 그래요."

"아기는 괜찮아요?"

"둘 다 괜찮아요. 딸이에요."

트리처 부인의 마지막 말에 데스는 당황했다. **딸이에요.** 데스는 사람들이 자기가 아들인지 딸인지 알고 싶어 할 거라고, 혹은 알아야 한다고 생각하는 이유를 이해할 수가 없었다. 아들이 아니라, 딸이 아니라, 아들이 아니라, 그냥 아기, 아기, 아기일 뿐이다…….

"아기는 괜찮아요?"

"음, 좀 작아요. 하지만 클 거예요." 트리처 부인이 탐욕스럽게 덧붙였다. "다른 아기들과 마찬가지죠. 그게 아기들이 하는 일이에요."

데스는 안내되는 대로 자신을 내맡기고 '회복실'이라는 곳으로 가서 당당한 여자들의 몸(흰 잠옷, 따뜻한 팔다리, 흰 시트)을 지나쳤다. 거기 데스의 아내가 등을 구부리고 머리를 힘차게 빗고 있었다.

"아 불쌍한 데스." 던이 이렇게 말하고 손을 들어 입을 가리고 미소를 지었다. "너 무슨 일 있었어?"

데스는 다시 안쪽 개인실로, 혹은 실험실로 안내되었다. 혹은 굴러갔다(발이 바퀴가 된 느낌이었다). 그는 공포에 사로잡혀 (어항을 뒤집어 놓은 듯한) 깊은 유리 돔 아래에 살아 있는 그것을 보았다. 불그스름하고 노르스름하고 갈색도 섞인 그것은 뒤집힌 딱정벌레처럼 아무 생각 없이 팔다리를 흔들고 있었다. 데스먼드는 다시 녹아 버렸다. 데스는 자기가 무슨 말을 하는지도 모르면서 뭔가 말을 계속했다. 아무도 못 들을 거라고 생각하는 듯이 계속 중얼거렸다.

아침 공기가 데스를 거칠게 끌어안았다. 그는 흐느적거리면서 한동안 거기 서 있었다. 데스는 영원히 혼자 남겨질 수도 있었다는 생각이 들었다. 하지만 크고 복잡한 벌레가 와서 그를 신나게 위협했고, 데스는 숨을 헐떡이면서 흐느껴 운 다음 자리를 떴다. 아홉 시 반이었다. 데스의 임무는 집에 가서 던의 물건을 가져오는 것이었다.

적어도 그 정도는 해낼 수 있을까? 버스, 지하철. 데스는 힘센 도시 사람들 틈에 끼어서 이동해야 한다.

하지만 데스는 먼저 큰길가의 찻집에 들어가서 토스트와 버섯을 시켰다. 그는 끝도 없이 배가 고프다고 상상했다. 하지만 검은 버섯이 데스의 혀에는 이상하게 느껴졌다……. 옆자리 의자에 타블로이드가 버려져 있었다. 데스는 신문을 집어 들고 펼쳤다. 데스는 거대한 경계 너머로 보는 것처럼, 하늘을 훑는 망원경 렌즈를 통해서 보는 것처럼, 《선데이 미러》에서 천문학적인 삼촌에 대한 기사를 읽었다.

…… '웜우드 스크럽스'의 모든 블라인드가 내려지고 성 조지 깃발이 조기(弔旗)로 게양되었다. 아이를 잃은 '스레너디'는 안정제를 잔뜩 맞고 쉬고 있었다. 메건 존스가 발표한 보도자료에 따르면 라이오넬 커플은 "이 비극적인 소식을 듣고 절망에 빠졌다". 저택의 경비원들은 친구 및 조언자들과 함께 (데스가 읽은 바에 따르면) 라이오넬이 혹시 자살을 할까 봐 조심스럽게 살펴보고 있었다.

* * *

데스가 세탁물 가방에 던의 잠옷과 목욕가운, 세면도구 가방, 수유패드, 가슴 크림 같은 몇 가지 불길한 (그리고 멋없는) 물건들을 넣어서 가지고 왔을 때 던은 점심식사를 거의 마친 참이었다…….

데스가 침대 옆 의자로 다가가자 던이 그를 위아래로 훑어보았다.

"키스도 안 해 주는 거야?" 던이 휴지로 입가를 톡톡 두드렸다. "실라는 자. 가서 보고 올래? 사람들이 어딘지 가르쳐 줄 거야."

데스가 말했다. "실라? 실라라고 부르기로 한 거야?"

"…… 이해가 안 된다, 데스 페퍼다인. 너 계속 그 말만 했잖아! 기억 안 나? '실라라고 하자. 제발 실라라고 하자. 실라라고 부르자, 제발 실라라고 하자.' 기억 안 나? 너 그 말밖에 안 했어!"

데스가 고개를 숙여 신발을 봤다. "실라. 실라 던 페퍼다인. 나쁘지 않네."

"나쁘지 않지. 가봐, 그럼. 가서 아기 보고 와."

"기다렸다 같이 갈게. 남긴 것도 먹고."

던이 말했다. "데스, 걱정하지 마. 넌 실라를 사랑하게 될 거야. 난 널 알잖아. 넌 배울 거야……. 어떻게 생각하니……." 던이 애플파이로 손을 뻗으며 말했다. "이젠 날 보실까?"

"누가? 아. 너희 아버지."

데스는 천천히 생각했다. 아버지 호레이스, 라이오넬 삼촌, 그레이스 할머니—그건 전부 타고난 애정이었다. 우리는 자연스럽게 그렇게 자라나는 것이지 어떻게 하는지 배울 필요가 없다. 사랑하는 법을 배울 필요가 없었다. 데스가 말했다.

"천천히 먹어, 도니. 기다릴게."

18

집집마다 애들이 많은 디스턴에서 (미단이 패널이 달려 있고 아이스크림 통과 콘, 색색의 아이스바가 육감적으로 그려진) 아이스크림 밴은 유명한 동요들을 지직거리며 튼 채로 여름 거리를 돌아다녔다. 자동차를 타고 다니면서 얼음과자를 파는 이 장사는 돈벌이가 된다고 널리 알려졌기 때문에 정기적이고 공개적이고 폭력적인 (당구봉, 골프채, 야구 방망이를 동원한) 싸움이 벌어졌다. 트롤과 용과 고블린이 그려져 있긴 했지만 아이스크림 밴은 생김새도 소리도 목가적이었다. 아이스크림 차가 길모퉁이를 돌아서 흔들흔들 흔들리며 멈출 때 종소리처럼 점차 변하는 그 소리를 들어 보라.

지금은 이것이 그들의 삶의 음악이었다.

던과 실라는 센터에서 여섯 밤을 보냈다. 아기가 여섯 주 일찍 나왔으니 일주일 당 하룻밤인 셈이었다.

"실라는 너보다 커피에 우유를 조금 더 탄 색이네. 그렇지 데스?"

"…… 정확히는 모르겠어. 완전 노랗던데. 너희 아버지 닮았나 봐. 아, 미안."

알몸의 실라가 보이지도 않는 눈으로 잠깐 고개를 들었다. 그런 다음 다시 잠에 빠져들었다.

"눈까지 노래. 흰자 말이야." 데스가 아기를 들여다보았다. 그의 시선이 부풀어 오른 외음부와 그 사이의 세로로 미소를 짓는 것처럼 갈라진 부분에서 머리 쪽으로 올라갔다. 원뿔 모자를 쓴 것 같은 살과 피와 뼈. "머리 좀 봐. 꼭 KKK단 같아."

"내가 말했잖아. 석션했다고. 흡반 말이야. 넌 없었잖아, 데스."

"잘못될 수도 있는 일이 백만 가지는 있었어."

"…… 너 또 책 읽었어? 그러지 마. 데스, 모든 일을 머리로 할 수는 없어. 아기에게 다가가는 너만의 방식을 그냥 느껴 봐."

"노력하고 있어."

"노력하지 마. 기다려. 아기는 괜찮을 거야. 만져 봐. 계속. 널 해치지 않을 거야."

데스는 왜 그런 느낌—아이가 그를 해칠 힘이 있다는 느낌—이 들었을까? 그는 손을 내려서 축축하고 끈적끈적한 표면에 손끝을 미끄러뜨렸다…….

실라는 2.3킬로그램이었다.

"기다리기만 하면 돼." 던이 말했다.

그래서 데스는 기다렸다.

사흘째 날에 데스와 던은 산모 두 명이 지내는 위층 침실인지 병실인지로 옮겼는데, 나머지의 침대는 비어 있었다. 그래서 두 사람이 병실을 독차지했다. 이 때문에 데스먼드의 고난은 몇 배로 늘어난 것 같았다……. 이제 막 퇴원한 호레이스 셰링엄은 당연히 오지 않았지만 프루넬라 당연히 자주 왔다. 그리고 폴 삼촌이 왔고, 존이 왔고, 조지가 왔고, 스튜어트까지 왔다. 그리고 머시 이모할머니도 왔다. 데스가 예전과 다르다는 사실을—처음으로 아빠가 되었다고 환호하지도, 뿌듯함에 말을 잃지도 않았음을 눈치 챈 사람은 없었다. 하지만 그 뒤에 라이오넬이 왔다.

"머리가 뾰족한 건 말이야." 던이 고리버들 요람을 옆에 놓으면서 말했다. "똑똑하다는 뜻이야."

"그런 농담하지 마. 그럴 때면 너 꼭—"

저 아래쪽 거리에서 특이하고 무지막지한 경적이 울려 데스의 말을 잘랐다. 와장창 쟁반을 떨어뜨리는 소리와 깜짝 놀란 고함소리가 즉시 뒤따르며 경적에 대답했다. 그러자 경적 소리가 더 많이 났다. 소방차 한 무리가 슬래터리 로드를 달리는 것 같았다. 사방에서 여섯 명인지 일곱 명의 아기들이 울음을 터뜨렸다. 하지만 실라는 가만히 누워 있었다.

"벤간자야." 데스가 깜짝 놀란 목소리로 말했다. "벤간자……. 삼촌이 보여 줬었어. 차고에서. 경적에 슬라이드 식 조절 장치가 달려 있어서 소리를 조용하게, 보통, 크게 조절할 수 있어."

"난…… 우린 아저씨가 오는 거 싫어, 데시." 던이 덮개 달린 요람 위로 몸을 숙였다. "우린 너무……."

"무슨 뜻이야?"

"우린 너무 **연약해**. 아저씨는 너무 과하다고."

라이오넬이 셀로판지로 싼 붉은 장미 한 다발을 앞세우고 (SUV와 똑같이 화약처럼 광택이 없는 양복과 타이 차림으로) 열린 문을 통해서 걸어 들어왔다. 그는 걸음을 멈추고 말없이 평가하듯 살펴보더니 씩 웃었다.

"신선하구나." 라이오넬이 부스럭거리는 꽃다발을 빈 침대에 던진 다음 팔짱을 끼고 서서 사방을 살폈다. "아주 신선해. 기분전환 삼아서 정말 비참한 모습을 보는 거 말이야. 데스, 너 속이 안 좋은 것 같은데. 이제야 뼈저리게 와 닿는 거지, 응? 어? 어?" 라이오넬이 가까이 다가왔다. "한번 보자."

"졸고 있어요." 던이 라이오넬에게 보여 주려고 몸을 뒤로 기대며 말했다.

"이런. 좀 작지 않냐?"

데스가 설명했다.

"크으. 뼈가 잘못된 거냐?"

데스가 설명했다.

"음, 침대를 준비해, 데스. 너 좀 누워야겠다." 라이오넬이 손목시계를 흘끔 보았다. "괜찮니, 던? 널 만나고 싶다는 손님을 데려왔어." 그가 뒤로 돌았다. "가자, 데스."

복도에서 '스레너디'가 검은 베일을 들추면서 들어왔다.

"아기 이야기는 더 이상 하지 마." 라이오넬이 엘리베이터 버튼을 누르며 말했다. "자, 집중해서 들어. 네 할머니에 대해서 복잡한 소식이 왔어." 라이오넬은 좋은 소식도 있고 나쁜 소식도 있다고 설명했다. "뭐 먼저 들을래? 자. 먼저 타."

두 사람, 혹은 두 사람의 엷은 그림자가 판금 엘리베이터로 들어갔다. 엘리베이터 문이 떨렸지만 라이오넬이 엄지손가락으로 버튼을 누르고 있었다. 발밑의 표면이 흔들리다가 자리를 잡더니 균형을 찾았다.

"폐. 심장. 노화가 온 거지. 살날이 일 년도 안 남았대." 이건 좋은 소식이다. "거기, 너 거기 갔다 온 지 얼마나 됐지?"

데스는 3, 4주 정도 되었다고 말했다. 이제 엘리베이터가 흔들리며 내려가기 시작했다.

"그때 누구 얘기하고 있었어? 아직도 도미닉이었어?"

"아니요. 라스였어요. 그리고 톨로 이야기도 약간 하고." 톨로란 바르톨로뮤, 즉 폴의 아버지다. "그리고 종키 얘기도 좀 했어요." 종키는 조지의 아버지 종커다.

"아직도 못 알아들을 소리만 해? 그러니까, 아직도 헛소리하냐고?"

"네. 대충 그래요. 몇 가지는 알아들을 수 있어요."

"그래, 그게 바로 지금 일어나고 있는 일이야, 데스. 말이 되는 소리를 하기 시작했대!"

이게 나쁜 소식이다.

"요즘은 누가 찾아가지?" 현관홀을 가로지를 때 라이오넬이 말했다. "너 말고."

"삼촌들이 가요. 가끔씩."

"전화는 누가 하고?"

"머시 이모할머니요. 일요일마다 하신대요."

"머시. 장난꾸러기 이모 말이지. 우리가 지금 어떤 상태인지 알아, 데스? 카운트다운에 돌입한 거야……. 자, 이제 우울한 표정 지어야 돼. 그래, 그렇게. 그게 네 기분이랑도 어울릴 거야."

두 사람은 건물 앞 계단으로 나와서 소독되지 않은 탁 트인 공기를 맞으며 한숨 돌렸다. 저 아래쪽에서 듬성듬성 반원을 그리고 있던 사진기자들이 재빨리 자기 자리로 돌아갔고, 젊고 똑똑한 여자 서너 명—여성지에서 나온 분석가들(데스는《데일리 미러》에서 나온 칼리 그레이를 알아보았다)—이 다가왔다. 데스가 조용히 말했다.

"아기를 잃은 건 유감이에요, 삼촌."

"그래. 비극적이지." 라이오넬이 목소리를 높여 말했다. "**좀 떨어져요.** 아빠가 누구였을지 생각해 봐. 라울. 아니면 페르난도였을지도 모르지. **어이, 물러나라니까.** 그것도 아니면 아즈와트였을지도 모르고! 그 여자는 4개월을 기다렸어, 배가 나올 때까지. 그런 다음 없앤 거야. 계획한 대로지. **사생활을 좀 존중해요!** 출구 전략이지, 암. 아, 저기 오네."

'스레너디'는 베일을 걷고 선글라스를 끼고 검정 손수건으로 콧대를 누른 다음 카메라 앞에 나설 준비를 하면서 심호흡을 했다…….
하지만 과학소설에나 나올 법한 벤간자가 냉혹하게 달려왔다. 운전자가 땅으로 뛰어내리더니 뒤따라오던 예비 차량 BMW 두 대 중 한 대를 향해 달려갔다. 한참 후 라이오넬이 차에 올랐고, 애즈보의 자동차 행렬이 멀어졌다. 첫 번째 교차로에서 빨간불에 가로막혔지만 라이오넬은 제일 큰 소리로 경적을 울리지 않았다.

잠시 머뭇거리던 데스는 멀리서 아이스크림 차에서 흘러나오는 기계적인 멜로디를 들었다. 그는 노래(〈달 삼촌〉)를 중얼중얼 따라하면서 고개를 들고 서늘해지는 파란 하늘에 떠다니는 남자 눈사람과 여자 눈사람, 소년 눈사람과 소녀 눈사람들을 본 다음 안으로 다시 들어갔다.

19

데스와 던은 센터에 거의 일주일 정도 머물렀고, 어린 실라의 황달도 사라졌으며(이제 낫고 있는 멍의 바탕색이었다), 던의 젖이 돌기 시작했다. 데스는 정기적으로 얼굴을 찌푸리고서 기저귀라는 무시무시한 선물을 받았고(푹 젖은 기저귀는 아기보다 더 무거운 것 같았다), 두 사람은 네모난 싱크대에서 같이 아기를 목욕시키거나 수영시켰다. 그리고 실라는 실라대로 반사적인 쥐기 동작을 해냈고, 기침을 하고 트림을 했으며, 닷새째에는 당당한 재채기를 해냈고, 엿새째에는 운 좋게도 축축한 자기 입에 엄지손가락을 집어넣었다…….

8월 말에 아발론 타워를 나섰던 페퍼다인 부부는 9월 초에 세 명이 되어서 돌아왔다. 실라는 아발론 타워로 돌아오자마자 태어났을 때보다 살이 빠져서 가엾게도 체중이 1.8킬로그램까지 떨어졌고, 데스는 점차 증발하는 실라를 보면서 다시 약해지는 자신을 느꼈다. 데스는 라이오넬 삼촌과 같았다. 행복하지 않았다. 슬프지도 않았다. 아무 느낌이 없었다. 그리고 아직도 자신을 믿지 못했기 때문에 실라를 안지 못했다. "안 돼." 데스는 계속 말했다. "떨어뜨릴 거야. 목을 조를 거야. 부술 거야. 안 돼!" 하지만 그런 다음, 변화가 찾아왔다.

사랑의 폭탄은 9월 29일 오전 11시 45분에 터졌다. 데스는 폭탄이 터지는 제로 지점에 서 있었다.

방문 도우미(마거릿 젠틀맨이라는 애정이 넘치는 젊은 과부)가 막 떠나려는 참이었고, 데스는 그녀를 배웅하고 있었다. "잘 있어요, 엄마 아빠." 도우미가 이렇게 말하더니 데스에게 아이를 넘겨주려고 몸을 숙였다. 그가 던을 찾아서 고개를 돌렸다. "받으세요." 도우미가 말했다. "제가 데려갈 순 없잖아요!" 데스는 팔을 쭉 뻗은 자세로 아기를 안은 채 남겨졌다. "그럼 아기는 괜찮은 거예요?" 데스가 소리치자 마거릿이 서둘러 나가면서 말했다. "실라요? 오, 실라야 최고의 상태죠!" …… 데스는 자기 품에 안긴 따뜻한 무게를 자세히 보았다. 완벽하게 갖춰진 팔다리, 멍하니 흔들리는 목(그의 손끝이 목을 받치고 있었다), 점점 제 모양을 찾는 얼굴. 호기심 어린 눈은 이제 초점을 맞추고 있었다. 실라의 눈빛은 던이 데스의 나약함과 혼란을 마주했을 때 그를 보는 눈빛과 똑같았다. 적어도 데스가 느끼기에는 그랬다. 무비판적이지는 않지만 다정하고, 용서하고, 무엇보다도 다 이해하는 눈빛.

데스는 얼른 아내에게 가서 아이를 맡긴 다음 핑계를 대고서 33층을 뛰어 내려갔다. 그는 손가락 열 개로 눈썹을 누른 채 디스턴을 걸어 다니면서 혼잣말을 했다. 딸이야, 딸이야, 딸이야…….

딸이야!

데스는 미소를 지으면서, 몸을 흐느적거리면서, 혼자 춤을 추면서 계속 걸었다. 사람들이 이상하다는 듯이, 데스가 뭔가에 취한 것이

틀림없다는 듯이 그를 보았고, 디스턴 주민 세 명은 데스에게 슬쩍 다가와서 팔지는 않느냐고 물었다.

"딸을 낳으세요." 데스가 딸을 더 보려고 빙글 돌아 집으로 향하면서 그 사람들에게 진지하게 말했다. "어려울 거 없어요. 가세요. 가서 딸을 낳아요."

라이오넬은 고상하게도 막간(2주일 반)을 둔 다음 아발론 타워에 다시 나타나기 시작했다……. 이번에는 달랐다. 라이오넬은 열쇠꾸러미로 자물쇠들을 열고 집으로 들어와서 코브라를 한 캔 마시고 옷을 갈아입은 다음 밖으로 나갔다. 그는 동틀 녘이 아니라 오후 두세 시에 돌아왔다. 그런 다음 차를 한 잔 마시고 옷을 갈아입고 다시 밖으로 나갔다.

라이오넬은 실라를 보는 것 같지 않았다. 그는 거기에 서서 실라가 최근에 어떤 묘기를 해내고 무슨 업적을 이루었는지 들었다. 그리고 라이오넬은 항상 실라에게 뭔가를 사 주었다(주문 제작한 세발 자전거, 실제크기 곰 인형 등 그의 선물은 특히 부피가 컸다). 하지만 라이오넬은 실라를 보는 것 같지 않았다. 그리고 실라도 그를 보는 것 같지 않았다.

그렇지만 라이오넬은 복도와 부엌과 욕실에서 시가와 말보로 헌드레즈 피우는 것을 자진해서 그만두었다. 그는 담배를 피우기 위해서 베란다를 고친 다음 난간에 기대어 디스턴을 내려다보았다. 라이오넬은 새로운 특징이 생겼다. 이제는 그를 무시할 수 있었다. 라이오넬의 존재는 더 이상 방을, 아파트를, 33층을, 아발론 타워를 채우지 않았다……. 그리고 은행의 명령에 따라 이제 라이오넬이 집세를 다 냈다.

하지만 데스먼드의 마음에 남는 순간들이 있었다. 예를 들면 토요일 아침 일찍 라이오넬이 개(잭)와 같이 올 때. 라이오넬과 개는 안으로 들어갔고, 침실문은 4분의 1정도 열려 있었지만 한 시간 내내 아주 조용했다. 한 시간 뒤 페퍼다인 부부는 복도를 스윽 지나가는 라이오넬의 양복을 흘깃 보았고 개는 어깨 너머 홀린 듯한 시선으로 그들을 보았다.

"앤 정상이 아니야, 그렇지." 데스가 말했다. "절대로 안 울잖아. 그리고 밤새도록 자고. 원래는 그런 게 아니잖아."

실라는 데스와 던이 실라의 '횃대'라고 부르는 곳, 즉 옷장서랍에 다리를 단 것처럼 모서리 부분이 높은 허리 높이 탁자에서 자랑스럽게도 밤새도록 잤다. 움푹 들어간 탁자 중간 부분에 실라의 바구니가 놓여 있었다.

"뭐, 물론 정상은 아니겠지. 두 달이나 빨리 나왔잖아. 앤 어린 아기야. 그래도 네 말이 맞긴 맞다."

"정상이 아니야. 너 얘가 우는 소리 들어 본 적 있어?"

실라의 첫 미소는 열셋째 주로 예정되어 있었다. 적어도 육아서는 그렇다고 경고했다. 하지만 던은 육아서 금지령을 내렸다(그러나 던의 남편이 규칙을 완벽하게 지키지는 않았다). 두 사람은 기다렸다.

그리고 그건 뭐였을까? 넷째 주가 되자 실라가 목을 빼고 자기 동화책들에 (주로 《맨 아저씨》에) 첨예한 관심을 드러내기 시작했다. 다섯째 주에는 목구멍을 울리는 소리를 냈고, 던의 도움으로 엄마가 아기에게 쓰는 말투를 거의 다 알아듣게 되었다. 여섯째 주에는 딸랑이를 흔들었다. 그리고 일곱째 주에는…….

두 사람은 계속 이런 대화를 나눴다. "웃었어. 아냐, 아니야. 바람이었어. 바람 같은 미소…… 방금 진짜 웃었어. 아니야. 그건 하품이었어. 하품 같은 미소."

그런 다음 일곱째 주에 실라는 미소를—반박의 여지 없는 미소를 지었다. 데스는 미소가 얼마나 특별한 것인지, 미소를 지으면 눈이 어떻게 만화경처럼 변하는지 갑자기 깨달았다.

"실라는 미숙아가 아니었어." 던이 결론을 내렸다. "준비가 다 됐던 거야. 몸은 작았지만 정신은 준비가 된 거지. 뱃속에 있는 게 지겨워진 거야. 그게 다야."

그리고 한번 웃기 시작하자 실라는 멈추지 않았다.

"정상이 아니야." 데스가 말했다.

"여기 있는 게 좋아서 그러는 거야."

"하지만 아무나 보고 웃잖아."

그건 사실이었다. 거리에서, 공원에서 — 디스턴은 실라가 보자마자 열정적으로 좋아지지 않는 사람을 내놓을 능력이 없는 것 같았다.

"데스, 얜 정상이 아니야."

"응, 아니야."

"얜 정말 대단해."

"맞아." 데스가 말했다. "실라는 마법 같은 존재야……. 그래도 아기가 이렇게 웃는 게 정상은 아니지. 그것도 항상 말이야."

"어, 들어 봐. 운다! 너 실라는 절대 안 운다고 했었잖아. 그런데 지금 울고 있네. 이제 만족해?"

"…… 우는 게 아니야. 노래하고 있잖아!"

하지만 그건 흔하고, 일상적이고, 정상이다. 아이스크림 차 소리가 들리는가? 〈쉿, 귀여운 아가야〉, 〈반짝반짝 작은 별〉, 〈금빛 잠이 네 눈에 입 맞추고〉, 〈멍멍 개가 짖고〉, 〈귀여운 아기는 뭐로 만들어질까?〉…… 사람들 말이 사실이라면, 행복은 흰색으로 적힌다. 말이 사실이라면, 그렇다면 우리는 이 세 사람에게 빈 종이 한 첩을, 아니 스무 첩을 주고 물러나는 것이 예의일 것이다.

XX

2012년 10월부터 2013년 7월까지는 별로 특이한 일이 없었다.

말론의 형 찰튼이 어머니 머시 웰크웨이와 말다툼을 벌이다가 체포되었다(이 과정에서 머시의 골반이 부러졌다). 같은 주에 링고는 수당 부정 수령으로 다시 3개월 형을 받았다. 그 즈음 호레이스 셰링엄은 각종 진료실과 병원을 드나들었다(그리고 각종 술집과 바와 주류 판매점과 슈퍼마켓에도 드나들었다). 새해가 되자 운명에 따라 그는 디스턴 종합병원에 입원했다(이 병원에서 호레이스가 살아서 나갈 확률은 78퍼센트밖에 안 됐다). 프루넬라의 말에 따르면 호레이스는 던에 대한 태도를 재고할 의사가 전혀 없었다.

이 시기에 라이오넬 애즈보는 여러 가지 일로 언론의 주목을 받았다. 예를 들어서 '웜우드 스크럽스'에 불법침입 사건이 일어났고, 이로 인해 공적 토론이 활발하게 일어났다. 하지만 그것은 지금까지 일어난 변화들 중에서 제일 재미없고 약한 (제일 무의미하고 제일 진부한) 이야기였다.

초가을에 세바스찬 드링커는 라이오넬이 웨스트 햄 유나이티드 풋볼 클럽에 재정적으로 관심을 가질 가능성이 있다고 발표했다. 시즌이 7주 지났을 때였는데 웨스트 햄은 아직 한 번도 이기지 못했고 심지어는 한 골도 넣지 못했다. 라이오넬은 (아직 슬픔에 빠져 있는 '스레너디' 없이) 혼자 업튼 파크 축구장 감독석에 앉아서 동부 런던의 지루한 고난을 지켜보았다. 하지만 그는 스트로크, 볼튼, 포츠머스, 선더랜드처럼 멀리 떨어진 경기장에서도 지루한 고난을 지켜보았다……. 그리고 다음날 아침이면 일요일자 타블로이드 뒷면에 이를테면 위건 애슬레틱 축구장의 비오는 주차장을 찍은 흐릿한 사진 속에서 라이오넬이 쓸쓸하게 미트 파이를 먹고 보브릴[일종의 진한 고기 육수로, 여기에 물을 타서 음료로 마신다—옮긴이]을 마신 다음 숯처럼 새까만 벤간자에 오르는 모습이 (혹은 몸을 굽혀 새로 산 페라리에 타는 모습을) 실리는 것이다. 10월이 되자 〈오늘의 경기〉는 크레디트가 올라갈 때 라이오넬이 천천히 운동장에서 발을 끌며 걷는 영상에 울적한 웨스트 햄 주제가 〈나는 영원히 비눗방울을 불 거야〉의 선율을 덧입혀서 내보내는 것으로 프로그램을 마무리했다. '나는 영원히 비눗방울을 불 거야. 하늘에 떠다니는 예쁜 비눗방울들. 방울은 아주 높이 날아 하늘에 닿으려다가 마치 내 꿈처럼 터져서 사라지지…….' 그렇게 해서 라이오넬은 타협에 굴복하지 않는 사람, 가차 없이 무너진 희망 앞에서도 타협에 굴복하지 않는 영국적 특성을 상징하는 전국적인 상징이 되었다.

이것은 더욱 예상 밖의 일이었는데, 라이오넬은 항상 축구 따위에는 **전혀 관심이 없다**고 주장했기 때문이다. 그는 종종 이렇게 말했다. '기본적으로 멍청한 놈들만 축구에 관심을 갖는 거야.' 데스는 어쩌면 라이오넬이 집에서 나가기 위해서 웨스트 햄을 응원하는지도 모른다고 생각했다. 아니면 수천 명이 고통스러워하는 모습을 보고 술을 마시면서 라이오넬다운 즐거움을 느꼈을지도 모른다……. 아무튼 라이오넬 애즈보와 웨스트 햄 유나이티드에 관한 연재 기사는 곧, 적어도 부분적으로는, 더 심각한 문제에 의해 가려졌다. 그것은 쇼트 크레던의 가택침입 강도미수 사건이었는데, 2013년에는 '차브 운전기사 사건'이라는 이름으로 알려졌다.

실라의 눈이 파란색에서 갈색으로 변했다. 두 사람은 그렇게 될 수도 있다는 말을 들었다. 하지만 그 다음에 실라가 또 다른 이상 징후를 나타냈다……. 엄마 아빠는 실라를 멍하니 보았다. 데스가 말했다.

"왕족들이 손을 흔드는 것 같아. 퍼레이드 때 말이야."

"그래. 전구를 돌려서 뺄 때처럼 말이지."

"대신 실라는 속도가 **빨라**. 양손에 하나씩 잡고서 돌리지!"

이것이 실라의 최신 관심사였다. 실라는 양쪽 손을 머리 높이로 들고 손목을 빠르게 돌렸다. 실라는 이 행동 역시 멈출 수 없었다. 물론 여전히 미소도 지었다. 던이 말했다.

"그 얼굴 까만 가수 같아. 앨 존슨! …… 오, 데스, 우리가 뭘 했기에 이런 복덩이를 얻은 거지?"

"있잖아, 우리 꼭 하나 더 낳자. 내 말은, 지금 당장은 아니지만……. 그건 우리 의무야."

"맞아. 실라 같은 애가 하나 더 나올 거야."

실라는 평일이면 세인트 스위딘스의 드넓은 탁아소에서 대부분의 시간을 보내면서 교사들과 학생들의 수많은 아이들과 어울렸다.

실라의 눈은 어느샌가 파란색에서 갈색으로 바뀌었다.

겨울 동안 케이프 래스의 그레이스 페퍼다인은 세 일행의 방문을 받았다…….《선》,《스타》,《메일》,《데일리 텔레그래프》가 보도했듯이 라이오넬과 '스레너디'가 11월 말에 먼저 다녀갔다. 라이오넬의 얼굴은 알고 보니 음울한 표정을 짓는 데 재능이 있었다. 기본은 웨스트햄 얼굴(경기가 끝난 후, 흠뻑 젖은 주차장, 0대 6)이었지만 이때는 더욱 고상했다. 사진 속에 비친 모습은 꽉 다문 턱, 주름진 눈, 자신의 슬픔을 남자답게 받아들이면서도 시골뜨기처럼 희망을 버리지 않는 사람의 모습이었다. '스레너디'는 베일을 쓰지 않았지만 여전히 가장 엄격한 검정색 상복을 입었다. 파도가 뾰족한 첨탑처럼 높이 부서지는 절벽에 함께 선 두 사람은 시선을 사로잡았다. 고통받는 법(과 견디는 법, 복수하는 법)을 잘 아는 여자 '스레너디'는 더욱 긍정적인 존재, 안개와 포말 너머를 응시하면서 굳은 믿음으로 새로운 배들의 하얀 돛이 보이기를 기다리는 남자의 건장한 품에 안겨 있었다.

"거기 왜 가는지 모르겠어." 데스가 아발론 타워 21층에서 라이오넬을 지나칠 때 야구 모자 밑에서 라이오넬이 말했다(데스는 들어오는 길이었고 라이오넬은 나가는 길이었다). "귀찮게 뭐 하러 가? 엄마는 나랑 '스레너디'를 구분도 못하는데." 라이오넬이 '스레너디'에 대해서 몇 마디 더했다. "아, 그 여자는 정말 좋아해. 비극의 여왕이 되면 자기가 낸 시집에 좋은 영향을 끼친다나. 있잖아, 판매부수 말이야."

"…… 할머니가 얘기는 해요, 삼촌?"

"오, 그럼. 천장에 대고 이야기하지. 토모에 대해서. 건서에 대해서."

"음. 할아버지들이랑 자는 얘기 말이죠." 토모, 즉 토모바타르는 링고의 아버지였고 건서는 스튜어트의 아버지였다(스튜어트는 '군터', 할머니는 '건터'라고 발음했고, 라이오넬은 영 말이 안 되지는 않는 '검퍼'로 발음했다). "곧 도미닉 할아버지 얘기가 다시 나오겠네요." 데스가 말했다. "할머니가 무슨 말 하는지 알아들을 수는 있어요?"

"응, 몸을 숙이면 돼. 토모랑 빌어먹을 건서에 대해서 끝없이 중얼거리지." 라이오넬이 모자를 고쳐 썼다. "그런 다음 뭔가 정말…… 정말로 **정신 나간** 소리를 하는 거야."

"뭐요, 이상하게 말하는 거 말이에요?"

"그래, 음, 내가 엄마를 이상하게 만들어 주고 싶다. 네 할머니가 무슨 말을 하면—그 말이 내 마음에 남는 거야. 엄마가…… 엄마가 그러더라고, '곤충 위반'? 무슨 질문을 하는 것처럼 말이야. 그런 다음에 '여섯, 여섯, 여섯…… '이라고 하던데. '곤충 위반'? 그게 도대체 무슨 뜻이냐?"

"난들 알겠어요, 삼촌."

"아, 그 문제는 해결했어." 라이오넬이 호박처럼 씩 웃으면서 설명했다. 웨스트 햄은 다음 두 경기(첼시와의 원정경기, 맨체스터 유나이티드와의 원정경기)를 이기지 못하면 크리스마스 때 하위 리그로 강등될 예정이었다.

"내 새로운 이미지 말인데, 데스. 그거 때문에 여자들이랑 잘 안 돼서 죽겠어. 누가 여자들을 탓할 수 있겠냐? 여자들은 마음속에 악마가 들어 있는 남자들을 좋아하거든……. 착실한 아들이 아니라. 슬픔에 잠긴 아버지도 안 돼. 자상한 파트너 — 다른 사람의 감정에 공감하는 사람은 안 되지. 웨스트 햄 따위에 신경 쓰는 슬픔에 빠진 멍청이는 안 돼. 데스, 그것 때문에 딜프들이랑 잘 안 되고 있다고."

"하지만 어, '스레너디'랑 잘 지내기로 한 거 아니에요, 삼촌?"

"린디 말이냐? 그래. 넉 달만 더 하래. 넉 달이나……. 난 영원히 비눗방울이나 날리는 거지. 안 그러냐, 데스? 제기랄."

아니었다, 라이오넬은 웨스트 햄 유나이티드 축구 클럽에 재정적 관심이 없었다.

페퍼다인 세 가족은 12월 중순에 갔다(그리고 1월 중순에 또 갔다). 실라는 마흔다섯 살의 증조할머니에게서 깊은 인상을 받았다. 그레이스 역시 놀란 것 같았다. 그레이스는 말이 없어지더니 침대 옆에 놓여서 열심히 꼬물거리는 형체를 보았다. 당황스러운 듯한 눈썹 주름이 주저하며 계속 자리를 바꿨다. 그런 다음 그녀의 입이 (이제는 두꺼운 나이키 로고 같은 모양이었다) 미소를 지으려고 열심히 노력했다. 실라가 그녀를 향해 손을 뻗었다.

데스는 이것이 자기 딸의 진정한 도량이라고 생각했다. 노인에게(혹은 노인 같아 보이는 사람에게) 손을 뻗는 것(실라는 어딜 가든 그랬다). 그러면서 약간 감동받고 용서하는 듯한 표정을 짓는 것.

세 사람이 이제 그만 가려던 참이었다. 그레이스가 던의 손을 잡았다. "안녕, 얘야." 그녀가 이렇게 말하더니 키스를 받으려는 듯이 얼굴을 틀었다. "실라를 낳을 땐 고생했지. 그래. 첫 아이였어. 그리고 난 겨우 열두 살이었고. 실라 때는 고생했어. 존, 폴, 조지는 쉬웠지. 링고는 조금 힘들었고. 스튜어트는 쉬웠어. 하지만 라이오넬은. 너 옛날

이야기에 나오는 기사(騎士)들 기억나니? 그런 기사를 낳는 것 같았어. 걔가 뱃속에서 날 완전히 뒤집었지, 정말로. 라이오넬은 완전 무장을 하고 나왔단다. 잘 가렴."

하루 종일 폭우가 쏟아지던 2월 어느 날 존, 폴, 조지, 링고, 스튜어트는 문이 두 개 달린 스튜어트의 폭스바겐 루포 자동차를 타고 2년에 한 번 방문하는 케이프 래스를 찾아갔다.

3월 2일 새벽에 경찰이 신고를 받고 블래그스톡 로드 44번지 웰크웨이의 집으로 가서 말론과 지나와 지나의 막내 여동생 푸잘루가 연루된 **가정폭력** 사건을 처리했다. 지나는 저체온증으로 치료를 받았다. 영하 12도에 속옷 바람으로 지붕에 갇혔던 것이다.

발표는 4월 말에 이뤄졌다. '스레너디'와 라이오넬 애즈보는 시험적인 별거에 합의했다. '두 사람은 러브차일드를 잃었다는 사실을 극복할 수 없음을 깨달았다.' 데스와 던이 언론 발표에서 읽은 내용에 따르면 그랬다. 메건 존스의 말이 대대적으로 인용되었다. "두 사람은 앞으로도 그들의 관계가 잘되어 나가기를 간절히 바랍니다. 두 사람 사이에는 좋은 감정만이 남아 있습니다." '스레너디'는 세를 냈던 켄싱턴 하이 스트리트의 마구간을 개조한 작은 집으로 당분간 돌아갔다. 라이오넬은 '웜우드 스크럽스'에 남았다. 세바스찬 드링커는 이렇게 말했다. "두 사람은 아직 친해요. 솔직히 말해서, 제일 힘들어 하는 사람은 라이오넬입니다. 처음에는 러브차일드를 잃고 이제는 '스레너디'까지 잃었으니까요. 이러한 상실이 라이오넬을 갈가리 찢어

놓고 있습니다."

'스레너디'는 짧은 보도자료에서 (자기 이야기를 발표하기에 앞서서) 이렇게 말했다. "난 그를 구원할 수 없었습니다. 그도 날 구할 수 없었습니다. 비극이에요. 난 아직도 그 남자를 죽을 만큼 사랑하니까요."

죽음은 깨어 있었다. 죽음은 (노던 라이츠에서, 또 디스턴 종합병원에서) 일을 시작하려는 중이었지만, 이 당시 제일 가까운 희생자는 단 한 명이었다. 조이 나이팅게일. 조이. 죽은 어니스트의 부인이자 로리의 어머니.

데스는 《디스턴 가제트》에서 부고를 보았다. 평소처럼 실라와 시간을 보내던 데스는 실라를 안아서 고정시킨 다음 버스를 타고 스티프 슬로프 너머 공동묘지로 갔다. 산들바람이 부는 경기장, 우승기가 꽂힌 천막 뒤 가운데쯤에 보이는 주목(朱木)과 사과 꽃들, 평신도 교구의원, 점점 더 자주 코를 풀고 목을 가다듬는 친구와 이웃들 몇 명……. 무덤 바로 옆에 모래더미를 쌓아 놓고 추모객들이 관에 모래를 한 주먹씩 던지는 것으로 매장을 시작하는 장례식이었다. 데스가 몸을 숙이자 실라도 피라미드처럼 쌓인 주황색 모래에 손을 뻗었다. 손가락을 뻣뻣하게 펼쳐 자기 몫의 모래를 던질 때 아이는 준엄한 표정이었다.

2012년 여름과 2013년 여름은 빨리 왔지만 그 사이의 겨울은 딱딱하게 굳을 만큼 추웠다.

4부 2013년 누가? 누가?

일주일 전

"…… 어, 너 괜찮아? 목소리가 왜 그래?"

"아니에요, 감기나 뭐 그런 게 오려나 봐요. 방금 회사에 말했어요. 병가 내고 집에 가려고요. 조퇴하는 거예요."

"그래? 그럼 잘 들어라, 데스. 삼십 분 전에 내가 침대에 누워 있는데 전화가 울렸어. 지나가 받았지—그러고선 잡담을 하기 시작했어. '어떻게 지내세요?' 뭐 그런 거지. '아, 말론은 잘 지내요. 라이오넬 바꿔 드릴까요? 날씨는 어떻게 견디고 계세요?' 뭐 그런 식으로. 그런 다음 지나가 나한테 전화기를 주면서 '당신 엄마야!' 그러는 거야."

데스가 손을 눈가로 들어올렸다. "그레이스 할머니요?"

"그레이스. 등골이 오싹하더라니까. 엄마가 죽었다가 살아온 것처럼 말이야……. '라이오넬이니? 잘 들어라, 얘야. 끝이 다가왔어. 와서 엄마를 만나 주렴. 우린 얘기를 해야 돼. 엄마를 만나러 와.'"

"그렇게 말했다고요?"

"그렇게 말했다니까. 엄마가 제대로 말하는 걸 본 지 얼마나 됐지?

5년? '양심에 걸리는 게 있어, 라이오넬. 난 이제 얼마 안 남았다. 엄마를 만나러 오렴, 얘야.' 그러더라고."

"…… 그래서 거기까지 가시려고요?"

"모른 척할 순 없잖아, 안 그러냐? 노친네가 무슨 일로 그러는 거 같니…… ? 로리 나이팅게일 때문인가? 잠깐, 그 간호사 누구더라? 머리 하얗고 가슴 크고 촌스러운 여자."

"기브스 부인이요."

"기브스 부인. 기브스 부인이랑 통화했는데 이런 모습을 천 번은 봤다더라. 다들 그렇게 된대.—왜 있잖아, 죽을 때가 되면 말이다. 그런 사람들은—그런 사람들은 용서를 구한대."

계단을 오르던 데스는 잠시 멈춰 숨을 돌리면서 (종종 그러듯이) 창문 너머로 아발론 타워 밑 골목의 골이 진 양철지붕 위로 숨어 다니는 작은 여우들을 내려다보았다. 한 마리는 빛바랜 흰색과 황갈색 나선처럼 몸을 말고 있었고 한 마리는 뻣뻣한 뒷다리를 천천히 펴고 있었다. 여우들은 평소처럼 앙상하게 두려워하며 이쪽저쪽을 엿보았다. 저것이, 저들의 두려움이 사라지기는 할까? 여우는 날씨와 상관없이 항상 떨고 있는 것 같았다.

"아, 데스……. 좋아, 결정했어. 안 갈래."

"아니야, 가 봐. 난 금방 나을지도 몰라." 데스가 희미하게 말했다. 던은 어머니 곁을 지키려고 디스턴 종합병원에 가는 길이었다. "오래 있진 말고. 너무 희망적인 표정 짓지 마, 도니. 뭘 바라는 거야?"

"너도 알잖아. 난 아버지의 축복을 받고 싶어. 아버지의 축복과 작별인사."

"호레이스 아저씨의 축복이라고? 글쎄, 행운을 빈다, 도니. 어머니한테 안부 전해 줘."

…… 실라는 횃대에 놓인 바구니 속에서 잠들어 있었다. 그리고 데스는 이번만큼은 실라가 깨지 않기를 바라고 있었다. 그의 주요 증상은 무력하고 마비된 듯한 느낌이었다. 그리고 아이는, 롬퍼를 입은 네발 달린 형체는, 기분 나쁠 정도로 복잡하고 신비로워 보였다. 이 아이를 어떻게 통제하고, 씻고, 먹일까? 무엇보다도 어떻게 데스의 병을 옮기지 않으면서, 그의 축축한 속삭임과 역겨운 숨결이 스며들지 않게 하면서 그 모든 일을 할 수 있을까? …… 데스는 소파에 털썩 앉았다. 골디가 데스를 향해 서성이며 다가왔다. 골디는 네 살이었지만 아직도 유연하게 움직였고 뛸 때는 공기처럼 가벼웠으며 항상 사람을 놀라게 했다. 골디가 무릎으로 뛰어내릴 때의 그 무게란. 데스가 손을 뻗었다.

고양이는 킁킁거리며 데스의 손톱 냄새를 맡고 재채기를 하듯이 으르렁거리더니 얼른 나갔다.

그때 데스는 자기가 병에 걸렸음을 알았다.

"UVI."

"UVI. 그게 뭔데?"

"도시 여우 인플루엔자." 데스가 말했다. "있잖아요, 여우 독감." 여우 독감. 보통 '뎅기열'이라고 한다. 혹은 '파시스트 열병'이라고도 하는데, UVI는 뻔뻔스럽게도 유색인종에게 자주 발병하기 때문이었다. "한 달 정도 갈 수 있대요. 그래서 6주 휴가를 줘요. 자동적으로. 그것만으로도 무서워요. 좋아졌다 나빠졌다 한대요."

라이오넬이 미소를 지으며 말했다. "여우 독감이라. 호레이스 짓이야, 안 그러냐? 너한테 자기 병을 보낸 거지. 호레이스의 귀신이 들린 거야. 그런데 농담이 아니고 말이야, 아기 조심해야겠다, 데스. 개도 흑인이고 뭐 그렇잖아."

"네. 아프기 전이나 아프고 난 후에만 옮는대요. 앓는 동안엔 안 옮고……. 아, 이런."

"걱정 마, 데스. 딱 맞는 데 온 거야."

두 사람은 팡테옹 그랑 스파 내의 바에 있었다……. 라이오넬은 케이프 래스에서 사흘 밤을 보냈다. 도심 공항에 착륙하여 달리는 비행기 안에서 라이오넬은 자신이 '가족모임'이라고 부르는 것을 위해서 조카를 불렀다. 라이오넬이 자동차를 보내 주었다. 데스가 도착했을 때 라이오넬은 대나무와 대리석에 둘러싸여 수놓인 무릎방석에 발을 올리고 편안하게 앉아서 길쭉한 잔에 담긴 황갈색 액체를 마시며 《파이낸셜 타임스》를 훑어보고 있었다.

"어—어, 지오프리? 같은 걸로 하나 더. 진이랑 당근. 여기 얘한테는 블러디 메리를 세 배로 줘. 향신료 잔뜩 넣어서."

"알겠습니다, 애즈보 씨."

"아니야, 데스, 이 방법밖에 없어. 그 술을 다 마신 다음 웨이트 트레이닝을 할 거야. 그런 다음에 마사지를 받고 사우나에 가는 거야. 땀을 쫙 빼라고. 치료법은 그거밖에 없어."

…… 이제 라이오넬과 데스는 검정색 가죽으로 만든 긴 의자에 나란히 누워 있었다. 라이오넬은 100킬로그램을 들고 있었다. 데스는 55킬로그램을 가지고 최선을 다해 애를 쓰고 있었다.

"등을 조금 굽혀. 오이! 들 때는 팔꿈치를 고정시키고! …… 변했더라, 데스. 그레이스 말이야. 일어나 앉아서 나한테 이야기를 하더라고. 나한테. 벽이 아니라. 전구가 아니라. 나한테. 이 막내아들한테. 맞춰 봐. 내가 그 방에 들어갈 때 어떤 기분이었는지 너도 알겠지……. 글쎄, 그게 자연스러운 걸 거야. 예전의 앙금은 그냥 녹아 버리고 나는 정말—난 정말 슬프기만 했어, 데스. 아주 울적하고. 그래. 잘못도 저질렀지, 그레이스는. 하지만 엄마는 최선을 다했어. 그래. 좀 거칠게 살았을 수는 있지. 네 엄마처럼 말이다. 하지만 그레이스는 최선을 다했어……. 그런 다음에 엄마가 말했어, 엄마가 말을 했다고. '양심에 걸리는 게 있단다, 얘야.' 그런 다음 시선을 피했지. 눈물이 한 방울 뺨을 타고 흘러내렸어. 내가 말했지. '왜 그래, 엄마. 나한테 말해도 돼, 제발! 왜 그래, 엄마. 뭔데?' 그랬더니 네 할머니가 말했어……."

데스먼드는 가만히 있었다.

"엄마가 말했어……." 라이오넬 역시 침묵을 지켰다. "오이. 리듬을 유지해야지. 엄마가 말했어……. 우리 아빠 돔. 아빠 돔. 엄마는 돔이랑 잘해 봤어야 한다고 생각한대. 온갖 외국 놈들이랑 어울릴 게 아니라. '제대로 된 가정을 이뤄야 했어.' 엄마가 말했지. '나랑 돔, 그리고 너랑 네 누나 넷이서. 내가 널 실망시켰구나, 라이오넬. 네가 태어난 날부터 말이야. 크기도 모양도 제각각인 그 많은 형들이 있었으니. 날 용서할 수 있겠니?' …… 그래. 이백 개 더 한 다음 스쿼트랑 데드리프트 할 거야."

…… 이제 데스와 라이오넬은 거품이 부글거리는 자쿠지에 턱까지 몸을 담그고 있었다.

"내가 말했지. '아, 엄마. 지금은 원한을 품을 때가 아니야! 악의를 가질 때가 아니라고! 과거는 과거일 뿐이야. 아, 엄마—내가 어떻게 됐나 봐! …… 난 부유한 사업가야. 이 나라 사람들은 날 기꺼이 받아들였어. 아니야, 엄마 아들은 이 세상과 잘 어울리면서 지내고 있어. 쉬어, 엄마, 좀 쉬어. 엄마도 힘들었잖아, 잊지 마. 애가 일곱이나 되니까.' 그래서 난 주일학교에서 배웠던 걸 말해 줬지. 내가 말했어. '신이 동시에 모든 곳에 존재할 수는 없어. 그래서 우리한테 엄마들을 보낸 거야.' …… 멋진 마무리지, 안 그러냐 데스? '쉬어, 엄마. 쉬어요!' 됐다. 사우나 하러 가자."

…… 이제 데스와 라이오넬은 허리에 두툼한 흰색 수건을 두르고 여러 개의 널빤지로 만든 나무의자에 앉아 있었다. 라이오넬보다 어린 데스에게는 사우나의 공기가 숨도 못 쉴 만큼 뜨겁게 느껴졌다—공기가 숨도 못 쉴 만큼 답답했다.

"사흘 동안 계셨던 거죠, 삼촌."

"그래. 호텔에서. 잠깐 옆길로 샜지. 어떤 딜프랑. 세상에, 너 지금 이빨 부딪치는 거냐? 데스, 너 좀 봐. 땀을 흘리면서 덜덜 떨고 있잖아! 아기 근처에 가지 마라, 데스……. 애는 어디서 자니? 부엌에서?"

"네. 봤잖아요. 가대식 탁자 위 바구니에서 자요."

"같이 자거나 하지는 않고?"

"아니요. 절대 안 해요." 데스가 열심히 설명했다. "던한테 매리골드라는 사촌이 있는데, 걔가 애랑 같이 자다가 애를 잃었거든요. 자기도 모르고 깔아뭉갰대요."

"환기는 어떻게 하냐? 이렇게 더운데."

"선풍기 있어요. 베란다 문도 열어 놓고요. 그리고 가끔 삼촌 방 창문을 열어 놔요. 바람 좀 통하라고."

"…… 있잖아, 데스, 생각해 봤다. 네가, 어, 네 할머니가 돌아가시면, 그건 한 시대가 끝나는 거야. 내가 아파트를 하나 얻으면 어떨까, 타워에. 그러면 아기도 방이 생길 거고!"

"음, 정말 좋은데요 삼촌."

"그리고 어, 너희 집값도 내 줄게."

"리 삼촌……. 그래도 우리 집에 가끔 오실 거죠? 그러면 좋겠는데."

"당연하지." 라이오넬이 이렇게 말한 다음 자기 무릎을 탁 치고 일어섰다. "물론이야."

그런 다음에 라이오넬과 데스는 마사지사의 전문적인 잔혹행위에 몸을 맡겼다.

…… 일 층 라운지에서 데스는 물을 한 잔 마시면서(물맛까지 이상했다) 라이오넬이 체력을 회복하기 위해서 차 세트 2인분을 조용히 먹어 치우는 모습을 보았다. 그는 빵 껍질을 잘라낸 달걀과 크레스[샌드위치나 샐러드에 넣어 먹는 갓류의 식물—옮긴이] 샌드위치, 딸기잼과 클로티드 크림을 곁들인 버터밀크 스콘, 살구 타르트, 셰리 트라이플[커스터드, 과일, 스펀지케이크, 과일주스나 젤리, 생크림을 층층이 쌓아 만든 디저트—옮긴이]을 먹으면서 블랙 벨벳[스타우트 맥주(주로 기네스)와 화이트 스파클링 와인(주로 샴페인)을 섞어 만든 칵테일—옮긴이]을 큰 컵으로 네다섯 잔 마시면서 목을 축였다……. 그날 오후, 데스는 날카롭지 않았다. 그렇지 않았다면 애즈보의 행동에서 이상한 점을 느꼈을 것이다. 식욕, 어휘, 기분이 모두 고조되어 있었다. 하지만 그날 오후에 데스는 날카롭지 않았다.

"사우스 센트럴에 아직 펜트하우스가 있어." 라이오넬이 식사를 마무리하면서 말했다. "그런데 그 호텔이 좀 이상해지고 있더라고. 거의 매일 밤 장난으로 화재 경보를 울리거든. 그러면 전부 목욕가운 차림으로 현관홀로 몰려나오는 거야." 라이오넬이 어깨 너머를 흘깃거렸다. "팡테옹은 다른 힘이 있어. 질서정연하지, 데스. 질서정연하고 조심스러워."

…… 라이오넬이 라이터를 쥐고 뚜껑을 열었다 닫았다 하면서 호텔의 앞뜰 역할을 하는 광장 같은 거리인지 거리 같은 광장으로 앞장서서 나갔다. 그곳에는 도어맨과 물음표 모양의 가로등과 택시 대기 장소가 있었다. 데스먼드를 태워갈 차가 거기 서 있었다.

"있잖아." 라이오넬이 침울하게 코를 누르면서 말했다. "난 마지막으로 엄마를 조금 놀리지 않을 수가 없었어. 내가 말했지. '그 학생 기억나, 엄마? 보라색 스퀴어스 블레이저 입은?' 하지만 엄마는 물론 기억을 못했지. 멍한 표정을 짓더라고. 내가 말했어. '양심에 걸리는 게 있다고, 엄마? 그 학생은 어때?' 난 미소를 짓고 있었지, 뭐랄까 — 그냥 놀리는 거였어. '그래, 엄마. 엄마는 걔의 운명을 마무리지었어, 엄마가 걔 목을 조인 거나 다름없어. 학생이랑 놀아나다니 말이야.'…… 멍한 표정이었어. 텅 비어 있었지. 다시 헛소리를 하기 시작했어. 말도 안 되는 말을 하더라고. 그래서 난 살금살금 나왔지…… 기브스 부인 말로는 이제 아무 말도 안 한대 — 벽만 보고. 할머니가 폐렴에 걸리셨다, 데스. 폐포에 고름이 가득 찼대. 온 몸이 썩고 있어. 자. 저 차 타라."

데스가 말했다. "폐렴은 노인들의 친구죠."

"그건 치료할 거야. 항생제를 쓰면 되지. 하지만 폐렴이 다시 발병하면 — 이젠 끝이야. 자연이 할 일을 하게 놔둬야지…… 전화할게. 짐 싸 놔라. 할머니 가실 때 우리가 가 봐야지. UVI 조심해, 데스. 퍼뜨리지 말고. 아기를 생각하라고."

그레이스는 케이프 래스의 요양원에서 죽어 가고 있었고, 호레이스는 디스턴 종합병원의 말기 환자 병동에서 냄새를 풍기며 시끄럽게 죽어 가고 있었다(그의 딸은 얼룩진 칸막이 너머에 갇혀 있었다). 그리고 데스 역시 아발론 타워에서 죽어 가고 있었다. 그는 광기로 죽어 가고 있었다. 데스의 마음은 런던 여우, 거대한 국제도시의 불페스 불페스[Vulpes vulpes; 여우의 학명—옮긴이]의 마음과 같았다.

하루 종일, 밤새도록(무슨 차이가 있었을까?) 눈을 뜬 채, 눈을 감은 채(무슨 차이가 있을까?), 데스는 광기가 만들어 낸 영화를 보고 있었다. 반짝이는 맥박과 고동치는 섬광 속에서 데스는 본질적으로 여우와 관련 있다고 생각되는 주제들을, 불안과 굶주림과 은신처의 부재와 관련된 논쟁을 연습했다. 이러한 주제들은 아스팔트와 금속, 고무와 셀로판과 깨진 아크릴산 유리 파편들이라는 도시의 배경을 통해 굴절되었다. 사상 최고로 긴 영화였다. 데스의 주의력은 결코 흐트러지지 않았다. 화질은 뱀 이빨처럼 날카로웠다. 조명은 점잖지 못하고 무법적이라고 할 만큼 요란했다. 대화(가끔은 더빙이었다)와 내레이션과 가끔 등장하는 자막은 전부 그레이스의 언어였다.

* * *

"또 아저씨였어. 새로운 소식은 없대."

"…… 잠깐만. 던, 기다려. 실라 좀 데려와. 안으로 들어오진 말고. 나한테 보여 줘. 있잖아, 이제 병이 물러가고 있는 것 같아. 나 거의 다 나은 것 같아."

수요일이었다.

목요일

열 시가 되기 직전에 라이오넬이 아파트로 들어왔다. 그는 염력을 가진 거대한 인간 전차 같았고, 이 전차를 끄는 말은 스파이크 박힌 목줄을 두른 잭과 젝이었다.

데스가 의자를 덜컹거리며 일어섰다.

"뭔가 일이 생겼어. 밤에. 수치가 떨어지고 있대, 데시." 라이오넬의 얼굴은 노골적으로 간청하는 표정이었다. "활력 징후 말이야! 가자. 가방 어디 있어? 세상에—빌어먹을—얼른 와."

15분 후 데스는 벤간자의 관제탑에 앉아서 스탠스테드 공항을 향해 무시무시한 속도로 달려가고 있었다.

"또 발작할 것 같대. 지금 엄마 상태면……. 뭘 그렇게 웃고 있어? 오늘 같은 날에!"

"그냥 외출하기 좋은 날이다 싶어서요. 삼촌도 웃고 있잖아요."

"그래, 뭐. 한편으로는 짐을 더는 셈이니까. 더 이상 걱정 안 해도 되고, 어, 그렇지?"

그날 아침 데스가 잠에서 깨어 보니 열이 내려 있었다. 그는 건강이라는 것에, 건강의 그 강력한 힘에 놀랐다. 데스는 아내와 딸과 함께 아침식사를 하고, 두 사람을 배웅하고, 차를 더 만들어 마시면서 현실에 다시 적응했다. 묵직한 감사의 기분을 느끼면서……. 그런 다음 라이오넬이 돌풍처럼, 소나기처럼 와서 잭과 젝의 목줄을 푼 다음 베란다로 내보내고("던한테 전화해라. 개들을 여기 놔둬야겠다. 선택의 여지가 없어.") 빵빵한 쇼핑백을 풀고(마이클 게이브리얼 푸줏간), 개들이 쓸 화장실을 시끄럽게 설치했고 그동안 데스는 낡은 가방을 집어 들어 옷 몇 벌과 세면도구를 챙겼다.

이제 라이오넬과 데스는 크고 노란 꽃 같은 여름의 열기 한가운데에서 탁 트인 도로 위를 달리고 있었다. 스트로보 라이트 같은 태양이 높다란 나무들을 통해 시끄럽게 내리쬐었고, 라이오넬은 차선 세 개를 다 차지하고서 냉정하고 익숙하게 운전을 하면서 늙어 빠진 보행자들 사이를 누비며 조깅을 하는 사람처럼 자신만의 속도로 달렸다……. 그는 강력한 경적을 포기하는 대신 강력한 전조등 불빛을 이용했다.

"비행기는 타 봤어?"

"네." 속도를 높이든 낮추든 자동차는 도로에 전선으로 연결된 것처럼 매끄럽고 확실하게 미끄러지듯 달렸다. "네. 컴브리아 식인 사건을 취재했거든요. 뉴캐슬에서 아이들을 고문하던 유모도 취재하고. 부젓가락으로 고문하던 사람 말이에요."

"그런 사람들은 잘 지켜봐야 된다, 데스." 라이오넬이 갓길로 가구 운반차를 추월하면서 말했다. "빌어먹을 사이코들을 잘 지켜봐야 돼.

대신 그 사람들은 놔둬야 돼, 어, 그냥 먹고살려고……." 그들은 장기 주차장으로 이어지는 경사로에 접어들었다. "좀 그럴듯하게 먹고살려고 애쓰는 사람들 말이야."

데스가 말했다. "거기 얼마나 있을지 모르는 거죠."

"토요일 밤에 올 거야. 일이 빨리 되면. 장의사가 대기하고 있어. 그리고 목사인지 뭔지도."

두 사람은 차에서 내려서 현대의 표준적인 자세를 취했다. 즉, 고개를 푹 숙이고 허리 높이로 든 핸드폰을 보았다.

라이오넬이 몸을 펴면서 말했다. "뭐, 엄마는 아직 안 죽었어. 실낱같은 박동이지만. 버티고 있지."

데스가 몸을 펴면서 말했다. "던이 안부 전해 달래요. 그리고 잭이랑 젝은 잘 돌보겠대요……. 실라는 항상 개는 어디 있냐고 물어보거든요. 늘 '강지, 강지'라고 말해요."

"나중에 던이랑 통화해야겠다." 라이오넬이 말했다. "잭이랑 젝 때문에."

라이오넬과 데스는 비행기를 타고 인버네스로 간 다음 18인승 경비행기를 타고 윅으로 갔다. 두 번째로 하강할 때 두 사람은 땅을 덮고 있던 얇은 구름에서 벌써부터 요양원의 분위기 — 침대, 파우더, 장식이 달린 의자 덮개, 계속 뿜어져 나오는 수증기 때문에 흐릿한 공기—를 다시 느꼈다.

"난 계속 기도를 드렸지. 점수를 따지 말라고! 경기를 하는 내내 말이야! …… 시즌 마지막 날이었어. 업튼 파크 축구장. 난 감독석에 앉아서 참새우 샌드위치를 먹고 있었지. 그런데 어떻게 됐는지 알아?

리버풀이랑 0대 0 동점으로 비긴 거야! 레즈가 이겼어야지, 안 그러냐. 난 리버풀을 별로 안 싫어하거든. 케니에 오래 있었으니까. 거기 요이에 말이야."

작고 별 볼일 없는 웍 공항에 내리자 제복을 입은 운전사가 손 글씨로 '애즈보'라고 쓴 표지판을 들고 있었다. 케이프 래스까지는 아직 150킬로미터 남았다. 데스는 리무진 안에서 잠을 잤다……. 일어나 보니 서소, 스트래시 포인트, 텅을 가리키는 표지판이 있었다. 수니스 외곽에 도착한 그들은 도로공사 신호등 앞에서 거의 10분 동안 서 있었다. 데스가 왼쪽을 보니 격자를 이루는 묘목들 사이로 드루이드교 묘지 같은 곳이 보였다. 하지만 비석은 비석이 아니었다. 비석은 잘린 나무들, 아주 오래된 나무들이었고, 각종 질병 때문에 전부 모양이 달랐다.

"그래, 엄마." 라이오넬이 혼자 중얼거렸다. "그래, 요양원을 옮기는 거나 마찬가지야. 주소를 바꾸는 거지. 그래, 엄마를 위해 준비한 발사나무 방갈로로 가는 거야."

로브 던 호텔은 로친바 스트랜드 동쪽 언덕 밑 바람이 불지 않는 곳에 서 있었다. 두 사람은 헨리슨 스위트룸을 잡아서 가방을 내려놓고 얼굴을 씻었다. 그런 다음 차를 타고 클로 모 블러프로 갔다.

태양이 2층 방 출창 안을 들여다보고 있었다. 뭐가 보였을까? 침대 위 높이 걸린 검은 스크린, 심박과 혈압을 나타내며 번쩍이는 숫자, 워키토키와 계산기 같아 보이는 장치들과 액체 주머니들이 열매처럼 열린 금속 나무, 플러그와 어댑터, 꼬인 전선과 튜브들이다. 그리고 시트와 거의 높이 차이가 없는, 얼굴이 땀으로 뒤덮인 채 눈을 감고 입을 벌린 쇠약한 여자. 여자의 아들과 손자가 양 옆에 앉아 있었다. 한 시간이 지나고 두 시간째로 접어들었다.

라이오넬이 긴 침묵을 깨뜨리며 말했다. "너 그, 어, 목매서 자살한 건축가 알아, 데스? 존 뭐시기 경. 그 사람 엄마가 죽고 나서 자살했잖아. 다들 말했지. '아, 그 사람 우울했지, 그 왜, 어머니가 돌아가셔서 말이야.' 사람들은 항상 그렇게 말하지. 그런데 그건 다 거짓말이야. 그 사람이 갑자기 **죽고 싶어진** 게 아니야. 목매고 싶어진 게 아니라고. 갑자기 **죽을 수 있게** 된 거지."

"왜 그렇죠, 삼촌?"

"데스, 세상에는 말이다, 세상에는 엄마가 죽고 나서야 할 수 있는 일들이 있는 거거든."

이제 두 시간째는 세 시간째로 접어들고 있었다. 라이오넬은 20분마다 담배를 피우러 나갔다. 그리고 20분마다 기브스 부인이 엄격한 표정으로 아무 말 없이 서둘러 들어와서 밸브와 수치를 점검했다. 기브스 부인이 데스가 혼자 있는 것을 보고 (이제 다섯 시가 넘었다) 눈도 마주치지 않은 채 말했다.

"삼촌분이 오늘은 성질을 좀 죽이셨으면 좋겠네요. 지난번에 뭐라고 했는지 조카분도 들으셨어야 하는데. 화가 나서 마구 소리를 지르더라고요. 그 때문에 얼마나 놀라셨는지—"

"아, G부인." 라이오넬이 방으로 들어오면서 말했다. "이게 다 뭡니까? 시간 끄는 거죠, 아닌가요? 당신이 몰래 페니실린 줬지요?"

기브스 부인이 뒤돌아 나가면서 라이오넬에게 지친 시선을 보냈다.

"어떻게 그런 걸 다 하셨어요, G부인? 당신 나이에요? 가슴 말이에요! 미인대회 출전자 같은 몸맨데요." 라이오넬이 싱긋 웃었고 기브스 부인은 그 옆을 서둘러 지나갔다. 라이오넬이 그녀의 뒷모습에 대고 말했다. "하지만 장담하건대 바로 쳐질걸, 속옷을 벗자마자……. 크으, 데스." 문이 쾅 닫힐 때 라이오넬이 말했다. "그 길프 기억나냐? 호색적인 힐다. 놀고 싶은 노파들…… 빌어먹을. **어, 저기 봐.**"

그레이스의 눈이 떠졌다. 그녀의 석화 같은 눈이 열리고 뒤로 넘어지려는 사람처럼 공포에 질려 빨간 눈꺼풀까지 드러났다. 뒤로 넘어지면서 자기를 잡아 줄 사람이 있는지 보려는 애쓰는 것처럼.

데스는 희망을 가질 시간, 기도를 드릴 시간이 있었다—그레이스가 넘어질 때 깃털처럼 하늘하늘 떨어지기를 말이다. 하지만 라이오넬이 벌써 일어서서 바지 주머니에 손을 넣고 몸을 구부리며 무섭게 말했다.

"이제 끝내. 그만 가. 창조주를 만나러 가라고. 가서—"

"빌!" 그레이스가 소리쳤다.

"…… 빌어먹을."

"빌!"

"네 할머니가 뭐라는……? 빌은 누구야? 또 빌어먹을 학생이야?"

"빌." 그레이스가 울었다. "사랑, 사랑. 하지만 그건 금지되었다!"

"이게 뭐냐, 데스?"

"챈들러는 포식자에게 나쁜 반응을 보였다! 섹스, 먹었다!"

갑자기 데스는 깨달았다. 그가 이해하기를 기다리며 놓여 있는 것이 무엇인지 깨달았다. '섹스, 먹었다'가 아니다. 식스, 에이트. '6, 8'이다[6(six)와 섹스(sex), 먹었다(ate)와 8(eight)의 발음이 비슷하거나 같아서 착각한 것—옮긴이].

"십자말풀이 힌트예요, 삼촌. 할머니가 항상 수수께끼 십자말풀이 하셨던 거 기억하죠? 십자말풀이 힌트예요."

데스는 자신이 문제를 풀 수 있음을 깨달았다. '챈들러는 포식자에게 나쁜 반응을 보였다(6, 8); 애너그램. 답은 연하 킬러…… 빌, 내 사랑, 내 사랑, 하지만 그건 금지되었다(5); 빌 = 계산서; 러브, 러브 = 영, 영 = 0, 0. 답은 금기.'[1)]

그레이스가 절망적으로 통곡하며 외쳤다. "반항하지 않는, 그렇다고 해도! 열다섯!"

"저건 뭐냐?"

"십자말풀이 힌트예요. 답은 '그럼에도 불구하고'예요."

"'열다섯'은 뭐야?"

"열다섯 글자라고요, 삼촌. '그럼에도 불구하고'."[2)]

"포식자. 열다섯. 금지된……. 아, 이제 시작이네."

그레이스를 가리키는 말이었다. 그레이스는 이제 등을 구부리면서 공중에 뜰 것처럼 괴로워하고 있었다. 신경이 뽑히지 않은 채로 잡아당겨졌다가 천천히 풀리는 것 같았다. 갑자기 헛구역질을 하고 몸이

---

1) Chandler reacts badly to predator(6, 8)는 애너그램 십자말풀이로, Chandler reacts= 철자를 섞을 말, badly = 애너그램임을 나타내는 말, predator = 답의 뜻이고 글자 수는 6자, 8자이므로 답은 cradle snatcher(요람을 채가는 사람이라는 뜻으로, 훨씬 어린 상대와 결혼하는 사람을 가리키는 말)가 된다. Bill, love, love, but it's forbidden은 bill(계산서) = tab(계산서), love = 테니스에서 0점을 가리키는 말, 그것은 금지되었다(it's forbidden)는 답의 뜻이고 글자수는 5이므로 답은 taboo(금기)가 된다.

2) unresisting, even so(15)에서 unresisting = not withstanding, even so(그럼에도 불구하고) = 답의 뜻이므로 답은 notwithstanding이 된다.

격렬하게 흔들리더니—생명의 흔적이 지워졌다.

"아저씨는 어떻게 받아들이고 계셔?"

"뭐라 말하기 힘들어. 삼촌은 정말 알 수가 없잖아." 데스가 털썩 대자로 앉아서 알렉산더 셀커크 베이뷰 바를 둘러보았다. 옆에서 보니 파도가 질서정연한 가축 떼처럼 납 창틀 창문을 넘어서 밀려오는 것 같았다. 등대가 큰 바위들 위에서 박동했다. 흰색 턱시도를 입은 키다리 피아니스트가 국수 같은 손가락으로 〈오 솔레 미오〉를 연주했다……. 라이오넬은 저쪽 구석에 앉아 있었고 얼음 통에는 세 번째 샴페인 병이 들어 있었다. 그는 퍼스-헤더링턴 씨, 장례식을 맡은 존맨 씨와 이야기를 하고 있었다. "처음에는 아주 화가 난 것 같았어. 하지만 할머니가 돌아가시고 나니까 그냥 할머니를 내려다보면서 이렇게 말하더라. '저기 침대에 저것 좀 봐…….'"

"그럼 넌?"

"나도 모르겠어, 도니. 이 모든 일이 딴 사람한테 일어나고 있는 것 같아. 내가 여기 없는 것 같아. 아니면 난 그냥 구경하고 있다든지. 호레이스 아저씨는 어떠셨어?"

던이 말했다. "난 착하게 굴고 있어. 큰 기대는 안 하지만 엄마 생각에는 아빠가 흔들리고 있는 것 같대."

"음, 잘되길 빌게."

데스와 던이 마지막으로 잘 자라는 인사를 나누려던 참에 던이 갑자기 말했다.

"아, 데스—걔들 말이야. 우리가 알던 잭과 젝이 아니야."

"그래, 네 말이 맞아. 우리가 알던 애들이 아니야."

데스는 양쪽 귀와 겨드랑이에서 동시에 간지러움을 느끼면서 그것이 — 바로 그 개들이 하루 종일 마음 한구석에 있었음을 깨달았다. 열두 시간 전에 금방이라도 울음을 터뜨릴 것 같은 인간 전차 라이오넬이 33층으로 쳐들어왔을 때 데스에게 제일 먼저 든 생각은 잭과 젝이 자기를 보고 너무 반가워해서 라이오넬이 화를 낼지도 모른다는 걱정이었다. 하지만 개들은 딱딱한 어깨로 데스를 스치고 지나갈 뿐이었다. 잭은 잠깐 고개를 돌려서 경멸하듯 입을 벌리고 웃었다. 개들의 거짓 미소였다. 베란다로 나간 개들은 한 덩어리의 근육이 되어서 으르렁거리고, 덥석 물고, 잘근잘근 씹었다. 분명 젝은 하나의 존재이고 잭은 또 하나의 존재였지만 잭과 젝, 혹은 젝과 잭은 또 다른 존재였다.

"또 어쩌는 줄 알아? 둘 다 수컷이면서 서로 자꾸 쫓아다닌다니까. 게다가 형제잖아. 근친상간이야."

던이 웃었기 때문에 데스도 웃었지만 그는 머리를 한 대 맞은 것 같았다. 근친상간. '곤충 위반?(6)[3] 복잡한 범죄의 냄새가 난다(6).[4] 해서는 안 될 일이 죄 등을 방해한다(6).'[5]

"잭이 젝을 올라타. 젝이 잭을 올라타기도 하고. 뒷다리를 떨면서.

---

3) 곤충 위반 Insect violation(6)에서 insect = 철자를 섞을 단어, violation = 답의 뜻, 글자 수 6이므로 답은 근친상간(incest)이 된다.

4) 복잡한 범죄의 냄새가 난다 I scent tangled crime(6)에서 I scent = 철자를 섞을 단어, tanlged = 애너그램임을 나타내는 말, crime = 답의 뜻, 글자 수 6이므로 답은 근친상간(incest)이 된다.

5) 해서는 안 될 일이 죄 등을 방해한다 No-no disturbs sin, etc(6)에서 No-no = 답의 뜻, disturbs = 애너그램임을 나타내는 말, sin, etc = 철자를 섞을 단어, 글자 수 6이므로 답은 근친상간(incest)이 된다.

그렇다고 내가 기분 나쁘거나 그렇다는 건 아니야. 뭐, 많이 나쁘진 않아. 문제는 개들이 실라를 보는 표정이야."

데스가 말했다. "말해 봐."

"나는 본체만체 해. 하지만 실라한테는—헐떡거리고 침을 흘리면서 실라를 빤히 봐. 다정한 표정이 아니야. 경쟁자라도 되는 것 같은 눈빛이야. 물론 실라는 개들을 쓰다듬고 싶어 하지. 난 개들을 절대 들여놓지 않을 거야. 그건 분명히 말할 수 있어."

"그래. 계속 밖에 놔 둬, 도니. 고기 던져 주고 못 들어오게 해."

데스가 뭔가를 느끼고 뒤로 돌았다. 라이오넬이 뒤에서 데스를 향해 몸을 숙이고 전화기를 달라는 듯이 손을 펴서 내밀었다.

"어, 삼촌이 너한테 할 말 있대……. "

"던? 미안하다, 어, 무리한 부탁을 해서 말이야. 달리 방법이 없었거든." 라이오넬이 던의 말을 들으면서 고개를 끄덕였다. "글쎄. 살 만큼 사셨지. 나이도 많고 했으니까……. 잘 들어. 오늘 밤에 개들한테 스테이크를 줘—타바스코는 뿌리지 말고…… 그렇지. 대신 그건 내일 줘. 한 병 다…… 그래, 음, 식단을 조정하는 중이거든. 토끼 사냥 때문에. 알겠지? 그리고 문 꼭 잠가라. 틈이 조금이라도 있으면 거기로 주둥이를 내밀고 열어서 탈출할 거야. 개들을 들여보내면 안 돼, 던. 문을 꽉 닫아."

곧 라이오넬이 데스를 던바 다이닝 룸으로 데려갔다.

"뭐 좀 든든한 걸 먹어야지. 열병 때문에 살 빠졌잖아. 자, 오리 고기 먹어." 그기. "아니면 돼지고기를 먹든지."

"…… 세상에. 아홉 시 이십 분인데 아직도 밝아요!"

"으음. 내 사냥감이 있는 것 같군. 멧도요새……. 됐다. 내일 나는 어, 맨 씨랑 해야 할 일을 할 거다. 네가 빈둥거리는 동안에 말이야. 차 가져가, 데스. 페리 타고 케이프 래스로 가. 우린 토요일에 일어나자마자 엄마를 묻을 거야. 티타임이면 런던으로 돌아가 있겠지."

새우 칵테일과 클라레 첫 번째 병이 나왔다.

"있잖아, 내가 아주 약간 걱정되는 게 있어." 라이오넬이 전화기를 꺼내서 의심스러운 표정으로 화면을 슬쩍 보고 말했다. "지나 말이야. 봐라, 요즘은, 데스……. 짓궂은 건 알지만 난 요즘 페라리를 타고 가서 지나를 태워 오거든. 지붕은 닫고서. 지나의 불쌍하고 늙은 주인은 뒤에서 따라오게 하지. 모터 달린 자전거를 타고……. 그러니까 이제 타운 전체에 소문이 쫙 퍼졌을 거야. 좀 짓궂긴 하지. 있잖아, 난 말론을 좀 더 괴롭히고 싶었거든. 그런데 이젠 말론이 너무 뻔한 짓을 할까봐 걱정 돼."

"뻔한 짓이 뭔데요."

"엇. 돌아보지 마, 저기 내 딜프가 있네……. 내 던바 딜프. 멍이 아주 잘 낫고 있군." 라이오넬이 손을 흔들고 미소를 지으면서 말했다. "우우. 날 봐서 아주 기쁜 것 같지는 않네. 이런, 오 이런. 빨리—저기. 빨간 옷에 그물 스타킹 신은 여자. 눈요기라도 하라고……. 그래, 딜프들이 다시 모여들고 있어, 데스. 그건 어, 인식이 변하고 있기 때문이야, 암. 차브 운전사 때문이지."

"아, 네. 차브 운전사 말이죠." 그리고 데스는 논란이 되었던 차브 운전사 사건을 떠올렸다. 자동차 개조 전문가이자 스턴트 드라이버인 청년(한때 애즈보 밑에서 일했다)이 5월 말에 '웜우드 스크럽스' 지하실에 침입했다. 다음 날 아침 그와 공범 두 명은 신경가스를 마시고 흠씬 두드려 맞고 전기 충격기 자국이 남은 모습으로 마을 풀밭에서 한 무더기로 쌓인 채 발견되었다. '애즈보 씨는 고소하지 않을 것입니다.' 세바스찬 드링커가 짧은 보도 자료를 발표했다. '애즈보 씨는 자신의 입장을 확실히 밝혔다고 생각하며…….' "그 사건 때문에 다 바뀌었군요, 맞죠? 차브 운전기사 때문에?"

"차브 운전기사? 그걸로 딜프들이 완전 달라졌지. 데스, 딜프는 말이다." 라이오넬이 주 요리를 먹으면서 말했다. "그런 여자는 좀 활동적인 걸 원해. 러브차일드 같은 허튼 거 말고. 빌어먹을 웨스트 햄도 안 되고, 마마보이도 안 돼. 절대 안 되지. 하지만 강도 놈의 엉덩이에 전류가 흐르는 소몰이 막대를 꽂는 건—딜프들은 그런 데 반응하거든. 어쨌든. 이미지 따위는 개나 주라지. 선량한 사람은 이제 됐어. 이제부터는 라이오넬 애즈보가 되는 거야."

디저트 트롤리, 치즈보드, 세 병째 클라레. 그런 다음 견과류와 귤. 그런 다음 커피를 마셨고 라이오넬은 따로 리큐어[달고 독한 알코올음료로 보통 식후에 마신다—옮긴이]를 주문해서 마셨다. 데스가 전화기 진동을 느꼈을 때는 열시 반이 넘은 시각이었다. 그는 전화기를 가지고 복도로 나갔다.

"우린 지금 숨이 막혀서 죽어 가고 있어." 던이 말했다. "그렇게 더운 건 아닌데 바람이 안 통해서. 창문을 열려고 아저씨 방에 갔는데 잠겨 있더라고!"

"잠겨 있다고?" 데스는 잠깐 생각했다(전에도 한 번인가 두 번 그런 적이 있었다). "그럼 평소처럼 해." 그것은 자기 전에 현관문을 열고 15분 동안 수건을 펄럭펄럭 흔들라는 뜻이었다. "그럼 공기가 좀 통할 거야. 그런 다음에 실라한테 선풍기 틀어 주고. 유리문은 열지 마, 알았지? …… 알아…… 알아. 그래도 머리카락만 한 틈도 안 돼. 걸쇠를 걸어. 알겠지? 실라는 어때?"

"실라는 실라지. 아주 잘 지내. 알고 있었어, 데스? 실라가 웃을 때 눈이 먼저 변하는 거. 입이 움직이기 전에 말이야. 눈이 막 빛을 내."

"응." 데스가 말했다. "눈이 곧장 변해. 빛의 속도로. 그리고 나를 향해서 빛을 내지."

그 사이에 라이오넬의 여자친구는 설득을 당해서 의자를 앞으로 당겨 앉았다. 표정이 없고 핏줄이 파랗게 도드라지고 도자기처럼 하얀 미녀였는데 왼쪽 눈두덩이 베이지색으로 물들어 있었다. 무성영화에 나오는 사람(아마도 위험에 처한 여주인공) 같았다. 적어도 데스의 눈에는 그렇게 보였다. 아무도 말을 하지 않았기 때문이다. 데스는 이 혼란스러운 분위기를 이해할 수 없었기 때문에 피곤하다고 말하고 인사를 한 다음 금방 물러났다.

열한 시가 거의 다 된 시각이었다.

데스는 샤워를 한 다음 침실 두 개 중에서 작은 방 창가에 앉았다. "나 행복한 거 알지." 조금 전, 던이 어둠 속에서 말했다. "하지만 꼭…… 뭔가 기다리고 있는 기분이 들어. 아빠를 기다리나 봐. 기다리는 기분. 기차가 언제 올까? 기차가 언제 출발할까? 4년 동안 그랬어. 뱃속에 꽉 쥔 주먹이 들어 있는 것 같아. 넌 그게 어떤 건지 모를 거야." 하지만 데스는 알았다. 그는 꽉 쥔 주먹 같은 걱정을 알았다. 그리고 지금 데스의 뱃속에서 힘이 잔뜩 들어간 그 주먹이 풀리고 있었다.

그날 아침 탁 트인 도로에서 데스는 그것을—세상의 무한한 재능을 느꼈다. 그리고 지금 이곳에서는 강력한 달 (보름달이 되기 직전이었다) 밑에서 쉴 줄 모르는 바다가 밀려와서 흔들리고 바다의 수면 아래가 요동쳤고, 바다 전체가 크림색 빛—움직이는 마그마의 빛, 흔들리는 바다의 미러볼이 내는 빛—을 받고 싶어 했다.

데스는 신경을 곤두세우고 귀를 기울였다. 문이 닫히고, 요란한 하품 소리가 나고, 건조하고 신중하게 '아주 기쁜 것 같지는 않았지'라고 말하는 소리가 들렸다. 두꺼운 양탄자가 소리를 삼키는 침묵의 순간이 지나간 다음, 미니바를 뒤지는 소리…….

먼 곳에서 등대가 충실하게 번쩍였다. 그것을 보자 데스는 뭔가가 떠올랐다. 뭘까? 시각적인 기억이 아니었다. 아니, 청각적 기억이었다(그리고 템포도 상당히 달랐다). 저 박동하는 빛을 보니 데스가 들었던 가장 용감한 소리가 떠올랐다. 그것은 아직 태어나지 않은 딸의 심장이 내는 (증폭된) 박동 소리였다.

데스는 이 기억을 겸손하게 받아들였다. 실라를 떠올리자 모든 것이 분명해졌다. 이 모든 일은 다른 누구도 아닌 데스먼드 페퍼다인에게 일어나고 있었다. 데스는 여기에, 건강하게, 비정상적으로 살아 있는 사람들 사이에 있었고, 무한한 재능을 가진 바다를 내다보고 있었다.

금요일

"여보세요? …… 여보세요?"

통신이 나빠서일까, 신호가 불안정해서일까, 위성이 이상해서일까? 신음 소리밖에 들리지 않았다. 아주 약간 날이 선 신음 소리. 지직거리는 소리가 나더니 신음 소리는 떨리는 아내의 목소리로 바뀌었다.

"데스. 오, 데스. 말로는 설명할 수가……. 난……."

하지만 던은 이야기를 계속했고, 데스는 침대에서 나와서 커튼을 걷고 차를 마시려고 전기 주전자 코드를 꽂았다. "잘 됐다, 도니." 그가 이렇게 중얼거리면서 공허한 눈빛으로 고개를 끄덕였다. 데스는 평소에 하던 생각을 떠올리고 있었다. 나이 많은 백인 지상주의자(이자 전직 주차 단속원)가 삶의 마지막 순간에 지혜를 얻고 마침내 굴복했다. 4년간의 추방 끝에. 호레이스도 아마 이 정도면 충분하다고 생각했을 것이다. "정말 잘됐다, 던. 나도 정말 기뻐."

"오늘 밤이 될 거야."

"…… 실라를 디스턴 종합병원에 데려가는 건 아니지?"

"당연히 아니지. 하지만 데스, 무슨 말인지 알지? 오늘 밤이 될 거야. 점점 약해지고 계셔, 데시. 엄마 말이 토요일에 메타돈을 놓는대. 토요일이면 의사들이 메타돈으로 사람들을 죽이고 다닌대!"

라이오넬이 이제 막 부엌을 닫으려는 식당으로 들어왔다.

"어, 리 삼촌. 일이 생겼어요. 던의 아버지가—"

"일이 생겼다니 너무 딱 맞는 말이구나. 지나. 그래, 지나가 당했어. 염산. 주프스 레인에서." 라이오넬이 메뉴를 보더니 칼레도니아 식 아침식사 세트를 신중하게 주문했다. "애버딘 선지 푸딩은 빼고." 라이오넬이 반백의 웨이터에게 말하자 그가 적었다. "그리고 그, 어, 빌어먹을 오크니 훈제 물고기도 빼고. 영국식만……. 그래. 주프스 레인에서. 훤한 대낮에. 염산의 효과가 어떤지 본 적이 있지."

데스는 회의적으로 생각하려고 애썼다(어디까지 사실일까?). 하지만 데스는 20년 동안 디스턴 타운에서 살았으므로 그곳을 잘 알았다, 참사는 우체부처럼 디스턴 구석구석을 돌아다녔다. 데스는 생각했다. 지나의 그 미소, 그 눈. 그는 차갑게 식은 커피를 한 모금 마셨다가 이 사이로 컵에 다시 주르륵 흘렸다.

"얼굴이 다 일그러졌어. 늘어지고……. 모로코인 같은 사람이 그랬대. 그래. 흰색 옷을 입고 자전거를 타고 빠르게 달리다가. '자. 이거나 먹어라.' 머리에 행주 두른 놈들 방식대로 한 거야. 지나는 배꼽티에 튀튀를 입고 걸어가고 있었지. '좀 가리고 다녀! 이 창녀야!' 그렇게 된 거야." 라이오넬이 고개를 끄덕이며 말했다. "쓰레기들. 빌어먹을 놈들! 말론이야. 말론 식으로 호의를 베푼 거지……. 하지만 뭐랄까, 난 말론 탓이라고는 못하겠어. 그래도 지나는. 아, 사랑스러워라."

라이오넬이 방패 같이 큰 접시에 담긴 모든 것들을 사랑스럽게 내려다보았다. 농장 직송 달걀로 만든 수란, 그램피언 소시지, 소금에 절여서 얇게 저민 베이컨, 에얼룸 토마토, 스트래스클라이드의 들사리버섯, 알맹이가 큰 해시 브라운, 장인이 만든 베이크드 빈스, 하일랜드의 튀긴 빵.

라이오넬이 열심히 씹으면서 말을 이었다. "하지만 말론은 미쳐서 제 발을 쏜 셈이야, 안 그러냐. 정신이 나가서 황금알을 낳는 거위를 죽인 거지……. 난 이제 지나 근처에도 안 갈 거니까, 안 그러겠냐." 라이오넬이 다음으로 입에 넣을 것을 모으면서 말했다. "면상이 그 지경이 됐으니까."

"어, 삼촌. 던의 아버지가—"

"어 그래. 너 무슨 말 하는 중이었지."

"던의 아버지가—"

"맞아, 데스. 그말 하고 있었어. 다 말해 봐, 데스. 다 털어놔."

라이오넬이 데스와 같이 밖으로 나와서 차를 기다리는 동안 어슬렁거리면서 담배를 피웠다. 라이오넬은 손에 전화기를 들고 화면을 보고 있었다. 그가 말했다.

"아. 다시 생각하는 중이래. 그 딜프가 다시 생각하는 중이래. 저거 봐. 저 여자는 아들 둘을 데리고 펜싱 수업을 받으러 가고 있네. 저 여자가 네 엄마라고 상상해 봐. 누구처럼 나이 많은 창녀가 아니라……. 처음에 말이다, 데스, 처음에 네 할머니가 정신이 들었을 때 그러는 거야, '악마가 아니네.'" 라이오넬이 입에 물고 있던 시가를 빼고 끝부분을 확인했다. "'악마는 신사거든. 네 방 번호는 기억하냐, 이 멍청한 놈아?'"

저 멀리 혼돈스러운 하늘 밑에서 바다가 아직도 일광욕을 하면서 푹 퍼진 채 거품을 내며 미소를 짓고 있었다. 하지만 구름은 이제 의문스러운 회색빛을 띠고 유감스러운 듯 정렬을 가다듬고 있었다.

"어젯밤에는 또 이러더라. '너 같은 남자들은. 절대 배우질 못하기 때문에 결코 변하질 않아. 절대로 배우질 못해…….'" 라이오넬이 왼손을 폈다. "있잖아, 데스, 가끔은 나도 내가 무서워. 나 자신도 말이야." 자동차가 빙 돌면서 진입로로 들어올 때 라이오넬이 고개를 숙이고 한 발 물러나면서 말했다.

데스먼드는 여행을 했다. 웍으로, 인버네스로, 스탠스테드로, 리버풀 스트리트로, 디스턴 노스로. 집으로 돌아가는 길에 데스는 기독교인다운 마음으로 호레이스 셰링엄에 대한 생각을 바꾸려고 열심히 노력했다(성공하지는 못했다). 데스는 비행기를 갈아탄 다음 좌석에 앉아서 졸면서 마음속으로 계속 떠올려 보았다. 물잔을 다시 채워 주는 나이 많은 웨이터, 창틀에서 차례로 등 잡고 뛰어넘기를 하는 파리 두 마리, 갈라지는 파도, 열심히 씹다가 얼어붙듯 멈춘 라이오넬의 입, 잔뜩 찡그린 얼굴…….

"미안해요, 삼촌. 하지만 제가 어쩌겠어요? 이게 던의 마지막 기회예요. 던은 이 일 때문에 몇 년 동안이나 괴로워하고 있었어요."

라이오넬이 뒤로 돌았다. 그가 이를 드러내 보인 다음 평소 눈빛을 되찾았다.

"잠깐만." 라이오넬이 말했다. "잠깐. 넌 돌아가. 던은 자기 아빠한테 가 봐야지."

"네. 던은 무슨 일이 있어도 밤새 자기 엄마 곁을 지킬 거예요."

"그럼 너랑 실라밖에 없네. 그럼 됐어……. 자. 전화해. 비행편을 바꿔 줄 거야. 여기."

"…… 그럼. 내 대신 할머니한테 작별인사 전해 주세요."

"아니야, 이걸로 됐어. 늙은 호레이스는 아직 안 죽었잖아. 시체가 뭔데? 아무것도 아니야. 쓰레기일 뿐이지. 너나 나나 던이 괴로워하는 걸 원하지는 않잖아. 그런 일은 절대 없을 거야. 아니야, 데스. 네 자리는 집이야. 넌 딸이랑 같이 타워에 있어야지."

비행기가 데스를 깨웠다. 그들은 뒤덮인 대기를 뚫고 지구를 향해 내려가는 중이었고 비행기가 그를 거칠게 흔들어 깨웠다. 비행기 날개가 삐걱거리면서 위아래로 움직였다. 둥근 창들은 흰색으로 두껍게 응고되어 있었다. 데스는 이런 것을, 구름 속에 도사리고 있는 강렬한 폭력을 경험해 본 적이 없었다.

진료소에 가자 의사는 데스가 지금 UVI에서 회복 중이지만 곧 다시 열이 날 것이라고 경고했다. 지하 세계에서 디스턴 거리로 올라오자 데스의 골격이, 어깨선이, 골반이 다시 한번 자기들의 존재를 그에게 각인시켰다. 불쾌하지 않았다 — 데스의 뼈는 필라멘트처럼 빛났다. 그는 알았다, 이번에는 금방 나을 것이다. 병은 지나갈 것이다. 최후의 돌풍, 도시 여우의 마지막 작품이었다.

데스는 집으로 가는 길에서 한두 블록 벗어나서 할머니의 옛날 아파트로, 할머니가 옛날에 살던 지하 아파트로 걸어갔다. 문간에서 빈 우유병 두 개가 흐릿하게 번득였다……. '주전자를 올리렴, 데스. 우리 머리를 합쳐서 수수께끼 십자말풀이랑 싸워 보자.' 그런 다음 그레이스는 실크 커트를 하나 더 꺼내서 불을 붙여 집중력에 연료를 보급했다……. 아이스크림 차가 돌아다녔다. 데스는 계속 걸었다. 디스턴의 공기—모래알 같은 안개, 거즈 같은 촉감, 티끌, 사각지대들, 예방접종 흉터 같은 잔주름들……

아발론 타워에 올라가서 현관문을 열자 쾌활하고 자기들만으로 충분한 여자들의 낮은 목소리들이 멀리 놓인 라디오 소리처럼 들려왔다. 부엌으로 이어지는 복도가 데스에게는 막 만든 것처럼 새로워 보였다. 깔끔하게 투명한 것이 인상적이고 괜찮아 보였다. 고양이가 환영하듯 데스의 발치에 쓰러졌다……. 프루넬라가 나타나서 데스에게 아기를—더욱 깨끗한 것이 담긴 깨끗한 꾸러미를 건넸다. 데스는 주변을 흘깃거리면서 실라에게 입맞춤을 한 다음 바닥에 내려놓았다. 얼마 지나지 않아 두 여자가 결의에 차서 서둘러 떠날 준비를 했다.

"4.5리터 정도 유축해 놨어." 잠깐 둘만 남았을 때 던이 말했다. "실라 목숨 걸고 지켜야 돼."

"그럴게."

두 사람은 늘 그렇듯이 애정 어린 말과 약속을 서너 번 정도 주고받았다.

데스가 부엌으로 돌아와 보니 실라는 개를 향해 기어가려 애쓰고 있었다. 데스는 개들을 거의 잊고 있었다. 개 두 마리는 바깥 늦은 오후의 열기 속에서 숟가락 같은 자세로 자고 있었다. 젝이 앞발을 들어서 잭에게 가볍게 올려놓았다.

"어떤 남자를 만났는데 이름이 맨 씨였어." 데스가 말했다. 실라는 무척 재미있어 했다. "그 아저씨는 장의사야. 사람들을 묻는 일을 하시지."[영어로는 각각 "I met a man called Mr. Man." "He's an undertaker. He undertakes to take people under."로 같은 말이 반복된다—옮긴이] 실라는 이 말도 무척 재미있어 했다. "성함이 어떻게 되시나요, 선생님? 이분은 맨 아저씨셔." 그런 다음 두 사람은 실라가 아직 제일 좋아하는 책《맨 아저씨》를 읽었다.

데스는 주전자를 올린 다음 탱크(요즘은 열려 있었다)에서 뚱뚱한 쓰레기봉투를 꺼내서 바라보았다. 보통 때는 실라가 잠들 때까지 기다렸다가 쓰레기장으로 얼른 내려가서 버리고 왔다. 던 역시 집에 혼자 있을 때면 그렇게 했다. 실라는 혼자 남겨져도 전혀 신경 쓰지 않았다. 하지만 데스는 실라를 개들과 같이 남겨 놓을 수 없음을 즉시, 분명하게 깨달았다. 베란다 문에는 걸쇠가 걸려 있었고 문은 꽤 든든했다. 하지만 데스는 절대로 실라를 개들과 함께 놓고 나갈 수가 없었다.

"그럼 쇼핑 여행을 하지 뭐. 가게에 가고 싶니?"

게다가 데스는 뭔가를, 수술용 마스크를 사고 싶었다. 그는 다시 병을 옮길 가능성이 있는 상태가 되었고, 그 사실을 끊임없이 인식했다. 데스는 어느새 아기를 안을 때마다 고개를 돌려서 어깨 너머로 숨을 쉬고 있었다. 데스와 실라는 타운으로 나갔다. 실라는 유모차에 고정된 채 양손을 들고 흔들면서 완전무결한 미소로 모든 사람들에게 인사를 했다. 길 가던 사람들은 걸음을 멈추고 생각했다. 내가 무슨 착한 일을 했기에 이런 환영을 받는 걸까, 이런 기쁨을 누리는 걸까…….

데스와 실라는 약국 세 군데와 가정용품 가게 한 군데에 가 보았지만 계속 좌절했고, 마지막으로 철물점에 들렀다. 참 전형적이었다. 수

술용 마스크는 사방에, 거대한 국제도시 어디에나 있지만 디스턴에는 하나도 없었다. 디스턴은 질병 예방에, 예방적 조치에 아무런 관심이 없었다. 임신한 초등학생들과 이빨 빠진 청소년들, 헐떡거리는 20대, 관절염에 시달리는 30대, 다리 불구가 된 40대, 치매에 걸린 50대, 세상을 뜨고 없는 60대의 디스턴.

결국 두 사람이 산 것은 대용량 이부프로펜 하나와 실라가 차 대신 먹을 으깬 복숭아 한 캔이 다였다.

데스는 가스레인지에 실라가 마실 우유를 데우면서 《이브닝 스탠더드》를 팔랑팔랑 넘기다가 '스레너디'와 그녀가 새로 낸 시집에 대한 칼럼 중에서 무척 애정 어린 부분을 발견했다. "이것은 라이오넬과 함께했던 시간에 대한 시들이에요." 그녀가 말했다. "그래서 주제는 슬픔이죠. 하지만 심오한 감정은 바로 상실과 상심에서 나와요. 킹 주교와 테니슨 경을 보세요.[헨리 킹 주교는 여러 사람들에 대한 애가를 많이 썼고, 알프레드 테니슨의 대표작은 사랑하는 친구의 죽음에 바치는 애가 〈인 메모리엄〉이다—옮긴이] 시가 번성하는 건 그런—"

개들이 살랑거리고 있었다. 두 마리는 하나의 존재처럼 잠에서 깨어났다. 얽혀 있던 다리가 풀리더니 쭉 뻗었다. 잭이 몸을 떨고 하품을 하면서 빙글 굴렀다. 잭의 혀가 마치 물레에서 묶여 있었던 것처럼 풀려나더니 잭의 주둥이 위에서 뭔가를 조사하듯이 몸부림쳤다……. 데스는 한 발 다가서서 레이스 커튼을 친 다음 뒤를 돌아보았다. 실라가 주먹 쥔 손으로 눈을 비비고 있었다. 그렇다, 이 작은 생물, 이 제한된 공정, 이 작은 회사는 다른 아기들이 다 그렇듯 몇 시간마다 젖병에 든 젖을 먹고 나면 작동을 멈추었다, 문을 닫았다. 데스는 쿠션으로 소파에 성벽을 쌓았고, 실라는 몇 초 만에 잠들었다.

데스는 주저하며 커튼을 젖히고 유리문 밖을 한 번 더 내다보았다. 젝이 기대에 차서 몸을 구부리고 서 있었고 잭은 그 위에 올라타서 뒷다리를 기분 나쁘게 뻗고 튕겼다.

"꺼져!" 잭이 말했다.

"꺼져!" 젝이 말했다.

여섯 시 반에 라이오넬이 두 번의 전화 중 첫 번째 전화를 했다.

"묻었어. 그레이스 말이다. 엄마는 인버 성 마리아 교회의 어, 44H 방갈로에 있다. 사제한테 돈을 좀 주고 조용하게 치렀지. 오늘 오후에 묻었어."

"음, 할머니가 편히 쉬시면 좋겠어요, 삼촌."

"…… 난 지금 차 안이야. 돌아가려고. 여기 있고 싶지 않아서. 우울해질 거야. 윅 공항이 폐쇄됐어."

"그래요?"

"응. 바다에서 안개가 몰려와서. 시도(視度)가 0으로 내려갔어. 그래서 인버네스까지 운전해서 가려고. 240킬로미터네. 그래도 길은 좋아. 에어 택시를 알아보고 있어. 넌 괜찮냐?"

"네, 삼촌. 던한테 전화 왔었어요. 오늘은 긴 밤이 될 거래요."

"개들 먹이는 줬고?"

"지금 주려고요, 삼촌."

"타바스코 잊지 마라. 전부 다 먹여."

데스는 피가 뚝뚝 떨어지는 스테이크를 두 개의 양철 접시에 담았다. 그리고 칠리 페퍼 소스를 준비했다. '떡갈나무 통에서 몇 년 동안 숙성시켜 독특한 향과 맛이 납니다. 몇 방울만 떨어뜨려도 여러분의…….' 데스가 혀끝에 한 방울 떨어뜨려 보았더니 불이 난 것처럼 맵고 톡 쏘는 맛이 났다. 하지만 마지막에 약 같은 맛이 났다. 데스는 이것이 자기 밥통에 세균이 남아 있다는 증거가 아닐까 생각했다. 피가 흐르는 고기에 타바스코 한 통을 다 붓는 데 5분이 걸렸다. 도대체 개들이 왜 여기 있는 거지? 아, 맞다. 그 전화가 왔을 때 라이오넬은 개들을 서리(Surrey) 지방에 데려가려던 참이었다. 토끼 사냥. 데스는 그럴듯하다고 생각했다. 토끼 사냥은 폭력적인 데다가 불법이었고, 그걸로 도박을 할 수도 있었다……. 마이클 게이브리얼 푸줏간. 라이오넬이 오늘 밤 런던으로 돌아오면 잭과 젝을 데리러 올까?

데스가 화장실 옆에 밥그릇을 놓으려고 베란다로 살짝 나갔을 때 두 마리는 앞발에 턱을 올리고 나란히 누워 있었다.

실라는 훨씬 더 상쾌한 기분으로 잠에서 깼다. 데스는 실라를 씻기고, 기저귀를 갈고, 입가에 조심스럽게 조각이라도 하는 것처럼 부드러운 플라스틱 숟가락으로 채소 퓌레를 먹였다……. "실라는 너보다 커피에 우유를 조금 더 탄 색이네. 그렇지 데스?" 던은 한 달이 지나서 실라의 피부색이 안정됐을 때에도 한번 더 그렇게 말했다. 데스는 아기 옆에 양팔을 놓고 비교해 본 다음 던의 말에 동의했다. "그럼 넌 우유 짜는 여자겠네, 도니." 데스가 말했다. 우유랑 유장(乳漿)을 가지고…….

아버지와 딸은 이제 《맨 아저씨》를 욕심껏 읽은 다음 《지저분한 아저씨》, 《뒤죽박죽 아저씨》, 《심술쟁이 아저씨》, 《구두쇠 아저씨》, 《실수투성이 아저씨》도 읽고, 《귀여운 웃음보 아가씨》, 《귀여운 별 아가

씨》,《귀여운 행운아 아가씨》,《귀여운 호기심 아가씨》,《귀여운 마술사 아가씨》도 읽었다. 결국 실라는 역겹다는 듯이《귀여운 지각쟁이 아가씨》를 옆으로 밀어 버렸다. 갑자기 실라가 웃으면서 구부러진 손가락으로 뭔가를 가리켰다.

"강지." 실라가 말했다. "강지."

넘쳐흐르는 달빛을 받은 개들의 쐐기 같은 윤곽이 레이스 커튼 너머로 확실하게 보였다. 데스는 초조하게 베란다 쪽으로 가서 커튼을 갑자기 홱 젖혀 자기 모습을 드러냈다. 개들은 눈도 깜짝하지 않았다. 긴장이 넘칠 만큼 아무런 움직임이 없지만 금방이라도 앞으로 달려들 것 같은 개들은 더 이상 한 쌍의 커플로 보이지 않았다. 오히려 하나의 팀 같았다. 터무니없을 만큼 사악한 스파이크 박힌 목줄을 한 모습이 지옥에서 자라는 온실 난초 두 뿌리 같았다. 그리고 (세상에) 핏불의 저 얼굴, 눈이 두 개 달린 함정 같은 턱, 털이 없는 귀. 데스의 무릎보다 조금 낮은 높이에서 겉은 까맣고 안은 분홍색인 콧구멍 네 개가 유리에 콧김을 내뿜고 있었다.

데스는 실라를 유모차에 태운 다음 미닫이문으로 다시 다가갔다. 그는 팔로 개들을 쫓는 손짓을 했다. 아무 움직임도 없었다. 데스는 개들이 자신을 보고 있지 않다는 사실을 깨달았다. 개들은 데스를 통과해서, 또는 데스를 넘어서, 아기를 보고 있었다. 데스는 커튼을 치고 사라졌다가 곧 베갯잇 두 장을 들고 돌아왔다. 그는 압정 한 상자를 놓고 몇 분 만에 유리문 아래 반쪽에 두 번째 커튼을 달았다. 그동안 데스의 딸은 불분명한 소리를 냈지만 (데스가 생각하기에는) 실망을, 심지어는 연민을 나타내는 소리였다. 데스가 한 발 물러섰다. 하얀 천이 여러 겹으로 겹쳐져서 실루엣은 더 이상 보이지 않았다.

"자." 데스가 아이를 향해 손을 뻗으면서 달래듯이 말했다. "자, 착하지."

10시 15분에 전화가 울렸다.

"아니, 아직 못 갔어. 안개가 껴서. 여긴 사방이 안개야."

그의 말이 진짜임을 증명하듯 무적(霧笛)의 신음 소리가, 혹은 하품 소리가 들렸다. 뒤에서 여자 목소리와 손가락이 유연한 피아니스트의 우아한 연주 소리가 들렸다. 그는 〈어제〉를 마친 다음 〈그녀는 집을 떠나네〉를 시작하고 있었다. 데스는 갇힌 등대의 심장박동을 떠올렸다.

"그래서 비행편이 아예 없어요?"

"응……. 그건 괜찮아. 딜프랑 때우면 되니까. 멍청한 창녀야. 이 여자한테서는 얻을 게 없어. 맛있는 식사했어. 얀고기를, 아니 양고기를 좀 썰었지. 볼라 포도쥬도 두 벼엉 마시고. 멍청한 창녀. 한마디 할래?"

배우긴 많이 배운 것 같지만 멍청하고 끔찍할 정도로 취한 목소리가 말했다.

"안녕. 내 이름은 모드야. 라이오넬의 딜프지. 넌 누구야? 애들 중 하나니?"

데스는 무적 소리가 다시 들렸다고 생각했지만 라이오넬의 하품인지 신음 소리였고, 가슴이 들썩일 정도로 크게 숨을 두 번 들이마시는 소리가 그 소리를 덮었다.

"그거 줘……. 야, 데스, 나 좀 취한 것 같냐?"

"네. 좀 그런 것 같아요. 삼촌 같지가 않아요, 리 삼촌."

"…… 음, 엄마를 묻는 게 매일 있는 일은 아니니까. 이건 철야제야,

데스. 으음. 엄마는 묻혔어. 그동안 저지른 모든 죄랑 같이. 모든 육체가 그런 것처럼……. 이 여자야, 너 아직 여기 있어?" 발을 끌며 걷는 소리 같은 것이 들리더니 다시 그의 목소리가 들렸다(그리고 이중적이었던 할머니의 말처럼 다시 애매해졌다). 라이오넬이 말했다. "입 닥쳐, 이 멍청한 암소 같으니라고. 돈을 또 치워야지, 엉. 게임이 끝났으면 어, 박수 치고 끝내야지. 꺼져. 그럼……." 식기가 부딪히는 소리가 났다. 자리에서 박차고 일어나는 라이오넬을 금방 떠올릴 수 있었다. 잠시 아무 소리도 들리지 않다가—주변 소음이 점점 희미해졌다. "그래서, 데스. 저녁은 줬어?"

"네. 조금 전에요."

"그래, 개들도 금방 진정할 거다. 잘 자라." 침묵—바다의 파도소리뿐. "달 봤냐? 문 잘 잠가라. 달 봤어? 잘 자라."

이미 늦었다. 한참 늦은 시각이었고 명백한 진실이 모습을 드러냈다. 오늘밤은 절망적일 만큼 더울 것이다. 라이오넬의 방문이 잠겼기 때문에 데스먼드의 침대 위 20센티미터 틈과 전기 선풍기밖에 없었다. 데스는 복도를 지나 현관문으로 가서 자물쇠 세 개를 푼 다음 십 분 동안 문을 앞뒤로 움직였다. 하지만 아발론 타워의 뜨거운 기류는 밀도가 높고 무거웠고, 33개의 층에서 수많은 사람들이 내쉰 숨이 두껍게 쌓여 있었다.

"괜찮니, 아가야? 이 아저씨는 누구지? 이런, 맨 아저씨잖아!"

데스는 베란다 문을 점검한 다음 꼭 쥔 손을 들어 커튼에 들췄다. 아름다운 악(惡)을 보고 있는 것 같았다. 개들이 바닥에 고정된 금속 주형처럼 아까 모습 그대로였기 때문이다. 하지만 이제 고개를 갸우

뚱하더니 밥그릇과 접시 뒤로 가서 자리를 잡는 것 같았다. 데스는 충동적으로 걸쇠를 풀고 유리문을 밀었다. 딱 손가락 하나만큼이었다. 잭과 젝이 순식간에 달려와서 틈새로 주둥이를 밀어 넣었다. 데스가 보복을 하듯이 문을 홱 닫으려고 하자 개들은 코를 뭉개려는 듯이, 깨끗하게 잘라내려는 듯이 더 깊이 파고들었다…….

"멍청한 개들 같으니." 데스가 물러서며 말했다. "음, 개들도 몸을 식히고 싶은가 보지."

데스는 재빠르지만 조심스럽게 긴 유리잔에 차가운 물을 채웠다. 문이 2.5센티미터, 4센티미터, 조금씩 열렸다. 데스가 한 걸음 성큼 밖으로 나가서 물을 뿌리자 필요한 순간을 얻을 수 있었다. 그는 얼른 걸쇠를 잠그고 나서 문이 열리는지 온 힘을 다해서 시험해 보았다.

"됐다. 잘 자라, 개들아." 데스가 말했다. "자, 이제 가. 가서 누워."

데스는 마지막으로 실라의 기저귀를 갈았다. "그렇게 자면 돼." 실라는 가대식 탁자 위 바구니에 누워 있었다. 포동포동한 흰색 허리감개에 감싸인 포동포동한 갈색 형체. 그는 실라의 물잔을 헹궜다. "아구아[스페인어로 '물'이라는 뜻—옮긴이]를 좀 줄게." 데스는 선풍기의 위치를 조절하고 (바람이 5초에 한 번씩 당당하게 실라를 훑고 지나갈 것이다) 조명을 줄였다. "넌 이제 꿈나라로 가는 거야."

거의 열한 시가 다 되었지만 실라는 잠들려 하지 않았다, 잠들 수가 없었다. 실라는 계속 미소를 지으며 부드러운 눈으로 데스를 올려다보았다. 하지만 실라의 우주에 무언가가 잘못되었고, 그래서 실라는 잠들 수가 없었다.

"엄마는 내일 오실 거야. 사랑스런 엄마가 아침이면 와 계실 거야."

무의식적인 기억이 데스에게 작은 존재는 더 큰 존재가 아직 깨어 있다는 조심스러운 확신(어른들의 상냥한 중얼거림, 심지어는 천장을 훑고 지나서 벽을 타고 미끄러지는 마름모꼴 자동차 불빛)이 들어야 잠든다고 가르쳐 주었다. 그래서 데스는 콧노래를 부르면서 주변을 정리했다. 그는 저녁 먹은 것을 치우고, 바닥을 전부 닦고, 신문을 쓰레기봉투에 차곡차곡 넣은 다음 봉투를 탱크에 넣었다.

"내가 너보다 먼저 잠들지도 모른다! 조심해……."

데스는 실라의 눈이 지쳐서 감기기를 계속 기대했지만 실라는 계속 눈을 동그랗게 뜬 채였고, 실라도 어떻게 할 수가 없었다. 데스는 실라의 이마를 쓰다듬다가 자기 손가락 끝이 땀으로 축축해졌음을 깨달았다. 그는 젖은 천을 실라의 얼굴에 올리고 체온계를 실라의 겨드랑이에 끼웠다. 37.3도다. 자정이 다가오자, 그리고 자기 행동이 점점 굼떠진다는 느낌이 들자 데스는 항복했다. 유아용 진정제—자줏빛 파라세타몰을 시럽으로 만든 액체. 실라는 기꺼이 한 숟가락 받아먹었다. 그런 다음 1분도 지나기 전에 고개가 뒤로 넘어가더니 잠들었다.

데스는 눈에서 타는 듯이 뜨거운 열기를 느끼면서 시선을 돌렸다. 실라가 잘못되었다는, 어딘지 모르지만 크게 잘못되었다는 느낌이 들었다. 동시에 실라를 재우다 보니 데스 자신이 실라의 어떤 점을 사랑하는지 목록이 만들어졌다. 이 목록을 당장 자기 것으로 만들어야 했다. 그래서 데스는 타는 듯한 눈으로 그렇게 했다.

금요일은 끝났다. 데스는 모든 문을 잘 잠갔다. 그는 베란다 문이 열리나 안 열리나 일곱 번이나 점검했다. 하지만 바깥을 내다보지는 않았다. 데스는 여덟 번째이자 마지막으로 베란다 문이 열리는지 시험해 보았다.

데스는 팬티만 남기고 옷을 다 벗은 다음 이불도 없는 시트에 누웠다. 부엌에 놓여 있는 실라의 침대 옆 램프가 데스먼드의 방 나무 바닥에 프릴이 달린 것처럼 가장자리가 구불구불한 노란색 반원을 비추었다. 실라는 데스의 시선이 거의 직선으로 닿는 곳에 누워 있었다. 데스는 자신의 피로에 냄새가 있음을 깨달았다. 오존과 따뜻한 바다에서 나는 갑갑한 공기의 냄새였다. 아니, 이 파도는 아니야, 그래 저거, 저거야, 나를 해안으로 데려갈 파도.

토요일

한밤중에 데스는 꿈을 꾸며 누워 있었다.

천국으로 올라가는 사다리의 꿈이 아니었다……. 데스는 꿈속에서 니스 바른 소나무와 흰 대리석으로 만들어진 방에서 끓어오르는 안개 속에 엄마의 남동생, 황갈색 개, 흑백 얼룩무늬 여우 예닐곱 마리와 같이 앉아 있었다. 그 중 몇 마리는 (박제사 맨 아저씨가 만든) 박제였다. 그와 삼촌은 눈에 보이지 않는 수수께끼 같은 힘든 일을 하는 중이었지만 마실 공기도, 공기를 마실 도구도 없었다. 그래서 데스는 잠에서 깼다.

…… "아. 집이구나." 데스가 이렇게 말한 다음 혀를 축였다. 그의 입은 움직이고 있었지만 (입이 쩔꺽거리고 문질러지는 소리가 들렸다) 눈은 딱 붙어서 뜨이지 않았다. 데스는 주저하는 손을 들어서 건조한 눈꺼풀을 억지로 열었다. 주변 공기는 감초처럼 새까맸다.

누군가, 혹은 무언가가 그의 침실 문을 닫아 놓았다.

여러 가지 장애물 너머에서 약하지만 복잡한 소리가 나타나 데스의 주의를 끌었다. 단단한 것이 쿵 떨어지는 소리가 나더니 더 멀리서 더 약하게 부딪히는 소리가 두 번 들렸고, 바구니가 탁탁거리는 소리와 공기가 빠져나가는 한숨 소리, 그런 다음 근육질 짐승들이 간절하게 콧바람을 불며 기어오르는 소리가 들렸다.

시간이 느려졌다. 데스가 침대에서 나와서 자기 운명을 맞이하기까지 사실은 정확히 2.05초가 걸렸다. 하지만 데스먼드 페퍼다인에게는 그보다 더 길게 느껴졌다.

0.10초. 데스의 다리가 해냈다. 그는 누워서 자전거를 타는 자세로 발을 딱 한 번 굴려 침대에서 나와 매트 위에 섰다. 열기를 받은 합판 문은 풀이 울어서 새어나온 것처럼 부풀었다. 데스가 손잡이를 잡아당기고 다시 한번 더 잡아당기는 동안 귀중한 몇 밀리세컨드가 허비되었다.

0.50초. 부엌문도 닫혀 있었다. 확실하게 — 그리고 아마도 천천히 — 코를 킁킁거리는 소리, 코를 박고 뭔가를 찾는 소리, 낮게 으르렁거리는 소리, 군침 흘리는 소리가 들렸다. 데스가 복도의 이상한 동물이 뭔지 확인하는 사이에 100분의 1초가 꼬박 흘렀다. 호저일까? 아니다. 고양이였다. 끈적거리는 손잡이를 한 번 잡아당긴 다음 한 번 더 잡아당기는 사이에 데스는 이제 자신이 헤쳐가야 하는, 어마어마한 크기의 요동치는 먼 바다의 파도를 느꼈다. 그는 그 파도 속으로 발을 내디뎠다.

1.45초. 데스는 불을 켠 다음 두뇌 속 화학물질에 의해 어마어마하게 증폭된 목소리로 뭔가를 외쳤다. 아주 먼 옛날부터 전해 오는 울부짖음이었다. 데스가 바스락바스락 깜빡거리는 네온관을 멍하니 볼

때 먼 바다의 파도가 그를 휩쓸고 지나갔고, 모래판에 개 발톱 부딪히는 소리가 들렸다.

2.05초. 데스가 아래를 내려다보았다. 가대식 탁자가 쓰러져 있고 텅 빈 바구니가 1미터 이상 먼 곳에 떨어져서 부엌 의자 다리에 걸린 채 아직도 흔들리고 있었다. 데스는 팔다리를 바닥에 대고 털썩 주저앉아서 짐승처럼 더듬으며 찾았다.

전기 선풍기가 아파트 공간을 계속 순찰했다.

피도 없고 아기도 없었다.

화요일

키 유, 키 유, 키 유. 위키 위키, 위키 위키. 쩨-쩨. 뷰-차 뷰-차 뷰-차. 피이, 피이. 츠읏, 츠읏. 키 유, 키 유, 키 유. 비키 위키. 위키 위키…….

두 개의 커다란 장막, 부풀어 오르는 두 개의 거대한 검정 벨벳 천이 드리워져 있었지만 황홀에 겨운 새들의 아주 다양하고 혼란스러운 노래 — 삐걱거리고 스치는 소리 — 가 밖에서 들려왔다. 기둥이 네 개 달린 거대한 침대에서 일그러진 형체가 숨을 헐떡이고 몸을 쭉 폈다.

"마오!" 그 형체는 이렇게 소리치는 것 같았다. "마오! …… 제기랄. 마오!"

맬 맥매너맨이 문을 조금 열었다. "네, 사장님."

"가서 저 빌어먹을 새들한테 좀 닥치라고 해 — 저 얼어죽을 빛도 내 눈에 좀 비추지 말라 그래!"

맬의 형체가 잠깐 물러가더니 더욱 흐릿한 모습으로 다시 나타났다. "부르셨지요, 사장님."

"맬. 맬, 이 친구야. 나 죽어 가고 있어."

"…… 앤서니 경을 부를까요? 산소 호흡기를 다시 달아 달라고 하죠. 투석도 하고요."

"빌어먹을 투석은 너나 하든지……. 오, 맬, 나 좀 낫게 해 줘. 날 좀 고쳐 줘."

"…… 제가 무슨 말을 하겠습니까? 치료법은 다 근거 없는 속설입니다. 인터넷으로 찾아봤거든요. 로마인들은 올빼미 알을 먹었다고 합니다. 카나리아 튀김이랑요."

"카나리아 튀김?"

"아이슬란드에서는 썩힌 상어를 먹지요. 썩힌 상어를 베란다에 보관합니다."

"빌어먹을 썩힌 상어를 내가 어디서 구해? 이 베개 보여? 자—이 비참한 인생을 끝내 줘. 반항 안 할게."

"죄송합니다, 하지만 필요한 건 술인 것 같군요. 금단증상이에요. 그게 유일한 희망입니다. 해장술이요."

"…… 그말 한 번만 더 해봐, 해고해 버릴 테니까. **해장술**. 그말 한 번만 더 하면 해고야."

"모르핀은 어떨까요."

"그래. 그럼 그렇게 해. 조금만. 술집에서 파는 샷 세 개 정도로……. 있잖아, 맬, 그 여자가 나한테 독을 먹였나 봐. 거기 스코틀랜드 식으로—그 여자가 나한테 독을 먹였어……. 아니야. 아니야. 실없는 소리야. 난 라이오넬 애즈보야. 내가 바로 라이오넬이라고. 나한테 의사는 필요 없어. 나한테 필요한 건 사제야! 어, 나한테 필요한 건 빌어먹을 엑소시스트라고……. 맬. 걔는 오고 있어?"

"네. 오는 중입니다."

수요일

같은 기차에 탄 승객들은 이 청년에게서 특이한 점을 하나도 발견하지 못했다. 그는 키가 185센티미터였고 혼혈이었다. 검정색 면바지와 흰 셔츠를 입고 있었다. 그는 아무것도 읽지 않았고 창밖으로 구부러지고 기울어지며 흘러가는 영국 시골 풍경을 보고 있지도 않았다. 그의 얼굴은 표정이 없었다. 하지만 분명히 그에게 특이한 점은 하나도 없었다.

그의 옆에 앉은 쭈글쭈글한 노파는 《선》을 꼼꼼하게 읽고 있었다. "무장 범인이 갈고리를 든 노인에게 잡히다." "내가 다운 증후군에 걸린 아이를 죽였어요—엄마." "아내가 '더 세게, 크리스!'라고 외치자 두에인이 난동을 피우다." "친애하는 대프니에게. 은행가와 잠깐 사귀었는데 그 사람이 흥미를 잃었어요." "남자의 몸에 갇혔어요." "남편이 제 단짝 친구와 6년 동안 사이버섹스를 했어요." 친애하는 대프니에게. 저는 나이 많은 여자와 관계를 갖고 있습니다. 그 여자는 아주 세련된 숙녀고, 색달라요…….

3량짜리 열차는 헐떡거리면서, 속도를 줄이면서 쇼트 크레던 역으로 더듬더듬 들어가고 있었다. 녹음된 목소리가 우리의 젊은 여행자에게 짐을 모두 챙기고 차량과 플랫폼 사이의 틈을 조심하라고 말했다. 그는 기차에서 내려서 정지된 듯한 마을을 걸어갔다.

저택에 도착한 그는 버려진 피켓 라인을 건너서 초인종을 누르고 자신이 누군지 말했다. 기다리라는 대답이 돌아왔다. 3, 4분 지나자 턱시도를 입은 집사와 사복 차림 경비원이 진입로를 걸어 나왔다. 전류가 흐르는 정문이 열리고 그가 안으로 들어갔다.

"애즈보 씨는 몸이 약간 안 좋으십니다." 세 사람이 벤틀리 '오로라'와 벤간자를 지나 현관문을 향해 걸어갈 때 카모디가 말했다. "기다리시는 동안 먹을 것을 좀 드릴까요? 다른 손님들은 음료수와 차가운 음식을 드시고 계십니다. 애즈보 씨도 조카분이 온 걸 아십니다."

갑옷을 입은 세 기사가 슬픔에 잠긴 표정으로 원탁을, 팔걸이가 높다란 의자를, 중세의 프로펠러처럼 날이 많은 철제 샹들리에를 보고 있었다. 식당에는 총 여덟 명이 있었는데 데스먼드 페퍼다인도 그중 하나였다.

"난 받을 게 있어." '스레너디'가 말했다. 그녀는 백포도주 잔을 휘두르고 있었다. "난 정당해. 그게 옳아. 난 받을 게 있어."

"하지만 이 일이 판매에 영향을 주지 않으리라는 건 분명합니다." 잭 퍼스-헤더링턴이 열심히 말했다. "반대로, 제가 생각해 봤는데…… 다른 제목으로 다시 내기에는 너무 늦었겠지요?"

"지금 상황이라면 난 웃음거리가 될 거예요, 안 그래요?" 그녀의 앞에 얇은 책 한 권이 뒤집힌 채 놓여 있었다. 그것 말고도 두 권이 더 있었는데 그 두 권은 서점에 진열된 책처럼 똑바로 서 있었다. 《아즈와트에 대한 나의 사랑》과 《페르난도에게 다가가며》. 글쓴이 '스레너디'. 그녀가 말했다. "다뉴브는 오줌을 지릴 정도로 웃을 거야."

그렇다는 확인이라도 받으려는 듯이 그녀가 왼쪽에 앉은 다소 젊은 남자를 향해 고개를 돌렸다. 피부색을 보니 레반트 지방 사람 같았다. 이 사람이 아마 라울일 것이다. 그가 이쑤시개를 빼고 말했다 ('아이 i'를 '이이 ee'처럼 발음했다).

"오줌을 지릴 만큼 웃겠지."

"다들 그럴 거야. 난 웃음거리가 될 거야. 아주 우스운 사람. 그러니까 난 받아야 돼요, 잭. 난 받을 게 있어."

'스레너디', 라울, 잭 퍼스-헤더링턴—그리고 또 누가 있었을까?

바클리 경(유명한 얼굴, 유명한 뱃살)이 팔걸이의자에 앉아서 무릎에 쟁반을 올려놓고 있었다. 그의 맞은편에는 역시 학식이 있어 보이는 신사가 (흰색 크러벳[넥타이처럼 목에 매는 남성용 스카프의 일종—옮긴이]을 매고) 오픈 셔츠를 입고 있었다. 두 사람은 유감스럽다는 듯이 속삭이면서 대화하고 있었다. 세바스찬 드링커는 엄숙하게 고개를 끄덕이면서 노란색 노트에 뭔가를 쓰고 있었다.

방 반대쪽 끝에는 흰 베일을 쓰고 팔짱을 낀 여자가 옆모습을 보이며 서 있었다. 그녀는 멀리 창문을 내다보았다.

"난 받을 게 있어. 받아야 돼."

시간이 흘렀다.

"받아야 돼."

"…… 애즈보 씨가 만나시겠답니다."

카모디가 복도에서 기다리고 있던 맬 맥매너맨과 우아하게 교대했다.

"데스먼드." 맬이 이렇게 말하더니 손을 내밀었다.

두 사람은 생각에 잠긴 속도로 계단을 오르기 시작했다.

"당신 삼촌 말입니다." 맬이 말했다. "어머니의 죽음에 대해서 반응이 좀 안 좋았어요. 저 위 스코틀랜드에 있을 때요. 우습지요? 전 그렇게 애정 어린 관계는 아니라고 생각했는데 말입니다. 하지만 이런 일은 절대 알 수가 없는 거니까요. 어쨌든, 약간 다쳤습니다. 뇌를요. 그런 것 같다고 하네요. 그리고 다른 문제들도 아주 많아요. 삼촌이 좀 변하셨다고 느껴질지도 모릅니다. 그럼." 맬이 손을 뻗어 조명을 낮췄다. "들어가세요. 기다리고 계십니다."

방은 비트색이었고 답답할 만큼 어두웠지만 옅은 보라색이 조금 보였다.

"기다려. 눈이 적응할 때까지 기다려 봐……."

방 중간쯤 되는 곳에서 천천히 빛나는 고동이 보였다. 그러자 데스의 육체가 북부 해안에서 본 등대를 떠올렸다. 몸이 딸 실라의 심장 박동을 기억했다.

"이제 좀 보이니? 이리 와라, 데스. 여기 와서 앉아."

데스가 더듬더듬 묵직한 가구를 지나고 스펀지 같은 러그인지 가죽 깔개인지를 가로질렀다. 라이오넬이 옛날 영화관 안내원처럼 시가로 침대 곁 의자를 비췄다.

"…… 난 먹을 수가 없어. 마실 수도 없어. 빌어먹을, 심지어는 담배도 못 피우겠어. 끔찍한 맛이 나. 하지만 그건 해야만 하는 일이니까.

기침은 할 수 있어. 구역질도 할 수 있지. 긁을 수도 있고. 이 증상에 이름이 있어, 데스. 잠깐만. **스멀거림**[개미가 피부 속이나 피부 위를 걸어가는 듯한 이상 감각으로, 척수와 말초 신경 질환의 일반적 증상—옮긴이]. 개미들이 피부 위를 기어가는 느낌이야." 라이오넬이 길게 한 모금 빨자 불씨가 부풀어 오르더니 악마의 눈처럼 씩 웃었다.

"누가 개를 들여놨죠?"

"아. 중요한 얘기부터 해야지, 안 그러냐." 라이오넬이 베개 더미를 어깨로 밀면서 약간 똑바로 일어나 앉으려고 했지만 실패했다. 그는 다시 가라앉았다. "엉." 라이오넬은 넋이 나간 목소리로 말을 길게 끌면서 말했다. "스코틀랜드에서 의사들한테서 치료를 받았어. 내가 술이 좀 취했었거든, 데스. 난 월요일에 돌아와서 여기서 한 발짝도 안 나갔어. 전화를 할 수도 있었지만 안 했어. 화요일까지 《디스턴 가제트》를 기다리기로 했지. 뭐랄까, 미신적이지. 눈을 좀 쉬게 하려고 연필처럼 가느다란 손전등을 켜고 읽었어. 그냥 평소랑 비슷한 내용이더군. 칼부림 사건이랑 뭐 그런 거. 실명 사건. 기사가 없더구나, 어, 그, 아발론 타워에서 일어난 아주 슬픈 비극에 대한 기사가 말이야. 데스, 넌 못 믿겠지만 내가 무슨 생각을 했는지 아니? 난 생각했어, 생각했어, 어쩌면 내가 살 수 있을지도 모른다고."

"누가 개를 들여놨어요?"

"좋다." 라이오넬이 이렇게 말한 다음 손을 들었다. "어떤 사람들은 내가 어, 과민반응을 보인다고 말할지도 몰라. 한도를 좀 넘어섰다고 말이야. 거기 깡통 좀 줘, 데스. 나한테 순진한 척하지 말고."

금으로 된 지포 라이터가 불을 뿜었지만 빛을 비추지는 않았다.

"그러니까 데스, 내 호기심을 좀 해결해 줘. 어, 뭐가 잘못됐냐?"

그 자신이 개 같았다. 팔다리를 전부 땅바닥에 대고 소리를 지르면서 사지를 움직이고 굶주린 듯 낑낑거렸다. 그는 식탁 밑, 소파 밑, 바구니 뒤, 의자 뒤를 뒤졌다. 핏자국은 없었다. 핏자국은 없었지만 아기도 없었다. 아기가 없었다.

그는 비틀비틀 애를 쓴 끝에 힘들게 똑바로 섰다. 그런 다음 베란다로 성큼성큼 걸어가서 미닫이문을 닫고 잠갔다. 개들이 빠른 속도로 빙빙 돌았다. 그리고 기다렸다. 그는 이제 잭과 젝을 떼놓아야 했다. 그의 손이 축축한 입을 잡고 두 마리를 억지로 떼놓았다. 그런 다음 고개를 돌려 무시무시한 방을 똑바로 보았다.

그때 그의 시선이 광택이 나는 정육면체 탱크에 닿았다. 뚜껑이 닫혀 있었다. 어제는 뚜껑이 열려 있었는데 지금은 닫혀 있다. 그는 그것을 향해 걸어가서 벌컥 열었다…….

실라는 반 정도 찬 쓰레기봉투 안에 누워 있었다. 기저귀를 차고 있었고 가슴이 오르락내리락 했다……. 그는 마음속으로 그려 보았다(그리고 소리도 들었다)—젝이 한 번 뛰어 오르고 잭이 한 번 뛰어 오르자 탁자가 넘어지고, 아이가 날아가고, 탱크가 탕 닫힌다.

그는 아이가 눈을 뜰 때까지 눈에 입을 맞췄다. 아이의 눈이 뜨이더니 그를 향해 빛을 발했다.

"그래, 그래. 허. 그래서 그게 쓸모가 있었구나, 안 그러냐. 결국엔 말이다."

데스가 일어섰다. 그는 몇 걸음 다가갔다가 다시 몇 걸음 물러났다. 데스는 앉았다가 일어섰다가 다시 앉았다.

"진정해라, 데스. 진정해. 크으, 저 새 소리 들려? …… 그래. 케이프 래스. 있잖아, 데스, 토요일 아침에 잠에서 깼더니 스위트룸이 아니었어. 아니었지. 그냥 평범한 방이었어. 전날 밤에 한 **서른 명**이 거기서 취하도록 마신 것 같더라. 병이 사방에 널려 있었거든. 다 텅텅 비었고. 그리고 불쌍한 딜프. 아, 정말이지. 양쪽 눈이 다 멍든 채로 어젯밤에 자기가 먹은 저녁식사 위에 누워 있었어. 그리고 빌어먹을, 데스, 네 삼촌 상태가 어땠는지 넌 아마 못 믿을 거다. 난 거기 서 있었어. 너희 집 부엌 바닥을 생각하면서 거기 서 있었지. 똑똑한 짓을 한 것 같지는 않았어. 그렇게 똑똑한 짓을 한 기분은 아니었지."

"누가 개를 들여놨죠?"

"들여놓은 게 아니야." 라이오넬이 이렇게 말한 다음 손가락 하나를 들어서 크게 흔들었다. "개들을 **안으로** 들여놓는 게 아니야. 문을 아주 살짝 열어 두면 개들이 알아서 들어오는 거지. 자기 의지대로 행동하니까. **안으로** 들인 게 아니야."

"누구예요?"

"전 거기 없었습니다, 재판장님. 난 딜프랑 스코틀랜드에 있었잖아."

"누구예요? 누군데요?"

"말론." 라이오넬이 잠깐 항복한 듯이 말했다. "뜨내기. 하지만 그건 어, 엄밀함의 문제야. 생각을 좀 해봐라, 데스. 말론이 개를 들여놨을까? 내가 개를 들여놨을까? 아니야. 네가 개를 들여놓은 거야. 네가 개를 들여놨어……. 넌 우리 엄마랑 잤잖아. 내 조카가 말이야."

"그래서요? 그래서요?"

"글쎄. 두고 봐야지, 안 그러냐. 사실은 남아. 데스, 사실은 남는 거야. 삼촌의 엄마랑 자고 다닐 수는 없는 거지. 자기 친할머니랑 말이야. 안 될 일이야."

"좋아요."

데스가 뒷주머니에서 흰 봉투를 꺼내서 퀼트에 올려놓았다.

"《데일리 미러》 사무실 금고에 이것과 똑같은 사본이 봉인되어 있어요. 은행 금고에도 봉인된 사본이 있고요. 《디스턴 가제트》의 편집장님 책상에도 봉인된 사본이 있죠."

"계속해 봐. 그래, 뭐라고 적혀 있는데?"

"뭐라고 적혀 있냐고요? 전부 다요. 할머니랑 나에 대해서요." 이때 데스는 사실 더 이상 설명할 필요가 없다고 생각했다. **할머니랑 나**로 충분했다. 데스가 이렇게 밀어붙일 때 라이오넬은 이미 축 늘어진 손을 흔들고 있었다. "할머니와 로리 나이팅게일. 로리와 삼촌. 《데일리 미러》에 있는 봉투에는 다른 것도 들었어요."

"그래?"

"로리의 입술 피어싱. 마른 피가 묻은 채로요. 로리의 피죠."

라이오넬이 시가를 새로 꺼냈다. 다시 한번 황금 지포 라이터가 약한 불꽃을 뿜었다. 라이오넬의 턱과 뺨의 초라한 수염자국이, 뺄건 입 같은 눈꺼풀 안에서 미친 듯이 움직이는 눈이 보였다.

"그러니까. 무슨 일이 일어날 경우에 대비해서요."

"그래, 그래, 그래."

"무슨 일이든지 말이에요."

"그래, 그래, 그래, 그래……. 노력은 가상하구나, 데스. 아주 전형적이야. **밀고**로 빠져나가다니. 어쨌든. 사실을 말하자면—사실을 말하자면 말이다, 안 그래도 난 한동안 안에 들어가 있을 거야."

"무슨 짓을 했는데요?"

"음. 딜프들이 움직이고 있어. 스코틀랜드 여자 말고. 그 여자는 아직 아니지. 하지만 한 명이 시작하면 곧 전부 다……. 메이페어의 딜프 두 명이야. 그래, 그동안 일이 점점 커진 거야, 데스, 곧 신문에 도배가 되겠지." 라이오넬이 할퀴듯이, 문지르듯이 기침했다(가슴속에서 실 같은 가래들이 얽히는 소리가 들렸다). "있잖아, 다른 여자라면 좀 패도 법정 밖에서 합의를 할 수 있지. 하지만 딜프는—그 여자들은 자존심이 있거든. 더 나쁜 건, 그 여자들은 빌어먹을 돈이 많다는 거야……."

데스가 나가려고 일어섰다.

"창녀를 엄마로 두면 이렇게 되는 거야. 섹스를 할 때마다 어느새 분노가 가득 차오르거든. 그러면 그 다음으로 어딜 가는지 알아? 감옥이야. 음. 감옥은 그렇게 나쁘지 않아. 감옥에 있을 땐 자기 위치를 알거든."

"왜죠?"

"데스, 감옥에 있으면 마음이 평화로워. 체포될 걱정을 안 해도 되니까. 그게 다야."

"그게 다군요. 그럼 전 가요."

"그래 그럼 가라. 내가 생각 바꾸기 전에. 가, 얼른 가."

"사랑해요, 삼촌."

라이오넬의 오른손이 입을 향하다가 중간에 멈췄다. "으음. 글쎄. 난 사랑받으려고 노력했었지. 내가 사랑받는 걸 좋아한다고 생각했어. 하지만 눈곱만큼도 도움이 안 됐어……. 그럼 한번 안아 보자. 그래, 그래, 데시. 그래, 그래, 내 아들."

데스가 소매로 눈가를 닦으며 문을 향해 걸어갔다.

"오이. 어, 궁금해서 그러는데. 너 개들한테 타바스코 줬어?"

"네, 줬어요. 뭘 넣은 거예요?"

"오, 너도 알잖아. 이것저것. 긴장을 늦추지 않도록 말이다. 난《디스턴 가제트》를 읽고 그렇게 생각했지. 난 생각했어. 데스가 개들한테 타바스코를 안 주는구나! 그래서 그 호모 개새끼들이 거기 가서 잠만 잤구나……. 아니야. 그렇게 생각 안 했어. 그래, 너에게 이걸 주마. 마음의 평화를 말이야. 가라, 얼른 가. 싸구려 왕복표로. 가……. 잘 가라, 아들아. 잘 가."

그는 아이를 들어서 품에 안고 묶었다. 두 사람은 아발론 타워를 나섰다. 그에게는 기정사실처럼 확고했다, 이제 더 이상 두려워할 것이 없었다. 밤이 가고 아침이 다가오고 있었기에 대기는 석화 같은 회색이었다. 실라는 꾸벅꾸벅 졸았다.

10시 30분에 두 사람이 돌아왔을 때 개들은 사라지고 없었다. 그는 재빨리 실라를 씻기고 기저귀를 갈고 젖병을 데워서 주었고, 그런 다음 두 사람은 다시 나갔다. 그는 실라를 품에 안고 있어야 했는데, 그러려면 두 사람이 다시 나가야 할 것 같았다. 아, 그렇다. 자물쇠를 교체해 줄 사람을 찾아야 한다는 별로 중요하지 않은—순전히 절차에 불과한—볼일도 있었다.

데스는 지금까지의 세상에 최근에 일어난 사건을 합치려면 무척 힘들겠다는 사실을 알고 있었다. 그는 계속 노력했지만 끼워 맞출 수가 없었다. 데스는 그날 오후에 실라를 데리고 아이의 엄마를 만나러 디스턴 종합병원 (호레이스는 아직 7층에서 죽음을 기다리고 있었다) 직원용 주차장으로 가면서 계속 끼워 맞춰 보려고 애썼다.

"실라가 맥이 하나도 없네. 오, 정말 졸린가 봐!"

"응." 데스가 말했다. "늦게까지 안 잤거든." 그리고 실라가 잠을 이루지 못한 것은 개들에게 뭔가 잘못된 것이 있음을 감지했기 때문이었다는 사실을 이제야 깨달았다. "실라는 힘든 밤을 보냈어. 나쁜 꿈을 꿨거든."

이 모든 것이 존재했다. 병원 뒷문 근처에서 실내복 차림으로 담배를 피우는 사람들의 얼룩덜룩한 손톱, 흰색 밴들, 던의 곱슬곱슬한 금발머리, 저기 서둘러 멀어지는 구름의 황갈색 꼬리. 데스는 이 모든 것들 사이에 최근에 일어난 일이 들어갈 자리를 만들려고, 아기의 악몽이 들어갈 자리를 만들려고 애쓰고 있었다. 무척 힘든 일이 될 것이다.

"그날 아침에 술을 또 마셨대요." 두 사람이 계단을 향해 걸어갈 때 맬 맥매너맨이 말했다. "전화를 해서 베네딕틴 리큐어를 한 병 가져오라고 했죠. 그게 문제였다더군요. 그걸 다 마시고 자동차에서 발작을 일으켰어요. 피부가 파랗게 변했지요. 그래서 텅의 병원으로 데려갔는데, 한 시간만 더 늦었으면 죽었을 거라고 하더군요. 뇌가 작동을 멈추고 있었어요. 호흡은 1분에 8회밖에 안 됐고요. 그래서 산소마스크를 씌우고 생리식염수를 줬지요. 신장은 투석을 했고요. 어떻게 생각해요? 변한 것 같아요?"

맬 맥매너맨에 대한 호의가 가득 차올랐지만 데스는 그저 미소를 지으며 고개를 저었다.

"로브 던 호텔 바에서 보낸 청구서 말인데요 —" 맬이 눈을 동그랗게 뜨고 천천히 고개를 끄덕이면서 말했다. "그쪽에서 취소했어요. 그 청구 내역이 사실이라고는 믿을 수가 없었다는군요……. 잘 지내죠? 가족들도 잘 있고? 가족들은 잘 지내요? 그게 제일 중요하죠."

"고맙습니다. 고마워요. 맬, 저 정말 배고파요."

"자, 그럼. 이제 데스 씨는 저 안으로 다시 들어가야 합니다."

그런 다음 맬 맥매너맨은 어깨를 숙이고 물러났다.

하지만 방으로 들어갔더니 무언가가 끝나고 사람들이 떠나는 참이었다. 바클리 경과 그의 학식 있는 친구가 나가는 중이었고, 세바스찬 드링커도 나가는 중이었고, 잭 퍼스-헤더링턴도 나가는 중이었고, 라울 역시 곡선형 핸드폰을 입에 딱 붙이고 방에서 나가는 중이었다. 여자 두 명만 남았다. 검은색과 노란색이 섞인 정장을 입은 여자, 흰 베일을 쓴 여자. 데스(그도 곧 떠날 것이다)는 식기대에 쌓여 있는 접시를 하나 가져와서 채소 샐러드, 토마토 샐러드, 햄, 치즈, 빵을 담기 시작했다.

"라이오넬이 그 밀프들의 목을 조를 때 말이야." '스레너디'가 허공을 향해 말했다. "그는 내 책을 망친 거야. 보여?"

데스는 보았다. 책 제목은 《다정한 거인: 라이오넬 소네트집》이었다. 데스는 또한 베일을 쓴 여인이 지나 드래고처럼 검고 청량한 눈을 가지고 있음을 보았다.

"다정한 거인? 다정한 거인은 무슨 **얼어죽을**. 난 이제 라이오넬을 깎아내려야 돼, 안 그래? 알잖아, 내가 없어서 저 병신이 옛날로 돌아갔다고 말해야 돼……. 거기 당신, 당신은 어떻게 할 거야?"

지나가 입을 열었다. 그녀의 변한 목소리를 듣자—시끄러운 혀짤배기처럼 변한 목소리를 듣자 데스는 살이 떨렸다.

"난 남으려고."

"으음. 라이오넬이 안에 들어가 있는 동안 얼굴을 고칠 수 있겠지. 시간은 충분할 거야. 메건 말로는 라이오넬이 마흔은 되어야 나올 거라더군……. 넌 여기서 뭐 하고 있니, 웨스? 라이오넬이 쓰러지기 전에 몇 푼이라도 더 받으려고 냄새 맡고 온 거니?"

"걔 이름은 데스먼드야." 지나가 나서서 말했다. "그리고 걘 그런 애가 아니야."

"밀고해서 빠져나가기 전에 용기를 내서 온 거지……. 다정한 거인. 난—난 라이오넬이 사랑받게 만들어 줬어. 그런데 이젠? 이젠 어떻게 해? 다뉴브가 오줌을 지릴 정도로 웃을 거야."

데스는 이제 가야 한다는 것을, 빨리 가야 한다는 것을 알았다. 지나의 베일은 뿌연 유리처럼 거의 투명했기에 데스는 얼굴 중앙으로 몰린 이목구비를 알아볼 수 있었다. 그러자 남자가 무딘 손가락으로 대충 매듭을 지은 갈색 풍선이 떠올랐다. 마치 꿈을 꾸는 것처럼 풍선의 이미지가 사라지고 또 다른 이미지가—훨씬 더 끔찍한 이미지가 나타났다. 데스는 자기 접시에 놓인 햄 덩어리를, 입술처럼 축 늘어진 축축한 지방 덩어리가 붙은 햄 덩어리를 본 다음 자리에서 일어섰다.

"정말 유감이에요, 지나." 데스가 얇고 팽팽한 그녀의 뺨에 입을 맞추면서 말했다.

복도로 나와서 카모디를 소리쳐 부르자 데스의 높아진 목소리가 메아리와 경쟁을 했다.

…… 거대하고 힘센 벌꿀색 말이 발굽에 술 장식을 달고서 풀밭 가장자리를 소리 없이 딸깍딸깍 걸었고, 작은 남자아이가 구름 높이의

반은 될 정도로 어마어마하게 높은 말 등에 걸터앉아 있었다. 진홍색 겉옷에 마녀처럼 뾰족한 검정 모자를 쓴 여자가 자전거 핸들에 달린 종을 경쾌하게 울리면서 빠른 속도로 지나갔다. 물결이 일렁이는 도랑 수면에서 초록색 머리와 흰색 목을 가진 청둥오리가 소함대 같은 새끼들을 이끌었고, 분주한 새끼오리들은 청둥오리 뒤에서 룬 문자 같은 모양을 그리며 따라갔다. 갓난아이들의 목소리가 공기에 파문을 일으키는 것 같았다……. 데스는 지금 이 느낌이, 갈기갈기 찢어져서 공포와 환희로 정확히 절반으로 나뉜 이 느낌이 언젠가는 가라앉으리라고 생각했다. 하지만 금방 가라앉지는 않을 것이다. 사실 데스는 이 느낌이 살아 있다는 현실에 완벽하게 논리적인 반응이라고 여겼다. 데스는 식품점 앞에 멈춰 서서 장밋빛 사과 세 개를 샀다. 금방 다 먹을 것이다.

우선 데스는 길을 따라 걸어가다가 산울타리 뒤에 몸을 숨길 공간을 발견했다. 1분 동안 그는 발끝으로 서서 키를 늘이려고 애를 쓰면서 뒤쪽 공간을 살펴보려고 했다. 하지만 산울타리는, 독을 품은 길쭉한 나무는 데스보다 키가 컸고 위로, 밖으로 뻗어 있었다.

좋아, 서두를 필요 없어. 광장에 앉아서 사과나 먹자. 다음 기차를 타면 된다. 던과 실라는 멀리 있었다. 화요일 새벽, 자정을 조금 넘긴 시각에 호레이스 셰링엄은 마지막 신음 소리를 내뱉었다. 지금 그들은 콘월 리저드 포인트의 호레이스가 태어난 마을로 가서 가족 묘지에서 그의 장례식을 치르는 중이었다. 그러니 시간은 많다.

데스를 '웜우드 스크럽스' 저택 식당에서 벌떡 일어나게 만든 이미지는 단지 이미지였을 뿐이었다. 하지만 그것은 실체의 이미지, 지금 존재하거나 한때 존재했던 것의 이미지였다. 바로 분홍색 속살을 드러낸 플라스틱 인형이 꽂힌 장대였다…….

나비 두 마리가 휙 지나갔다가 다시 돌아와서 검사라도 하는 것처럼 몇 초 동안 떠돌더니 다시 날아갔다. 그리고 구릿빛 털을 번쩍이면서 세 다리를 절룩이는 나이 많은 래브라도 (참을성 많은 젊은 여주인은 흰색 양말을 접어 신고 있었다) 역시 벤치에 앉은 청년을 살펴보면서 촉촉한 눈으로 현명한 미소를 지었다.

…… 데스가 꿈도 거의 꾸지 않고 자다가 깨어 보니 기차는 이미 거대한 국제도시에 들어와 있었다. 기차는 적절하게 조심조심 움직이면서 전자 회로가 들어 있는 하얀 오두막들과, 유리 없는 창문이 드문드문 난 창고와, 하나같이 뚱뚱하고 수수께끼 같은 기다란 그래피티를 지나쳤다. 데스는 청소부들이 왔다가 갈 때까지도 기차에서 내리지 않았다. 새로운 여행객들이 타서 자리에 앉기 시작할 때가 되어서야 데스는 사다리 같은 저녁 빛을 밟으며 승강장을 따라 걸어갔다.

목요일

"우리 왔어!"

던은 한 손에 새 열쇠꾸러미를, 한 손에 휴대용 흔들요람 손잡이를 들고 있었다. 요람 안에는 실라가 몸을 구부리고 앉아서 자고 있었다. 던은 귀를 기울였다. 큰 침실 쪽에서 기계가 흐느끼는 소리, 징징대는 소리, 뭔가를 가는 소리가 들렸다. 던이 방문 열었다. 천진난만하게 셔츠를 벗은 데스가 무릎을 꿇고 전기 샌더를 들고 있었다. 그가 고개를 들었다.

"실라는 데리고 들어오지 마, 도니! 복도에 놔 둬!" 데스가 스위치를 껐다. "먼지가 많거든."

"…… 이게 다 뭐야?"

"이제 여기가 우리 방이야. 삼촌은 안 돌아오실 거야. 어제 갔다 왔어."

"나한테 말 안 했잖아."

"응. 내가 삼촌이랑 문제를 다 해결했어. 안 돌아올 거야."

라이오넬의 침대는 다 벗겨져 있었다. 체육복과 트레이닝화는 구석에 한 더미로 쌓여 있었다. 찌그러진 코브라 캔 하나, 철제 목줄, 낡아서 색이 변한《모닝 라크》도 몇 부 있었다. 데스가 여전히 무릎을 꿇은 채로 말했다.

"방금 장례식에 갔다 온 사람처럼 보이진 않네."

던이 활짝 열린 창으로 가볍게 다가섰다. 그녀가 바깥을 내다보자 날카로운 바람이 그녀의 어깨에 닿은 머리카락을 잠시 들어올렸다. 던은 입을 벌리고 웃으면서 창틀에 양손을 올리고 오른쪽 다리를 왼쪽 다리 바로 뒤에, 정강이를 장딴지에 붙이며 놓았다. 데스가 말했다.

"오히려 결혼식에 갔다 온 사람 같아. 아니면 세례식이든지……. 아저씨가 돌아가신 건 정말 안 됐어, 도니. 호레이스 아저씨 괜찮았는데. 나름대로 멋진 분이셨어."

"왜 이래, 데스. 놀리지 마."

"놀리는 거 아니야. 마음을 푸셨잖아. 쉬운 일이 아닌데도 마음을 푸셨어. 만약에 안 그러셨으면……"

만약 그러지 않으셨으면, 도니, 그러지 않으셨다면, 사랑하는 도니, (그것이 바로 사전 계획의 어려움이고 유연성이었다) 금요일 밤에 누군가가 개들을 들여놨을 때 내가 아니라 네가 여기 있었을 거야……. 누가 개를 들여놨을까? 말론 웰크웨이였을까, 라이오넬 애즈보였을까, 데스먼드 페퍼다인이었을까?

"쉽지 않아." 데스가 말했다. "마음을 푸는 거 말이야. 어려운 일이야."

"맞아……. 있잖아, 지금은 슬프지만 이제부터는 행복할 거야. 기다려 봐. 넌 어때??"

"어, 아직 열이 좀 있어. 그래도 좀 나아. 잘 모르겠지만."

"으음. 살이 좀 빠진 것 같지만 좋아 보인다, 데스. 건장해진 것 같지는 않지만 스타일이 좋아졌어. 몸매가 좋아진 것 같은데. 라이오넬 아저씨는 어떠셔?"

"삼촌이야 늘 똑같지 뭐. 구두쇠 머스터드 씨잖아."

"네 수영복은 찾아왔어??"

"내 뭐……? 아니. 아니, 수영복 안 찾아왔어. 삼촌 곧 들어가실 거야, 도니."

"아저씨가? 이번엔 또 무슨 짓을 하셨는데?"

"나중에 말해 줄게. 이제 안 돌아오실 거야."

"허어. 이제 더 이상 라이오넬 아저씨가 없다는 거지. 아빠도 없고. 아빠랑 아저씨야말로 너랑 내가……. 라이오넬, 호레이스. 어떤 면에서는 아마 너희 할머니도 그랬던 것 같아. 그레이스. 그 세 사람은 우리가 애정을 갖지 않을 수 없는 사람들이잖아." 던의 가슴이 가득 차오르고 눈빛에 생기가 떠올랐다. "으음, 이제 다들 가셨어. 그러니까 이제 우리 셋밖에 없는 거네."

데스는 아무 대답도 하지 않았다. 실라가 잠에서 깼다고, 자기가 잠에서 깨서 엄마 아빠와 함께 있다고 알렸다. 실라는 늘 그렇듯 울면서가 아니라 노래를 부르면서 깼다. 두 사람은 실라가 새소리를—디스턴 타운에 이렇게 우뚝 솟은 33층에서도 가끔 들을 수 있는 새소리를—흉내 내며 노래하는 것이 틀림없다고 생각했다.

던이 복도로 다시 나갔다. "우리 둘째 가져야겠다, 데시."

"그래야지. 선택의 여지가 없어."

"공익을 위해서 말이야."

"또 실라 같은 애가 나올지도 몰라."

"실라 같은 애가 나올 거야. 실라한테도 인사해!"

"아직 안 돼, 도니. 샤워해야겠다. 난…… 모래투성이야."

던이 복도를 걸어가면서 목소리를 높여 말했다. "옷 갈아입힐게. 세면대에서 좀 씻기고. 그걸 정말 좋아하거든."

"그래, 그럼. 난 주전자를 올릴게. 차를 끓이려던 참이었거든."

"그래, 그럼. 우우, 진짜 차 한잔하고 싶다. 나도 마실래!"

던이 말을 멈추었고, 데스도 말을 멈췄다. 던은 데스가 외치는 소리를 들었다.

"…… 기다릴게!"

옮긴이 후기

아마도 이 세상을 사는 사람들이라면 누구나 어리석거나 탐욕적이거나 속물적인 부분을, 남에게 내보이기 부끄럽지만 그렇다고 해서 버리지도 못하는 일면을 가지고 있을 것이다. 하지만 그것이 일면이 아니라 그런 부분들밖에 없는 사람, 그리고 그것을 부끄러워하지도 않는 사람이 있다면 어떤 모습일까? 이 소설의 주인공 라이오넬 애즈보가 바로 그런 사람이다.

20대의 "직업적 범죄자" 라이오넬 애즈보는 겨우 세 살 때 자동차 유리를 박살내서 반사회적행동금지명령을 받을 정도로 폭력적이고, 골치 아픈 여자보다 포르노가 더 좋다고 말하고, 욕심 많고 인색하기 그지없고, 어렸을 때부터 소년원과 감옥을 들락날락 하면서 감옥이 더 편하다고 말하는 사람이다. 또 한 명의 주인공이자 라이오넬과는 정반대로 예의바르고, 관대하고, 학문을 좋아하는 십대 후반의 조카 데스먼드 페퍼다인은 그런 애즈보가 정말 멍청한 것이 아니라 "멍청한 짓을 하는 데 고도로 머리를 쓰는" 사람이라고 생각한다.

라이오넬 애즈보가 인간이 가진 부정적인 면을 모두 합쳐 놓은 듯한 인물이라면, 두 주인공이 사는 런던의 가상 지역 디스턴은 부정적인 면을 모두 합쳐 놓은 듯한 지역이다. 디스턴은 시끄럽고, 무질서하고, 한없이 가볍고, "사람이든 사물이든 60년 넘은 것이 하나도 없"고, 예상 수명은 최저이지만 출생률은 최고이고, "모든 것이 다른 모든 것에 적대적"인 지역, 극단적인 "이탤릭체와 느낌표들의 세상"이다.

이러한 배경으로 두 가지 이야기가 전개되는데, 하나는 라이오넬이 감옥 수감 중에 빼앗은(!) 복권이 거액에 당첨되어 디스턴 바깥세상으로 나가면서 겪는 좌충우돌, 또 하나는 데스먼드가 라이오넬에게 숨기고 있는 비밀—비틀스를 사랑하는 서른아홉 살의 할머니(즉, 라이오넬의 어머니)의 유혹에 넘어가 근친상간 관계를 맺었다는 사실—을 둘러싼 갈등이다. 이렇게 등장인물과 배경 지역, 소설의 주된 플롯의 소개만 읽어도 머리가 어지럽지 않은가? 하지만 마틴 에이미스의 장점은 바로 이 부분에 있다.

마틴 에이미스의 작품은 뛰어난 풍자와 블랙 유머로 유명한데, 분명 상황이 극단적일수록 풍자와 블랙 유머는 더욱 빛을 발한다. 물론 이를 위해서는 뛰어난 글 솜씨가 필수적이다. 한 문단만 떼어 놓아도 그의 작품임을 곧 알아볼 수 있다고 평가될 정도로 독특하고 뛰어난 문체를 자랑하는 마틴 에이미스의 세련된 문장은 반어적인 상황을 더할 나위 없이 재미있게 표현한다. 그러므로 에이미스가 그려내는 라이오넬 애즈보를 따라가다 보면 그의 어리석음과 탐욕에 피식피식 웃음이 새어나오다가 나중에는 연민마저 느껴진다.

소설의 부제가 말해 주듯이 (원제에는 '영국의 현 상태'라는 부제가 붙어 있다) 마틴 에이미스는 우스꽝스러운 라이오넬의 좌충우돌과 런던의 풍경을 통해서 현시대의 초상을 보여 주려 했을 것이다. 우리는 현재 시대 '안'에서 살고 있기 때문에 그것을 올바로 평가하는 것은 무척 어려운 일이다. 그러므로 과장과 풍자야말로 가장 효과적인 전략이라 할 수 있다. 물론 한없이 극단적이긴 하지만, 우리는 라이오넬과 디스턴의 모습에서, 라이오넬과 데스먼드의 애증어린 관계에서 현시대와 우리의 모습을 엿볼 수 있을지도 모른다.

한 가지 덧붙이자면, 이 책에 등장하는 여러 지명(스쿼어스 프리, 주프스 레인, 머드스 로드 등)은 찰스 디킨스의 소설 속 등장인물들에게서 따온 것이라고 한다. 그러고 보면 데스먼드 페퍼다인에게서 비참한 환경과 사악한 어른들이 주는 역경을 헤쳐 나가는 디킨스의 올리버 트위스트가 겹쳐 보인다는 평가에도 고개가 끄덕여진다. 게다가 조금 더 우울했던 마틴 에이미스의 또 다른 소설《런던 필즈》에서 악당 키스 탤런트의 어린 딸 킴만이 순수하게 빛났던 것처럼, 데스먼드의 갓난 딸 실라를 묘사할 때는 마틴 에이미스의 날카로운 펜도 마냥 부드럽기만 하다. 그렇다면 작가는 다음 세대에게 희망을 걸고 있는 것이 아닐까? 마틴 에이미스가 날카로운 펜 끝으로 추한 현실을 냉정하게 파헤치며 비웃을 수 있는 것은 바로 그렇기 때문일지도 모른다.

2013년 10월 8일

허진

누가 개를 들여놓았나

1판 1쇄 인쇄 2013년 10월 30일
1판 1쇄 발행 2013년 11월 6일

지은이 · 마틴 에이미스
옮긴이 · 허진
펴낸이 · 주연선

책임편집 · 임유진
편집 · 이진희 박은경 강건모 오가진 박나리
디자인 · 김서영 손혜영
마케팅 · 장병수 김한밀 정재은
관리 · 김두만 구진아 유효정

도서출판 은행나무
121-839 서울특별시 마포구 서교동 384-12
전화 · 02)3143-0651~3 | 팩스 · 02)3143-0654
등록번호 · 제10-1522호(1997. 12. 12)
www.ehbook.co.kr
ehbook@ehbook.co.kr

잘못된 책은 바꿔드립니다.

ISBN 978-89-5660-728-3 (03840)